今宵はなんという夢見る夜

金子光晴と森三千代

柏倉康夫

左右社

今宵はなんという夢見る夜

金子光晴と森三千代

今宵はなんという夢見る夜　目次

まえがき

作家の森三千代は、夫だった詩人金子光晴が晩年に倒れたときのことをこう書いている。

「その日は中央公論の春名さんが、續きものの話で、晝過ぎに家へみえることになっていた。病人へついてゆく筈の一人が、都合でゆけないので、春名さんにたのもうと思って待っていた。その前に、秋山清さんとカセさんがみえたのでお願いして、入院の寝台車に一緒にのってもらうことにした。タンカが座敷に運びこまれた。出る前に医者がもう一本注射をうってくれた。私は、リウマチスで歩行ができないので、ベッドに腰をかけて、余計な口出しなどしながら、はらはらしてみている他はなかった。タンカにのった金子が、なぜだか、急に私の方へ手をさし出して、『ごめんね。』、と言った。そしてさし出した手にかるくふれると、へんに私はうろたえて『左様なら』と言った。金子は、かすかに笑いながら、『左様じゃないよ。また、かえってくるね』と言った。『そうね、そうね、かえってくるわね』と私はつぶやいていた。〔中略〕

金子と私との間には、永の年月、何度か、もうこれが最後と思うようなお別れを経験した。また、二人の出会いも、一つ所へ吹きよせられた二枚の落葉のような偶然にすぎないなどと、軽く考えることで、生きかたをらくにしようと考えがちであった。しかし、そう簡単にゆくものでもない。シンガポールで、船で先へゆく私が船底の三等船室の円窓から埠頭にのこる金子に口から出まかせの悪口が口をついて出てきたあの時は、殆んど二度と出会う可能性がないと思って、その淋しさをまぎらすため絶叫にすべてをこめたわけであった。」（森三千代「永別よ、ゆるやかに」「ユリイカ」特集金子光晴、一九七二年五月号）

フランスの文学者、J＝P・サルトルとシモーヌ・ド・ボーヴォワールの、互いを拘束せず、それでいて終生固い絆で結ばれた男女の関係が、一つの生き方として耳目を集めた時期があった。だがこれから取り上げる、詩人金子光晴と小説家森三千代の波乱の軌跡は、この国にまだ姦通罪が存在していた、大正末から昭和にかけてという時代を考えると一層興味深い。彼ら二人の心のうちで繰り広げられた愛と嫉妬の劇は、金子光晴という稀有の詩人の形成を解く鍵でもある。

金子も森もそれぞれの作品で、自分たちが歩んだ途を率直に語っている。取りあげるのは、金子光晴のものは、膨大な詩篇の他に、『詩人　金子光晴自伝』（一九五七年、平凡社）と、自伝的作品、『どくろ杯』（一九七一年、中央公論社）、『ねむれ巴里』（一九七三年、同）、『西ひがし』（一九七四年、同）などである。

一方の森三千代の場合は、自伝的小説の三部作、「青春の放浪」（一九五一年十月、「新潮」）、「新宿に雨降る」（一九五三年一月、「小説新潮」）、「去年の雪」（一九五九年五月、「群像」）と、『金子光晴全集』（中央公論社版、一九七七年）の月報に連載された、松本亮との対談「金子光晴の周辺」である。森三千代の作品は今日では稀覯本となっていて、読まれる機会はめったにない。だがこれらを合わせ鏡として参照することにより、金子の「自伝」が含む虚構の部分を照らしだすことができる。

金子と森の遍歴を書いたものに、牧羊子の『金子光晴と森三千代――おしどりの歌に萌える』（一九九二年、マガジンハウス、のち中公文庫）があり、これは詩人と作家という芸術家同士の波乱の生活を描いて注目を集めた。その中公文庫版の「あとがき」で、佐伯彰一は、「この「途轍もないペア」

が、晩年に至るまで演じつづけた途方もなく入り組んだドラマの跡づけ、解明は、とくに森三千代の側に則して、今後新しい作業がなされそうな気配があり、牧さんによる本書は、その最初の火つけ役を果たしてくれるに違いない」と述べている。

戦後間もない時期に、金子は詩人志望の若い大川内令子と新たな恋愛関係に陥り、一方で森は急性関節リューマチを患い、やがて生涯ベッドで暮らすようになるのだが、この間、金子は三千代と大川内の間で結婚と離婚を三度繰り返した。佐伯がいう「新しい作業」とは、こうした錯綜した関係が、森三千代にあたえた心理的ダメージを指しているのだが、それだけでなく、金子が最初の上海旅行で留守の間に、森がアナキストの学生土方定一と起こした恋愛事件で、時代に先駆けた男女の対等な関係を信じようとした金子は激しい嫉妬に悩まされる。彼はそれをどう堪えようとしたのか。この点も突っ込んで考えてみる必要がある。金子光晴と森三千代という「途轍もないペア」の出会いから物語をはじめることにする。

第一部　放浪の始まり

第一章　大震災の年

出会い

森三千代は一九〇一年（明治三十四年）四月十九日、愛媛県宇和島佐伯町で、父幹三郎と母りょうの長女として生まれた。幹三郎は伊勢の神主の息子で、郷里の神宮皇学館を出たあと、国学者の上田万年に学び、宇和島で中学校の国語の教師になった。三千代は三、四歳のときから、父親について『大学』の素読を習い、全部暗記するような子どもだった。小さいときから父の本箱から古典などを引き出して読み、小学校、中学校をずっと主席で通した。

いつしか文学者を志望するようになった三千代は、一九一九年、十八歳で伊勢の県立亀山女子師範学校を卒業すると、亀山の小学校の教員をしながら東京女子高等師範学校の入試の準備をはじめた。そして新聞でみつけた篤志家の給費留学生募集の広告に応募して合格した。だが目指す東京女子高等師範学校の入学願書受付の期日には間に合わず、受験を一年延期した。そしてこの間、大阪在住の詩人や歌人がやっていた同人雑誌「地平」に作品を投稿し、イプセンの『人形の家』やズーダーマンの『憂愁夫人』を読んで、当時流行の恋愛至上主義に胸をこがした。

三千代は翌一九二〇年（大正九年）、十九歳で念願の入学を果たした。東京女子高等師範学校（現在の「お茶の水女子大学」）は、当時女性に開かれた最高の教育機関であった。

彼女は胸をふくらませて上京したが、将来の教師養成を目的とする女高師は、全寮制で規律も厳しく、文学を志す三千代にとって、期待した環境ではなかった。それでも学校では古典を中心とした講義から貪欲に知識を吸収し、関心のある同時代の詩は雑誌で読んだ。

さらに学校外に文学仲間を見つけて交流し、やがて「詩神」や「詩聖」などの雑誌に詩を発表するようになった。

関東大震災が首都圏を襲った一九二三年（大正十二年）九月一日、神田お茶の水にあった東京女子高等師範学校の校舎や寮も全焼し、教職員と生徒は茗荷谷の仮校舎に避難した。生活の環境は激変したが、三千代の文学への情熱は変わらず、川路柳虹や百田宗治などが活躍していた「日本詩人」などを読んで、詩作を学んだ。金子光晴の名前はそうした雑誌で眼にしたのである。

金子光晴の詩集『こがね蟲』が新潮社から刊行されたのは、関東大震災直前の七月だった。しかし一部の詩人に注目された詩集を、三千代が読む機会はなかった。

震災直後、金子は年下の友人で画家志望の牧野勝彦〔吉春〕を頼って二カ月ほど名古屋に滞在し、その後は実妹捨子の嫁ぎ先である西宮の河野密宅に一カ月、さらに先輩作家の佐藤紅緑や富田砕花のところに寄食した。この間、やがて詩集『水の流浪』（大正十五年十二月十五日発行、新潮社）として発表される作品をノートに書いた。

金子が東京へ戻ったのは一九二四年（大正十三年）一月で、赤城元町に三畳一間の部屋を借りて牧野と同居した。金子はこのころの様子を、次のように述べている。

「牧野の口から、城しづかや、蒲生千代、森三千代の三人組の女性の名が出るようになったのは、その頃だった。大阪の方に中心のある或る文学グループにつながりのある連中で、城しづかだけは『令女界』に少女小説を書いてその方面で知られていた。」（『どくろ杯』）

金子光晴はまだ見ぬ若い文学志望の女性たちに、夢想と興味をかきたてられていたのである。二人の出会いは次のようなものであった。

「突然、牧野〔勝彦〕を通じて森三千代が、ある悩みごとで私に会いたいと申し込んできた。実際は、牧野が彼女にすすめて会いにくるように、取りはからったものにちがいない。そんなことになると彼は、すばしこく目はしの利くところがあった。彼女が訪ねてくる日取りは、大正十三年〔一九二四年〕三月十八日と決った。勝彦、〔宮島〕貞丈、実弟の大鹿卓があつまってきて、その当日の手筈を決める相談をした。めずらしい女客を迎えるというのでみんな興奮していた。三畳の部屋はむさ苦しく、その上奥の一畳の上が夜具戸棚になって下だけしか使えず「自働車部屋」と名がついていたので、始めての女客を顰蹙《ひんしゅく》させることにちがいないということになり、そこから三四丁の道のりの、私の養母のいる新小川町の小家の二階を借りることにした。当日は、弟の卓が三畳部屋に待っていて、訪ねてきた彼女を案内して新小川町につれてくるという打合せになっていたが、時間がおそいので、勝彦が二軒の家のあいだを二度も様子をみるために走って往復した。陽のいろはうららかで春めいていたが、ふく風は仇寒いうえに、ほこりっぽかった。私は一間しかない二階の八畳部屋に、簞笥を背に、置炬燵をして、坊主頭で陣取っていたが、心は駆けあるいている勝彦とおなじおもいでいた。」(同)

では森三千代のこの日の記憶はどうか。平凡社の編集者で、後年金子光晴に師事した、詩人でもある松本亮が、テープレコーダーをまわして森三千代に行ったインタビューをまとめ、中央公論社版『金子光晴全集』の月報として、十五回にわたって掲載された回想がある。その八回目で、松本の問いに三千代はこう答えている。

「松本　金子さんに会われた印象というのはどんなでしたか。

森　それが、ちょっと詳しくお話することになりますが。牧野さんといっしょに出かける約束ができましてね。私が女高師の三年生の三月で、春休みになったばかりでした。約束の時間に牧野さんが、私の学校の寄宿寮の門の外まで迎えにきて、そこからいっしょに赤城元町の金子の家まで行ったわけです。電車をおりてから神楽坂をのぼって、郵便局の横町を入ると右側に板塀があり、そこに木戸がありました。牧野さんが木戸を開けまして、またなかに入って、細い路地の玄関部屋の前まで私をつれて行きました。そこに大鹿卓さんが立っていたんです、金子の弟の。そして卓さんがいうんです。今日はこちらではなく、森さんがおいでになったら、新小川町のほうに案内してくれ、ということで、自分がここで待っていたと。それで卓さんにつれられて、新小川町の家へ、またトコトコと、三人で神楽坂の裏の道を歩いて行きました。

松本　牧野さんと三人づれですね。

森　そうです。どうしてそういうことになったのかあとで聞きますと、その新小川町の家というのは、金子の養母の家で、そこに金子が待っていたんです。若い女のお客がくるときに限って、サトウ・ハチロー〔佐藤紅緑の息子、後の詩人〕さんが赤城元町の部屋へやってくるんですって。その頃、金子のところへは『楽園』の若い連中や詩を書くような人たちがよく集ってたんです。ハチローさんはちょっと悪童ですから、わざと若い女性の困るような猥談なんかをやって、困らせるんですって。だからそれを避けようと、新小川町のほうへ行って待ってるということになったわけなんです。

新小川町のほうへ行きましたら、格子戸のところで、金子の養母という人が出迎えてくれました。その人はとっても若々しい粋な女の人でした。挨拶したりして、二階へ案内されました。二階には、もう牧野さんと卓さんがあがってまして、もう一人、宮島貞丈という人が取りまきみたいにして坐ってました。金子はといいますと、部屋の真ん中の大きな置炬燵に入ってました。三月のポカポカとあったかい日だったんですけれども、炬燵にあたって、むっくり顔をもたげてこちらを見るんです。明るい、南向きらしい窓がありまして、障子にはいっぱい陽がさして、とても日当りのいい部屋なんですよ。それなのに炬燵にあたっているんで、びっくりしました（笑）。

そこではじめて金子に挨拶をしましてね。だけど、印象は、と聞かれましても、もうはじめから何か引きずりまわされたみたいになっちゃって。舞台回しのほうがすごいのでびっくりしちゃって、本人の印象のほうなんかよくおぼえていない……。でも、やさしい感じの人だと思いました。

松本　その、舞台回しというのはどういうふうな……

森　あっちに行ったりこっちに行ったり……

松本　その日はあまりそこにはいなかったわけですか。

森　しばらく話をして……。私は、やっぱり詩のことを質問したんでしょうね。なんか答えてくれたんですけど、要領得ないような、ボソボソ何かいっただけ。欄間に掛っている小さな油絵をさして、話の途中で突然、「あれは牧野が描いた絵ですよ」なんて、余計なことをわざといったりして。私は、うっかり「山ですか」といったんです。真っ赤な岩みたいな絵なんですよ。そうしたら、「いや、あれは大島の海です、海岸です」といわれて（笑）。それで余計どぎまぎして、赤くなっちゃったりして……。なんか突飛なことという人だなと思ったんですよ。

松本　なるほど。そういう突然変異的なやり方は生涯そうだったんですね（笑）。そのときは、午後から行かれたわけですね。

森　そうです。

松本　それで夕飯まで……

森　いえ、長居しないで、遠慮して早くに帰ってきました。帰りぎわに金子がいいました。「明後日またきませんか」と。それで私、一日おいてまた行ったんです。というのは、学校が始まると、そんなにちょいちょいはながい外出はできないから、行くなら春休みのいまのうちだと思ったんです。」（「金子光晴の周辺」8）

これが森三千代の側から見た当日のなりゆきだが、ここには金子の記述と矛盾することがある。それは牧野勝彦の役回りで、金子の記憶では、牧野は金子とともに森がくるのを待っていて、彼女の来るのが遅いので、二つの家の間を行ったり来たりしたことになっている。だが森によれば、牧野は学校の寄宿舎まで迎えに来たという。森の金子訪問を牧野が橋渡ししたことを考えれば、当日牧野が道案内のために寄宿舎から同道したというのが真相であろう。

束髪の娘

炬燵に入って森の到着を待った金子がもった三千代の第一印象は——、

「下の格子戸が開く音がして、下駄で駆上りそうな見幕で、注進の勝彦が、「来た。来た。来た。来た」と言いながら、安普請の階段を乱暴に、どたどたとあがってきた。つづいて、鼻ばかりが並外れて高いので「たかさん」と呼ばれている弟の卓のうしろから、束髪に結った和服姿の、オリーブいろの袴《はかま》の紐を胸高に結んで、女高師の桜のバッチをした三千代があらわれた。

私をまんなかに、三人の若者が居ながれて、行儀よく坐った。私は、大詩人の貫禄を示さねばならない羽目なので、つとめて融然と応対した。彼女はこたつには入らず、土産にもってきた小さい洋菓子の箱を置いて私の正面に坐り、顔をあげた。それが彼女とのはじめての対面であったが、中高で目のぱっちりとした丸顔の勝誇ったような顔立ちの娘だった。」（『どくろ杯』）

　このときの森三千代はどんな精神状態にあったのか。彼女が伊勢ですごした女学生時代は、西欧近代の恋愛至上主義の風潮が移入された時期であり、イプセンの『人形の家』の女主人公ノラに憧れ、閉鎖的な家に縛られる女性のありかたに強い反発を感じていた。愛は純粋なものであり、女性にとっても恋愛は自由で、また結婚生活も愛がなくなれば当然解消され、惰性や偽善からそれを続けるのは悪と考えられていた。

　東京の女子高等師範学校へ進学を希望した動機の一つには、文学を志したことであったが、もう一つには親元を離れて自立したいという思いもあった。森三千代が金子を訪問したとき、彼女はすでに詩人吉田一穂と恋愛関係にあった。北海道出身の吉田一穂は、金子より三歳年下の早稲田大学高等予科文科の学生で、詩や童話を書いていた。金子の『こがね蟲』の出版記念会にも参加し、一九二三年（大正十二年）の夏には、金子や大鹿卓、牧野、宮島と大島に旅行したこともあった。

　森が金子と最初に会った二日後に、また金子のもとを訪ねたのは、初対面の日の帰り際に、そう誘われたからである。金子によれば、最初の訪問のとき、森は「炬燵へは入らず、炬燵ぶとんのむこうに逃げ腰のまま坐った。私と彼女の距離は、大袈裟《げさ》に言えば百里の行程に感じられた。〔牧野〕勝彦の佞弁《ねいべん》が私をよほどうり込んであったのでなければ、彼女は、ただならぬ気配を察してそのまま、逃げかえったにちがいない。文学や、詩について彼女は、私に質問した。詩や小説を書く目的でお茶の水の国文科に入学したが、所をまちがえたことにすぐ気づいた。校規を無視して自由奔放にふるまって、しばしば問題になりながらも、四年の学業を終り、秋には卒業を控えているということを勝彦からきいていたが、彼女があこがれる現代文学に就《つ》いては、おもしろいほどなにもしらなかった。もちろんそんなことは私にとってはどうでもよかった。彼女と文学を語ることよりも、彼女をふんづかまえることの可能性の方が問題だった。」(同)

この日は、金子の他に彼女を案内してきた牧野、実弟の大鹿卓や宮島貞丈もいたので、金子はもう一度訪ねてくるように言ったのである。金子についての森三千代の印象は、牧野に聞かされて想像していたよりもずっと野性的だった。そして友人たちが三々五々帰ったあと、金子は、「彼女がのんだ紅茶茶碗の唇のふれたところをさがして、そこから、底にのこった冷えたのみのこしをすすった。」(同)

再訪

森は約束通り、三月二十五日の午後に金子の養母の家を再び訪ねた。金子の『どくろ杯』によれば、「私の仕かけたかすみ網に、彼女はじぶんからかかりに来た」のである。この日の様子を、三千代は松本亮に語っている。

「松本　その時はほかの人はいなかった……

森　誰もいませんでした。お母さんもいなかった。金子は、相変らず炬燵にあたっていましてね。

松本　そのへん、詳しく話していただけますか。

森　……言いにくい(笑)。そうですねえ。少し話をしているうちに、おちつかないから、うちは鍵をかけておけばかまわないんだから、表に出ようかというので、神楽坂の紅屋という喫茶店へ行ったんです。そこでいっしょにコーヒーをのみました。その時金子は、大きなノートを一冊持ってきてまして、それをひろげて、今度これをまとめて一冊の本にしようと思うという話をしました。それが『水の流浪』だったんです。そんな話をしながらも、金子はなにかソワソワしていて。その時は私が伊豆の大島へ旅行しようと計画してるときだったんです。一人では心細いから、ちょうど学校が休みになるから、郷里から弟を呼び寄せていっしょに行くつもりだという話をしましたら、金子は、大島には一度行ったことがあるから、いっしょに行ってあげてもいいんだけれども、などといってました。それから外へ出て、江戸川べりへ出たんだと思います。

道々歩きながら、暗い――暗いというのは、人通りのない川べりのさびしい道で、いきなり、僕はあなたが好きなんだけれど、恋人になってくれませんかと、そんな意味のこと言ったんです。それで私、実は、吉田一穂さんとのことがあるんですと打明けて、吉田さんとのことを気持の上ですっかり解決して、吉田さんに会って事情を話してから、それからご返事しますから、といったんです。そうしたら、気持だけは、いますぐはっきり返事してくれって。でもそんなこといわれてもと、困っていたの。すると、気持だけでもはっきりしないのなら、今このノートを、川の中に叩きつけちゃうなんて、突然その分厚いノートを川へ放り込もうとするんですよ。びっくりして、ちょっと待ってちょうだいというわけです。いいわ、ウンというから、ということになってしまって。ずるいのね（笑）。そういうところはやんちゃですね。そうです。その晩は蒲生さんの家に泊めてもらったんです。」（「金子光晴の周辺」9）

この日のことを一方の金子はどう記憶しているのか。『どくろ杯』では――、

「炬燵やぐらを前にして私の演じたコメディは、それをうしろめたいと感じさせない、時代感情がうしろにあって、私はそれをおのが情熱とおもい、彼女もおそらくそうおもいこんでいただろうが、じつは、情熱のようにかき立てる性質のものではなく、萎靡がちなこころを答うつためのうそ寒いエゴイズムで、それなればこそ、私は涙をながす潮刻までちゃんとこころえていたのだ。

「君がもしいやと言うなら、それはせんかたのないことだが、私には活路が見つからない。むろん詩などを書きつづける気力はない」と言うと、ノートにペンでこまかく書いた詩集『水の流浪』の草稿を破りにかかった。真中から引破ると、彼女はおどろいて、私の手首をおさえ、「やめてください」とおろおろ声で言った。破りかけたノートにもつしみったれた惜しみを見すかされまいと私は、その惜しみとたたかって破る手に力を入れたが、それは歌舞伎のさあ、さあ、さあであいての出方を見通しての芝居に類するものでうしろぐらい仕業であった。焼けたばかりのビスケットのように熱くて、甘ったるいにおいのする彼女の顔が、眺

めているときの距離の限界を越えてこちら側に来ていたので、運命はそこから出発するよりしかたがなかった。彼女にとっては、気弱さがまちがいのもとであった。後にお互いの精根をすりへらした長旅の道づれとなる、その踏出しが、この時代がかった瞬間にあったとも考えられる。唇でふれる唇ほどやわらかなものはない。寮の門限を気にして、あわてて彼女が帰っていったあと、風は落ちて、表障子にさすまっ正面の夕日が、玄関の格子戸の影を映して、百挺《ちょう》の蝋燭《ろうそく》を立ててその焔が、一ゆらぎもしない瞬間のようにみえた。」

金子光晴の『どくろ杯』が書かれたのはこの出来事があってから四十五年後、森三千代の対談はさらにその十年後のものだが、状況から推測して、二人は森が語るように、間もなく外へ出かけたのであろう。したがって『水の流浪』の草稿を記したノートを破ろうとする大時代的な出来事は、江戸川べりで起こったと考えられる。金子の『どくろ杯』の記述は多分に修辞的である。

翌日、森がふたたび金子を訪ねてきた。そして泣きながら、吉田とのことが自分の気持のなかで整理がつかない。昨日は金子が吉田の知人と知って、相談したい下心で訪ねてきたのにあんなことになってしまった。昨夜は寝もやらずに考えたが、金子との関係を続けていけば、結局は自分自身を苦しめ、しかも自分の立つ瀬もなくなると気づいて、謝りに来たと言った。金子はそれを聞いて、一度はあきらめる気になった。森の回想によれば、彼女はこの日から二、三日は、大森の蒲生千代の家に泊まらせてもらい、大島行きに同行する弟が伊勢から上京するのを待った。そして伊豆旅行に発つという日の明け方、まだ彼女たちが寝ているうちに金子が訪ねて来て、詩集『こがね蟲』を一冊もってきた。森三千代はこの大島旅行のあいだに、はじめて『こがね蟲』を読んだ。

第二章　『こがね蟲』

もらわれっ子

　金子光晴は明治二十八年（一八九五年）十二月二十五日、愛知県海東郡越治村大字下切甲五十八番戸で、父大鹿和吉、母りようの三男として生まれた。本名は大鹿安和《やすかず》といい、二人の兄、正、永一がいた。父の和吉は安和が三歳のとき、一家を連れて名古屋に移った。当初は名古屋で映画館を経営することを夢みたが、それがうまく行かなくなると、家を留守にして遊びまわるようになった。金子によれば、実の父は「奔放無頼で、博徒や、千三仕事の仲間とつきあい、家を外のくらしかたをしていた」し、母は「妻の宿命に従順で」（『詩人』）、夫の夢物語と放蕩におろおろしつつ家を守っていた。

　名古屋に来て一年目に、弟の秀三が生まれると、安和は近くに住む親戚で、髪結いの店をやっていた澤田むめのもとにあずけられた。

　幼児の安和は目が大きいが、育ちが遅く、身体をいつもぐらぐらさせているような子どもだった。独身だったむめはそんな安和を、女の子のように化粧したり女装させたりして溺愛した。この幼児を見初めた客があった。建設請負業「清水組」の名古屋支店長、金子荘太郎の妻の須美で、当時はまだ十六歳だった。

　荘太郎は新妻の願いを聞き入れて、幼児の実の両親と交渉し、女装した子どもを人形でも買うようにして養子にすることにした。子沢山の大鹿の方に異存はなく、小さな店なら開けるくらいの金銭が渡され、今後は実父母とは完全に縁を切ることを条件に、安和は金子家に引き取られた。明治三十一年（一八九八年）のことである。養母の須美は安和を可愛がったかと思うと、急に冷たくするといった気まぐれな性格で、幼いころの不安定な感情生活が、のちの彼の性格にかなりの影響をあたえたとされる。

　金子一家は一九〇一年（明治三十四年）五月、安和が八歳のときに荘太郎が京都出張店の主任に栄転したのにともなって、京都市上京区東竹屋町に転居し、この年の十一月、安和は金子家の正式な養子になった。このときまで、夫婦は実子の誕生を期待していたのである。

　翌年四月、養子となった安和は、夷川橋のたもとにあった市立銅駝尋常小学校に入学した。荘太郎は仕事柄、先斗町での茶屋遊びなどで、一日おきにしか家に帰らない生活だったが、息子になった安和を可愛がり、妻に内緒で小さい息子を馴染みのお茶屋につれていくこともあった。彼は趣味人で、古美術商も家によく出入りした。夫が留守がちの若妻はいささかヒステリー気味で、新京極の芝居小屋に通ってうっぷんを晴らした。そんな環境のなかで安和は育てられたのである。

　小学校での成績は、図画と幾何がとびぬけて優秀だった。息子の画才に期待した荘太郎は、京都四条派の日本画家、田中一圭の弟子の百圭に日本画の基礎を、これも画家だった荘太郎の叔父に粉本といわれる東洋画の下絵描きを習わせた。家には書籍が沢山あり、小学生の安和はたいていの漢字は読みこなし、四書の素読ができた。

　若い養母や同居していたその妹に、幼くして愛玩されたことが、安和の性的関心をはやくから目覚めさせた。材木置き場の隙間で、門番の娘と未成熟な性器を触れ合わせて抱き合ったり、近所の悪童たちと秘密の性の遊びにふけることもあった。

　京都の小学校時代に、安和が好きになった娘が二人いた。一人は同級生の女組の級長をしていた油小路の娘、もう一人は家の近くの焼き芋屋の二階を借りていた芸人夫妻の娘の静江という娘だった。油小路の娘は面長、静江の方は豊頰の丸顔で、西洋のベビー人形のような娘だった。貧しい境遇のせいか、いつも淋しそうな笑顔をしていた。十歳の安和は、「静江の頰肉がある時ぷるぷるふるえるのをみて、僕は、「食べたい」という衝動に駆られた。噛みつき、かみ砕いて、食べてしまうこと以外に、思慕の表現がみつからないのだった。内なる感情を誰にもしられたくないために、僕は、その頃から、二重底の人間になった。じぶんの心のなかにいる「鬼」の性をかくさねばならなかったのだ。」（『詩人』）と、後年の金子は書いている。おそらくこれが、金子光晴の性のありかたを決めた根源的な体験だったのであろう。

養父が東京本店に転勤となり、東京へ引っ越したのは一九〇六年（明治三十九年）、安和十二歳のときだった。最初は銀座三十間堀に仮寓して、数寄屋橋際の泰明尋常高等小学校の一年生として通学した。

時代は日露戦争のさなかで、五月には連合艦隊がロシアのバルチック艦隊を破るなど、勝利が伝えられるたびに、新橋や京橋のたもとに、杉葉でつくった大きな凱旋門が建てられ、花電車が通った。世の中は沸き立っていたが、安和は学校で京都なまりをからかわれ、ちやほやされていた京都時代とは勝手がちがった。そこで付近の勧工場〔博品館など百貨店の前身〕から、四、五人の子どもを手先に使ってかっぱらいをして、戦利品を級友たちに配って人気者になった。しかしあるとき捕まって、悪事が家人にばれて、家の土蔵に二週間閉じ込められたこともあった。

そんなやんちゃの一方で、銀座の竹川町教会で、土井という宣教師からプロテスタントの洗礼志願式を受けたのもこのころのことだった。家での書画骨董に囲まれた旧式な生活の反動で、西洋のハイカラな雰囲気にあこがれたことが一番の理由だった。

小林清親

安和は十一歳になり、息子の絵の才能をかっていた荘太郎は、京都時代からの出入りの骨董商佐佐木常右衛門〔小説家佐佐木茂索の父〕に頼んで、浮世絵画家、小林清親のもとで日本画を習わせることにした。

こうして後年の金子の絵の才能は磨かれていくのだが、東京名所の版画などでもてはやされた清親は、全盛期をすぎていて、牛込見附の陋屋住まいだった。子どもの弟子を手取り足取り教えることはなかったが、一枚の絵を二十秒たらずで描いてみせて安和を驚かした。

金子一家は一九〇七年（明治四十年）、牛込の新小川町に土地と家屋を買って引っ越し、安和は津久戸尋常小学校に転校した。三人家族に部屋数十一、女中二人、書生一人という生活だった。

新しい学校でも級友の歓心を買うために、四十人ほどのクラス全員を自宅に呼んで、カステラを振るまったり、幻燈会をやったりした。子どものくせに、山越という一つ年上の中学生と吉原へ行き、荘太郎に以前連れられてきた引き手茶屋を訪ねたが、「坊ちゃん。もう五年たったら来てくださいよ。いいですか。まだすこし早すぎますからね。今日は、これを持って」(『詩人』)と、五十銭銀貨三枚を渡されたこともあった。このときは浅草寺で夕方まで金魚すくいをして帰った。

懲りない安和は、十一月には山越と同級生の三人で、アメリカへ脱出しようと、下駄をはいて、横浜や横須賀を二十日間ほど歩きまわった。心配した荘太郎が警察に届けを出し、三人の家出が新聞に載った。結局、密航の夢をはたせずに、一度捨てた思いの家に帰った。

このときも養父母は怒りもしなかった。だがこのときから安和の放浪癖は抜きがたいものとなった。年が改まった一月から三月にかけて、安和は床についた。野宿や放浪の不摂生がたたって腎炎を患ったのである。この間は学校へも行かず、家で本ばかり読んでいた。試験も受けなかったから当然原級にとどめ置かれると思っていたら、お情けで卒業ということになった。こうして一九〇八年(明治四十一年)四月、十四歳の金子は無試験で暁星中学校に入学した。

暁星

暁星学校の設立は、青年教育を目的とするパリのカトリック修道会であるマリア会の要請で、五人の宣教師が、一八八八年(明治二十一年)一月に来日したことにはじまる。彼らは東京市京橋区築地のカトリック築地教会の敷地内に神学校を開設した。さらに同年八月には、麹町区元薗町の借家を校舎とする私立暁星学校の設立が認可され、二年後の一八九〇年(明治二十三年)には九段下に移転して、旧制暁星小学校の設立が認可された。そして一八九九年(明治三十二年)には旧制暁星中学校の設立が認められた。

金子少年が入学した当時、暁星学校は創設以来十年足らずにすぎなかったが、小学校からフランス語を教えるというので、上流の子弟の入学者が多く、「平民の学習院」などと呼ばれていた。制服はフランスから直輸入された空色のサージでつくられ、折り襟には月桂樹の金モールが織り込まれていた。先生も生徒もムッシュと呼びあい、教育はすべてフランス式だった。

金子がなぜ暁星を選んだのか。一つには彼自身の西洋への漠然とした憧れとともに、荘太郎の上流志向が働いていたのかもしれない。学校には西園寺や藤島などがおり、同級生には内閣総理大臣桂太郎の子息の桂五郎や、のちに総理になる若槻礼次郎の息子の若槻有格などがいた。

金子は入学当初はよく勉強して成績もクラスで五、六番で通したが、運動はからきし駄目だった。その代わりに図画と製図は全校でも一、二をあらそう成績だった。相変わらず小林清親のもとへ通っていたからである。

フランス語は、暁星学校が独自に編纂した教科書を用いて、徹底的に教えられた。だが金子は二年生になったころからフランス語の詰め込み教育にうんざりして、かえって野間三径という漢文の先生の授業が面白く、漢文が好きになった。そこで『三国志』『三国志演義』『忠義水滸伝』などを読み、中国へ行きたいと思うようになった。さらに三年生になると、江戸末期の稗史小説の類を読み漁り、江戸の放蕩に憧れるようになった。彼のなかでは、竹川教会のステンドグラスから差し込む西洋の光と、漢籍や黄表紙などが描く退廃主義が混在するといった具合だった。

中学時代で忘れてはならないのは、喘息の最初の発作に見舞われたことである。もともと身体が強い少年ではなかったが、二年生の春に喘息がはじまり、ときには息ができなくなるほどの苦しさだった。さらに喘息のときには、軽い癲癇の発作をおこすこともあった。アマストという大麻を主成分にした薬を飲むのだが、さっぱり効き目はなく、ホトトギスや猿の黒焼き、はては馬の糞まで煎じて飲まされた。やがて喘息は金子の宿痾となって、最後まで彼を苦しめることになる。

一九一〇年（明治四十三年）三月、中学三年生になると、二百日近くも学校を休み、学期末試験も受験せずに原級に留めおかれた。そのために大成中学校と京北中学校の四年生への編入試験を受けたが入学できず、四年、五年のころは学業にすっかり興味を失って、徳田秋声の『黴』など現代文学をしきりに読んだ。そして謄写版で刷った同人雑誌を出し、毎晩のように近所の寄席の牛込亭に通いつめた。金子が暁星中学を卒業したのは、一九一四年（大正三年）三月のことである。二十歳になっていた。

文学との出会い

この年の四月、早稲田大学高等予科文科に入学した。二、三年先輩には、宇野浩二、広津和郎がおり、同級には岡田三郎、そして二、三年後輩に、吉田一穂、中山義秀、横光利一などがいた。教授陣も、本間久雄、吉江孤雁、片上伸など豪華な顔ぶれがおり、本科では詩人の日夏耿之介が文学史を教え、坪内逍遥が演劇や英文学を講じていた。だがそうした授業も面白いと思わなかった。自然主義文学を中心にした早稲田派の文学は彼の好みではなかったのである。そこで翌年四月には、上野の東京美術学校〔現在の東京藝術大学〕の予科日本画科に入学したが、在学中は絵具も買わず、ろくに絵も描かなかったから、八月末には成績不良で除籍された。そこで今度は慶應義塾大学の英文予科に入ったが、身心ともに荒《すさ》んで、ついに肺尖カタルをおこし、三カ月のあいだ病臥するはめになった。このために慶應もほとんど通うことなく除籍処分となった。

病床に伏していたこの間に、知人で日比谷図書館に勤めていた文学青年の中条辰夫が、保泉良弼《ほずみよしすけ》と良親《よしちか》の兄弟をつれて見舞いに来た。弟の良親は詩を書いていて、それらを見せた。彼の書いていたのは抒情詩で、病気で感覚が鋭くなっていた金子は、そこにこれまでとは違った情感を感じた。これが刺激となって、持てあましていた時間をつぶすために、三十篇ほどの詩をつくって良親に見せると、激賞された。病気が治ったなら小説でも書こうと思っていた金子は、こうして詩の世界に開眼したのである。

保泉に刺激された金子は、永井荷風の訳詩集『珊瑚集』、鷗外の『沙羅の木』、与謝野鉄幹の『リラの花』

などを読んだ。なかでもボードレールの詩に深い血肉のつながりを感じた。

　金子はこのとき、アーサー・シモンズ著『表象派（象徴派）の文学運動』を岩野泡鳴訳で読んで、フランス象徴派の文学に接し、さらに日本の同時代の詩人は、北原白秋、三木露風、山村暮鳥に読みふけった。そして加藤純之輔、小山哲之輔、坂本由五郎と語って同人雑誌「構図」を刊行するが、これは一号でつぶれた。

　このころ金子がつくった詩の多くは、詩集『赤土の家』（金子安和の本名で出版、大正八年一月一日発行麗文社）に収録されているが、同じころに創られた一篇に「反対」がある。

僕は少年の頃
学校に反対だつた。
僕は、いままた
働くことに反対だ。

僕は第一、健康とか
正義とかが大嫌ひなのだ。
健康で、正しいほど
人間を無情にするものはない。

むろん、やまと魂は反対だ。
義理人情もへどがでる。
いつの政府に反対であり
文壇画壇にも尻をむけてゐる。

なにしに生れてきたと問はれれば
躊躇なく答へよう。反対しにと。
僕は、東にゐるときは
西にゆきたいとおもひ、

きものは左前、靴は右左、
袴はうしろ前、馬は尻をむいて乗る。
人のいやがるものこそ、僕の好物。
とりわけ嫌ひは、気の揃ふといふことだ。

僕は信じる。反対こそ人生で
唯一の立派なことだと、

反対こそ、生きてゐることだ。
反対こそ、じぶんをつかんでることだ。

これらのごく初期の作品に、後年の詩人金子光晴の本質——天邪鬼の反抗精神——が鮮やかに刻印されている。ただそれがゆるぎない信念となるのは、三千代との苦い恋愛体験や長い放浪生活を経たのちのことである。

養父の死

一九一六年（大正五年）の五月、荘太郎が胃癌を宣告され、養生の甲斐もなく十月に死去した。享年四十九歳だった。

荘太郎が床についたとき、妻の須美は隣家の相場師くずれの西村某と通じて、夫の世話もろくにしなかった。死期が近いのを知った親戚が荘太郎の枕元にやってきて、不貞の妻や養子の息子に遺産をやることはないと言い、最後には弁護士まで連れてきたが、荘太郎は、最後まで頑張って、遺産は須美と養子の安和が折半して相続することになった。生前に収集していた骨董を競売にかけてみると、ほとんどが偽物だったことが分かった。それでも残された遺産は二十万円ほどだった。当時は一万円あれば一生食べて行かれるといわれたから、相当な遺産を受け取ったことになる。

荘太郎の葬儀は盛大で、会葬者は五、六百人におよんだ。金子は、「父」という詩を書いて、自分を慈しんでくれた荘太郎の死を悼んだ。

金子は葬式の疲れから発熱した。結核の疑いがあり、一時神田の明仁堂病院に入院したが、退院後は新小川町の広すぎる屋敷を処分して、小石川区小日向水道町の二階屋へ移った。その後ほどなくして、金子は赤城神社の崖下の牛込赤城元町の借家へ、須美は情夫の西村と新小川町の借家に移った。こうして念願だった一人暮らしがはじまった。のちの自伝『詩人』で、「十七、八歳から二十歳位まで、僕は、三十男のするような放蕩をした。」と書いている。

養母が若い男に入れあげるという出来事は、金子の若者らしい野心や情熱をそぎ、世事に消極的で、虚無的な懐疑を抱かせることになった。彼自身、「詩人」のなかで、「第一回の外遊から帰国してみると、養父の遺産の全てが喪失していた。むろん大した遺産ではなかったが、邸も土地もどれ一つぼくの知らないうちに人手にわたっていた。ぼくが物質や金銭の空虚さに気づき、それらにほとんど執着しなくなったのはそのときからである。」と書いている。

こうした環境の変化が、金子の詩への関心を一層盛んなものにした。このころ日本に伝えられたアメリカン・デモクラシーの影響をうけた民衆詩の運動や、一九一七年（大正六年）のロシア革命の成功で、日本のインテリゲンチャも左翼思想に強い関心を持つようになり、翌年の第一次大戦終戦にともなう世界規模での経済の悪化が、労働運動の台頭をうながした。金子は一九一八年に、ホイットマンの詩「娼婦」を読んで、これまでの自己中心の女性観に痛棒を食らわされる思いだった。彼は続いて富田砕花の翻訳でエドワード・カーペンターの訳詩集『民主主義の方へ』を読み、新たな世界観に感動した。

ホイットマンの『草の花』の訳者でもある富田砕花の知遇を得たのは、一九一八年のことである。この年十一月には、富田が赤城元町の金子の自宅を訪ねてきて、泊まっていった。のちに金子は、「この詩人は、いかにも大正期のインテリらしい自由主義を呼吸していて、風采をかまわず、飄々と旅をしてあるく、明朗で、人好きのする、ほんとうにインティムな（親愛の情あつい）感じの人でした。よい意味の詩人を代表しているようなこの人に、最初に交際を結ぶことのできた私はしあわせだったと思います」（『作詩法入門』）と書いている。富田は面倒見がよく、金子にたいしても兄のように接し、多くの詩人たちを紹介してくれた。こうして金子は佐藤惣之助、前田春声、陶山篤太郎、辻潤、さらに民衆派の福田正夫、井上康文といった人たちと交流を持った。

実父の大鹿和吉が赤城元町の家を訪ねて来たのは、このころである。山師気質が抜けない和吉は、一攫千金をもとめて朝鮮、満州を渡り歩き、無一文になって金子を訪ねて来たのだった。実家とはいっさい関わらないという条件も、荘太郎が亡くなっては反故同然だった。金子にいろいろな儲け話を持ちかけて、一万、二万と金をせびり取っていった。金子自身も働いて収入を得るといった考えはなく、みるみる減っていく遺産を盛り返そうと、群馬県鹿沼の奥にあったマンガン鉱山を買って、ひと山当てようとした。鉱夫や臨時雇いの農民たちと一カ月半ほど飯場暮らしをしたが、掘り出されるものは純度が低く、まったく採算にあわなかった。

遺産がなくならないうちに書き溜めた詩集を出すことにした。それが本郷の赤門前にあった麗文社から刊行した第一詩集『赤土の家』で、五百円をかけた自費出版だった。十八篇の詩を収録し、加藤純之輔が装幀と挿画を担ってくれた。もっとも金子自身はこの詩集に否定的で、一九六七年に筑摩書房から『定本金子光晴全詩集』を刊行したときは、全篇を採録しなかった。

初の洋行

洋行の話が持ち込まれたのはこの時期だった。話を持ってきたのは荘太郎の知人の美術商鈴木幸次郎で、国内で骨董や美術品を買い込んでは、ヨーロッパ各国やアメリカをまわって得意先に売る商売をしており、欧米とのあいだを行き来していた。若い金子を訪ねてきたのは、懐の金を資金にしようという魂胆がみえみえだったが、金子はこの話に乗ることにした。遺産の残金は一万円ほどになっていたし、それがなくならないうちに、外国を見てくるのもよいと考えたのである。

一九一九年（大正八年）一月二十五日、『赤土の家』の刊行記念と外国行きの壮行会が、神田小川町の小料理屋で開かれた。中条辰夫と井上康文が幹事となり、富田砕花、佐藤惣之助、佐佐木茂索、福士幸次郎、正富汪洋、石井有二、平野威馬雄、加藤純之輔などが出席してくれた。

こうして二月十一日には、モーニングに山高帽をかぶり、ステッキをもって、神戸から佐渡丸に乗船した。これは一九一八年十一月に第一次大戦が終わって以来、日本から最初に欧州に向かう定期航路の客船だった。

旅は鈴木に合わせた三等船室で、上海、香港、シンガポールと進むにつれて客が増え、同時に暑さもまし、船室は蒸し風呂のようになった。船酔いがいつまでもとれない金子は、船底の藁布団に横になってすごす時間が多かった。それでもシンガポールやコロンボの南方の風景には心を奪われ、もう一度ゆっくりと旅してまわりたいという想いを抱いた。

四十日をこえる船旅の末に、イギリスのリバプール港に着いたのは二月末のことであった。リバプールはちょうど暮れ方のラッシュ時で、勤めを終えた職業婦人が列をなしていて、その短いスカートやストッキングに包まれた形のいい脚、きりっとした顔立ちにすっかり圧倒された。二人はその夜の汽車でロンドンへ行き、ブリティッシュ・ミュージアム通りに居を定めて五月まで滞在した。

ロンドンではまず山高帽にモーニングを購入し、そんな服装で名所や美術館を観てまわるかたわら、鈴木について日本刀や浮世絵の蒐集家を訪ねて自慢の品を見せてもらい、オークションにも同行した。ロンドンには応接間に何百本もの刀剣を飾っているハッチンソンや、浮世絵を専門に蒐めているラファエルといった日本美術のコレクターが沢山いた。鈴木の商売はこうした品々を各地の蒐集家から仕入れて、それを転売してさやを稼ぐことだった。

金子がロンドンでまず感じたのは、日本人にたいする偏見だった。公園などを通ると、「チャイナ、チャイナ」と指をさされ、東京にも電車やバスはもちろん、地下鉄もあるといっても信じてもらえなかった。食べ物が不味いのにも閉口した。

やがて鈴木の都合でベルギーへ行くことになり、ドーバー海峡を渡ってオスタンドの港に着き、汽車でブリュッセルへ向かった。鈴木とはここで別れることにした。

イヴァン・ルパージュ

鈴木は金子を連れて、ブリュッセルの北東の郊外にあるディーゲム村に住むイヴァン・ルパージュのもとを訪れ、金子のことを頼んでくれた。ルパージュは鈴木の得意先の一人で、日本の根付や鍔の蒐集家として知られる存在だった。彼は鈴木の頼みを聞き入れて、金子の世話をしてくれることになった。

「ディーガム《ママ》のリュー・ド・ムーラン〔風車横丁〕七番地のルパージュ氏の邸宅のすぐ前の、カフェといっても、村の者のあつまる居酒屋の二階の一室に、朝のパンとコーヒーだけついた、部屋借り生活をすることになった。それは、ゆきがかり上のことではあったが、ルパージュ氏の人柄と、村の環境がすっかり僕の気に入ったので、この滞在の一年半は、僕の生涯にとってもっとも生甲斐のある、もっとも記念すべき期間となった。」（『詩人』）

ルパージュは一家をあげて若い金子を受け入れて、偏見なく面倒をみてくれた。金子も『詩人』の文章にある通り、この環境がすっかり気に入り、腰をすえてヨーロッパの文化や文学を勉強する気になった。この間、金子は一人の日本人にも会わず、静かで充実した思索の時間をすごした。

「朝は読書し、昼は散歩をしながら詩を書いたりして、夜は、毎晩のようにルパージュ氏のもとにでかけて行って話をして、夜を更かした。大戦後で、まだ兵隊たちがたくさんいたが、このへんは、戦禍のあとは少なかった。素朴な村の人たちは、フラマン語をしゃべった。フラマン語はオランダ語の方言だ。街の人たちは、フランス語で通じた。ルパージュ氏は、機械技師だったが、絵画彫刻のひろい趣味をもっていて、ことに、日本の根付については、全ヨーロッパで一、二の目利きだった。周山や、一斎、岷江、右満などの名作に接することのできたのも、氏の蒐集によってであった。それよりも重要なことは、氏が、ヨーロッパに対してほとんど無知に等しかった僕の、眼をひらいてくれたことだった。鉄と石の文化の基礎《いしずえ》のふかさと、永遠の疲労と、痛風の足と、皮肉に食い込む鉄の足枷、首枷と、諸々の悲劇のうえに築かれた歴史の類ない魅力を、由緒ある街なかのモニュマンや、美術館の古美術によって、ねんごろに僕に説ききかせてくれたのは彼だった。殊にブラバント、フランドルには、南方のイタリー・ルネサンスにたよらない土着の芸術があった。『王は百姓とともに飲む』を描いたジョルダーンス、『鎮守祭《ケルメス》』の画家テニエルスの他に、北方の暗い風刺

画家ジェローム・ボッシュや、ブルーゲル父子がそれである。」（同）

金子光晴の『下駄ばき対談』（一九七五年、現代書館）は、本の帯に、「金子光晴老が、下駄を鳴らして訪問した方々」とある通り、作家、詩人、漫画家などとの気の置けない対談を収めていて、金子の飾らぬ一面がのぞけて面白いものである。そのなかの一篇、西脇順三郎との対談「思い出」のなかで、金子は詩を書きはじめたときのことに触れて、「わたしの書くものは北欧の影響が大きいのですよ。文学ではありません。クラシックの絵です」と語っている。

西脇はこれを、「それは大変おもしろい話だ。」と受けているが、金子光晴の詩を世に知らしめた初期詩集『こがね蟲』や『大腐爛頌』などの作品を解く鍵がここにある。金子はさらにつづけて、「メムリングの肖像なんか、非常に鮮明で、こまかい木の植込みなんかがうしろに描いてあったりするでしょう。ああいうカチッとした、ガラスに映ったミニアチュールみたいなものが詩でも書きたかった。」とも語っている。

金子の読書はエミール・ヴェラーレン（金子はヴェルアーランと記述）の詩を読むことからはじまった。二十巻ほどの全集を買い込むと、詩集『修道僧《モアン》』から読みはじめた。いまいるフランドルの地方が詩の舞台となっていて、風車、畑に積み上げられた藁塚、薄茶色の小屋、教会の塔、農夫、老人、子どもが、そのまま詩に詠われていた。こうして北ヨーロッパの自然の楽しさを味わい、自然の秩序にしたがう人間生活のあり方を知って、それを詩にしようとした。詩作の方法もおのずから日本にいたときとは違っていった。読書の方も、象徴派から高踏派へと文学史をさかのぼる方向で進み、最後はロマン派のアルフレッド・ド・ミュッセまで読んだ。

ディーゲムでの日々は、「一すじな向学心に燃えた、規律的な、清浄なこんな生活が、なによりも僕にぴったりしたものと、ためらいなく考えるようになったじぶんを、過去の懶惰《らんだ》な、シニックなじぶんと比べてみて、信じられない位だったが、それはみな、ルパージュの友情のたまものであった。」（『詩人』）

詩集『こがね蟲』

金子がベルギーを去って、一カ月半ほどパリに滞在し、マルセイユから帰国の途についたのは、一九二〇年（大正九年）十二月中旬のことである。パリ滞在中に引きつづいて、船中でも書き溜めた詩稿の整理をして、二十冊以上あった詩のノートのうち十冊をペルシャ湾にさしかかったとき海に捨てた。持ち帰ったのは、やがて『こがね蟲』や『大腐爛頌』となる詩稿と、ボッシュの画集とコーヒーミル、インド更紗などであった。神戸港に着いたのは翌一九二一年一月末のことであった。

神戸から東京へ帰る途中、京都で下車して島原で遊び、友人の中条辰夫にだけは電報を打って帰国を知らせた。

帰ってみると、養母の須美は新小川町の借家で西村と同棲を続けていて、養父の遺産は須美の情夫の西村と荘太郎の親戚たちにあらかた巻き上げられていた。赤城元町の留守宅には須美の義兄の伊藤親子が住んでいて、その二階の八畳に落ち着いた。一年半ぶりの日本は、なにもかもがフランドルでの生活とはちがっていて、彼の地への郷愁がしきりにわいた。

出発のときと同じ顔ぶれの友人たちが、神田の牛肉屋「今文」で、帰国歓迎会を開いてくれた。そこに福士幸次郎がサトウ・ハチローを連れてきた。佐藤紅緑の息子で、十八歳だった。

歓迎会の流れで、福士幸次郎、富田砕花、井上康文、サトウ・ハチローが、赤城元町の二階までやってきて、夜通し話をした。金子が二百頁ほどの『こがね蟲』の草稿ノートを見せると、福士が持ち帰り、翌日、「この詩は、君、すばらしいよ。日本でははじめての試みだとおもう。」（『詩人』）と激賞した。この言葉に力を得た金子は、三月になって京都へ行き、洛北の等持院の茶屋を借りて推敲することにした。一カ月の食事つきで十円ということだった。ただ寺の食事が粗食なのには閉口した。

金子は帰国後の一九二一年、ノートの一部から「二十五歳」と「熊笹」の二篇を、雑誌「人間」の十月号、「雲」、「章句」を十一月号に発表し、翌年の二月号に「誘惑」を、三月号には「春」と「金亀子《こがねむし》」を発表していた。そしてこのときに初めて、金子光晴のペンネームを用いたのだった。

これらの詩篇はやがて『こがね蟲』に収録されることになるが、「人間」の三月号には、福士幸次郎が、金子の「誘惑」をとりあげて、「ほんの近頃詩壇にあらはれた詩人であるが、この新時代の日本詩壇の時期を、今に立派に劃し切るだらうと思はれる有望な金子光晴君は、この佐藤〔惣之助〕君の行き方と違つて、一ライン一ラインに充分な意味を含めながら、文章をそこで突つ切つてしまふ語法をとる。ゆつくりした撓やか表現のなかに、引きしまつた強ひ味はひを持つた體裁である。」と褒めて、紹介した。こうして一九二三年（大正十二年）七月十四日、『こがね蟲』が新潮社から刊行された。金子光晴二十八歳のときであった。

詩集は四六判、二百十六頁。函入りの豪華本で、収録した詩篇は五篇の散文詩を含めて二十四篇。装幀と題字は金子自身が描き、跋文として、吉田一穂が「二十五歳の懶惰は金色に眠つてゐる」を寄せ、さらに金子光晴の人物を紹介するものとして、佐藤惣之助が、「詩集『黄金蟲』の跋にかへて」を書いた。定価は一円五十銭で、発行部数千五百部だった。

序の一節で、「余の秘愛『こがね蟲』一巻こそは、余が生命と賭した贅沢な遊戯《あそび》である。倡優の如く余は、『都雅』を精神《こころ》とし、願はくば、艶白粉、臙脂の屍臘とならふものを……。／『こがね蟲』は其綺羅な願である。」と書いた。

詩集発行の前日、銀座尾張町のレストラン「清新軒」で、出版記念会が開かれた。出席してくれた一人の佐藤惣之助は、詩集に載せた「跋にかへて」で、次のように述べている。

「金子の第二詩集「黄金蟲」が世にでるのはうれしい。第一詩集の「赤土の家」を知る人はすくないであらうが、この第二詩集によつて一般が知つてくれるであらう。〔中略〕

金子は二重三重の性格者である。どこか根本の弱い、そしてむきな、一度信じたら火神教の行者のやうな事もやりかねない。かれの怖がるのは自然である。都会の暗から生れて来た金子には自然とか田園とかの生活は恐ろしすぎるのである。旅行をしても変つた風致のところへ行つても、一寸汽車の窓からのぞいて見るぐらゐですぐ毛布をかぶつて寝てしまふ。かれの好むのは内部的な、そしてへんに東洋風な——といつても西亜細亜風で、どこかアラビアくさい——宮殿とか浴地とか、又市場や婦人室や夜の世界である。そこでぐつたりしてサルタンの夢を見るのが、金子の今までの詩的心情であつた。

かれの詩を見るとどこかゴブラン織のやうなところがある。妙に赤い、へんな手ざわりがする。そして熱病のやうなよく馴れた猛獣のやうな匂ひがある——かと思ふと又病的で強烈な色があつて、その癖あくまでも人工の粋をつくしたバビロンの栄華を好むでゐる。［中略］

そして都会人種の常として性格に色づいた夢があっても、めつたに恋愛的な事はやらない。凡てが非実効的で、ものぐさで、白昼の光を好まないし、実際問題を避けていつも煙鬼のやうな醒めがちな阿片を悲しむでゐる——といつても金子は生理的に健康だし、深く酒も煙草もとらないので、いつも若い、いつもルノアールの女の腰をしてエロイズムの研究をしてゐる。かれの性の底を見ぬいてくれる女性はゐない。［中略］

そして又どこか動物的で人のよい臆病な、へんに見得坊な、得意な、ごく親しい何もかものみこんでから知らん顔をしてゐるところがある。［中略］

かれは苦しくつても苦しいとは云はない。日本がいけないから有産階級をぶちこわせとも云はない。労働者の味方もしなければ坊さんや官吏の味方もしない。かれは少数の芸術家があるく路をゆつたりと歩いてゐる。そして天文学者のやうにすましてゐる。かれにとつて大切なのは幻想であり感情で、この世界のふしぎと美との採集欲なのだ。」（『こがね蟲』）

佐藤惣之助の評はさすがに的確で、二十八歳になる金子の作品と人間の本質だけでなく、彼がその後に示す軌跡までも言い当てていた。佐藤は跋を、「黄金蟲よ売れてくれ、多く読まれてくれ」という言葉で結んでいるが、実際はそういかなかった。刊行の一カ月半後の九月一日、関東大震災がおこって東京は灰燼に帰し、新たな詩集の出現を祝福するといった悠長な環境はすっとんでしまったからである。

第三章　婚姻届

同棲

話を二人の出会いのあとに戻せば、金子は三千代を恋人にしてから、時々の出来事を詩や日記に書きはじめた。それらの一部は、昭森社から出版された『金子光晴全集』の第四巻（一九六九年）に収録されているので、随時それらを引用して、彼の心情を探る手がかりにしたい。最初の「接吻」と題した詩にはこうある。

はじめての接吻は、焦げくさい。
加熱した鉄板のうへに、
私の涙がじゆつじゆつとおちる。
やがて、そのひとは、表格子をあけて
あたふたとかへつていつた。
そのあとに、たたみのうへに、

そのひとの髪からすべり落ちた
ゴム光沢の浅みどりの束髪櫛をみつけた。
櫛は、髪あぶらでしつとり濡れてゐた。

私は、それをひろひあげて、
あかるい電燈に近よせてながめた。
にぎやかな光の哀歓がそこにあつまり

生きる欣びにうたひつれ、
遠いのぞみが鬨の声をあげ
半生の涙の跡もかがやきいで、

くちびるをよせれば、そのひとの
櫛の歯にからんだ髪一すぢが

この口にふれ、このこころに喰入る。

『こがね蟲』では審美的なレトリックを駆使し、森三千代を迎えるときは、大詩人然として炬燵の前に坐っていた金子とは思えない、読む方が気恥ずかしくなるような開けっぱなしの措辞である。これはどう見ても詩などではなく、森三千代を得た感激を書きつけた覚え書きだが、それだけに思いをとげた気持の高揚がよくあらわれている。これには「三・二五」という日付けがあり、三月十九日に、彼女と初めて会ってから六日後のことである。

三千代は弟を連れて大島への旅行に出かけたが、考えてもいなかった金子との関係が生じたために、旅は吉田一穂とのことや、今後の行く末を考える機会となった。しかし吉田への未練はなかなか断ち切れず、大島では雨に降りこめられて気晴らしもままならなかった。大島から帰ってからも、新学期が始まるまでは、大森の蒲生千代の家でやっかいになり、金子には、手紙はそこへくれるように伝えていた。あきらめきれない金子は、一日に二、三通の手紙を書いた。なかには新聞の端をちぎって一言書き、封筒に入れたものもあった。金子は四月になって関西へ旅行に出かけた。その間も三千代宛の手紙を書き続けた。帰京したのは五月の初めだった。

「五月はじめまでは、寄宿舎へは帰らず、大森にいるとわかっていたので、夜行列車で朝早く着いた大森駅で下車すると、朝霧にけぶって、藁《わら》塚などのあるいなか路を踏んで、彼女の寝ごみをおそった。不意打ちのことで、家のなかはしばらくざわめいていたが、やがて彼女が現れた。ふたりは馬込村の青麦の畑のなかを一時間ほどつれ立ってあるいた。「冷却時間を置いてみるつもりの旅だったが、結果は、振出しにかえっただけだった」と、私は正直にその通りを言ったが、彼女は、しっかりした返事をしなかった。しかし、ふたりのあいだの感情には、こなれたものが感じられ、問答も、掛けあいめいていた。二日後に牛込を彼女が訪ねると約束をつがえて、その日は別れた。」(『どくろ杯』)

手ごたえを感じた金子は、さっそく新たな下宿を探すことにした。いままでの下宿は三畳と狭い上に、取り巻き連が出入りするので、逢引には不都合だったからである。こうして肴町にある島村抱月主催の「芸術」の事務所芸術倶楽部のすぐ前に下宿屋を見つけた。階段の下に畳五畳半を敷いた三角形の部屋で、三千代がそこを訪ねてくるようになった。

「彼女を抱いてから、周囲の表情は一変した。私の身辺のすべてが生色を取りもどした。彼女の前の恋人がすでに郷里から上京して、彼の別の恋人の家におさまっていることをたしかめたので、彼女をつれて、了解をつけに出かけていった。あいてをひどく迷惑がらせたらしいうえに、こちらの意向が届いたかどうかも疑わしかったが、おもい立つとすぐにやらなければすまない私の、我儘な性質がさせたことであった。婉《えん》曲《きょく》にできるかもしれないことを、ずばずばとやってのけることで、新しい生活に弾みをつけようとする危い跳躍であった。恋愛をつづけるための必要経費の捻《ねん》出《しゅつ》にも、張合いが出た。」（同）

金子はさらにこう続けている。「この恋愛の特徴と言えば、「明日をも知らず」というところにあった。会っているときだけしか保証のない、燃えている瞬間にしか値打をもたない、それだけに激しく燃える、そのときどきに賭けるような、まるで夫や妻の目をしのぶような危機感にみちた出あいであった。それは、彼女が言い出して、私が納得したのだとおもうが、どちらかが熱のさめたとき、あいてがさめきらないうちでも自由に離れていっても、あと追いしないことを誓約した。それは、十年前の私が考えていたこととも符合した。人間のこころの底をまだついたこともなし、酸《す》い甘いを味いくらべてみたこともない若いあいだの、あいてにも、じぶんにも負わせる残忍なおもいつきと言う他はない。門限に帰るのも忘れて、二匹の蛇《ながむし》のようにまつわりついていることもあった。［中略］それから七月になったある朝、私がまだ寝ているうちに彼女は、ガラス戸を開けてあがってきて、私の頭のうえからかぶさりかかり、私の耳に唇をあてて、子供ができたらしいと告げ、その子供を産んでみたいと言った。ありうる結果ではあったが、子供が生まれてくるには、どう考えてもむずかしい情況であった。」（同）

金子と三千代は、お腹のなかで育っていく子どものことにはあえて触れずに、浅草や東京の下町を探訪して日をすごした。三千代は夏休みに三重へ帰省せずに、金子と一緒に旅行してまわる計画ができた。『水の流浪』が新潮社の詩人叢書の二十巻目として出版することが決まり、前金を手にすることができた。そこへ前年の暮れに、青森の弘前へ帰っていた福士幸次郎から誘いがあって、東北を旅行することになった。金子にとっても、久しぶりに東京を離れて気分を一新するよい機会だった。

「日記一束」

二人にとって新婚旅行に等しい旅の様子は、当時記された「日記一束」に詳しく記述されている。七月十一日の夜行で東京を立ち、七月十二日は、塩釜、松島、瑞巌寺とまわり、十三日には、平泉中尊寺、毛越寺、十四日に盛岡から浅虫温泉に行った。しばらくは旅の様子を金子の筆でたどってみる。まずは「塩釜」――

「〃塩釜ゆき〃の汽車に乗りかへるとき、私は駅で、大きな梨を二つ買つた。早朝の、窓からさし込む陽ざしが、真鍮の起床喇叭のやうに疳高い。彼女の白い歯並みが、いきなり、その梨の実に球形にくひこんだ。すこし酸つぱかつたといふ顔つきだ。〔中略〕私たちふたりが結ばれた記念の旅だが、それにしては、貯へも少い、心細い旅だ。私たちにとつての、〃明る時〃だが、蝕めるものは、光にいたみ、天の美禄をもてあますのが常例である。〔中略〕干魚の匂ひのつよく立ちこめるなかを、流汗りんり、喘ぎ、喘ぎながら私は、歪んだ石段を一つ一つのぼる。淡いときいろのパラソルを肩でもてあそぶやうにして、パラソルのいろが映つて、甘い果奬の新鮮に湧きたつた、果実のやうな彼女が、あとについて、息を切らせてゐる。〔後略〕」

梨にかぶりつく三千代は健康そのものであり、石段を喘ぎつつ登る金子と、息をきらしてはいるがパラソルを肩の上でくるくるまわす三千代。パラソルをまわすのは彼女がよくする癖である。聡明で、気が強く、なにごとにも一途な若い三千代を得て金子は満足であった。

十三日に中尊寺を訪れた夜の感想。「旅をして、愛情も新しくなるやうな気がしてたのしかつた。恋愛は、青春とおなじく、なま身で、くさりがはやい。いつも、栄養のある食物と、新鮮な刺激がなくてはかなはぬ。樹液や、土の香や、海の風が要るのだ。目新しい風物や、はつとする感動が必要なのだ。そのあとで、恋愛はきまつて若さをとりもどした。彼女が抱きつづけてゐる苦悩や、悔恨は、その瞬間、忘れられてゐた。」

七月十五日には、汽車で青森の碇ケ関駅に着き、そこから乗合馬車に乗って碇ケ関温泉までは二十分ほどの道のりだった。

「温泉場を流れる岩木川の支流平川の畔に、福士夫妻と幼い娘たちの住む小家があり、川をへだてたすじ向いの百姓たちの疲労休めにくる小宿の一室を借りて、私たちが住んだ。雨戸を開ければ、福士家の動静が見通しだった。足のふくらはぎまでしかない流れをわたって、福士は遊びに来たし、私も、彼女を背負ってその河をいったり、来たりして、百姓の湯治客たちの眼をおどろかした。私たちの放埒《ほうらつ》なくらしぶりが話の種となってひろがり、碇ヶ関の温泉場へのゆききも、人々が立止り、あとふり返って見送った。」（『どくろ杯』）

詩壇の論客である福士幸次郎は、金子の才能を早くから高く買い、『こがね蟲』の出版記念会の音頭をとってくれた一人だった。金子の方もそうした彼に恩義を感じて、今度出版する『水の流浪』は福士に献ずることにしていた。実生活上の福士は、貧乏ながら、超然とした一風変わった人物だった。

碇ケ関温泉は東北では有名なところで、二人は福士一家と行き来し、温泉を楽しむ日々を送った。碇ケ関に滞在中にこんなことがあった。

ある日金子たちが昼食の用意をしていると、鉢巻きをした福士が飄然とあらわれ、煙草を買いたいので銅貨を二枚貸してほしいと言った。聞くと、朝の七時に銅貨を七枚手に握って家を出たのだが、川を渡ってくる途中、石につまずいた拍子に七枚とも川のなかへ落としてしまった。落とした場所はわかっているので、川上に石を積んで堰をつくって流れをとめ、いままで探して五枚は見つけたが、どうしてもあとの二枚が見つからない。巻き煙草の「バット」を買うにはあと二枚必要だから、それを貸してほしいというのだった。川に落とした銅貨を四時間近くも探していたのである。金子と三千代は呆然とするばかりだった。

ある日、疲れた三千代が夕方から寝てしまったときがあった。その官能的な顔を見ながら、金子は考えずにはいられなかった。この先、愛情を燃やしつづけるような刺激に満ちた日々を彼女にあたえることができるのか。そもそも男が一人の女と出会い、生活を共にするとはいったいどういうことなのか。

「彼女は、眠ってゐる。

　白桃のやうな、やはらかいうぶ毛が、寝てゐる顔の輪郭を、部屋うちの暮れゆくうすぐらさのなかで、銀のモール糸ででもゑがいたやうに浮かせてゐる。

　古ぼけた畳表は、冷たく毛羽立ち、鉄瓶や、小机や、置物の福禄寿のあたまのかたちなどが、うすやみに取りのこされる。〔中略〕

　そして、いまここに寝てゐる彼女と、その存在から滲み出て、ただよつてゐるものを奇異なおもひで私はながめてゐる。私のかたはらにありながら、その存在の位置は、はるかに遠いところのやうでもあり、私じしんのふかさに、私の内部であるやうにもおもへてくる。あたかも、それは、虚空に物々しく横たわつてゐる金銅仏のやうで、もはや、焦燥感や、欲望とは遠い、宗教的対象に近いものになつてゐる。利己的な愛情の闘争などは、嘘のやうだ。〔中略〕

　ことさらに彼女を愛したいといふつよい欲望はない。まして、愛されたいといふナルシズムはない。ただ、私のこころがなにかで償はれたいといふ不当なのぞみがあるだけだ。男全体が、女全体に求める、なにかの返済で、永遠にみたされない結界《けつぱい》を我意にあひてに押しつけることは、真実、迷惑至極なことに相違ない。私と彼女によつて、解決する問題ではないからだ。私がひとりのやうに、彼女もひとりだ。どんな愛執も、ふたりの孤独をなぐさめはしない。傷をうけた兵士は、黙つて死んでゆく。悪あがきはしないがいい。彼女の運命を変へるやうなしうちは、謹んだはうがいい。彼女の秘密な傷口をのぞきこまないがいい。それは、彼女の私事だ。彼女が二人の男を愛してゐようと、三人の男を愛してゐようと、また、誰も愛してゐなくても、それは、私にはかかはりのないことだ。人は誰のこころもまげることはできない。なに一つ他人に誓わせることはできない。万象が四大が流れるやうに、私のもつとも大切なものもながれるにまかせなければならない淋しさを、耐へてゐる心だけに、しづかに誰かが話しかけてくる。

——君の傷口を洗ふがいい。」（「日記一束」）

この日、金子が三千代の寝顔を眺めつつ抱いた想いは、その後の彼女との関係を方向づけるものだった。好ましく思った女性と結ばれても、それで自分の意志を押しつけることはできない。相手はあくまで一個の別人格であり、しかも実際のところ、何を考え、何をしようとしているのか、本当のところは分からない。愛しているからといって、相手にも自分を愛してくれという権利などもともとないのだ。それは淋しいことにはちがいないが、人を愛するとは、この根源的な淋しさに耐えることにほかならない。金子はこのとき、三千代を通して男と女の関係の本質を見極めようと決意したように見える。だがこうした醒めた態度が、本当に相手の女性を惹きつけるものなのかどうか。金子も三千代もまだ知るよしもなかった。二人は碇ヶ関に一カ月近く滞在したあと、十和田湖をまわって八月末に帰京した。

退学

秋になって学校がはじまったが、四カ月に入ったお腹が目立つようになった三千代は、寮に戻るわけにはいかなかった。何の目途もないまま、赤城元町の家の二階の八畳間で二人の生活がはじまった。近くの寄席や映画館を見て歩き、知り合いに出会う危険をおかして、上野の展覧会や動物園を訪れたりした。

学校に知れるのは時間の問題だった。案の定、上野行きから二、三日すると、級友の津田綾子が赤城元町の家を訪ねてきた。聞けば、動物園で二人を見かけた同級生が二人を家まで後をつけて、舎監に伝えたのだという。三千代と親しい津田が選ばれて様子を確かめに来たのだった。

もはや学校に隠してはおけなかった。事実が学校に知れれば、放校ではすまずに、四年間の授業料や寮費を返還しなければならない可能性もあった。学校から三千代の親元に通知され、折り返し、父親が上京するとの電報が届き、その翌日父親が姿をあらわした。

「初対面は、妙に双方とも遠慮がちで、まるで脛《すね》にきずもつ同士が、そのきずにふれられるのを怖れてでもいるような案配式で、下をむいたり、眼がぶつかるといそいでそらしたりしていた。彼女は、台所で酒のしたくをしていた。坂下にある惣菜《そうざい》のえびの天ぷらを私が買ってきた。十銭に三個という、その当時でも人がびっくりする安価であったが、父親は「うまい。さすが東京はちがったものじゃ」と舌鼓をうった。いい加減で私が階下に引きさがったあとで、彼女が酒のあいてをしながら、こまかい事情を話すことに手筈がきまっていた。私は、三畳の古巣に戻って、ぼろ布団を引きかぶっていた。夜更けになって、〔中略〕みしみしと彼女は下りてきて、私の黴《かび》臭い布団にもぐり込み、私のうえから羽交《はが》いじめにしながら、「すっかり話したわ。黙ってうなずいてきいていたけど、御小言は出なかったわ。そして、最後になって、金子さんとは添うつもりか、もし、みこみがないとおもったら、子供は心配ない。こちらで引きとって育てることにして、別れるように話してやるって。やっぱり、おやじね」と言って、熱い息の唇を私の顔に押付けてきた。「それで、なんと言って答えたの」「別れないと返事をしたわ。それでよかったの?」彼女は、興奮で声をうわずらせていた。」（『どくろ杯』）

翌日、父親は女子高等師範学校に出向き、北見舎監に会って話をつけてくれた。北見先生は案外物分かりがはやく、病気退学として取りはからってくれた。このため普通退学ならば必ず本人の負担となる四年間の月謝も免除となった。森三千代は国元に帰ったことにして、医者の診断書を二通送ってことはすんだ。北見先生は父親に、「あの娘は、頭が切れるし、女としては傑物だが、教育家には向かない。奔放な情熱家だから、もっと他の天地で、充分に羽翼をのばさせてやりたい。何十年娘たちを教育してきたが、勝手放題なことをしておきながら少しも悪びれないで、堂々とじぶんのしたことの正当さを主張して引きさがらないあんたの娘のようなのは始めてだ」（同）と言ったという。娘に甘い父親は得意そうだった。父は三日二晩、二人から酒びたりにされたあと、伊勢に帰って行った。こうして式も披露宴も抜きにした二人の結婚生活がはじまった。

そして二人は一九二五年（大正十四年）二月十二日に

婚姻届をだした。保証人には室生犀星がなり、二月二十七日には、三千代が高樹町の日赤病院で男の子を生み、乾《けん》と名づけた。名づけ親は佐藤紅緑で、三月一日に牛込区役所に届けた。

第四章　国木田虎雄との出会い

上海旅行

子どもが生まれ、親子三人の生活は心はずむものだった。金子は赤ん坊のおむつを替えるなどして世話を楽しんだ。春になったある日、三千代が赤ん坊を背負い、金子が手におむつの入った袋を持って銀座を歩いているところを新聞社のカメラマンに写真を撮られて、それが新聞に載った。春めいた日の銀座風景ということでカメラマンの興味を惹いたのである。すると二人を知っている者たちが、男のくせにおむつ袋を持って歩いているなどみっともないと非難の手紙をよこした。だが金子は意にも介さなかった。

このころ神田の出版社紅玉堂書店から、先輩の口利きで、翻訳詩集『仏蘭西名詩選』とアルセーヌ・ルパンの『虎の牙』の訳を出したが、出版社からはなかなか金を払ってもらえなかった。それでも彼ら親子三人は、大森の不入斗《いりやまず》に下宿を見つけて、そこに引っ越した。屋根に石油缶のブリキを張った二部屋限りの長屋で、夏の暑さがこたえた。

困ったのは、生後六カ月になった乾が、いくら乳を飲んでもみな吐き出してしまうことだった。そのうえ母親の三千代が脚気になったせいで、医者から乳を赤ん坊に飲ますことを禁じられてしまった。やむなく牛乳や粉ミルクに変えたが、一度母乳の味を覚えた赤ん坊はゴムの乳首に慣れず、ミルクを飲まなかった。それに夏痩せが重なり、乾はみるみる痩せていった。

二人は、赤ん坊の命があるうちに長崎の三千代の両親に一目合わせたいと考え、さらに子どもを育てた経験のある両親にすがる思いもあって、八月末に長崎へ向かった。三千代の父は伊勢から長崎の東山学院中学へ転任になっていた。

金子は三千代と子どもを両親に預けると、すぐに東京に戻って行った。長崎はエキゾチックな風情を湛えた土地柄で、三千代は気に入り、脚気も次第に治って、赤ん坊に乳をあたえられるようになった。金子は手許に残していた掛け軸や骨董のほとんどを手離し、正月には毎日新聞に、佐藤紅緑の代筆で正月の随筆を書いて百円の稿料を得た。こうして集めた金を手に長崎へやって来ると、三千代にこの際上海へ旅行しようと言い出した。当時長崎と上海には定期航路が開設されていて、二十四、五時間の船旅だった。

金子は佐藤紅緑の紹介で谷崎潤一郎の面識を得て、上海で会うべき人たちの紹介状をもらっていた。彼はこの旅の模様をこう伝えている。

「上海の滞在は、私たちにとっての小さな祭りだった。谷崎〔潤一郎〕の紹介状が懇切をきわめていたので、いたるところでおもいがけない便宜をはかってもらえた。なんの見どころもない、そのうえ因縁の浅い私を、彼がなぜ、そんなに厚遇してくれたのか今も猶理由がわからない。郭沫若〔文学者・政治家、中学卒業後日本へ留学。九州帝大医学部卒〕には上海にいなくて会えなかったが、他の人たちとは、皆、会うことができた。村田孜郎〔大阪毎日新聞の記者〕は着いた日、私たちを四馬路に案内し、天蟾《てんせん》舞台の京劇をみせてくれた。内山完造〔内山書店の主人〕はすぐ前の余慶坊の住居を用意してくれ、始終こまかい世話をやいてくれた。田漢〔劇作家・詩人、日本留学中から新劇運動に熱中〕とは、胸襟をひらいて語りあい、湖南の友人たちのパーティに再三誘ってくれた。銀の宮崎議平〔銀鉱山の経営者〕や、石炭の高岩勘二郎が私たちを援助して、蘇州、杭州、南京〔蒋介石の首都となる前の荒廃したままの金陵の地〕を、折角来た序《ついで》というので見物させてくれた。江南はまだ、革命後の軍閥の五省の督軍孫伝芳の治下にあった。陰謀と阿片と、売春の上海は、蒜《にんにく》と油と、煎薬と腐敗物と、人間の消耗のにおいがまざりあった、なんとも言えない体臭でむせかえり、また、その臭気の忘れられない魅惑が、人をとらえて離さないところであった。私たちは、日本へ帰ってからも、しばらくその祭気分から抜けられなかった。」（『どくろ杯』）

詩集『龍女の眸』

金子光晴と森三千代の夫婦は、中国旅行から帰国すると、息子の乾をあずけていた長崎の三千代の両親のもとに寄り、乾と三千代のすぐ下の妹で、女学校を卒業したばかりのはる子をつれて帰京することにした。一九二五年〔大正十四年〕五月である。この年、金子は三十一歳、三千代二十四歳であった。ただし帰京するといっても住む場所の当てがなく、金子は途中湯河原の旅館に三人をしばらく滞留させて、一足先に東京に戻った。中央線沿線の中野と高円寺の間に、仮普請の二軒長屋を見つけて、そこに住むことが出来た。養母と折半した遺産はすべて使い果たしていたから、生活の目途はまったく立たなかった。

「この新しい世帯は、世間しらずのふうてんの天使たちの住家であった。妹のはる子は、風船に乗って空を飛んでいる天使だった。先になんの成算もなしで、しあわせにしてくれるあてなどないことが一目でわかるような私に、いっさい任せたような顔をしてついてくる三千代も、浮世ばなれした存在だった。子供は、いうまでもなく、この姉妹のペットだった。彼女たちは、私の能力を信じ、私が他人のあいだで尊重される存在のように過信していた。」(『どくろ杯』)

金子は詩や短文を書いて雑誌に発表したが、原稿料は微々たるもので、到底大人三人と幼い子どもが口に糊するには足りなかった。友人、知人から金を借りて日々やりくる生活で、近所の店にも借金がたまる一方だった。金子はそんななかでも、三千代の希望をかなえさせたいと努力をし、一九二七年(昭和二年)三月、彼女の処女詩集『龍女の眸』(紅玉堂書店)が、野口米次郎の序文付きで出版された。自費出版であった。念願の詩人の仲間入りをはたした彼女の喜びは大きかった。

詩集は横一二センチ縦一八・五センチの大きさ。桃色に近い薄茶色の表紙に、右から左へ横書きで、「詩集/龍女の眸/森　三千代/水面から首を出す龍を描いた丸い図案/1927/紅玉堂出版」とある。「詩集」、「森三千代」、「1927」の文字が赤で印刷され他は黒の活字である。定価は一円だった。

『龍女の眸』はいまや稀覯本だが、森三千代の「自序」と幾つかの詩篇、それに金子光晴の「跋」を引用してみる。まず「自序」で、三千代はこう述べている。

「山上の空氣は澄み切つてゐました。老杉の樹の間から薔薇色の琵琶湖がほほゑむ爽かな朝の窓で時々ほとときすの鋭い聲を聞きながら、白木の机に向つて書きためたものを整理して一冊にまとめようとしたのは、今から三年あまり前の事となつてしまひました。その頃はお茶の水の寄宿舎に學んでゐて、夏休みを利用して叡山に登つたのでした。サツフオが好きで、いろ〳〵なロマンテイツクな夢にばかり耽つてゐた當時のものは、いま讀んでみてもろくなものはなく、この集では彼の時代のものはほんの一部分に止まり、おほかたその後の慌だしい生活の中から生れ出たのであります。

自然のままならば、當然就くべき教職といふ運命は私のやうな人間には無理だといふことをさとつて、それからのがれ、一夏は奥州に十和田湖を尋ね、東京へかへつてから一子を擧げて後、今度は長崎の両親の家で自分と子供と病後の身體を守りながら彼の地のエキゾテイシズムに深い興味を感じつつ、その間絶えず自分の貧しい詩藻を少しでも練るやうにと心がけてゐました。様々の勞苦を伴つた生活は、私をしてただのロマンテイツクであった境地から蟬脱せしめ、眞正面に物を直視する習慣をあたへました。さうして私の詩は自分の欲しいと思つてもどうしても得られないものへ對する郷愁と、現在の苦惱や悲哀をみつめつつ明日を期するその希望とに育くまれました。さうして得たこの集三十八篇の詩は、その時々に自分の意に滿ちてはゐたものの、翌日は、否一時間後は、否一瞬間後はもう不滿な過ぎ去つたものでありました。
　ほんとうに新しい詩、何時見ても新しい詩、それを私は作り出したいのです。そのために私はまだまだ變つてゆくでせう。［後略］

森　三千代」

　滿年齢でいえば二十五歳十一カ月にしかならない三千代は、これまでの生活を思い、目覚めつつある意欲を率直に吐露している。ただ意図するように、詩集に収められた作品が、「ほんとうに新しい詩、何時見ても新しい詩」であるかどうか。ここでは詩集冒頭の「海邊の家」を紹介してみよう。――

男の胸にかほを塡めてゐると
哀しさがきり〳〵と目がしらに集つた。
男の肩幅は濱防風の咲いてゐる
頑丈な岩のやうだつた。

七月の夕陽を受けた障子の棧には
唐桐の花の影が濃く揺れてゐた。

絶え間ない遠い潮騒………。
食事の後まだ片附けない七輪の火が
白く濁つた灰をかぶつて
湯がしん〳〵と音を立てて沸つてゐる。
あの湯を咽喉《のど》に注ぎたくなつた。

じつと天井を見つめて
皮肉に口を結んでゐる男。
私は一日一日目立つてふくらんでゆくお腹《なか》をそつと撫で
た。

男――

それは女にとつて
時に、離れがたない仇敵である。

これは経済的に不如意になりつつあった金子光晴との生活を背景とする詩であろう。次の「雪」は、失ったものを追想する作品である。

ああまだ私が生れなかつた以前、
横つてゐたといふ眞白な花いつぱいの丘。
ああまだ生れなかつた以前、榮えてゐた街。
金色の街。
地平の果てを鳴り渡る銀笛《フルーツ》に
朗々と匂ひ出た遥かな氷郷の曙………
ああまだ私が生れなかつた以前、あつたといふ純潔。

詩集の最後に置かれた「跋」で、伴侶の金子光晴は次のように書いている。

「ここに三千代の詩集を世に送る欣びに邂逅した。月日がかけり、年々が落のびてゆく。二人のあひだにもいい日よりも悪い日が、美くしい事よりも、つらい、苦しい、にがい思ひが多かつた。殊に女としてのお前のこころが、その純情を抱きしめる力を、おおなんと屢々歪ませられるところであつたらうか。

私は、この詩集の内容に就いて可否を云々する役目ではない。それには社會の批評といふものがある。よいものであるか、わるいものであるか、よいものとしても、それが理解されるまでに長い年月を要するものであるか。または案外早く時好に投ずるやうな種類のものであらうか？　私は、むしろお前の作品が、その時代のなるがままのとりあつかひをうけることによつて、お前自らの眞實性のうごきをみるべきよきチャンスをえたことをおもふ。

ただ謂ふ。お前は勇ましく詩を精進してきた。そして、そのシンセリテーはお前の生涯を通してこの先、どこ迄ものびてゆくべきものであることを。

光晴」

詩人の先輩としてまた生活をともにする者として、詩を志す森三千代を理解した愛情あふれる文章である。何ごとに対しても正面から立ち向かおうというシンセリテー、誠実さこそが、彼女の最大の特質であった。それがこの詩集にはよく現れている。ただ彼女の誠実さと一途さゆえに、金子は実生活の上でこれからも悩まされることになる。

『鱶沈む』

詩集に関しては、もう一冊三千代との共著で中国旅行の小景詩を集めて出版する相談がまとまった。一冊一円で売ることにして、金子は知り合いの詩人や文士の間をまわって予約をとり、先払いをしてもらいに歩いた。二百部刷る予定で、百十人分の予約をとることができた。ただこうして集めた金も、あらかた足代や食事代に消えてしまい、家には半分も持って帰ることができなかった。それでもこの年の五月には、紅殻色の表紙の『鱶沈む』(有明社出版部)が刊行された。有明社は古くからの友人である小山哲之輔がやっている印刷所で、おもに浅草界隈のチラシの印刷をやっていた。詩集『鱶沈む』は、一九二七年五月十日印刷、十五日、有明社出版部から刊行された。

この詩集もいまや稀覯本で、国立国会図書館には所蔵されておらず、東京都立多摩図書館に一部が収蔵されている。

体裁は横一二センチ縦一八センチの四六判で、紅殻色の表紙に、縦に二行、「金子光晴　森三千代　共著」、真中に大きな活字で、「鱶沈む」と印刷されている。内表紙には、表紙と同じ著者名、出版社名に加えて、「鱶沈む」のタイトルの脇に、「南支旅行記念詩集」と書かれている。

これの詩集は後の全集に収録される際には、金子光晴の単独詩集として扱われて、森三千代の作品は削除された。したがって彼女の詩篇を知るには、どうしてもこの原詩集を見なくてはならない。

詩集全体の構成は、両者名の「小序」、次いで金子光晴の「古都南京」以下、「寒山寺」「莫愁湖」「虎丘」「蘇州城」「短章」「桂魚」が一頁から二十六頁までに収められ、二十七頁には、左下に「森三千代」とあって、二十八頁以下に森三千代の作品が続く。それらは「杭州旅行」を総題とする二篇、「一　滬抗鐵路」「二松江《ズンコウ》」、次いで「北極閣」「儀鳳門」「山稜」「莫愁湖」、散文「西湖より」「蘇堤」「葛嶺」の九篇で、四十五頁までをしめている。そして最後に、金子光晴の「鱶沈む——黄浦江に寄す」が、四十六頁から五十二頁まで印刷され、最後の頁に奥附があり、定価は一円であった。

先ずは金子光晴の八篇のうちの三番目の「莫愁湖」——

曾公園の壁は骨もあらはれ、
陽は、勾欄の卍を、淡く透して卓にさす。
土壤しめやかな前庭には、幾株の芭蕉が、
新しい巻葉を展ばす。

人の悲しみは、時の悲しみより大なるはない。
朱い羽根帽子をかぶつたわが女よ。私達にもいつかは
青春から去り、交渉から退き、あるひはまた、
全くこの生から互みに亡び去る時がくるであらう。
熱茶をつげ。
莫愁湖の水は涸れて、
山羊の草を嚙むひゞきのみ高い。
葦茂る洲のところ〴〵に陽が徒らに悲しく、
蒼鷺がむれて、

長い羽を伸して翔びわたる。

いや、私の愁は、他ではない。
名をつけがたく、理由もない
いはゞ、宇宙の漠然たる憂愁、
生けるものなべてのいぶせさである。
白い鳥糞と枯葉、甍の間の鼬と、甍の蒲公英《たんぽぽ》。
すたれゆく軒材のみぞの澤山な袋蜘蛛。

目にする光景と、それを見る者の感慨が混然一体となった詩句は、金子がこのころ新たに手に入れた詩法をよく示している。詩集には森三千代の同じタイトルの詩が収められており、「赤い羽根帽子をかぶった」彼女が同じ光景を前にして、何を詠ったかは興味深い。詩の冒頭には、「梁武帝河中之水歌」の七言絶句が引

用されており、それを受けて――

水樓に風寒く
逝く春を慨く。

草愁の女よ。
亡びた都に
いつまでも美しい名よ。
あゝ　それだのにこのやつれた景色は……。

楊柳の糸を拂つてゆく
しづかな荷の風にも
しずこゝろない小波よ。

みどりの臺のやうに
生ひそろつた葦の原を
青鷺が
わたる。

同じ光景を目にした両者の違いは瞭然である。三千代の特長はむしろこの「莫愁湖」の次に置かれた散文「西湖より」の方にある。

親しいお友だちがたへ

わたしは、いま、西湖のほとりへ來ております。

こゝの水は、雨を感じ易く、かは柳や、楠樹の新緑にすつかり蔽はれた水上の樓擱や、亭は、まるで、いつでもいつでも夢をみてゐるやうです。わたしは、こゝろよい方へとまかせて吹いてゐる風と、こまかい光の漣を立ててゐる水に、わたしの「雪舫」を任せて遣るのを、なによりたのしみにしてくらしてゐます。［中略］

夕ぐれ刻には、その漣の一つ一つが臙脂をそめて、六和塔が朱い空に、銀色になつて浮びあがります。舟あそびのテントを、夕方のすゞしい風がバタ〴〵やります。水のしぶきと臭がわたしの顔を平つ手で叩くやうな心持がします。さうして湖邊の酒樓からは、湖のうへへ、甘い胡弓と笛の音色を流すのです。

わたしには、あのゴーチエがあくがれてゐた明眸の支那女の顔は、きつとこの西湖の顔であらふと思はれ出しました。夜の湖畔を、長い長い柄のついた轎子にたよた

よとゆられ乍らゆく深窓の嬢々、疎らに技《ママ》々さしかはす
林をぬふ新月の姿にも似たこの西湖の姿こそは、わたし
の心へ生涯、戀のやうに、美のやうに忘れられないもの
となつてしまひました。

手紙形式の散文詩は、森三千代の感性、行きわった観察眼、それを的確に表現する比喩の巧みさと文章など、彼女がやがて散文作家として成功する資質をよく示している。

詩集の最後は、表題となった金子光晴の圧倒的な詩「鱶沈む」で締めくくられる。

「鱶沈む」

――黄浦江に寄す――光晴

白晝！
黄い揚子江の濁流の天を押すのをきけ。

水平線上に乗りあがる壊れた船欄干に浮浪人、亡命者たち
の群…………。

流れ木、穴のあいた莫蓙の帆、赤く錆びた空鑵、
のはうづな巨船體が、川づらに出没するのみ。
おゝ、恥辱なほどはれがましい「大洪水後」の太陽。

盲目の中心には大鱶が深く深く沈む。

川柳の塘添ひに水屍、白い鰻がぶら垂つてる。

錨を落せ！
船曳苦力のわい〳〵いふ瑪頭《マトー》の悲しい聲をきかないか。
いな、底にあるは闇々たる昏睡であるか。
……排水孔のごみに、鷗らが淋しく鳴いて群る。
大歓喜か。又は大悲歎であるか。
おゝ森閑たる白日、水の雑音の寂寞!!!

……………………。
黄い揚子江の濁流の天に氾濫するのをきけ。

二

頭のうへの夕の浪に、やぶれた帆船の黒い幻影がつゞく。

おゝ、有害な塵をあげる上海は波底はるかに沈む！
浮浪人達は、この大避病院の澤山な寝臺の脚、花園橋《ガーデンブリッジ》から、
　苦力たちの足鎖で轟々いふその橋棧から
……甜瓜の皮や、痰の大汚水の寄るのをみ下してる。

黄ろい鳥膚をした娼女達はパン片に噛付く。
門石のうへを、黄包車《ワンポツオ》苦力の銅貨が、賭でころがる。

……上潮だ！　悲しい熱情で踊るジャンクの群。

阿片パイプの金皿《かなざら》のヂヂこげる匂が四馬路《スマロー》から臭ふ。
耳ほどの小さな陰部、悉く蝕《むしくひ》だ！
ガンガンボンボン銅鑼や、金切聲が法租界からきこえてく
　る。
『東泥湯團』の湯氣で全支那が煙る。
あゝ、だが重い一輪車苦力の、エイ、エイ、ホツ、ホツといふ、
　巷巷のその叫はいつ休むのだらう。

誕生から柩までのあらゆる叫びがそこにある。
　そして、すべてそれは大揚子江に歸つてゆく。
…………………………………。

大揚子江はそれら一さいの生のうへに冥々と氾濫して、
　實に冥々として終始がない。
……塵芥の渦を巻くうづ穴をガバ〳〵作りつつ
……胎水のやうに噴水しつつ、

黄い水、つらい水、爭ひの水、忘却の水！

上海、上海、上海、上海！
　この地獄門を救へ！　と正義は云ふ。
しかし、大揚子江はたゞ冥々として聾のやうだ。
頭のうへの夕浪に、黒い帆は帆を産んで、幻のやうになら
　ぶ。

金子はこれを書くことによって、新たな詩境を手に

いれたのだった。

一九一七年のソビエトの誕生、さらに第一次大戦後の非戦運動の波は、日本にも確実に押し寄せていた。プロレタリア文芸運動のさきがけとなった、小牧近江や金子洋文たちの雑誌「種撒く人」が一九二一年（大正十年）二月に創刊され、これをきっかけにプロレタリア文学は急速に勢いを増し、それとともに従来の文学者たちは鳴りをひそめざるを得なかった。ただ左翼文芸運動は政治的な路線に強く左右され、社会民主主義と共産主義の対立が、文学のなかにも対立を呼び起こした。そしてこれら既存の路線を否定するアナキストたちが詩壇では幅をきかせていた。

彼ら岡本潤、萩原恭次郎、壺井繁治などは、金子より五歳から十歳若く、酒を飲んでは激論をたたかわし、挙句の果ては、灰皿を投げたり、椅子を振り上げたりの乱暴狼藉を繰り返していた。そして金子の詩は時代おくれと思われている気配だった。一方、金子はそんな彼らの行動を苦々しく思っていた。「結構、彼らは、酒をのんで、女をつくって、同志の家をけんたいで食いあるいて、その上上手に生きてゆく方途も知っていた。明治維新の志士と称するごろつき浪人どもが、大義名分にものを言わせて、大言壮語し、富裕な商人の合力にあずかっていたのと、それほど変わらないのではないかとおもう気持は、いまもなお変わらない。」と、『どくろ杯』に書いている。

この間、金子は借金がたまると借家を変えるといった繰り返しだった。横光利一に勧められて、三百円の賞金目当てに、小説「芳蘭」を書いて改造社の第一回懸賞小説に応募したのは、一九二七年（昭和二年）夏のことである。横光や佐藤春夫に見せると太鼓判をおしてくれたが、結果は次席となり、以後小説を書くことを断念した。「芳蘭」は上海の労働問題をあつかい、女工とも娼婦ともつかない女のことを書いた百枚ほどの作品だった。その後は詩を書いては雑誌に発表したが、次第に行き詰まりを感じるようになった。

「孤独は、人間臭い馴合いの反面であった。詩や詩人から一まずぬけ出すことが、現状をはっきりつかむことの要件だとおもったので、詩的、文学的なものから、つとめて身を避けるようにした。妻の三千代は、私とは別の心境で、文学や詩に志しながら、初志を果たすことができず、育児と貧しいくらしの炊《と》ぎ洗濯に明けくれたここ一二年の空虚を取返して、新しい時代の知識や感覚を身につけようと私からみると逞しい意欲をもっていた。そして、私などについていても、得るものは今日の役に立たない時代遅れな教養だけだということに、ようやく気づきはじめてきたらしい。［中略］ふたりを結びつけているものは、子供への愛情と、恋愛のほとぼりがまだどこかにのこっているからだ同士のひかれあいであった。」（『どくろ杯』）

こうした意欲のずれが、やがて金子と森三千代のあいだに抜き差しならぬ問題を引き起こすことになる。

二度目の上海行

金子光晴、森三千代の二人の生活を大きく変えることになったのは、金子が国木田独歩の長男、国木田虎雄とめぐりあったことだった。虎雄は一九〇二年（明治三十五年）一月の生まれで、金子より六歳年下だった。病気で中学を中退した後、「日本詩人」や福士幸次郎が主催する「楽園」などに詩を発表し、金子とも面識があった。

一九二六年（大正十五年）に、改造社が一冊一円の「日本文学全集」を刊行したのをきっかけに、春陽堂など他の出版社もこれに追随して文学全集を出して、いわゆる円本ブームが到来していた。ブームにあやかって父独歩の印税が入ってきた虎雄は、再婚した妻とホテル暮らしをする贅沢を重ね、競馬に金をつぎ込んでいた。金子が、すべてを蕩尽する前にせめて上海へ旅行しないかともちかけると、上海旅行を二度も経験している金子に案内役を頼んできた。こうした経緯で、金子と国木田虎雄夫妻の上海旅行が決まった。金銭的にも文学上も行き詰っていた金子にとって、苦境脱出のまたとない機会に思えた。彼は三千代にろくに相談することなく、一カ月の上海行きを決めてしまったのである。

「上海行の話が具体的になると、私は、妻にはろくに相談もせず妻一人を吹きさらしの家に留守番させ、子供は私がつれて長崎にあずけ、国木田夫妻と私と三人で、約一ケ月の予定で上海へわたることを勝手にとりきめてしまった。そんなときの私は、自分勝手なタイラントで、のこされた妻の淋しさなどを忖度《そんたく》するゆとりのない浅薄な人間であった。」(『どくろ杯』)

一方の森三千代は、金子の行動をどう受け取っていたのか。「金子光晴の周辺」11で次のように語っている。

「森　あの上海行きは国木田虎雄さんがいっしょでしたね。実はそれまで子供連れの生活で、私は子供相手では勉強がちっともできなかった。黒板をぶらさげといて、そこになにかを書きつけたりしているのを見て、金子がこういう機会に、じっくり一度勉強したらどうかといってくれたんです。それには子供といっしょでは専心できないということ、それからもう一つは、女と子供だけでは笹塚が寂しいところなんです。新開地でして、春の嵐の強いときなど、裏木戸なんかが音を立てて鳴りまして、ほんとに怖いみたい。それに子供を置いて留守にするというわけにもいかないし、私一人なら、なんとかまだ戸締まりをして……。当時、金子の実家が大久保にあって、怖くなったら、泊まらせてもらうといいといって、それで私だけ置いてったんです。それがとんでもないことになっちゃった。

〔中略〕

松本　話はまた戻りますけど、そのとき、金子さんが乾さんを連れて東京を発たれます。森さんはそれでいいと、十分納得のうえだったのですか。

森　それは不安でした。だから、東京駅まで見送っていきましたときも、とっても心配でした。もうそれは、窓から乾が手を出さないようにとか、そんなことまでいちいち注意したりして。けれど長崎へ行ってしまえば、預けて世話してもらったりした、前の経験がありますから、その点、わりあい安心してました。行き帰りが心配で、国木田さんご夫妻がいっしょでしたから国木田さんの奥さんに一生懸命で頼み込んだりしてましたもの。」

三千代は家事や子どもの世話をするために落ち着いて机の前に坐る時間もなく、小さな黒板を家のなかにさげておいて、思いついたことをそこにメモ書きするといった有様だったのである。処女詩集を出して、ようやく詩人としてデビューした三千代には焦りがあった。子どもを両親の許にあずけて、金子が留守の間に文学や新しい思潮をあらためて学びたいという思いは強かった。

金子が国木田夫妻と東京駅を発ったのは三月のことであった。耳かくしの髪型で、縮緬の羽織を着て裾をもつれさせながら、東京駅のホームを追いかけてくる三千代の姿を見て、国木田虎雄は、「三ちゃん、なまめかしいなあ」と言った。残された森は一人居に慣れていたつもりだったが、いざ実際に一人になってみると、風が揺する家で、一人で夜をすごすのが怖くなった。すぐに金子の実家である大鹿の家に泊まらせてもらいに行った夜、心から「しまった」と思った。

金子は上海滞在中、ヨーロッパ帰りの長谷川如是閑や本間久雄が立ち寄ったのを歓迎する会に出たり、横光利一が来て旧交を温めた以外は、ほとんど毎日国木田の競馬場通いにつき合ってすごした。この間、杭州にも国木田夫妻を案内した。一カ月の予定が三カ月近くに延び、さすがに日本のことが気になり、国木田夫妻を残して帰国することにした。懐には競馬で儲けた百円ほどがあった。

第五章　三千代、新たな恋

三千代の家出

上海を発った長崎丸は二十時間余りで長崎港に着いた。そこで不吉なことが起こった。

「長崎丸」で長崎に着いた朝、船からおりて、桟橋をあるきながら私は、横木につまずいて膝を突いた。瞬間、不吉な予感がして、東京の彼女のうえになにかあるという確信をつかんだようにおもった。それは、想像の力ではなく、叡智の働きでもなくて、動物的な嗅覚のようなものであった。五体がばらばらになってゆくような気持で私は、子供をつれ、長崎から東京へ鈍行の汽車ではるばる揺られていた。」（『どくろ杯』）

息子の乾の手をひいて東京笹塚の家に着いてみると、三千代の姿はなく、玄関の三和土に配達された新聞がたまっていた。親戚の家に泊まりに行っていることも考えたが、それならば書置きがあるはずで、彼女が家を出たことはほぼ確実だった。

森三千代は、一九五一年（昭和二十六年）の雑誌「新潮」十月号に発表した小説「青春の放浪」（のちに著作集『森三千代鈔』一九七七年、濤書房）でそのときの経緯を赤裸々に書いている。作品はほとんどが事実にもとづくもので、出来事と当事者三人の心情が実名で克明に描かれている。

三千代が恋におちたのは、当時東京帝国大学の文学部美学美術史学科の学生だった土方定一だった。土方が草野心平に連れられて、中野に住んでいた金子のもとを訪問したときが、顔を見た最初だった。美男子で鋭角的な顔が三千代の印象に残ったが、それ以上のことはなかった。その後一年ほどたって、詩人たちの会で偶然再会した。当時は詩人や同人誌の仲間が集まって、話をする会が頻繁に開かれていた。当時の土方はアナキストの詩人で、日常生活に追われるなかで、一種の焦りを感じ、人生に対する願いのようなものを求めるようになっていた三千代は、土方の生き方に共鳴したのである。

土方は一九〇四年（明治三十七年）大垣市の生まれで、三千代の三歳年下だった。府立第四中学校時代は東京牛込に住み、一九二二年（大正十一年）に、水戸高等学校文科乙類（ドイツ語専攻）に進み、在学中に同人雑誌を創刊した。さらに草野心平の詩誌「銅鑼」の同人となり、児童劇にも関心をもった。在学中にドイツの詩人エルンスト・トルラーの詩集『朝』を翻訳して、アナキズムに近づいた。

一九二七年（昭和二年）東京帝国大学に入学すると、彼はアナキストの仲間と語らって「単騎」や「黒旗は進む」を出した。仲間には、飯田徳三郎、秋山清、萩原恭次郎、小野十三郎などがいた。土方はその後、東京美術学校の彫刻科の学生だった浜田辰夫や詩人の栗木幸次郎たちと、ギニョール（人形劇）の劇団「テアトル・クララ」を結成して、新宿の紀伊國屋の二階を拠点に人形劇を上演した。上演では草野心平も人形遣いを買って出たという。三千代はその数少ない観客の一人だった。

三千代が土方に急速に傾斜したのは、金子との生活が経済的に立ち行かなくなっているなか、彼女を一人置いて上海へ出かけて行き、いつまでたっても帰ってこないのが第一の原因だった。これに加えて、彼女には金子に対する不満があった。それは当時澎湃としておこったプロレタリア運動や思想に、金子が背を向けているように見えたことだった。金子はこうした動向にまるで無関心のようであった。

しかし事実はちがっていた。金子は『どくろ杯』で、自らの内心をこう語っている。

「その頃も私はまだ、へんな潔癖がのこっていて、親兄弟でも、箸でつつきあったり、食べかけのものを食べたりすることができない人間であった。急に人間が妖怪《ばけもの》じみてみえることがあって、平常に焦点を合わせることには、よっぽど努力しなければならないことが多かった。私個人を支えるのに苦しんでいる私としては、どんなに正しいことだと理窟ではわかっても、他人の信ずる宗教や思想に陶酔して、「卑怯者、去らば去れ」と合唱することはできなかった。むしろ、その卑怯者になってひとりでこっそりと納っている方が性にあっていた。」

彼は群れをつくってある思想を声高に叫んだり、行動することに生理的な嫌悪感をもっていたのである。だがこうした金子の態度は、秀才で、情熱的で正義感が強く、一途な三千代には、何とも歯がゆく映ったのである。子どもの乾を長崎の実家にあずけられていた彼女は、いつ帰るかもわからない金子の留守に、思い切って土方のもとへ走ったのだった。小説「青春の放浪」は、帰国した金子が土方の下宿に三千代を探しにきたところからはじまる。小説の冒頭――、

「こんなにたあいなくさがしあてられようとは思ってもみなかった。

「定ちゃーん」

二階の窓下の往来から定一を呼ぶ声がして、その声が、裏の草っ原の空地の方へまわって、もう一度「おーい」と、呼んだ。特徴のあるその太い低音《バス》をきくと、私は、二人の恋愛はこれで息の音がとまったと思った。私は顔をしかめて、蒲団のなかで、からだを

もがいた。

「あんた、ここをおしえたのね。心平さんに」

「しかたがなかったのさ。そんなこといったって」

ふんとした顔つきで、定一は天井を見た。

彼がぱっと勢いをつけてはね起きたあと、私はひとりでくらくらとなった。腹這いになり、はだかの腕を出して、夏みかんの皮や紙袋のちらばった枕許の、定一のバットの箱から一本ぬいて吸った。窓の障子にまわった陽が、枕のすぐそばまで、かんかんにあたっていた。私は、右腕をあげて、二の腕の内側をのぞいてみた。鮑のはらわたのような色の痣《あざ》が新しくついていた。私は口をもっていってそれをしゃぶった。今朝がたのけんかの名残りだ。」

喧嘩の原因は、前夜の夕食に食べた鯡《にしん》の蒲焼だった。みかけは美味しそうだったが、食べると口のなかでかさばって喉を通らなかった。三千代がほとんどを食べずに残すと、土方はいやな顔をした。その後彼は、三千代の書いている詩をきたないといってけなしはじめた。彼は三千代の周囲の人たちが書く詩を認めようとせず、彼女の詩もきたないというのである。

「彼の仲間は、アナーキストだった。彼の言ったことが胸につかえて私は、一つの寝床にねてからも、いつものように彼のからだになじんでゆけなかった。

始発電車のとどろきが、地を這って遠くからきこえてくると、それまで息もしないように寝ていた定一が、すっくと起きあがり、すばやくシャツをつけ、ズボンをはいた。先手を打たれて、しまったとおもいながら私は、彼が詰襟の学生服の上着に腕を通し、金釦をゆっくりとはめるのを、薄目をあけてながめていた。彼が襖に手をかけると、それ以上おちついているわけにはゆかなかった。私はとび起きるなり、彼のからだにとりすがって、彼がはめた釦を一つ一つはずし、はいたズボンをたぐりおろして脱がせた。

心平の呼声に降りて行った定一が、五分もたたないうちにもどって来た。

「金子氏が上海から帰って来たんだってさ。いま、心平が連れて来ているんだ。君、会うつもり？」

「金子がここへ来たの？」

私は、寝床の上にぱっととび起きた。心平の声を聞いた時、不安な予感が身内を走ったが、心平が連れて金子自身ここへのりこんで来ることには、流石に考え及ばなかった。いまにも階段をぎしぎし鳴らせて金子があがって来そうで、おちつこうと思ってもそれは無駄だった。

「会うわ」」（「青春の放浪」）

この文章には時間的に錯綜した点があって、喧嘩から尾を引く気まずい思いは夜明けまでつづき、始発電車が走りはじめたころ、土方は起きて身支度をはじめた。それを三千代が床に呼び戻し、身体で和解をとげたあと、陽が枕辺まで差し込む時刻までうとうとしていると、草野心平の声が外から聞こえたのである。

ではこれを金子の方から見るとどうなるのか。

「池袋から低地をくだってゆくそのあたりは、長崎村といって、その土地は十年くらい前までは、みわたすかぎり稲穂の波であった。震災後から建ちはじめたらしい、スレート屋根の工場建築のような殺風景な屋並みがつづいて、しろっぽけたバラックの前を、水の涸れたどぶ河がひびわれをつくっていた。草野は私と彼の親友とのあいだに立ってよほど困ったらしい。親疎は問題にならないくらい、青年の方に厚い筈なのに、私のほうも拒りきれないところに彼の好人物さがあった。彼らの起居している二階家のみえるところまで来ると、「ちょっと、待っていて」と言いすてて走っていったが、彼があいてから背信を攻められているのか、彼がなだめ説得しているのかわからないが、しばらくの間暇取っていた。私は、溝河のふちを行ったり来たりしていたが、私の人生にとってのそれは、ふしぎな空間であった。私は、じぶんがなんのために、そんなところにいるのかわからなかった。カーンと耳が鳴っているような遠距離で、あたりは人の気配もせず、死絶えたような森閑さであった。」（『どくろ杯』）

「ろくに金ものこさないで、女一人を一ケ月あまり（実際は三カ月近く）放っておいた落度が私にあったし、その上、彼女とのあいだに、互いに恋人ができたら、未練らしく二人の生活を追うことはよそうという二人のあいだのとりきめがあったので、彼女に新しい恋人ができたとすれば、私が引きさがるより他はないわけだった。しかし、仮定と実際とでは、情況がまったくちがっていた。母親に会えるというので、いさんでついてきた子供がそばにいる。この幼いものに母親を会わせなければ、顔向けができない。それから、雲をつかむような、あいての男への羨望と憤りが吐逆《とぎゃく》のようにこみあげてきた。」(同)と書いている。

一方、三千代は「青春の放浪」のなかで、金子からのちに当時の気持を、次のように聞かされたともいう。「君の問題も実際上、子供の処置を別にしては、未練は未練としても、ともかく精神上の平衡をとりもどしていたんだし、世間の風評もそんなに気にならなくなっていた。時には、君の恋人と君との一つ寝床のありさまを目にうかべても、嫉妬をかりたてられるかわりに、よそのたのしげな情景でも見物しているような気がすることもあった。君がちょいちょい会いに行くのをだまってみていたのも、そんな気持があったからだろう。離婚とか、制裁とか、訴訟とか、そんな声が蟹の泡のようにぶつぶつと俺の周囲に沸立っていたが、そして、俺はそれをいいかげんにあしらってはいたが、元来俺の気持とは関係のないことだった。君等に憎悪の感情を持たなかったとはいわないが、正直いうと、俺は、そのころ、自分の憎悪や嫉妬にすら懐疑的だったのだ。なに一つにも、いいわるいと判断の下せない無気力な状態にいた。その上不義理な借金が身辺に重なっていた。不義理を不義理と感じる、いわゆる良心というものも麻痺していた。あたまも濁っていたし、仕事の上でも絶対的だった。」

金子自身は『どくろ杯』で、このときの気持をるる述べているが、三千代が聞かされたこの告白がもっとも正直なものだったのだろう。

金子はこのとき一張羅のモーニングを着ていた。やがて三千代が一人で出てきた。肩にかついだ日傘をくるくる廻しながら近づいてきた。すると金子が、「その人に一度会ってみようかな」と言い出し、二人は引き返した。

帝大生 土方

三千代が家に入って二階に上がり、金子について帰ることを土方に伝えた。すると土方は階下に住む家主の畳屋に部屋を引き払うことを告げ、すぐに本をまとめた。三千代は二人きりで話をしたかったが、成り行きを心配した草野心平が顔をだしたためにそれも適わなかった。彼女は身の回りのものを集めて小さな風呂包みをつくった。この間、金子は下の三畳の敷居に座って待っていた。

やがて草野心平を先頭に、三千代、土方が階段を降りてきた。金子はあらためて自己紹介したが、土方は答える必要はないといった不愛想な態度でそっぽを向いた。髪を前に垂らし、顔色は悪いが二重瞼で、ややしもぶくれの顔立ちだった。照れ隠しに、大学の様子などを尋ねる金子にもむっつりと黙り込んでいた。

気まずい空気に、「そろそろ出掛けようか」とまず金子が立ち上がり、それを潮に草野と土方が先に立って池袋の方へ砂利道を歩き出した。腕にオーバーをかけた土方は、一度も金子と三千代の方を振り返らなかった。金子と一緒に帰ると告げても、土方はひき止めようとはしなかった。それは人を強制しないという彼の主義なのは分かっていたが、三千代には不満であり、もどかしくもあった。彼女は駅に着く前に、土方に近づくと、「定ちゃん。明後日の一時、東京駅の二等待合室よ」とささやいた。この言葉が聞こえたらしく、草野が抗議するように三千代の顔を見たが、何も言わなかった。土方は「うん」と少し傲慢そうにうなずいた。四人は同じ電車に乗り新宿で別れ、金子と三千代は、富久町の金子の実家に向かった。

金子だけが預けていた息子を引きとって連れて来た。乾は三月ぶりの母親の顔をみると、昨日別れたようにすり寄って来て、三千代の手につかまった。やっと母親にありついたといった感じだった。つないだ手からは、以前と変わらぬ温かいものが流れてきた。息子の両手を父と母がつないで歩く姿は、よそ眼には幸福な一家と見えるかもしれなかった。三人は新宿で暗くなるまで遊び、笹塚まで京王線に乗って、暗い夜道を元の借家に帰った。

土産の中国服

玄関の三和土には留守中に上げ込まれた新聞がそのまま山積みになっていた。子どもを寝かせると二人は向かい合った。

「二人きりに向いあうと、私は、定一のことについて金子が開き直ってなにか問いただすのではないかと身構えた。ことを表立てれば、金子にだけ有利で、法律までが加担している。私の方にも理屈は、いくらでもあった。金子と一緒の四年間の生活は、世間並の生活とはいえなかった。詩人としては少しは知られていた金子も、生活の上では無能力だった。そんな苦情も事態がこうなっては、誰も味方してとりあげてくれるものはなさそうだった。金子は、それを承知していてあわれんでいるのか、憎んでいるのか、故意のように、そのことに触れて来ない。異常な時間が、平凡にすぎていった。金子は、やがて立上って、茶の間の次の八畳の床の間においてあった旅行鞄をさげて戻って来た。

「おみやげがあるんだよ」

三ヶ月ぶりで飄々と上海からかえってきた時、金子が、がらあきの我が家の茶の間にその旅行鞄をおいて、おちつかないままに、家じゅう、うろうろしたり、立ちどまったりしている姿が目に見えて心がしいんとした。(金子など、この世にいることすら忘れていたのに)

彼は鞄の金具を二つばさりばさり、とひらいて、雑誌やよごれたワイシャツや、石鹼箱をひっくり返し、底から、黄色っぽいシナ服を一着とり出した。杭州緞《どん》子《す》で、光のかげんで虹のように、桃色にも、みどり色にも映えた。落葉が重なりあったような全体の地紋が美しかった。私はすぐ着てみると言って、帯をほどきにかかった。はるばるもってかえって来た土産を、こんな状態で渡さなければならない彼の張合なさをおもいやると、せめて、いそいそと身につけてみせたかった。断髪にシナ服姿で立っている私を見上げて金子は、例のまぶしいような微笑をうかべて言った。

「似合うよ。それを着てランデェ・ブに行くといいよ。……五馬路の古着市で買ったんだよ。安いもんだよ。ただの六弗だ」［中略］

「定ちゃんのこと? 駄目よ。あの人は、派手なことや目立つことが嫌いだから、こんなもの着ていったら、いっしょに歩かないにきまってるわ」

金子はじぶんの方で言い出しておきながら、私が定一の名を口にすると、面白くなさそうに顔をそむけたが、やがて気づかわしげに、

「このうちへは連れて来たのかね」

と、たずねかけた。不用意に、私は、危うく連れて来たと言おうとして、「まさか」と否定した。」(「青春の放浪」)

三千代は翌々日、中国服に身を包んで、約束したとおり東京駅の待合室で土方と会った。そして終電車で笹塚に帰ってくると、真夜中の駅に金子が立って待っていた。家に子どもを一人寝かせてきているので、いらいらした様子で、電車の線路に幾度か耳をつけて近づく電車の音を聞いたと、はにかんだような調子で話した。三千代はそんな話を聞くと、さすがにすまないという気持になったが、土方に一日会わないと心が渇いた。それで二日に一度は出かけて行って、なるべく金子とは出会わないように、これまでとは違う街をさまよい歩いた。暗い堀端の立ち木の陰で抱き合っていると、警官が近寄って来て、二人が逃げ出すと、警官はどこまでも追いかけてきた。

そんなこともあって、三千代も土方の仲間と同じように、自由思想では、夫婦関係は屈辱的な桎梏で、女のスキャンダルを罰する法律は平等の敵だと思うようになった。土方に言わせれば、二人の恋愛を守ることがすでに権力への戦いだった。彼は三千代との逢引のために、大切にしている原書を一冊ずつ手放した。

金子は相変わらず金策に歩きまわらねばならなかったが、交通費を考えて朴歯の下駄を履いて友人、知人の家を訪ね歩いた。歩き癖で下駄の歯が斜めに擦り減ってしまい、尾崎喜八の家で鋸を借りて、それを平らにしようとした。だが尾崎夫人が出してくれた鋸が切れない代物で、二時間かけても片方の下駄の歯を二枚切るのがやっとだった。そうした毎日のために帰宅はいつも深夜近くになった。

借金がまた嵩み、挙句のはては笹塚の家をそっと出て行くしかなかった。わずかな道具類を処分すると、三人はピクニックに行くような格好で家を出た。だが次に住む場所の目当てはまったくなかった。歩いていると、幸い早稲田鶴巻町の横町の道で貸間札を見つけ、交渉すると借りられることになった。

そこは鰻屋の二階の八畳一間で、部屋は鰻屋の看板の裏側が見える往来の方に傾斜しており、歩き疲れた乾が横になると、ひとりでに窓の方へころがっていった。間代は九円ということだった。親子三人はそのまこの八畳に住みついた。大家の鰻屋は中国服を着ていた三千代を見て、中国の留学生の家族と勘違いしたようだった。

その後も、三千代は土方との逢瀬をやめなかった。草野心平が、夏休みで帰省した知人の部屋に恋人連れで泊まっており、そこへ二人で押しかけ、帰郷して空いている別の学生の部屋にもぐりこんだ。草野の恋人は新橋の雛妓で、旦那になるはずの人をふり捨てて、立派な鏡台一つを持って心平のもとへやってきたのである。

あくる日、三千代が起きて顔を洗っていると、下宿のおかみが後ろに立って、「昨夜、警察の人が来て、駆け落ち者がこの家に泊まっている」と言ったと告げた。明らかに早く出ていけという暗示であった。

この日、土方が草野に剃刀を貸してほしいと言うと、恋人の雛妓が鏡台の抽斗から立派な西洋剃刀を出してくれた。土方は三千代を後ろ向きにして膝の上に腰かけさせて断髪の襟足を剃り、そのあとに白粉をはたいた。自分が剃らなければ金子が剃るにちがいないと、そんなことをしたのである。彼は金子が三千代に触れるのを極端にいやがった。

こうした状況では、その下宿に留まることはできず、彼らは街をさまよわなくてはならなかった。一日中歩きまわって午後遅く渋谷に出たとき、多摩川へ行ってみようということになった。京王電車を多摩川で降り、松林のなかに一軒だけある旅館で鮎の天ぷらを食べて、そのままそこに泊まった。翌朝目覚めると、廊下を掃除している女中と目が合った。女中は驚いてバタバタと逃げて行った。三千代は宿代が気になったが、なにもかもさらけ出した捨て鉢な気持だった。

遅い朝食をすませたあと土方が帳場に交渉に行き、着ていたレインコートをカタにおいて、後日支払うことで話をつけた。この日、鰻屋の二階へ帰ってみると、金子と子どもがしょんぼりと坐っていた。

「私の顔を見るなり金子は、「大分、評判が大きくなって来たぞ。君達が歩いているのとすれちがったという男が言っていたよ。君が媚びるような上目づかいで彼の御機嫌をうかがいながら歩いているのがあわれでみていられなかってい《ママ》た」

と言った。それを聞くと、私は、おもわずかっとなって、

「そんなこと言ったのは誰。誰だか言ってごらんなさい」

と、いきまいた。口惜し涙が、ぽろぽろこぼれた。それでいて、心の底でぐらぐらとなった。内心びくびくしながら、金子のあきらめたような表面の平静さにもたれかかっての一切の仕打だったのに、世間の噂や輿論がよってたかって、その地盤さえゆるがせにかかっていると知ると、絶望と狼狽で私は、どうしていいかわからなくなった。同時にへたへたと、からだじゅうの力が抜けてゆくたよりなさを覚えた。」(「青春の放浪」)

では金子の方は、どうして妻の不行跡を黙認していたのか。『どくろ杯』ではこう述べている。

「その歳、昭和三年(一九二八年)という時代を念頭に置いて、彼女たちの恋愛事件が及ぼす周囲の意見についで考えてみてほしい。むろん、とるにも足らない私一身の周囲は、狭く限られてはいるが、それでも、この時代の縮図のように、相反する意見や、雑多な解釈が混駁し、それが皆、明治、大正の時代々々の諸観念から根をひいたものであった。前年からの大恐慌による社会不安が引きつがれ、人心が暴発的な言動に魅かれる傾向さえあらわれていた。この事件を法律に持ち込まないことを歯がゆがり、すすめにのらない私の優柔不断をあざわらう人たちが、文筆のしごとにたずさわる人のあいだにもあった。起訴すれば、男、女ともに数年の体刑を申しわたされ、起訴者はそれによって世間への体面をつくることができたが、言うまでもなくそれで夫婦が元に戻る例は少なかった。恋人たちの側では、旧時代に属する私が、そんな手段に出るものと決めこんで、恋情を一層ぬきさしならなくしただろうことも想像できる。その敵視は、私にとって手痛くもあり、情なくもあった。私は、青春時代の最初の自己形成期に、大正の自由思想をふんだんに呼吸して、明治人からすれば骨抜きになった人間である代りに、善を善とし、悪を悪と決めることのできない懐疑思想をその身につけて、それはそれなりに良心だとおもいこんでいる人間の一人のつもりであった。〔中略〕合法的なことを毛嫌いして、むしろ、準縄にしたがわ

ない精神をいさぎよしとする文人気質のようなものがのこっていた。従って、敗けおしみや、虚栄心や、気まぐれや、癖や、道理で片づけられないものをたくさん大切にかかえこんで生きていた。しかし人の推量の裏をいったり、天の邪鬼に出たりすることには、むかしから快感をもっていた。彼女の恋愛についても、素直な嫉妬心などは恥かしいことのように、じぶんのうちに閉じこめて、起訴などは論外で、そのことで私がうかれてでもいるように、はしゃぎ廻って、まだしらぬ人にまでふれてあるいた。〔中略〕事実、この恋愛事件では、五割方《がた》彼女の格があがった。他人が大切にしてくれることで、たしかに女の価値はあがる。いったいにねうちというものは、それだけのものらしい。ねぶみをする人が信用ある人間ならば、猶更のことだ。また、彼女が、あいての男をほめあげることで、残念ながらあいてが輝くばかりの存在とおもわれ、それといっしょに彼女のこころもからだも、私の手のとどかないところにあがってゆくようにおもわれるのであった。」

提案

三千代は多摩川で泊まった翌日の六月三日、二日ぶりに鰻屋の二階に帰って来た。そしてその晩、発熱した。猩紅熱だった。彼女は土方と恋愛関係になってからは、金子に触れられるのをきたないもののように拒んでいたが、金子はそうされればなおさら欲望が募った。夜になって三千代がうとうとしだしたとき内股に触ると、火のように熱かった。往診を頼んだ医師はすぐに手配をして、大久保にある伝染病院〔避病院といった〕へ入院させた。問題は病気に感染しやすい子どもの乾だった。金子は翌日、四歳になった息子をまた長崎へ連れていくことにした。長崎の両親は事情を了解し、あずかってくれることになった。

一週間後、帰京した金子は毎日一回は病院に顔をだした。病院の食事が不味いと言うので、寿司や洋食弁当、宿でつくらせた鰻の重箱などを差し入れた。感染を防ぐために病室には入れなかったが、一時間ほどいて帰ってきた。

絶対安静の四、五日がすぎると熱は平熱近くに下がった。病院の生活は規則的で、六人部屋〔大人二人のほかはみな子どもだった〕に寝起きしている三千代は、三週間たつと健康な人と見分けがつかないほどに回復し、このころから身体の皮膚が少しずつはがれはじめた。全身が新たらしい皮膚に剥けかわるまでは退院を許されず、新陳代謝を促進するために毎日入浴させられた。病院ではそれ以外にすることがなく、一番の気がかりは、多摩川の日に別れて以来連絡がとれない土方のことだった。

病院から手紙を出すと、それを読んだ土方が夜の九時ごろに訪ねてきた。面会時間は過ぎていたが、急用があると言い訳をして、階下の広間で会うことが出来た。伝染を怖れてしり込みする三千代を、廊下の隅の更衣室のところまで引っ張っていって貪るように接吻した。土方は帰りがけに、「手紙見てくれた。鶴巻町の方へ出したんだが、読んでくれた」と聞いた。

以下は「青春の放浪」である。

「私は、その手紙を見なかった。翌日、金子の来るのを待ち構えて、手紙のことを追究すると、彼は狼狽して「うん、来ていた。でも、もうないよ」と口ごもりながら言った。

「破ったんじゃない?」

「うん」「なかを読んだ?」彼は、黙っていた。ながいあいだ彼の心の中でふすぼりつづけている忿懣の実体に、私ははじめてふれた気がした。それは、失ったものをえたような安堵でもあった。

金子は、不機嫌な表情で、いつまでも黙り込んでいたが、くしゃくしゃになった険しい目を上げた。

「じゃ、あの男、ここへ来たんだね」

こんどは私が尋問される番かと思った。隣のベッドを気にしながら、彼はかぶさるように上から顔を寄せ、声を低めた。

「形勢が不利だよ。君ばっかりじゃない。俺の方もだ。要するに妻の姦通を容認しているというのが不可解だというわけだ。」

「私だって、それは不可解だわ」私は、言葉をさしはさんだ。

「そうかもしれんね。正直をいうと、自分でもよくわからないんだ。まだ、俺にはぴんと来ていないんかもしれないいな。なるようになれと放任しているわけでもないんだ。世間のやつは、愛すればこそ俺がふみつけにされて黙っているのだといい気に解釈して、俺のことを意気地なしあつかいにしているんだ。ありがたい幸せだ。だが、そんなことは、まあ、どっちでもいい。実際問題の方が困るんだよ。金のことにしろ、なる話もならない。全く世間の奴ってへんだよ。じぶん達に関係のないことじゃないか。そういう先例が容認されることで、じぶん達の場合が脅威なんだな。それはそれとして、俺の希望をいえば、これ以上、彼とつづけてもらいたくないんだ。やりきれなくなっているのは事実だよ。それについて、この間から考えている名案があるんだ。……君、起きられるかい。屋上へ出てみないか」と言って、彼はいまの話がもれやしなかったかと周囲を見まわした。

コンクリの狭い階段を、すれすれになって一足ずつ足をはこび、三階の上にある屋上に出た。階段の途中で金子が突然兇器でもふりかざしそうな不安を感じて、私はしりごみして立止まりそうになった。屋上に出ると、私はまた、別の不安におそわれた。隙を見て突落されるのではないかとおそれた。それほど、今日の金子は真剣な顔色をしていた。［中略］

「どうだい。ヨーロッパへ行ってみないか」

金子の言葉が突然で、冗談とも本気ともとりようがなかった。

「ヨーロッパ？　そんな算段がつくの？」

「なんにもまだないよ。まず、行こうかと思いついたところだ。決心がつけば、あとのことはそれから考えればいいんだ」

「定ちゃんと私を、それで引離そうというのね。この問題を、それで世間からうやむやにしてしまうというの？　それじゃ、あなただけが一番得じゃないの」金子は苦笑した。

「まあ、よく考えてごらん。君にだってヨーロッパ行は一石二鳥だと思うがな。長崎のお父さんは、絶対に君のこんどの事件はゆるさないといっていられるよ。よけいなおしゃべりをしたようだが、俺だってしかたがなかったので、まずお父さんに君の話を疑念程度に話して打診してみたんだ。ヨーロッパ行ということにすれば、掛声だけでお父さんも世間の奴らもおどかしてしまえる。ほんとうにヨーロッパへ行かれれば君も日頃の望み通り飛躍できる。君の恋人のためにだってその方がいい。とも角一緒に日本さえ出てしまえば、あとはまたどうにでもなる」耳では聞きながしながら、私のからだの中で、あらゆる火が爛《ただ》れるように明滅した。

「坊やはどうするの?」

「連れていってもいいけど、どうせ苦しい旅だから、途中でもしものことがあったら可哀そうだ。あずかってもらえたら、やっぱり長崎へおいてゆくんだな」

私のあたまの中を、そのとき一つの小狡い考えが走りまわった。金子と一緒に日本を出る。ヨーロッパへ行ったら離婚する。定一をよびよせる。誰も知っている人もない異国で定一とのたのしい侘住いがはじまる。子供もいつかは手許へ引取れる時が来る……。人間はじぶんの都合のいいことばかり考えるものだ。

「そうか。行くね。それでよかった。……ほんとうに行くんだろうね。あとで変ると困るんだ。君の決心がついたら、明日からでもいろんな手続きをはじめなければならない。手続きができてから、行かれないなんてことになると、今度こそはほんとうにひっこみがつかないからね。……そうなったらこれよりしかたがないよ」と、金子は、顎の下へ手をやって、首をくくる真似をしてみせ、猶、再三、念をおして帰っていった。」(「青春の放浪」)

毎日病院に来ていた金子は、その後は数日おきにしか来なくなった。外務省へ旅券の申請をしたり、金策にはしりまわったりと忙しい日々を送っていたのである。彼の意向としては、まず船賃を工面して上海まで行く。そこには多くの日本人が住んでいるし、何か仕事が見つかるだろう。少なくとも内地よりも暮らしやすいし、パリに行きたがっている三千代を説得するには、まずは海外に出ることだった。

高萩行き

ある日、病院に来た金子が、「富久町へ刑事がやって来たそうだ」と言った。三千代が驚くと、旅券のことで訪ねてきたのだという。ヨーロッパ行きの旅費や滞在費が本当にあるかどうかを調べるためであった。鰻屋の二階にこられたら計画は駄目になっていたが、このことを見越して、金子が住所を実家に移しておいたために事なきを得た。

　そして彼らの計画を耳にした詩人仲間の井上康之や尾崎喜八が、洋行記念のアンソロジーを出す企画をたて、予約募集のチラシをつくってくれた。金子がそれを持ってきてくれて、三千代はベッドの枕許の壁に貼った。回診に来た医師はそれを見て、「ヨーロッパ行きですか。全快のごほうびですな」と言った。

　金子光晴・森三千代渡欧記念詩華集『篝火（TORCHE）』は、奥附によると、昭和三年（一九二八年）六月二十八日印刷、七月一日発行で、編集兼発行者は井上康文。印刷兼発行所は詩集社、発売所、素人社で、定価は一円二十五銭とある。

　参加した著者の名前がローマ字で記されていて、それはＡＢＣ順に、井上康文／金子光晴／勝承夫／中西悟堂／尾崎喜八／陶山篤太郎の六名である。

　収録された詩篇は井上康文の「どろ靴」を含めた八篇、金子光晴十五篇、以下、勝承夫、中西悟堂、尾崎喜八、陶山篤太郎の詩篇が掲載されている。

　このうち金子光晴の十五篇は、最初のヨーロッパ旅行の体験から想像し、これから出発する旅先の光景を先取りしてうたったものである。最初の詩篇「航海」――

熱い。……白ペンキ塗の船欄干に
豹のやうな波の照返し、
麦酒《ビール》が、みんな生湯《ぬるまゆ》になつた。

……私の船は今、木曜島沖を横振してる。

あたまでつかちな煙突と、通風窓。

放縦なダヤーク人の裸な良侫《ボンクリマ》だ。！
私は、骨片の音のする首飾を、
胸のところでカタカタ鳴してみた。

彼女の赤い臀の穴のにほひを私は嗅ぎ、
前檣トップで汗にひたつてゐた。

あはれな海鳥がピーピー鳴きながら
骨牌《かるた》のやうに静にひるがへる。

そして次は、「展望より」。

1

女を抱いたとき、街中の火が彗星になつて
私の頭のなかをさかさにづり落ちた。
∵　女のからだ全世界の歡樂があつたからだ。
［中略］

2

さくらの花瓣のやうな鯛《さがみうを》の群が
くらい日本の海をめぐつて夜夜唄ふ。

私は、あの晩、彼女を戀したが故にすべての美しい地獄《プロフォンジス》
　を一夜で下つた！

黒い機關車が火の粉を散して踊る。旅よ。
櫻嫩葉の繁みが頭のうへでゆれてゐる焼杭の驛棚に凭れて
　愛慕切なる夜　私は天へむかつて發車したいと願つ
た。
初夏雨霧、燈火の街をみはらしながら、ふとわが名をよぶ
　遠い　遠い母の聲をきいた。

詩集には、森三千代の詩は収録されなかったが、「私は、あの晩、彼女を戀したが故にすべて美しい地獄《プロフォンジス》を一夜で下つた」という一節は、明らかに三千代との間の苦悩の反映であった。

七月八日、早ばやと『篝火（TORCHE）』の出版記念会が、丸の内の山水樓で開かれた。出席したのは、金子と森三千代〔病院から抜け出して出席した〕、井上康文、尾崎喜八、陶山篤太郎、草野心平、岡本潤、岡村二一、渡辺渡、井上英子、八百板芳夫、ほか二名であった。

さらに別の日には、四谷の白十字の二階でも他のグループによる送別会が行われ、こちらは、金子、森のほかに友谷静栄、大木惇夫、サトウ・ハチロー、恩地

孝四郎、中西悟堂、大鹿卓、吉邨二郎など合計十九人が集まるという盛会だった。

こうして三千代を土方から引き戻すために思いついたヨーロッパ行きは、既定の事実として動き出し、三千代の外堀は次第に埋められていき、土方との関係をどうするかで、追いつめられた気持だった。

七月下旬、三千代が退院する日が来た。入院から四十六日目だった。荷物は金子が先に家に持って帰っていたので、退院すると二人で新宿に出て、その後神田へ行き、洋食屋でカクテルを一杯飲んだ。するとその酔いが日本橋三越に着いたころにまわってきて、急に貧血を起こして車道にへなへなと崩れ落ちてしまった。とりあえず日本銀行のわきの芝生まで連れて行かれたが、意識が朦朧としていた。通りかかった紳士が仁丹を飲ませてくれ、金子がタクシーで鰻屋の二階へ連れて帰った。

夕方にはすっかり元気になり、家主の鰻屋の夫婦をはじめ近所の人たちが、病院帰りの三千代を温かく迎えてくれた。伝染病患者を出して、消毒やなにかで迷惑がかかったにもかかわらず、そんなことはおくびにも出さず、市井の人たちの人情が身にしみた。一方で、気になるのは土方のことだった。彼女が伝える先に、知人の噂からヨーロッパ行きの計画を知ってしまうのではないか。三千代は夕方に、近くの郵便局から電報をうち、翌日の三時に神楽坂の喫茶店、紅屋で会いたいと知らせた。

翌日、喫茶店に向かって坂を上っていると、途中にある本屋から土方が出て来て、黙って横に並んだ。ヨーロッパ行きの話を切り出さなければと思いつつ、久しぶりの逢瀬が気まずいものになるのが怖くて言い出せなかった。土方はこの日は七時からの会合に出なくてはならないと言い、さらに「女人芸術」という雑誌が刊行されること、それには三千代の友人たちの名前がみな載っていると告げた。それを聞くと、淋しさと悔しさで目がくらむ思いになった。金子は当然このことを承知していながら、それを教えなかったのは、入院中の自分を目隠しにしておこうという彼のエゴイズムのせいだと思った。入院中の彼の心づかいに対する感謝の念もこれで帳消しだと、無理に思い込もうとした。土方に身体ごと攫ってほしいという思いが募ったが、二人とも金がなくどうにもならなかった。別れの時間が迫るなか、喫茶店で空のコーヒー茶碗を前にしているとき、土方が突然言った。

「「ヨーロッパへ行くんだってね」

定一は、えっと私が聞き返すほど平常な調子で言った。

「止《と》める?」

定一は、それに答えず、「向うへ行ったら、向うの『リューマニテ』〔フランスで出ていた左翼系の新聞〕を送ってくれないか」と、他人事のような平静さで言った。定一の冷淡さのなかに、私のおそれていた誤解がのぞいてみえたので、私は矢継早やに、私が考えていた、ヨーロッパで定一と出会うという虫のいい計画の一くさりを述べ立てた。定一は、そんなことはおめでたい三文芝居のすじだといわんばかりな顔付で、私が真剣になる程わざといいかげんに聞き流すふりをした。」(「青春の放浪」)

金子と三千代の間で出発の日は九月初めと決めた。長崎の両親はヨーロッパ行きを喜び、留守中は乾を手許で養育することを引き受けてくれた。金子とは、ヨーロッパ行きに同意する条件として、出発までの間は自由にさせるという約束ができた。九月一日まではあと一カ月少々しかなく、土方は残された時間を一緒に茨城県の海岸で過ごそうといい出した。

「「なんでもない、つまらない海岸なんだ。君が考えているような花やかな避暑地とはちがうよ」と、ことわりを言う定一の心では、私がぜいたくな、小ブルジョアの家の妻のつもりでそれを征服していることに、イデオロギー的な勝利感をさえおぼえているようだった。「金子氏は、それは金をつくることはうまいだろうさ」などと、揶揄的に言うのも、金子の実情を知らないからだった。が私は、弁解もしなかった。」(「青春の放浪」)

土方は目当ての茨城県高萩の知り合いに手紙をだしたが、返事はなかなか来なかった。そんな折、神楽坂を歩いていると、女性作家の先輩である生田花世と出会った。話は「女人芸術」のことになり、間もなく第二号の締め切りだという。翌日、彼女が編集発行人の長谷川時雨の許へ連れて行ってくれることになった。

翌日は四谷にあった長谷川邸に行き、前に書いた谷川が、「青幣党《チンパンタン》の息子」の原稿を置いてきた。帰りがけに長谷川が、「ヨーロッパへ行く途中から原稿をどしどし送って下さいよ」と、声をかけてくれた。三千代はいつになく張り切った心地になった。ヨーロッパ行きに一つ張り合いができた思いだった。

鰻屋の二階へ帰ってくると、ちょうど旅券が届いたところだった。濃いオリーブ色の厚紙の表紙で、それを開くと金子と二人の写真が並んで貼られており、日本帝国外務省の印が捺してあった。三千代の写真は、どうでもいい気持で金子に渡したもので、口紅が黒々とあくどく映っていた。

この日の夕方、同郷の女友だちで、国民新聞の記者をしている吉田一子が、ヨーロッパ行きの話を聞きつけて訪ねてきた。吉田一子には下の鰻屋からうな重をとってご馳走し、そのあと金子が二人を神楽坂の映画館に連れて行ったが、金がないので弁士の徳川無声を呼び出し、二人だけ只で入れてもらった。上映していたのは無声映画の『モロッコ』だった。映画の内容に刺激されて、帰り道で土方とのことやヨーロッパ行きの計画を事細かに話した。新聞記者をしていてもまだ人生経験の浅い一子は驚いた様子だった。図にのった三千代は思わず、「そんなわけだから。私はほんとうは行きたくないの。あなた、私の代りに金子とヨーロッパへ行ってみる気はない？」と言った。一子はしばらく黙っていたが、「いいの？　本当に」と弾んだ声を出した。その晩一子は泊まっていくことになり、二枚の蒲団をくっつけて三人で寝た。

翌日、三千代は鞄に着替えや身のまわりの品をつめた鞄をもって家を出た。土方と会って上野駅から常磐線に乗り、高萩についたときは夜がとっぷり暮れていた。森三千代はおよそ一カ月におよんだこの高萩での出来事を、「青春の放浪」のなかで、「高萩日記」として書いている。

高萩は茨城県東北部にあって太平洋に面し、明治以降は炭鉱の町として知られていた。鉱山労働者が多く社会主義の影響もあり、なかにはアナキズムを信奉する若者もいた。土方が頼ったNもそのメンバーの一人で、小学校の教員をしながら詩を書いていた。Nは二人のために宿をとってくれており、夏休み中なのでなにくれとなく世話をしてくれた。昼間は宿の子どもをつれて近くの海へ海水浴に行ったが、太平洋の波は高くて、海水浴どころではなかった。夜、土方は吊った蚊帳のなかに机を持ち込み、遅くまでドイツ語の翻訳をしていた。

　問題はやはり金であった。日々の生活は小学校教員のNの安月給に寄りかかるばかりで、最初のうちは東京のアナキストの動向を帝大生の土方から聞きたがっていたNも、次第に冷淡な態度をみせるようになった。来た当座は親しかった人たちが離れてゆくにつれ、三千代は淋しい思いに駆られた。二人だけになりたいと願ったのに、恋愛がはやくも行きづまりつつあると思うと恐ろしかった。夏の陽の下で静まり返った町も憎悪の対象になりかけていた。

　高萩へ来て二週間余りがたった八月中旬、三千代がしきりに思うのは長崎に置いている乾のことで、「恐怖の海」という詩を書いた。

「坊や、お前だけにすまない。
おまえが、私から引き裂かれていった時、関門の海峡の夜、
連絡船の舷から、
――水のあるお舟はこわい、と泣いたことを、
私は、ほんとにすまないと思う。
そして、きょう、私は、おまえとおなじように海が怖いの
だよ。」

　そもそも高萩に来た目的の一つは、炭鉱夫の生活の実態を知ることにあった。しかしその機会が来ると、土方は炭住の生活を三千代に見せないようにした。採炭場まで行かないのは、女をつれてあそび歩いているようにとられるのが気恥ずかしいからだった。

　金をつくるために、土方は三千代が着替えにもってきた着物を土地の芸者に売りにいったが、売れずに帰って来た。いよいよ金を送ってもらうしかなかった。結局、頼れるのは金子だけだった。

　ある朝、三千代は起きぬけに顔も洗わずに、鞄をもって階段を降りかけた。すると土方はその鞄をひったくり、着ていた着物を脱がせて鞄のなかの着替えと一つにまるめると、それを焼こうとした。そうすれば彼女が東京へ帰ることを止められると思ったのである。三千代が着物をひったくると、土方は追いかけて来て

二枚の着物の袖を引きちぎった。

それから二日後に金子から為替が届いた。金子が上海から帰ってきて、三千代を土方の許へ探しに行ったときに着ていたモーニングを売り払ってつくった金であった。土方はなんとか三千代を引きとめようとして、その金をぱっぱと使いはじめた。しかしもう二人には東京へ帰る以外に道はなかった。高萩を引き払い、途中日立の河原子に一泊して、上野駅に着いたのは八月三十日であった。土方は市電で鶴巻町の一つ手前の停留所まで送ってきた。

「電車がとまった。立上った彼に、気強く、「左様なら」と言った。これでもう会えないのだと思いながら、引止めもせず、手を束ねている自分を私はみすみす眺めすごしていた。一月あまりの二人の生活に疲れてもいたし、引止めることの無意味さをも知りすぎてもいたからだった。電車がうごき出してから、たいへんなことをしてしまったと気が付いた。鶴巻町で降りるなり、無我夢中で駈け出して、あともどりした。彼がまだそのへんにいるにちがいないと思ったのだ。彼が歩いていそうな横町横町をさがしてみた。こんな別れかたはしたくなかった。帯のあいだに四つの五十銭玉をはさんだまま別れることは、生涯の悔いになる。一時間ばかりむなしくかけずりまわったが、彼はもうこの世のどこにもいない。」(「青春の放浪」)

帯の間に挟んでおいた五十銭玉は、河原子で土方が料理を数多く注文するのを見て、用心のために取っておいたものだった。電車のなかで喫茶店へ入ろうと言われたときも、空の財布を見せてことわったのである。虚しく鰻屋の二階へ帰ってみると、金子はいなかった。勢い込んで帰って来たのに肩透かしを食ったような気分で、すぐに肴町の郵便局へ行き、土方の自宅宛てに「明日、夕方七時、省線の阿佐谷駅で」落ち合おうと、手はずの電報をうった。だが翌日、土方はとうとう姿を見せなかった。彼はすぐには自宅に帰らなかったのである。

三千代が鰻屋に戻ってきたあと、三十分ほどすると下駄の音をさせて金子が帰って来た。三千代の顔を見てびっくりしたようだった。出発予定日の前に帰ってきた三千代の方が主導権を握った格好だった。

いまや二人にとって、ヨーロッパ行きは最初の輝きを失っていたが、紆余曲折をへた末に、予定通りに出発することが決まった。翌八月三十一日、金子は知り合いに頼んで家具一切を売り払った。その他の金もかき集めて五十円ほどになったが、下宿先の鰻屋への支払いがかさんでいて、それを払うと手許には十円足らずしか残らなかった。世間にたいして一番肝心な渡航の挨拶状はもはや印刷が間に合わず、謄写版で五十枚ほどの葉書を刷って、出発の朝にポストへ投げ込んだ。

その内容については、雑誌「詩集」の昭和三年十月、第十二号の三十六頁に、「とうとう東京を離れることになつた。井上君並びに詩集社の人々が僕の留守の間に大飛躍をされることがわかつてゐる。お互いに距離を隔つても地上にのさばつてゆかう（出発前五時間）」——金子光晴。「みなさまとお別れする日です。私も勉強して参ります。お互に。いま、ここに井上さんがきていらつしやいます。出発前のちよつと緊張した時間。左様なら。（九月六日）——森三千代。」とある。

金子光晴は『詩人　金子光晴自伝』などで、二人が出発した日を九月一日としているが、この三千代が残したメモによって、実際は九月六日だったことがわかる。

この日は朝から強い風が吹き、雨が降っていた。夕方、二人はそれぞれ鞄を一つずつ下げて東京駅へ向かった。手許の金では目的地の大阪までの切符が買えず、とりあえず名古屋までの切符を二枚買った。朝から鰻屋に来ていた井上康文だけが駅まで見送りに来てくれた。上記の文章はこの日井上に託したものである。

東京駅で二人が乗った汽車が動き出そうとしたとき、知らない女性が走ってきて、井上に三千代のことを尋ねた。彼女が窓から顔をだすと、「女人芸術」第二号の原稿料だといって祝儀袋を渡した。なかには十円札が一枚入っていた。

二人の苦難の旅がこうして始まったが、彼らはすぐにヨーロッパへ向けて旅立ったわけではなかった。名古屋で降りた二人は、新愛知新聞文化部の記者に会って、その場で書いた原稿を売込み、それで得た金でその日のうちに大阪に着いた。そして大阪に二カ月ほど滞在した後、秋の終わりに息子の乾がいる長崎へ行った。彼らが上海行きの連絡船の客となったのは、十一月末のことであった。

「義父が、西洋人が払下げたものらしい、豚革の大きなトランクを買ってきた。私は、気がすすまぬながら、上海丸の切符二枚を買いにいった。日取りが決ると、今度は、彼女が、子供とはなれたくないので、悲しみ悶えた。子供があそび恍けているあいだに彼女はそっと姿をかくした。波止場には、父親と妹二人と、高島〔長崎での知人〕とが見送りに来た。午後おそくの解纜で、一夜すごすと、翌朝は、もう上海であった。入れこみの三等船艙の広畳のすみっこに席をとると、彼女は病人のように、肩掛けをかぶって寝込んでいた。その肩掛けを持ちあげて顔をのぞいてみると、袖を噛んで嗚《お》咽《えつ》の洩れるのを殺していた。」（『どくろ杯』）

放浪の始まり

金子光晴と森三千代の旅はこれから足かけ四年続くのだが、上海に滞在中も、三千代は土方のことを忘れたわけではなかった。

ある日、金子は三千代宛ての土方の分厚い手紙が届いているのを見つけて、三千代があわてた。封筒には、手紙と一緒に、操り人形の三匹の馬を描いた絵が入っていた。土方が彼女の詩集の表紙にするために描いたものであった。三千代はかねてから自分の詩集をつくりたいと言っていたが、上海に来てからも東京との間で頻繁に手紙がやり取りされて、話が進んでいることを金子は初めて知った。手紙には、土方がバクーニンからマルクスに転向したことや、三千代が金子の言いなりになって上海へ行ったことへの怨嗟が書かれていた。三千代の詩稿は、子どもへの愛着と「コークスになった心臓」という長篇の恋愛詩を含むものだった。

金子はそれを知ると、意地でもその詩集を上海で出してやることに決め、内山書店の店主の内山完造の紹介で、小さな印刷所を見つけて印刷を頼んだ。この話をすると、三千代は思いのほか喜んだ。金子がこのとき感じたのは、「そのよろこびの底ににじんで出るもう一つの人影に私はさしてこだわる気持はなかった。」「よそに恋人をもってその方に心をあずけている女ほど、測り知れざる宝石の光輝《かがやき》と刃物の閃きでこころを剳るものはない。」（『どくろ杯』）というものだった。

半月ほどすると、三千代の薄い詩集『ムヰシュキン公爵と雀』が出来上がった。この詩集刊行の顛末については、のちに詳しく述べるつもりだが、三千代と土方の愛の結晶ともいうべき詩集を読んで、金子の心は穏やかではなかったと思われる。事実、彼はこの詩集については終始多くを語っていない。

彼らのもつれあう関係はこれ以後も続いて行くが、それにしても二人の間で繰り広げられる男女の関係はなんだったのか。

森は『金子光晴全集』の月報12で、「今からよく考えてみますと、三人ともみんな真剣なんですの。そういう時代に、金子は金子で、Hさんは Hさんで、私は私なりに、それぞれの立場で、ほんとうに自分の道を真実に——真実という言葉はなんかキザですけれども、生きようとして、そして苦しんだ果てのことだった、という気が今してるんです。」と語っている。

そしてもう一つ見逃せない彼女の証言がある。息子である森乾は早稲田大学のフランス文学科の教授となり、金子が亡くなったあとに、父光晴に捧げるオマージュ、「金鳳鳥——父・金子光晴に捧げる」を書いた。これは雑誌「群像」一九七六年十一号の巻頭を飾った作品で、そのなかに次のような一節がある。母の三千代は初美、父は晴久として登場する。裕は語り手の乾自身である。

「初美は或る程度魅力的で、また交際好きのはでな性格ゆえに、晴久だけに頼らず己が道を選択しようとしていた。

それがもし自分が妻を拘束し、独占しようとする従来の亭主にすぎないと彼女が思うようになれば、彼女は自分を軽蔑し、離れてゆこうとするにちがいない。

晴久が初美に寛大な良人たらんとした理由の第一は、そこにあった。

そして真実彼が寛大な男であろうとする希求もあった。

だが、もう一つ、これは死後、裕が生前の父親を理解しようと、分析してみたのだが、晴久には或いは自分もはっきり意識しなかったかと思われる「生れ育ち」からくる習癖のようなものがあり、それが寛容の第二の原因だったらしい。

父親の一周忌から二ヵ月たった或る日、裕と晴久の思い出話をしていた初美が急に言った。

「おじいちゃんは、あたしの時もそうだったけど、恋人をつくると必ずその女には別の男がいるの。そして、その男と恋人がくっついたり、或いはわざと自分でその二人の仲をとりもとうとさえして、危っかしい崖淵に立たせるの。それを眺めて、自分をいじめて楽しんでいるようなところがあったわ」

「そうかも知れない。……一種のマゾヒズムかな」と裕は相づちを打った。

自分をコキューの立場に立たせて、みずからをいじめる、そんな傾向は晴久だけの趣味とは限らない。真実、そういう破局に陥ることを望む人は少ないにちがいないが、心の中で自分をそういう立場において、一種の快感を感じると想像することは裕にだってあり得ると思った。

己が女房を他の男と交接させて、自分はそれを目の前で凝視している。嫉妬、憎悪、羨望、憤怒のいりまじった感情が昂進し、自分も激しい興奮状態におかれるだろう。すると己がマゾがふしぎな経路で内向し、今度は妻に対するサディスティックな欲望へと転化する。

それが動機となって、マンネリ化し、何の衝動も妻に対して感じなくなっていたのが、突然新鮮な魅力を覚えるようになり、とだえていた性行為が復活する。

そんなことは、ちょっと考えても、大いにあり得ることだった。

そして、それは、大なる犠牲を払って、他の男に妻を売る行為と等しく、喪心感から余計専有欲にとりつかれるからかもしれない。」(森乾「金鳳鳥」)

森三千代は先に引用した、「金子光晴全集」の月報12で、「私が無軌道だったんです。」とも語っているが、土方定一をはさんだ金子との愛憎劇は、あながち三千代の一方的な行為ではなかった。そこには金子の潜在的な衝動がかかわっていたのである。

先に述べたように、金子が二十歳のとき最初のヨーロッパ行きから帰ってみると、養母の須美は若い男を家に入れていた。これは彼にとって大きなショックで、養母とその男と彼自身をめぐる心理的な三角関係が、自分の恋人に別な男との関係をつくらせ、それによって生じる嫉妬、屈辱、憎悪といった心の微妙な襞が、逆に彼を興奮させ、陶酔させるといった性癖を生み出していたのである。

第二部　新嘉坡《シンガポール》の別れ

第一章　目算のない旅出

上海

金子光晴と森三千代の上海滞在は、一九二八年（昭和三年）十一月末から翌二九年五月に香港へ向かうまで半年余り続いたが、その間、二人は上海の日本人租界の中心だった北四川路一二三番地の、石丸りか方の二階を借りて住んでいた。

そこは有名な内山書店の筋向いの横町にあるレンガづくりの集合住宅の一角で、二人が二年半前上海に来たとき、有名な内山書店の店主内山完造の世話で転がり込んだ宿屋だった。

家主の石丸りかは長崎の出身で、スウェーデン人と結婚したが、夫に先立たれて、この「日の丸旅館」を経営していた。金子は彼女に「唐辛子婆さん」という綽名をつけた。二人が到着したときの所持金は五円六十銭で、持物は例の豚革の大きなトランクと、ファイバー製のスーツケースに入れた夏冬の衣類だけだった。

到着直後、三千代がマラリアに罹り高熱を出したが、内山夫人の美喜子が差し入れてくれたキニーネを飲むとすぐに回復した。間もなく金子が来たことを聞いた旧知の田漢が、上海郊外の斜橋徐家匯路の映画スタジオを宴会場にして歓迎会を開いてくれた。文人や映画関係者が四、五十人出席した。

問題は生活費をどうやって稼ぐかだった。宿は泊まるだけで賄いなどはなく、三千代がままごとのように、見よう見真似で飯を炊いた。

所持金は十日も経たずになくなり、仕方なく『艶本銀座雀』という春本を書き上げて、借りてきた謄写版で刷って売ることにした。色彩で描いた表紙をつけ、百八十冊ほどを仕上げて、家主のところで花札を引いている連中のなかから、石丸が選んだ男〔これには「鼻のぽん助」と綽名をつけた〕に、一冊をメキシコ銀貨一ドルの卸値で売らせることにした。鼻のぽん助は、上海にいる羽振りのいい日本人にひそかに売っているようであった。

金子と三千代は銀貨を手にすると、広東料理の「新雅」で豪勢な夕食をしたり、唐辛子婆さんに連れられてドッグレースへ出かけるなどして、虎の子の稼ぎはたちまちなくなった。

ある日、繻子の中国服を着こんだ画家の秋田義一がひょっこり宿を訪ねてきた。秋田とはかつて詩誌「楽園」の同人だった仲で、気心の知れた相手だった。前日に日本から着いたということだった。

秋田に誘われるままに、三千代と連れ立って蘇州川を渡り、五馬路の中国旅館へ行った。秋田はそこに泊まっていて、部屋には画架が置かれ、描きかけの薔薇の絵がのっていた。画架にはバラの絵葉書がピンでとめられていた。急いで絵を仕上げて売らなければ、宿賃も払えないということだった。

金子と秋田は絵を持って、買ってくれそうな人物を次々に訪ねたが、買い手はおいそれと見つからない。鐘ケ淵紡績の支配人からは五ドル札を三枚恵まれただけで、体よくあしらわれた。

どくろ杯

金子の『どくろ杯』には、切羽詰まった秋田が「どくろ杯」を持ち出す挿話が書かれている。

秋田は、蒙古で手に入れたという処女の頭蓋骨を酒器にしたものを、金子と三千代に見せる。どくろ杯は中国には昔からあったものである。秋田がこれを高く売って一儲けしようとすると、日本人経営の宝山玻璃廠というガラス工場に勤めるガラス吹き職人が、これに異常な興味を示す。しかし金のない職人は買うことができず、墓からどくろを持ち帰って、自分でどくろ杯をつくろうとする。やがて彼は、そのどくろ杯が発する燐火に悩まされ、神経衰弱になってしまうという挿話である。

金子はこの話がよほど気に入ったらしく、著書のタイトルにしたほどだった。

金子は『どくろ杯』で、それを目にした三千代は、「はやく箱にしまって欲しがったが、それよりもっと直接な理由からで、じぶんの頭の皮を剥がされる痛さに実感があるかららしかった。

女のもつ被害者の感覚には、おもいのほかリアルで正確なものがある。それは、女の期待する快楽の受身のよろこびと同様、想像以上の人生の可能性にもつながることができるからであろう。その男が呼びさましてくれる肉体の灸所の一ヶ所のために、女はたやすく生活の一さいを棒にふって、危い筏乗りをやりかねない。」と、実感をこめて書いた。

だが事実は、三千代の方が、『どくろ杯』より先に発表した小説「髑髏杯」で、同様の出来事を紹介しているのである。

三千代は戦後、上海での体験に根ざした一連の小説を発表した。それらは「春燈」(「改造」一九四七年三月)、「女の火」(「世界文化」一九四八年二月)、「火あそび」(「東北文学」一九四九年三月)、「髑髏杯」(「新小説」一九五〇年二月)、「根なし草」(「文學界」一九五〇年四月)で、上海を舞台にした短篇であった。

短篇「髑髏杯」では、かつて恋人であった須貝のところで偶然知りあい、主人公の朋子(他の連作にも名を変えて登場する)と同棲している酒飲みのガラス吹き職人斎田が髑髏杯に異常な興味をもち、ついには墓地から髑髏を盗んで、自分で髑髏杯をつくろうとする。肺を病んでいる斎田は喀血を繰り返し、ついに自殺してしまうのだが、生きることへの興味を失った朋子は、斎田の死を他人事のように眺めるだけであった。

これが三千代の「髑髏杯」の粗筋だが、こうしてみると、二人にはこれに類した体験が実際にあったのか、それとも二人が話をするなかで、この異常な物語が形づくられていったのであろうか。

内山書店

上海の冬は寒く、三千代は火の気のない部屋でベッドにもぐりこんでいることが多く、金子の方は寒さのなかを上海の街を歩きまわった。そして寒さに堪えられなくなると、二人は目の前の内山書店に行ってストーブにあたらせてもらい、美喜子夫人が入れてくれる宇治茶を飲んで一息つくのだった。三千代は一九三四年（昭和九年）三月一日に刊行した詩集『東方の詩』の「後記」で、次のように書いている。

「……私が上海についたのは十一月の暮れでした。北四川路餘慶坊、内山書店の對ひの、最初の上海旅行の時ゐたとおなじ家に落ちつきました。［中略］上海の生活もなかく〵らくではありませんでした。故郷の坊やに手紙をやりたくて、内山のをぢさんに郵便切手をもらひにいつたこともありました。

朝起きても私の胃の腑はからつぽでした。私は抽出しの中や、靴下の底まで探しても銅貨一枚見當りません。黒砂糖のやうな香ひのする支那煙草をいつもぷかく〵やってゐる、天草生れの下宿のおばあさんが、そんな時、見るに見かねて、——パン食べまつせえといつてくれたものです。」（『東方の詩』）

内山書店は主人の人柄から千客万来で、日本から来た文学者だけでなく、めぼしい中国の文人もよく顔をみせた。金子はここで田漢、郁達夫、魯迅や許広平と知り合いになった。魯迅は蒋介石が反共クーデタを起こすと広州を脱出して、一九二七年（昭和二年）十月に上海へ亡命し、日本人租界の虹口《ほんきゆう》に住んでいた。魯迅は四十七歳、連れ合いの許広平は二十九歳だった。金子は魯迅とも親しく口を利く仲になった。『どくろ杯』では、「ときには、私がそばへよって話しかけても、ばつが悪そうに、相当ひどい虫歯の口でとってつけたような笑顔をみせながら、「上海に長居をしすぎているのではありませんか」と、警告をふくんだようなことを洩らした。」と書いている。

詩集『ムヰシュキン公爵と雀』

そんなある日。金子が三千代宛の土方定一の手紙を見つけ、彼女が詩集を出したがっているのを知った経緯は、先に紹介した通りである。

金子は、意地でもその詩集を上海で出してやることに決め、内山書店の店主、内山完造の紹介で、小さな印刷所を見つけて印刷を頼んだ。

印刷を頼んだのは島津四十起《しじき》で、彼は佐藤春夫の小説「老書生」のモデルとして知られていた。上海で金鳳社という印刷所を経営するかたわら、中国全土をまわって、商店や会社、銀行などの在留邦人の名簿の記載料と広告をとって収入にしていた。

金子は打ち合わせで訪ねていくうちに昵懇となり、島津の妻が留守中に店の若い書生と浮気をしたこと。書生は追い出したが妻は離別せず、その代わり一生こき使って償いをさせるという計画を打ち明けられた。金子が三千代の土方との顛末を話すと、満州にいる知り合いの芸者の写真をわざわざ取り寄せて、三千代と別れてこの女と結婚しろとしきりに勧めた。

二人はコキュ同志だったが、女にたいする考えは正反対だった。島津が不倫した妻は徹底的に懲らしめると言うのに対して、金子は、女にも自由をあたえるべきだと言って譲らなかった。これはあながち金子の強がりではなかった。『どくろ杯』では、揺れる心のうちを次のように書いている。

詩集をつくる話がまとまると、三千代は思いのほか喜んだ。「そのよろこびの底ににじんで出るもう一つの人影に私はさしてこだわる気持はなかった。過去を剪みとる意をこめて断髪にしてからまだ一年にならない襟もとのポイント形に剃りあげた短い草萌いろに、私は、陶製の階段をおりてゆきながら、そっと唇をつけた。菜館の前で彼女は別れ、ハスケル路の近くのイギリス人がひらいているダンス教習所へ正式な社交ダンスを習いにいった。よそに恋人をもってその方に心をあずけている女ほど、測り知れざる宝石の光輝《かがやき》と刃物の閃めきでこころを剳るものはない。」（『どくろ杯』）

さらに晩年になってからだが、当時の三千代をこう回顧している。「彼女は、なにか、眩《まば》ゆいものをもっていた。視力の弱いものは、彼女をみていると疲れると言った。おそらくその眩ゆさは、彼女の気の多さ、好奇心のつよさ、欲望のはげしさ、健康な若いからだから発する熱気かもしれなかった。［中略］恋愛関係になったときも彼女は、うち割ったところ、あいてが一人よりも、四五人あった方がよかったのではなかったかとおもう。」（「良妻・悪妻・いま病妻」「文藝春秋」一九七四年十月号）

金鳳社の島津から、武漢三鎮をまわって、在留邦人名簿の会費を集め、あわせて新たな広告を取ってきてほしいという依頼をうけて、三千代と二人で漢口へむかったのは十二月十一日のことである。漢口までは五日五夜、揚子江を遡る七十時間の船旅だった。

二人は集金を済ませて、対岸の武昌《ウーチャン》の有名な黄鶴楼を見学に行った。武漢で十二月十七日に、人力車夫が日本の陸戦隊機銃車と衝突する事件があり、反日ムードが高まっていた。その上、北上してきた蒋介石軍が駐屯しており、中国人兵士たちは金子を見つけると、「東洋《トンヤン》、トンヤン」と罵声を浴びせ、唾をはきかけた。

一九二九年（昭和四年）の正月は上海で迎えた。金子三十五歳、三千代は二十八歳だった。

三千代が待ち望んだ三十二頁の詩集『ムヰシュキン公爵と雀』は、一月二十一日に印刷が上がり、二十三日付けで発行された。現在、国立国会図書館に所蔵されている一冊の裏表紙には、「著者　上海北四川路餘慶坊一二三號　森三千代」印刷所は「蘆澤印刷所」となっている。

詩集の「序」で、森三千代は次のように書いている。

「『ムヰシュキン公爵と雀』これは、私の『龍女の眸』『鱶沈む』の二つの詩集以後の作品を集めたものでございます。

私はいま、歐羅巴へ行かうとして、その途上、この詩集を上海で印刷する運びとなりました。

これ等の詩は、私の思想的の動搖を來した時代に成つたもので、私にとつては一區劃をなすものであると思はれます。そして、それはすべて未だ故國にある時のものばかりを特に集めました。

私の家庭生活が、定住を失つて、船のやうに動き初め、一人の小供を兩親の手に托して來て、私は淋しい。こんな時に出來たこの詩集である故に、私は殊更にこの詩集を愛する心が強いのです。私の生活の中の赤線、それがこの詩集なのでございます。」

詩集には全部で十六篇の作品が収録されている。ここでは土方と金子との間で揺れ動く心情を描いた一篇を引用する。

表題となっている「ムヰシュキン公爵と雀」――。

さて、顔をあげるとどいつも此奴も私の顔を見て笑つてゐる

私はまた、昨夜何かくだらぬことをやつたに違ひない
であるから、わがムヰシユキン公爵は、えへらえへらと
低脳児のやうな御挨拶を申し上げた

で、諸君！
雀のやうに語り給へ
雀のやうに歌ひ給へ
雀のやうに笑ひ給へ
君の道をゆく人にも、愛する人にも
かく言ひて、また、一しほてれたるわがムヰシユキン公爵
　である。

ムヰシュキン公爵とは、言うまでもなくドストエフスキーの『白痴』の主人公を指しているが、これを印刷にまわす際に読んだ金子が、「これは自分のことだ」と思ったとしても、それは決して僻みではない。そしてもう一篇の「落日街」――。

この大ラムプの中に
燃えてゐるのは、いつもの街か。

刻は、
一切をあげて、いま
孤つの高い燈臺となつて
昇天しようとする。
うかみ上つてゆかうとする、
明るい飛行船のやうでもある。

危つかしく、
行きつく所もない……。
［中略］

私を焦がすのは、夕陽か
否《ノーン》、それは火だ！　生活の
絶えまない炎とあらし。

刻よ、
昇天する大燈台よ、
どこへでもいゝ
この私をつれていつてくれないか

二度ともどつて來たくない。

　これは彼女の心からの願いだった。しかも、どこでもいいから連れて行ってくれと願ったのは、金子に対してではなく土方定一であった。金子はそんな三千代の心を知ったからこそ、目算のないこの旅に、彼女を強引に連れだしたのだった。詩集の最後は目次になっていて、全十六篇の詩のタイトルの一番最後に、「装幀　T．H．」と印刷されている。

　三千代は詩集が出来上がると、さっそく一冊を魯迅に贈呈した。一月三十一日の魯迅日記には、「達夫来る。『森三千代詩集』一冊を渡され、ちまき十個を贈られる。」とある。三千代は郁達夫を通じて、魯迅に詩集を贈呈したことがわかる。

　詩集の完成と前後して、プロレタリア作家として名をあげた前田河広一郎が上海にやってきた。前田河は一九二一年に雑誌「内外」に発表した「三等船客」で注目され、その後雑誌「種撒く人」や「文芸戦線」に小説や評論を発表して注目されていた。今回は「改造」から連載小説を頼まれて、その取材ということであった。取材費なのか、金を持っていて豪勢な旅だった。

　一月二十六日には、前田河を歓迎する宴を内山完造が催し、魯迅と許広平、郁達夫夫妻、林語堂などとともに、金子と三千代、秋田義一も出席した。これをきっかけ金子と三千代は前田河と親しくなり、フランス租界のバーやダンスホールを飲み歩いた。それでも前田河は小説の取材が気になるとみえて、内外綿の工場をみてまわり、女工たちの寮の浴槽に入れてもらったりした。秋田はそんな前田河を、「なんでも利用して、自分の役に立てればそれでいい粗雑極まる物質主義者」だったと嫌ったが、第三者の金子から見れば、「どっちも、日本人好みの感傷家であることが、可哀そうになるくらい似ている」（『どくろ杯』）のだった。

上海の恋愛模様

　春になって、金子と三千代は秋田を伴って、商売かたがた蘇州へ旅することにした。東洋のベニスとうたわれる蘇州では、しだれ柳が緑を増し、陽炎が揺らめいていた。蘇州城内の中国旅館に投宿して、秋田が名所である双塔寺、寒山寺、滄浪亭の絵を即席で仕上げて、日本領事館へ売り込みに行った。すると領事が寒山寺の絵を五〇ドルで買ってくれた。これで三人は一週間、早春の蘇州を楽しむことができた。だが売れたのはこれだけで、旅費がなくなり三人は上海に引き上げてきた。

上海に戻ると、秋田が身体に変調をきたした。結核だった。すぐに唐辛子婆さんこと石丸りかの宿に引き取り、看病をしたがよくならなかった。そこに鼻のぽん助が訪ねて来た。例の春本の残りを三八ドルで売り払い、その金で秋田を日本へ返すことにした。金子と三千代は、彼を乗せた上海丸が准山瑪頭を出て行くのを見守った。金子の『どくろ杯』には、このときの二人の会話が描かれている。

「君は、奴が好きになったんじゃないか。どうも、そうらしいぜ」

彼女は、あわてて否定しようともしないできこえないふりして茫然と闇のなかをみつめていた。私は、なぜ、彼のいるところでそのことを言わなかったかと後悔した。善良な日本人の彼は、どんなに身のおきどころもなくこまったか、それがみてやりたかったのだ。その困惑ぶりは二挺の人力車の私の車ではなく彼の膝のうえに彼女を乗せたときの表情でよくわかっていた。

じぶんの女という切実感がそのときほどうすれて、彼女にとっては、ただ大きく男というものの範疇のなかにじぶんもいるにすぎないとおもわれたことは、少なくとも近頃にない生《なま》な刺激であった。」(『どくろ杯』)

一方で、森三千代の書いた「通り雨」では、ことの経緯は異なっている。

「草刈〔金子〕の車がはじめ梶棒を上げて走り出し、勝子〔三千代〕の車があがろうとするとき、彼女は躓くように飛下りて、いま梶棒をあげかかった秋山〔秋田〕の車に走りよって跳びのった。草刈の車がすでに走り出しているので、秋山は、彼の膝に腰かけた勝子の心を判断するひまもなく、そのまま先へいそがねばならなかった。〔中略〕顔を正面にむけ、秋山は、勝子の断髪のうしろ髪がうるさく頬に触るのをじっとこらえたまま、一分も、表情も姿もくずすまいと闘っているのがわかった。」(「通り雨」)

三千代によれば、彼女の行動は、物分かりがいいような格好をして、妻の行動をじっと眺めている金子への挑発だったように見える。さらに「通り雨」には、貧乏暮らしと、その反動の贅沢への憧れが率直に綴られている。

「だが、なんという新鮮な欲望だろう。及びもつかない豪奢が、ショー・ウインドウの硝子の向うで移り変る。欲望は単なる欲望とはいえない。生きたいというのとおなじほど、女にとってははげしい欲望なのだ。誰があれを買ってゆくのだ。誰かが、それを着て、得々として、音楽会や、ダンス・パーティに出かける。なぜじぶんは二十銭《リャンヤン》玉一枚に銅貨《ドンペ》一枚をもってお腹をへらして、苦力たちといっしょに、ガーデン・ブリッジのてすりにもたれかかって、ぼんやり濁った川面を眺めているのだ。人生の華やかな中心はいったい、どこにあるのだろう。なんというぼろぼろな自分の人生だろう。勝子は、みんな、それが、草刈などと連立っているための貧乏くじとしかおもえなかった。」(「通り雨」)

上海は彼女にとってまだ見ぬ西洋の窓であった。物質的不如意に加えて、目の前で繰り広げられる男女の自由な関係が、三千代の思いを強く刺激した。魯迅と許広平、郁達夫と王映霞の二組は自由恋愛を実践していた。

三月になって、三千代は郁達夫を通して女性作家、黄白薇姉妹と会った。黄は本名を黄彰といい、一八九四年に湖南省で生まれた。長沙第一女子師範で学んだあと結婚したが、夫や姑の虐待にあって故郷を逃げ出し、上海から日本へ渡り、一九二三年に東京高等女子師範に入学した。歳は三千代より七つ上だが、同窓ということもあり二人は心を許す友となった。

魯迅や黄白薇との交流は、わが身をふり返る三千代にとって大きな励みとなった。時代の潮流に敏感な彼女は、革命の機運が渦巻く中国の現状と、そこで活動する中国の作家を見るにつけ、土方に導かれた左翼思想をもっと学びたい、文学で身を立てたいという思いがあらためて募った。

「その頃、日本で、彭湃としてみなぎり起つてゐたプロレタリア文學の氣運は私にもひゞきをつたへ、私はすぐにも日本へ歸つてそのなかに飛び込まなければならない衝動にかられたり、それが出來ない狀態のためにいら〱したり、動搖と不安と、樂觀とが交々私を襲ひました。結局、私が日本を出發するに至つた動機のために、私は先へ先へと押し出されるより仕方がありませんでした。」(『東方の詩』)

二人にとって上海滞在はそろそろ限界だった。三千代は金子と別れて、土方と乾がいる日本に帰ろうかと思い、前田河に帰国の旅費を借りようと訪ねたことがあった。だがそれを知った金子が追いかけて来て引きとめられた。こうしたこともあって、金子は旅を先に進める決心をしたが、まずは旅費をどうしてつくるかであった。さしずめ得意の絵を描いて売るしか方法は見当たらなかった。その点では清親や美術学校で習い覚えた技倆が役に立った。そうして五品、十品と半紙大の画仙紙に書きためていった。

虹口《ほんきゅう》の文路にある日本人倶楽部の二階で開いた展覧会で、狼毫〔イタチの毛で作った筆〕の自由自在な毛筆で描かれた絵はよく売れた。会期は三日間で、三千代がひとりで会場係と売り子をつとめた。買ってくれた多くは在留邦人だったが、魯迅も二枚買ってくれた。『魯迅日記』には、一九二九年三月三十一日の項に、「(前略)午後柔石・真吾・三弟及広平と金子光晴浮世絵展覧会を観にゆく。二枚を選んで購う。二十元」とある。魯迅が買った二枚の絵は、《大世界唄女之図》と《鉄橋》で、『北京魯迅博物館蔵画選』に収録されている。

金子たちの送別の宴が開かれたのは、五月初めのことである。このときも内山夫妻が催してくれたもので、日本文学研究者の謝六逸が、夫婦のパリ行きを祝ってと題して漢詩をつくってくれた。そして翌日、二人は一緒にパリまで行くという佐藤英磨とともに、日本郵船の三等船室の客となった。荷物はそれぞれの身のまわりの品と売れ残った絵だけだった。とりあえずの行き先はパリではなく香港だった。絵を売って得た金は、たまっていた宿代や食事代を払うと、香港までの船賃しか残らなかったのである。香港から先、パリまでどうやってたどり着くか。何の算段もないままに、先へ進むほかはなかった。

第二章　まわり道

三等船室

船が岸壁を離れて、黄泥でにごった揚子江を下りはじめると、三千代と佐藤英磨はデッキに上がって、遠のく夜景に見入っていた。若い詩人の佐藤は、金子を頼りにパリまで行きたいということだった。金子は夜景には興味がなく、三等船室の藁布団で寝ていた。船倉の客室は客が少なかった。ただペンキを塗り替えたばかりで、その臭いが鼻をついた。

船が東シナ海にさしかかると海は緑色にかわり、うねりが高くなった。気温も上がって、金子は浴衣一枚に着替えた。三等船客に立ち入りを許されているのは、荷揚げのハッチの周りの狭い範囲で、そこでしばらく涼んで船室にもどり、三千代と佐藤との間にもぐり込むと、彼女が足をからめてきた。

「女の浮気と魅力とは背なか合せに微妙に貼付いていて、どちらをなくしても女は欠損する。欠損した女はいくら貞淑でも、茶碗のかけらほどの価値もない。それにわが日本は、退屈な貞淑からやっと足抜きができたばかりのところなのに」と考えていると、三千代が、「エンジンの音が、坊やの泣声のようにきこえてならないのよ」と、佐藤に聞こえないように低い声でいった。「それなら、ここから引返すのだな。香港あたりがそれには頃合だぜ」と、金子はさらに低い声で答えた。

船上では何もすることがなく、夜も昼もうたた寝するだけだった。隣の佐藤を気づかいつつ、片方の手で彼女を探り、彼女の手をつかんで自分のものを探らせた。そんなことをしながら金子は思った。

「彼女は、何故ついて来るのだろう。パリがそんなに魅力ともおもわれない。〔中略〕彼女のつくりあげてい

るパリは、人の土産話か、翻訳の書物か、映画からつくりあげた絵そらごとを、リボンで結んだものにすぎない。〔中略〕

　なにかを突きぬけ、なにかをやり直そうとしているのかもしれない。彼女には、女の野心がある。今日の人類の歴史をつくったのは女の野心のたまものといってもいい、単純でひたむきな野心だ。狂気ととなりあった、おもいきった、ときにはむごたらしくもあるその野心だ。――彼女ほどつきあいのいい女はない、とおもって感心していたが、それは、じつは表面的な感想で、女に生みつけられたことで彼女も、ほかの女と格別変わったことはないはずだ。私の希望的解釈を別にすれば、彼女は、矛盾によっていきいきと変幻する、もっとも女らしい条件にかなった執心のつよい型の女のひとりだ。〔中略〕それに、女のからだのいちばん爛熟した年齢でもあって、その時代をやりすごしては、もはや女はくだり坂で、うつ手が後手々々になる心配があって、なすことごとを臆病にすることになる。私といっしょにすごした半生の貧乏としみったれた下積みぐらしをかなぐり捨てるならいまが好機だ。私もそのことには同感である。それには、私などといっしょにいたのでは埒があかないこともわかっているから、私が彼女を離そうとしないで、更にしんにゅうをかけた、あて先知らずな苦難の旅に彼女をともに曳きずってゆく気持は一つ、私じしんが新しい生活の纜の切り手になろうとするはかない望みと、それができるとおもう男の自惚からであった。」（『どくろ杯』）

香港

　数日の船旅のあと、明け方に香港に着いた。香港はまだ深い霧のなかにあった。麓から山の頂までつづく街の灯りはまだ消えずに輝いていた。沖に停泊した船のまわりを物売りのサンパンがとりまき、男や女たちが船上の客にしきりに声をかけてきた。やがてランチに乗って上陸した。煤で汚れた上海と違って、香港は薄黄色の建物が並ぶイギリス風の都会だった。

　街を散策しつつ宿を探して、海岸通りを出はずれたワンチャイにある、薄汚い三階建ての日本旅館「旭館」

を見つけて泊まることにした。旅館は部屋数が少なく、二階はこの家の人たちの部屋で、三階が客室になっていた。ほかに客はおらず、三つの部屋を続きで使うことができた。

香港は石段と檳榔樹《びんろうじゅ》の街で、水をはじめ諸事物価が高く、金がない三人にとっては住みにくいところだった。淡い緑色をした海には、イギリスの軍艦が停泊していて、ときどき威嚇するように空砲を響かせた。

香港での知り合いといえばただ一人、かつて井上康文の紹介で会ったことがある、詩の愛好家の北沢金蔵という青年だけだった。彼が領事館の書記官として香港に来ており、さっそく領事館を訪ねると、快く会ってくれた上、その夜自宅に招待された。三千代とともにアパートへ訪ねて行くと、新婚の夫人とよく走りまわるテリアとともに歓迎してくれたが、三千代の一足しかない絹の靴下が犬の首輪にひっかかって伝線がいってしまった。

金子は香港で絵の展覧会を開きたいこと、さらに佐藤英磨のパスポートを取るのに力を貸してほしいと頼んだ。佐藤はパスポートもなしに日本を出てきていたのである。展覧会の方は何とかなると思うが、パスポートは難しいという返事だった。

十日ほどして、滞在費を節約するために貸し部屋探しをはじめ、中国人街に貸し部屋を見つけた。しかし旭旅館に遊びに来た者から、「画家の先生は、電話のある旅館にでんとしていなければ、あいてにされませんよ」(『どくろ杯』)と説教されて、旅館で頑張ることにした。

北沢書記官の奔走で、日本人倶楽部で展覧会を開けることになり、急いで水彩画を六十点ほど描きあげた。画仙紙にかいた絵は皺がより、それを窓に貼りつけて伸ばした上で、額縁代わりに金紙を切って縁どりした。展覧会の会期は三日間で、三千代は靴下が伝線しているのを気にしつつ、売り子兼会場係をつとめ、佐藤英磨も何かと手伝った。大勢の日本人が観にやって来たが、結果は一枚も売れなかった。

やがて絵が売れない理由が分かった。金子より少し前に、辻元廣という油絵画家が安いロッタリー券を発行して、空籤なしの方式で絵を売りさばいていたと、南洋日日新聞の記者が教えてくれた。彼は新聞に金子の展覧会の紹介記事を書いてくれていた。その上で、金子にもこのロッタリー方式を勧めた。絵を売らなければ香港を出て先へ行くことはできず、それから夜も寝ずに百五十枚の絵をかきなぐり、売れなかった五十点とともに、一枚二ドルで土地の親分に売りさばいてもらった。こうして手にした金は、賄いつきの旭旅館の払いでほとんど消えてしまった。佐藤英磨のパスポートは手に入らず、彼は上海に帰ることにした。佐藤を送り出した四日後、金子と三千代は日本郵船で香港を出発した。次の行く先はシンガポールで、手許にある金はわずかに一〇ドルだった。

森三千はのちに『東方の詩』に収録される詩で、香港をこううたった。

「香港の海」

A

眼がしらにつきあげてくる悲しみをどうしよう。
にこりともせぬ、
彫りつけられた面のやうに固い海づらが、うそ白く光る。
眼のまへに、鳶色の帆が、疲れた枯葉の蝶のやうに、じつ
　と翅をやすめたまゝだ。

波の上に据えられた航空母艦。
今日でもう廿日、みじろぎもしない灰青の胴。

動け、一糎。

行け、わたしの旅。

ぷつりと何か一つ切り離たれたらなにもかも一どに動き出
　さうのに。
それだのに、動かない。永久に動きたくないやうに。

雲のなかで、空弾がつゞけ撃ちに鳴り出した。
右の方にならんだ艦隊が、小さな息のやうな砲煙を吐く。
海はやはり動かない。
空弾だけが消えてゆく海づら。
動かない、なにも動かない。
わたしはどうすればいゝのだ。［後略］

シンガポールへ

金子と三千代が乗った郵船はどこへも寄港せず中国大陸に沿って南下し、十数日かかって、六月中旬にイギリス領シンガポールに着いた。

二人は夏服の用意がなく、金子は礼服の縞のズボンに上はシャツ、三千代は裾の長いアッパッパのようなものを着て下船した。六月のシンガポールは大変な熱暑だった。

人力車を雇ってカンナの花と椰子や檳榔がつづく大通りを走り、シンガポール建設の父トーマス・ラッフルズの像や教会、当地随一の豪華ホテル、ラッフルズを横目で見ながら、大通りに面した小さなホテルに旅装をといた。宿代は一日五ドルだった。

植民地都市シンガポールでは、上海や香港と違って、丸い帽子を被ったインドネシア人やマレー系の人たち、赤いターバンのヒンズー教徒など、さまざまな人種が見うけられた。下船した二人は南洋日日新聞の社長兼主筆の古藤《ことう》秀三を訪ねた。

南洋日日新聞は一九一四年（大正三年）に創刊され、公称の発行部数は千八百部を数えた。古藤の下で記者の長尾正平と外電部の大木正二が働いていた。古藤はシンガポールの日本人会会長でもあり、長身で寡黙な人だったが、二人の面倒をよくみてくれた。

この日の夕方、街はずれにある自宅に招かれた。家は高床式で、床下は人が立って歩けるほど高く、屋根はアタップ葺きだった。陽はまだ暮れきらず、家の外には大きなマンゴスチンの木があり、まずはその実をとって饗応された。古藤は、展覧会をするなら日本人倶楽部を紹介すること、滞在が長くなるようならホテルを引き払って部屋をかりた方がいいと忠告してくれた。そしてその言葉通り、租界のなかのラングーン通りにある大黒屋ホテルを紹介してくれ、翌々日にはここへ移った。

森三千代は「新嘉坡《シンガポール》の宿」（『森三千代鈔』所収）で、シンガポール滞在中ずっといつづけたこの宿のことを次のように書いている。

「このホテルの部屋は、玄関のポーチの上にのってい て、部屋全体が張出しのようで、三方の鎧窓を開けると、どこからでも風が吹き通しになるわけだったし、

第一、部屋がゆったりとして、装飾などはないが、支那寝台のシーツの糊気もとれず、さっぱりとしているのが快かったうえに、ベッドにはりわたしたレースの蚊帳に、ほつれ穴やしみのないのもうれしかった。

　スラングー《ママ》ン路の表通りで、一歩出れば賑やかな商店街だったし、どこへ行くにも出場がわるくなさそうだった。

　一ヶ月十二弗《ドル》という部屋代も格安だった。」（「新嘉坡の宿」）


　大黒屋ホテルの宿泊客は、二人以外はみな外国人だった。隣室は美人のタイ人女性で、夕方になるとイギリス人が自動車で迎えに来て、夜遅く帰ってくる毎日を送っていた。廊下の先の小部屋には小柄なインド人がいた。ガンジーの信奉者で雑貨の行商を生業にしていた。階段の降り口にある広い部屋にはユダヤ人一家がいたが、宿泊人の誰とも言葉を交わさなかった。この一家が出ていくと、入れ替わりに三人の中国人学生が入ってきた。彼らのところへは女子学生がやって来て大騒ぎするので、二日目には家主に追い出された。一階には郵便局に勤める中年のマレー人が一人いた。そのほか別棟に水浴場があり、そこへ行く途中の物置のような小部屋にはマレー人の女が一人いた。病気の彼女は一日中寝てすごしていた。

　宿は部屋貸しのため、食事は外でしなければならなかったが、ラングーン通りを少し行くと市場があり、その近辺には中華料理の惣菜店やインドカレーの露店などがあった。日中の暑さには閉口したが、一日に一度は必ず来るスコールは爽快だった。窓を開けて昼寝をしていると突然のスコールで、部屋に霧のように飛沫が吹き込み、慌てて鎧窓を閉めなくてはならなかった。二階の窓まで届く大きな扇芭蕉が植わっていて、スコールが葉を叩いて激しい雨音をたてた。

　夜は新聞社の大木に誘われて、領事館の安西を交えて炒米粉《チャビーフン》を肴にビールを飲み、夜がふけるまで話をした。

発熱

金子は部屋で展覧会のための絵を制作した。仙花紙が手にはいらず、木炭紙に日本画を描いた。だが到着後一週間もしないうちに、三千代が四十度の熱を発し、次いで金子も同じ症状にみまわれ、二人して枕を並べて寝込んだ。蚊が媒介する風土病のデング熱だった。

鷲尾という医師が診てくれ、一週間ほどで治り、あとは免疫ができるということだった。新聞社の人たちが見舞いに来てくれ、大木は毎朝フルーツ・ソルド〔果物からとった塩で身体を強壮にするとされた〕を差し入れてくれた。

鷲尾医師がある日、こんなものがあると東京の新聞を持ってきてくれた。そこには、「ここに奇っ怪至極なのは金子光晴で、誰一人その生死を知るものはない。ある新帰朝者が、インドの酒場で彼がドラムを叩いていたのをたしかに目撃したよし」という記事が、他の詩壇のゴシップとともに載っていた。

三千代の「去年の雪」によると、「寝床のなかで考えこんでいた小谷〔金子〕は――どうだ、もう日本へかえろうじゃないかと、言い出した――わたしは行くわ。わたし一人で行くから、あなたは帰るがいいわ」という場面がある。土方からの手紙はここまでは届かなかったが、三千代の心から彼の存在が消えたわけではなかった。振り捨てて来た思いのためにも、パリへ行って新しいものを得たい気持が強く、またパリに行けば土方に再会できるかも知れないという思いもあった。金子の方はそんな三千代の気持を知ってか知らずか、シンガポールまで来たことに安心しているようであった。

二人の熱は一週間ほどでひき、金子はまた絵を再開した。熱帯の風物は強烈で、水彩絵具ではその激しさを写すのが難しかった。

シンガポールでは沢山のものを目にした。タンジョン・カトン〔亀岬〕の真紅に染まる夜明け、アルカフ・ガーデンの日本式庭園、中華街にあるルナ・パーク式の娯楽場「新世界」の出し物、虎の尾のような蛇やコブラ、羽のはえた蜥蜴、黒豹。街で出会う人種もさまざまだった。広東人、キリン人〔タミール人の出稼ぎを現地ではこう呼んだ〕、ベンガルやアラビアの商人、シャム人、グダン人、マレーの地元民、そして混血児。

こうしたなかで、「いちばん凄まじいものは、印度人の火葬で、薪の山のうえにおいた死体が硬直して一瞬立ちあがる状景、また、可笑しかったことは道ばたからみえる印度人の床屋で、床板のうえに寝たり坐ったり、あらゆる姿勢をして、全身の毛をくまなく剃ってもらっている図である。生毛一本のこさないヒンズー（タミール族）が、全身くまなく油を塗り、薪のような細長いからだのすみからすみまでのこまかい筋肉を浮き出させ、それから顔に牛糞の灰を塗り、赤い腰巻《サロン》〔インドネシアの女性が着る腰巻様の服〕をはいて、お化粧が終り、一人の伊達男が出現するのである。」（『どくろ杯』）

小品画展

この土地で、人びとはそれぞれの信仰や習俗を守って生き抜いていた。二人は暑さとマラリヤ蚊への恐怖から、早くこの灼熱の世界を抜け出したいと思い、金子は絵の仕事を急いだ。幸い古藤たちの助力で、「シンガポール風景小品画展」を日本人倶楽部で開くことができたが、ここでも結果は散々だった。会のあとで乾杯をしてくれた小久保という商人が、「たくさんな絵かきさんがここへ来たが、金子さん。あんたぐらいへたな人もめずらしい」（『どくろ杯』）と遠慮なく言った。この言葉を聞いても怒る気にはならなかった。絵かきなどではなく、南洋をまわっている浪花節語りのような芸人の方が、斜に構える必要もなく、まして詩人だったなどと口にするのは無駄なことだった。

「詩人の私のところへ好んで訪ねてきた彼女はそれについてどうおもっているのだろうときいてみたかったが、それも皆《むち》の追打ちにすぎない気がして黙った。女を責めるのは、責めるものの罪のほうが大きい。とりわけ、女の慾望を責めるのは、じぶんのことを棚にあげての片手落で、それは、片手落が正義で通るくにや、時代でしか通用しないことだ。」（同）と金子は思った。

こうしてシンガポールでは旅費を稼ぐことができないのがわかり、古藤の助言もあって、もっと多くの日本人がいる爪哇《ジャワ》〔現在のインドネシア〕へ渡る決心をした。古藤はバタビア週報社の社長に宛てた紹介状を書いてくれた。

だがジャワはヨーロッパ航路からすればひどい回り

道で、三千代は未知の辺土へ迷い込んでいくようで心細さが募った。

　金子光晴と三千代がシンガポールを発ったのは一九二九年（昭和四年）七月十日である。宿の支払いがたまっていたが、懇意になった新聞社の長尾と大木、領事館の安西が交渉して、安くまけさせてくれた。もと女衒の親分だった家主の矢加部は、領事部や新聞社に弱みを握られていたのである。

　ジョンソン埠頭からボートでオランダの船会社KPM社のMIJR号に乗り込んだ。埠頭まで大木が見送りに来て、フルーツ・ソルト一壜を餞別にくれた。ジャワの首都バタビア（現ジャカルタ）までの二等の船賃は一人四五ギルダーで、手持ちの金はほとんどなくなった。ただ二等の食事はヨーロッパ風で、この旅で初めて食事らしい食事ができた。それでもこの先の旅費を稼ぐために、絵を買ってくれそうな客を探すには、ジャワへ行くのは避けられない選択だった。

　オーストラリア航路の船は、途中二カ所で荷の積み下ろしをしただけで、三日後の七月十三日朝八時に、バタビアの新港タンジョン・プリオクに着いた。当時はオランダ領インドと呼ばれていた土地であった。二人の荷物はトランクとスーツケース、それに小さな鞄が一つだった。なお、この旅の船中で、名作「洗面器」の題材となる、女が洗面器に放尿するイメージを得たのだが、これは後に語ることとする。

ジャワ

　ジャワの滞在については、三千代の「爪哇の宿」（『森三千代鈔』）や『をんな旅』で詳細にたどることができる。記述は当時つけていた日記に基づくものと思われ、到着直後の様子は次のように記されている。「暑い、長い桟橋であった。ごみのように船のちらばっている海上は、ぎらぎらする波の起伏で威嚇する。むかつくような船酔いのなごり。パラソルの下で、玉の汗を拭き拭き、一生懸命になって私は海関の建物まで辿りつこうとする。」

　海関からすぐ移民局の旅行者係にまわった。そこで、一五十盾《ギルダ》の入国税を払わなければならない。その前にパスポートを見せて、身元調べがあった。

J日報社を頼って来た旨を述べて、移民局の電話を借り、日報社に到着したことを知らせた。すぐ、バタビアから自動車をまわすから、そちらで待つようにという、日報社の社長からの返事であった。入国税は、旅行者が六ヶ月以内に退去する時はそのまま返済してくれることになっていた。」(「爪哇の宿」)

爪哇日報は一九二〇年(大正九年)に、南洋日日新聞の記者だった佃光治が創刊した新聞で、主筆は英文学者の加藤朝鳥、記者は松原晩香でスタートしたが、翌年には元報知新聞の記者だった齋藤正雄が譲りうけた。齋藤は西条八十や前田春声たちの詩誌「詩洋」の同人だった人で、シンガポールの古藤の仲介で手紙を送っておいたのである。電話の通り、間もなく新聞社の人が車とともに迎えにきてくれた。

港からバタビア市内まではおよそ二〇キロの道のりで、道と並行して走る掘割に沿ってアッサムの並木が続いていた。街は緑が影を落とし、シンガポールに比べるとずっと落ち着いていた。爪哇日報は旧市街のマラッカ通りにあった。周囲には邸宅が並び、石造りの門を入った新聞社も同じような一軒家だった。観葉植物や熱帯樹が植えられた前庭に面したテラスで、社長の齋藤と会った。

齋藤は日本では詩や小説を書いていて、金子とは共通の知人がいることがわかり、当分この家に逗留してバタビアを見物したらいいと言ってくれた。午前中は新聞の編集作業で忙しく、他の人たちは手を休めずに二人をちらちら見るだけだった。記事は正午には校了となって植字にまわされ、午後四時には印刷、夕方に配達される仕組みだった。発行部数は千五百部で在留邦人のほとんどが購読していた。

二人が案内されたのは、編集室と食堂兼広間を通り抜けた先にある、植字室と壁一つを隔てた細長い部屋だった。

部屋には蚊帳を吊ったベッドが一つと、立鏡台、花柄の大きな傘をかぶせたスタンドがあり、鎧戸をあけると裏庭に出ることができた。到着したこの日の夕方、齋藤社長と編集を手伝っている弟に連れられ、中華街の「大東酒楼」に案内された。食後は自動車で三時間ほど夜のバタビアをドライブした。オランダ人たちは旧バタビアが湿地帯なのを嫌って、ウエルトフレデンに新市街をつくり、官庁や商業の中心をそちらに移していた。彼らの住宅もここにあった。

一行はロキシーというオランダ料理店のテラスで休息した。遊びに来ているのはオランダ人がおもで、華僑の美しい娘や洒落者の混血児も混じっていた。

帰りは椰子林の漆黒の闇のなか、ジャガタラ街道を車を飛ばして戻った。新聞社に帰りつくと、三千代は美しい電気スタンドの下で、疲れた体を伸ばして、社の書庫から借り出したジャバの歴史を読んだ。夜寝ていると、馬の首に鈴をつけた馬車が近づいては遠ざかる音が聞こえた。そして家に住みついている三角の大きな頭をしたトッケイ〔大蜥蜴トカゲ〕がけたたましい声で鳴いた。

七月十五日の午後、早撮りの顔写真をもって民籍局に行き、在留手帳を交付してもらい、パスポートを返してもらった。身軽に動くためには、いつもパスポートを携帯する必要があった。

エルヴェルフェルトの梟首

この日は帰りに、新市のウエルトフレデンにまわって、目抜き通りを見物した。広場にはジャワの二代目総督ヤン・ピーテルスゾーン・クーンの銅像があった。三千代はオランダの百貨店ゾーンで口紅を買い、さらに草色のパジャマを注文した。そして軒を連ねる日本人の店の一つで影絵人形を染め出したサロンを買った。

チューリオン川の岸辺では、大勢の現地の女性たちが洗濯をしている光景に出会った。ディレントイム公園では、オランダ人女性がフットボールに興じたり、若い男女が自転車に乗ったりしていた。その後、馬車を雇ってジャガタラ街道を行き、途中でピーター・エルヴェフェルトの梟首を見た。

「そこは、旧バタビヤ、ウエルトフレデン間の電車の停留場になっていた。馬車を乗りすてて、五六間はいると、目的のエルベル《ママ》フェルトの首がある。首は長い石塀の上にのっかり、下から突刺した槍が二寸ばかり尖先を出している。首も槍も赤く錆びついたような色をしていた。顔なりにそっくりコンクリでかためて化石させたもののようである。石塀の向うは、広い芭蕉畑で、破れた芭蕉の葉が、夕暮の中でカタカタ鳴るのが、首が笑ってるようで無気味だった。」(「爪哇の宿」)と三千代は書いている。

石の壁には次のような言葉が、オランダ語と現地語で刻まれていた。「――死刑に処せられた国事犯ピーター・エルベルフェルトに対する、畏怖すべき記念のため、何人といえどもこの地に栽培し、煉瓦を運び家を建て、種播くことを、現在も未来も永劫に許されることなかるべし。」

梟首の印象は二人にとってよほど強烈だったとみえ、金子光晴も「エルヴェルフェルトの首」という散文詩(初出は「コスモス」昭和十年十一月号)にうたっている。

「バタビアの第一の名物は、總督クーンの銅像でもない。凱旋門でもない。それはピーター・エルヴェルフェルトの首だ。

全くそれは一寸よそに類のないみせものである。

ピーター・エルヴェルフェルトといふ男は、生粋な謀反人であつた。彼は混血兒で、奸佞な男だつた。十八世紀の頃和蘭政府を顚覆し、和蘭人をみなごろしにする計畫をたて、遂行のまぎはになつて發覺し、蘭人側のあらん限りの呪ひと、憎しみのうちに處刑され、その首が梟首されたまゝ今日までさらしつゞけられてゐるのである。[中略]

謀反人エルヴェルフェルトの首は、壁のうへで、いまもはつきりと謀反しつゞけてゐる。たとへ彼の××が、いかなる正義も味方しないとしても、××である故をもつて、まつさきに正しいのではないか。ススーナンにも、サルタンにも和蘭にも、コムミュニズムにも、次々にきたるすべてのタブーにむかつて叛亂しつゞける無所有の精神のうつくしさが、そのとき私の心をかすめ、私の血を花のやうにさわがせていつた。私はエルヴェルフェルトの不敵な鼻嵐をきいたのだ。

遠雷がなりつゞけてゐた。私の辻馬車《サード》は、じやがたらの荒れすさんだ路をかけぬけようとあせつてゐた。うちつゞく椰子林のなかの光は鈍く、反射し、てりかへし、あたかも、天地のすみ〴〵に、いたるところにしかけた火薬がふすぼりだして、いまにも爆破しさうな瞬間のやうにおもはれた。そして遠方にならんだ椰子の列は、土嚢をつんだやうな灰空の下で、一せいに悲しい點字の音のつゞくやうに機關銃をうちはじめた。

私は目をつぶつて、胸にゐがいた。劍に貫かれた首の紋章。ピーター・エルヴェルフェルト。」（詩集『老薔薇園』）

××は「革命」の文字が入るところで、発禁処分を恐れて伏字にしたのである。金子は口にこそ出さなかったが、欧米の植民地だった中国や東南アジアの悲惨な姿を心に刻んでいたのである。一九二六年六月には治安維持法の改正が行われた。出版物に対する取り締まりが強化され、言論に対する弾圧は容赦がない時代になっていた。

ピーター・エルヴェルフェルトの父は、ジャワで皮革の仕事で成功して財産をなしたドイツ人で、母親はタイ人であったという。父の仕事がオランダ東インド会社によって没収され、復讐心に燃えたピーターは、バタビアのオランダ権力の中枢を壊滅させよとして失敗し、処刑された。

七月十八日、爪哇日報に、「詩人画家金子光晴氏並に夫人（女流詩人森三千代）は渡仏の途次嘉坡よりジャワ見物に来島した。当分バタビアに滞在する」という記事が掲載された。

七月十九日、金子と三千代はそれぞれ風物詩をつくり、爪哇日報の編集部に渡した。隣の植字室からは係の小父さんの鼻にかかった歌が聞こえてきて、それを聞きながら、買ってきたオランダのレースを洋服の襟につけた。

七月二十日、デング熱の影響か、日中は外出する気になれず、陽が落ちてから旧港までカノンを見に行った。草原のなかに、置き忘れたように古い大砲の砲身が投げ出されてあった。砲底の蓋が人間の握り拳の形になっていて、人差し指と中指の間から親指の先が突き出て、男性のシンボルを表していた。子を授かりたい女たちが、糸で綴った南国の花を砲身にかけるのだが、それが陽に焦がされて茶色に変色していた。男砲と女砲の一対があり、女砲は運ばれて行く途中に海に沈み、いまは夜になると男砲を慕って泣く声が聞こえると伝えられていた。

七月二十一日、先に原稿を渡した、金子の「月が出る」と三千代の「スコール」、「南方の海」が新聞に掲載された。

七月二十二日には、徒歩で世界をまわっているという竹下康園が新聞社を訪ねて来た。三千代が応援し、署名簿を差し出されたので、彼女はボードレールの詩の一節を書いた。そして竹下の徒歩旅行の件を新聞記事に書いた。

七月二十三日、竹下は齋藤正雄から若干の寄付を得てスラバヤへ向かって旅立っていった。この夜は、空き地にテントを張った現地人のサーカスを見に行った。三千代はサロンを穿きサンダルをつっかけた姿で桟敷におさまったが、周りの女たちがみな彼女を見ながら笑っている。どこか変なところがあるのだろうと自信がなくなった。

三千代は、「この日は、郷愁殊に深し。故郷のことが氣にかかる。家に手紙を書く。」と日記に記している。するど翌朝、入れ違いに長崎からの手紙が届いた。「朝、長崎の家から手紙來る。昨夜手紙を書いたのは、蟲が知らせたといふものか。

坊やが丈夫ださうだ。なによりも、それが一番うれしい。坊やの描いた繪が三枚封入してある。

バタビヤには、ジヤバ産の子馬のサドといふうしろ向きに腰をかける馬車が、鈴を鳴らして到るところに走つてゐる。坊やを一度それに乗せてやりたいと思ふ。」（「バタビヤ日記」『をんな旅』所収）

第三章　「馬鹿野郎の鼻曲り」

サンゴの島

金子と三千代がバタビア滞在中によく行ったのは旧港のスンダ・クラバ港だった。三千代はのちに「去年の雪」や「爪哇の宿」でこのことを繰り返し書いている。「旧港の市場の赤瓦の屋根がすぐ見えはじめる。市場前の船着場の石崖に、舳をそろえてひしめきながら、漁船が波にゆられている。押し立てた船首には、原色で魚の目玉や、怪物の顔が描かれ、帆綱は、彩った幣束のようなものでかざられていた。ジャバ《ママ》人の漁夫達の近海漁業の、昔ながらの野趣にみちた小舟なのだ。

小谷〔金子〕は写生帳を出して、熱心に写生した。サロンの腰を折りまげてしゃがんだ漁夫の妻が、舟の上で、こんろの火をおこし、くさい煙を立てて干魚をやいている。腹を突出した裸の子供たちが、舟から舟へうつりあるいて遊んでいる。これらの舟は、夜明前のまだ暗い星空の下を、篝火を焚き、焦茶色の帆を張って、海賊船のようにひっそりと出てゆくのだ。椰子の生えた突堤が、海の中まで突出ていた。水飛沫が突堤を越えて走るのが見えた。その突堤のはずれまで、小谷と十三子〔三千代〕が黙々としてあるいてゆく。突堤から海の向うまで、そのまま歩いてゆきそうな二人の姿だった。世界の果てだった。少なくとも、十三子にはそう思えた。こんなところのあるのを考えたこともなかったし、なおさら、来ようなどとは想像も及ばなかった。」（「去年の雪」）

七月の末、齋藤正雄と三人で早朝に新港タンジョン・プリオクから小舟に乗り、二、三時間かけて沖にあるサンゴ礁の無人島へ遊びに行った。

金子はこのときのことを『マレー蘭印紀行』の「珊瑚島」で、次のように述べている。

「うつくしいなどという言葉では云足りない。悲しいといえばよいのだろうか。
あんまりきよらかすぎるので、非人情の世界にみえる。
赤道から南へ十五度、東経一〇五度ぐらいの海洋のたゞなかに、その周囲一マイルにたりるか、足りないかの、地図にも載っていない無人島が、かぎりなく散らかっている。〔中略〕
美貌の島。……
人生にむかってすこしの効用のない、大自然のなかの一部分のこうした現実はいったい、詩と名付くべきものか。夢と称ぶべきであるか。あるいは、永恒とか、無窮とかいう言葉で示すべきか。」

金子は言及していないが、三千代の「猿島」（『新嘉坡の宿』所収）によると、島で釣りをして獲物を焼いて食事をしたりしているうちに、雲行きが怪しくなってきた。あわてて舟に乗ると大時化が襲ってきた。船はいつひっくり返ってもおかしくないほど波に翻弄されて、命からがら戻ってきたという。

こうして新聞社の人たちとも昵懇になり、金子はせっせと絵を描きためた。三千代の回想――。

「**松本**　そこ〔旧港〕では金子さん、ずいぶん写生されたようですが。
森　そのへんにもバナナ畑がありまして、そこへ行く途中に、オランダ風のはね橋なんかあり、金子はそれなどを丹念に水彩で描いていましたが、なかなか風情のある景色がいっぱいあり、ずいぶん気に入っているようでした。」（「金子光晴の周辺」1）

金子の方は『どくろ杯』で、「おそらくつきないほどの画材がある土地であったが、四十度近い炎天を、ときには帽子をかぶるのも忘れてほうついたあげく、視力がへこたれて、おもったよりも仕事がはかどらなかった。傍若無人にねたり起きたりのくらしぶりが禍《わざわい》して、とうとう新聞社にも居られず、松本という、大黒屋よりも腹のふとい、やはりむかしは女衒の親分のやっている宿屋の小室に移った」と書いている。

なぜ突然、南洋日日新聞社長の齋藤正雄が金子たち二人を追い出したのか、その原因は諸説あるが、金子も三千代も明らかにしていない。金子は「塚原って奴に、聞いてみたら、それはあんたが悪い。齋藤さんのところにいるんだから、絵も齋藤さんの肝入りで展覧会をすべきですよ。齋藤さんと松本のじいさんは仲が悪いんだから」（『人非人伝』）として、展覧会のことを知りあった松本に相談したことで、齋藤が臍を曲げたことになっている。

その他、齋藤が旧知の西条八十に、金子がジャワに滞在していることを知らせると、西条から、金子などの世話をする必要はないという返事があったことが原因だという説もある。金子がかつて、西条八十が畏敬する萩原朔太郎を批判したこと、朔太郎の『月に吠える』と『青猫』を西条から借りたまま返さなかったことで、西条の心証を害していたという。いずれが真相かは不明である。

植物園

松本旅館に移ってからも二人の生活は変わらなかった。八月十二日にはバタビア博物館を訪れ、十五日には東洋一といわれるボイテンゾルグ植物園〔現在のボゴール〕を見学した。二人が植物園で見たのは、鬼蓮や大歯朶、かずかずの蘭、椰子、竹などで、金子は後年、詩篇「歯朶」（『IL』所収）で次のように書いている。

しだの涼しい衣ずれをきき、レース編みをもれる陽のせせらぎをさまよつて、植物のからだを循環してゐる血液と、僕の身うちにながれてゐる樹液とがまざりあひ、一つにつながれた解放感と、かなしみの情でしかあらはしにくい恍惚とを、はじめて味はうことができたのは、じやがたらのボイテンゾルク植物園のなかにある、大歯朶の林のなかに迷ひ入つたときであつた。〔中略〕

身にまとふものを
われ先に、ふみぬぎ、
月に浴る少女たちの
裸の白で、湧きかえる沈黙。

ことば一つにも、性別なしでは
こころのすまぬ仏蘭西でも
Fougère〔羊歯〕よ。

君は、やっぱり女性だ。
みわたすかぎりの繁みは、
女たちへの、傾斜。
ふみいる一足は、
女たちへの　埋没。

しなやかなしだに乗って、
しだにゆすられて
かるがるとあそぶには、
月よ。僕のからだでは、もう重すぎる。

ここで歯朶は、女性そのものに変身していて、金子のエロスのあり様をよく示している。三千代もまた、真っ青な海や熱帯の風土、繁茂する植物群など自然の圧倒的な力と、それに囲まれて生きる女たちの肉体の力強さに目を奪われた。

「彼女たちが、青いみどろの浮いた溝河の岸の、火のやうな花の咲いてゐる合歡木や、パパヤの果實にみのる下で、水浴をしてゐる時、濡れたサロン（裳）の下に盛り上がつてゐる乳房や、脊や臀部の豊滿な肉線を眺めて驚嘆せずにはゐられませんでした。その大きさ、そのはりきつた肉の強い彈力。烈しい太陽の下で焦げるだけ焦げて、一種の光澤をもつた皮膚の强靭さ。……そこには、私たちの考えてゐたのとは異なつた、女の美しさの標準があるのでした。」（「サルタンの花嫁」『をんな旅』所収）

この一文でもわかるように、三千代が東南アジアの苦しい旅の途次で発見したのは、生を謳歌する女の肉体であった。彼女自身が生まれついた肉体の強さと欲望を自覚していただけに、共感の度合いは強烈だった。

もちろんこうした肉体の持ち主である彼女たちが、現実の生活の中では、貧困や過酷な労働を強いられていることは理解していた。彼女は土方定一その他から感化された思想で、社会的現実を見る目を養ってきた。その上で、自らの肉体を通して女たちの身体が持つ生命力を実感したのである。そしてこの実感は、あらためて三千代自身の生き方に強い自信をあたえるものだった。

金子と三千代の二人は、八月二十六日の朝七時三十五分発の北部海岸線の急行でバタビアを発った。目指したのは島の中部、チルボン、ペカロンガンの先にあるスマランだった。

余興芝居

現地の汽車は昼間だけしか運転せず、夜までに行きついたところで停車する。一、二等は外国人専用で、三等車は現地の人や中国人が利用するのだが、二人が乗ったのも三等車だった。窓は小さく、椅子は木製だった。

ペカロンガン市をすぎると汽車は海岸線を走り、窓外には章魚《たこ》の木が並んで植わっているのが見え、水牛の背中に白鷺が止まっている光景も見かけた。夕方五時ころ中部ジャワのスマランに着き、ホテル・スタッションという日本人経営の古ぼけた旅館に泊まった。

翌日は午後三時に乗り合いバスに乗り、四時間半かかってソロに着いた。ソロは八世紀から続く宮廷文化の中心地で静かな街だった。高地にあるせいで気候も爽やかだった。到着した日は夜市〔バッサル・マラン〕が開かれているためホテルはどこも満員で、ようやく中国旅館を見つけて泊まることができた。

翌二十八日の朝、小規模な商社であるトーコー〔洋行〕・Tの奥さんに案内されて、街をめぐり、博物館や王宮庭園を見学した。ソロ王は古いジャワ王朝の末裔で、オランダ政府から年金をもらい、ジョクジャ汗国とならんで名目だけを残していた。街の一角には士族の屋敷があって、金の小剣を背中に帯びて、髪を結い大きな簪《かんざし》をさした武士たちが、裸足で歩いているのを見かけた。王宮の庭ではワーヤン劇をやっていて、役者はみな貴族の子弟だった。彼らは幼い時から古楽器を習うということだった。ソロ、ジョクジャの二侯国は、古い伝統をもつ舞踏劇を残すことで安住をえていた。

ソロには日本人の雑貨店も多く、土地の人たちの対日感情もよいとのことだった。街の周囲には煙草畑やコーヒー園が広がり、奥地の山間部には銅の鉱脈があって、働いている日本人もいた。彼らの日常には娯楽は少なく、夕方になると、人びとは一軒の家に集まって御詠歌をうたうということだった。

二十九日、ソロから二時間ほど乗り合いバスにゆられてジョクジャ汗国に着き、日本の雑貨と古代ジャワ更紗を商う富士トーコーの澤辺磨沙男の家に泊めてもらった。その翌日は、澤辺の店の番頭が運転する車で、世界最大の仏教遺跡ボルブドールの石の大回廊を見物した。

遺跡は一辺が一二三メートルの方形の基壇上に、五層の方壇と三層の円壇がピラミッド状に重ねられ、頂点には大きなストゥーパが置かれ、高さは優に三〇メートルを超えていた。全体が仏教世界をあらわした曼荼羅で、方壇の回廊には仏教の説話を描いた浮彫が千四百六十面続いていた。夕暮れ近くには、タマンサリ〔水城〕の跡を見学した。城は堰を切るとたちまち浮城になったというが、十八世紀に起きた大地震で崩壊したまま放置されていた。

ジャクジャには数日滞在し、九月初めには数時間の汽車の旅で、ジャワ島の東に位置する商業都市スラバヤへ向かった。駅に着くとすぐにウエルフ街にある爪哇日報スラバヤ支社を訪ねた。だがバタビアの齋藤社長から、世話には及ばずという連絡が入っていて、二人を迎えた支配人松原晩香の態度はけんもほろろだった。仕方なく華僑が経営するホテルに旅装をとき、三千代が一人で事情を説明しに行くと、松原は事情を了解してくれて、世話をしてくれることになった。

松原は早稲田大学で演劇を専攻した、坪内逍遥の弟子だった。一九二〇年にジャワへ来て、南洋日日新聞の佃光治が爪哇日報を創刊したとき、その下で記者となり、爪哇日報を齋藤正雄が譲り受けたときに、バタビア支社に来たという。もともと松原とはそりが合わない間柄だった。

オランダ政府の方針で邦字新聞は一社しか認められず、スラバヤの爪哇日報は、バタビアの爪哇日報の販売と、内地向けの月刊誌「爪哇」を、四、五人の社員で印刷し発行していた。

二人のスラバヤ滞在は二週間の予定で、松原の紹介で日本旅館に泊まることができた。スラバヤには日本人の大きなコミュニティがあり、領事館のS・M、貴金属商店の店員Kといった人たちと懇意になった。松本楼などの日本料理の店があり芸者もいた。松原と領事館のS・MやKは酒飲み友だちだった。金子と三千代が着いたとき、スラバヤでも夜市が開かれており、二人は彼らに連れられて毎晩夜市に繰り出した。

夜市では、色とりどりの電飾で照らされた広場に幾つかの商品館があって物産を販売し、その周りには郷土品を売る露店や食べ物の屋台、小屋掛け舞台、踊りの舞台、さらにはオランダ人が経営するダンスホールやバーなどが店を開き、大勢の人でにぎわっていた。

松原は新聞記者という職業柄顔が広く、誰彼となく声をかけられた。彼は三度の飯よりも芝居が好きで、若いとき浅草の劇団に入って舞台を踏んだこともあり、ジャワのワーヤン劇の研究家としても造詣が深かった。

夜市では、皆で電気自動車に乗ってぶつかり合い、観覧車で空中へ吊り上げられてスラバヤの夜景を見下ろしたりした。

松原は三千代に木偶芝居の武士の人形を一つ買ってくれた。大きさは三〇センチほどで、眼がつり上がり、鼻が尖った顔を白く塗り、金の冠を被っていた。手足は棒で動かす仕組みで、胸から下にはきれいな更紗の衣装をつけていた。三千代はのちにこの木偶人形を、ベルギーで世話になったルパージュへの贈り物にする。

九月十四日付けの爪哇日報のスラバヤ版に、「金子光晴の画展日本人会館で」という見出しの記事が載った。

「詩人画家金子光晴氏は、此土曜日日曜日に掛けて午前午後當地日本人會館にて東印度風景及び風俗畫の展覧會を開く事になつた。同氏は浮世繪派の日本畫を書き、其方面に於いては内地でも有名な畫家である。来島以来数十點を書いたが何れも出来榮能く多分展覧會は成功するであらう。」すべては松原の助力のお蔭だった。

たまたま寄港した日本船の船乗りたちが大勢、松原のはからいでやってきて、南洋の記念品でも買うように買ってくれたせいもあり、まとまった金を手にすることができた。

ジャワ島東部への旅は、パリへ行くには遠まわりになるが、旅費を稼ぐ上ではようやく成果を得たのだった。

十月十六日には、スラバヤ婦人会の主催で、「アイダ河上鈴子嬢舞踏会」が開かれることになった。上海から来た河上鈴子が西洋式の舞踏を見せる機会に、芝居好きの松原がストリンドベリーの劇『犠牲』を上演したいと言いだした。ついては金子と三千代にも出演してほしいという。絵心のある爪哇日報の社員が大道具の背景を描き、三千代が妹役、姉は新聞社の印刷工の頭の禿げたおじさん。松原が姉妹の父親役、金子は顔中に赤髭をつけた中尉をやることになった。しかしいざ稽古となると、たまたま来合わせたハンガリー人の画家の接待で忙しく、ぶっつけで本番を迎えた。三千代だけがやきもきした。

「当日は早くから見物がつめかけていた。

西洋舞踏がすんで、余興の第一番に、姉娘になるおじさんの日本舞踊の幕が開いた。女の着物を着て、薄化粧をしたおじさんが、あねさんかぶりをして、『梅にも春』を踊った。横眼をつかい、しなをして、小面憎いほどすましこんで、真面目くさって踊り終った。

次は、『犠牲』の一幕である。

厚紙の背景がかつぎこまれた。切角の泥絵具の彩色が、おおかた剥げおちていた。泥絵具の粉末をとかす時、膠《にかわ》を入れるのを忘れたからであった。

幕があくとまず、洋服を着た私が一人で窓に立って歌を歌わなければならなかった。もともと歌を歌うことは聞いていなかったので、舞台に上る前に、世話役になって来ていた貴金属商のKさんに、なにを歌ったものでしょうと相談すると、Kさんも当惑して、なんでもいいじゃありませんかと言うことだった。庭の千草を歌いはじめた。あまり高い声で歌いはじめたので、途中でかすれてしまった。そこへ、印刷工のおじさんが、どこで手に入れて来たか、もしゃもしゃの赤毛の鬘をかぶり、アッパッパを着てぬっと出て来た。せりふのやりとりがはじまったが、この人は、旧派の芝居のせりふまわしを心得ているとみえて、ねちねちした抑揚をつけて、それも、全部ひどい東北訛りであった。見物席は立錐の余地もなく、うしろの方に人が立ってあふれていた。つかつかと上って来た中尉は、顔中、むちゃくちゃに赤髭を付け、眉毛と眼のくまどりだけは、白虎隊のように、勇ましげに吊上っていた。Mさんの仕業だった。中尉は、おじさんのせりふを聞くなりぷっと噴出して、そのまま笑いがとまらず、観客席の方を向くことが出来なかった。出て来たままで、言うべきせりふは度忘れしてしまっていた。テーブルの白布の下にもぐりこんでいたプロムプターがしきりにせりふをつけるのだが、聞きとれないで耳に手を当てては幾度も聞き返した。プロムプターの声が見物席にとどくと、どっと、くつがえるような笑い声が起った。

余興芝居は大成功だった。深刻なストリンドベリーの劇が、喜劇に終わっても、見物の人達の心には、歓を尽したものが残った。勿論、そこに来ていたオランダ人の観客達は、それが北欧の大家のストリンドベリーの戯曲をやっていたのだとは、しまいまで夢にも気が付かなかったろう。」(「スラバヤの夜市」『森三千代鈔』)

苦しいことの多い旅のあいだで、スラバヤの人たちの親切とこの日の出来事は、金子と三千代にとって忘れられない思い出となった。

別れ

スラバヤからバタビアへの帰途は、ジャワ島南部を横断する汽車の旅で、ジョグジャ、バンドン、ボゴールを通ってバタビアに戻った。そして十月二十日、バタビアからオーストラリアのKMP汽船に乗船した。ただ船賃を節約するため、来たときとは違って、一人一五ギルダのデッキ・パッセンジャーとなった。これは船室もベッドもなく、四日間をデッキで過ごすのである。日本人がデッキの客となるのはまれで、まわりはインド人やマレー人の兵士、タミール人の出稼ぎ労働者たちだった。

鞄類とともに、ズックの折り畳みの寝具を一つ持ってデッキに上がり、それを三千代の寝床にして、金子はそばに新聞紙を敷いて寝た。食事のサービスもなく、乗船前に買い込んだバナナの大きな房二つと、船内で売りに来るコーヒーを飲んで飢えをしのいだ。困ったのはスコールで、デッキはたちまち水浸しとなり、流されないようにデント綱にしがみついた。さらに難儀したのは便所だった。デッキには便所がなく、三千代が用を足すときは、船尾の手摺に近い床に紙を広げて済ませた。しゃがんでいる彼女の身体をかくすように、金子は両手を広げて立っていた。

四日目にシンガポールに着き、以前も世話になった星州日報の長尾正平の世話になり、ヨーロッパ航路の郵船を待つことにした。その間、デッキの旅も貴重な体験だろうと話題にすると、笑う者もいたが、なかには、「日本人の体面がありますよ。一等国の国民がヒンズーといっしょにデッキで旅をするなんて非常識よりも、国辱です」(『どくろ杯』)と決めつける者もあった。

長尾は植民地の実態に触れて、白人のアジア支配やその搾取のうまみにあこがれて、あわよくば白人に代わって自ら植民者になろうとたくらむ日本の資本家たちやその手先になっている者に反感を抱いていた。彼の蔵書には、マックス・シュティルナーの『唯一者とその所有』やマルクスの本などもあり、金子はそれらを借りて読んだ。

『こがね蟲』に見られるように、金子はもともと感覚的な耽美主義者で、思想は苦手だった。それに三千代の恋人だった土方の存在もあって、左翼思想に対して懐疑的だった。その彼がこの旅で植民地の実態にふれ、さらに長尾の影響もあり、次第に白人の植民地支配に対して怒りと批判を持つようになっていた。

二人は現地の日本人社会を頼ってここまで来た。それには言葉の問題もあったが、何より次の寄港地での旅費を得る唯一の手段が、即席の絵を同胞に買ってもらう以外になかったからである。

手許には東京を出てから初めてまとまった金があり、長尾もパリまでの旅費の捻出に骨を折ってくれたが、有り金を計算すると、三等に乗るとしても、マルセイユまでの二人分の旅費には足りなかった。三千代は事の次第をこう回想している。

「ジャワからシンガポールに上陸したとき、持ち金を勘定したんですね。そのとき相談を受けました。二人でパリまで行くのには足りないけれど、一人でとりあえず行くか、それともここから二人で日本へ帰ってしまおうか、そういう相談を受けました。日本を発ってはじめて相談というものをしたんです。珍しいことだったと思います。そのときまでは金子がどんどん自分で引っぱってきましたけれどもね。その相談の結果、よかったら私先に一人で行くと言ったんです。でもそうは言ったものの、いざ船に乗ったときは、しまったと思いました、心細くて。」(「金子光晴の周辺」4)

スラバヤの展覧会で絵を売って稼いだ金は五〇ポンドで、そのうちの三〇ポンドでマルセイユまでの特別三等の切符を一枚買った。特別三等には藁床のベッドがあり、一品料理の洋食もついた。残りの二〇ポンドは、パリで生活する当座の金として三千代に渡した。金子自身はマレイの奥地でゴム園を経営している人たちに絵を売って船賃を稼ぎだす算段だった。シンガポールで次の郵船を待つ間は一週間ほどだった。この間に日本郵船のシンガポール支店で船客係りをしている斎藤寛の骨折りで、パスポートを二つに分けて、各自がそれぞれのものを持つことにした。

森三千代が日本郵船の加茂丸に乗ったのは十月の末のことである。見送りは金子一人だった。

「彼女をつかんでいる手を離して、なにか運命の手にゆだねるということは、永遠の別離を意味することである。

船底のまるい窓から覗いている彼女が船がはなれてゆくにつれ小さくなってゆくのをながめていると、ついぞ出たことのない涙が、悲しみというような感情とは別に流れつたった。「馬鹿野郎の鼻曲り」と彼女が叫びかけてきた。「なにをこん畜生。二度と会わねえぞ」罵詈雑言のやりとりが、互いの声がきこえなくなるまでつづいた。彼女の出発について移った桜旅館にかえると、空中にいるような身がるさと湿地にねているような悪寒とを同時に味った。」(『どくろ杯』)

この離別のシーンを、三千代の方は次のように書いている。

「十三子〔三千代〕の乗り込んだ船を波止場の岩壁に立って、小谷〔金子〕が見送った。丁度、小谷が立っている水平の位置に、三等船客の丸穴の船窓があり、そこから顔をのぞかせた十三子と彼とが向いあった。小谷は、無理に笑顔をつくって、ときどき思い出したように手を振ったが、笑顔はすぐいびつになった。ゴム園を歩いて船賃をつくり出すことは、彼としても確信があるわけではなかった。ここからすぐ二人で日本へもどることもできると、小谷は、その時までは心のなかでひそかに両端を持していたのだが、十三子が船にのってしまっては、賽はもう振られてしまったのだ。十三子は巴里について一ヶ月の滞在費も持っていないのだ。そして、補給のあてはなにもないのだ。小谷はそのとき、自分の力と誠実の限界をはかり知って、己を放棄することで、ある解放感をおぼえながらも、かなしさ、さびしさは、果てしがなかった。その小谷の気持が、十三子にも、ひしひしとわかった。あとを追いかけてくるという小谷の計画に十三子は、半分の期待しか持てなかった。小谷が来られなかった場合のなりゆきはやみくもで、考えてみる気にもなれなかった。考えれば、足もとの奈落をのぞきこんだように、全身が総毛立った。そしてこのようなはめに立ちいたったじぶん達の運命に、むしょうに腹が立った。その怒りをなにかにぶっつけなければ、心がおさまらなかった。出帆の銅鑼が鳴り、岩壁に下してあったタラップが上げられた。船がうごきはじめ、十三子から岩壁が退っていった。

「めっかちの、つんぼの、鼻まがり。おまえなんか、どっか消えて、失くなっちまえ」排水のさわがしい音に消されそうになるので、声を限りに、岩壁にしょんぼり立っている小谷にむかって叫んだ。小谷がマッチの軸ぐらいに小さくなって、やがて見わけられなくなるまで、ながめていた彼女は、女ひとりで相客のいない船室の藁蒲団のベッドの上に、突き上げてくる嗚咽といっしょに顔を伏せた。」(「去年の雪」)

一九二八年(昭和三年)の十二月、長崎を出て上海に渡って以来、二人は上海、香港、シンガポール、ジャワ、そしてまたシンガポールと旅を続けて来た。金銭的な苦境と三千代を恋人から引き離すために出かけてきた二人旅だったが、一年後の一九二九年(昭和四年)十月末、二人はついに別れ別れとなった。果たしてこのあと、約束通りに三千代の後を追ってパリに行きつけるかどうか、一人でパリに向けて出発した三千代がどうなるのか、金子にも当の三千代にも、なんの目算もなかった。

第三部　モンマルトルの再会

第一章　南方のエクスタシー

パトパハ

シンガポールの港で、三千代が乗船した船を見送ったあと、金子光晴は桜ホテルに戻ってきた。なにはさておき、パリへ行く旅費を稼ぐ必要があった。そのためにはまだ足を踏み込んでいないマレー半島に渡り、点々とある日本人経営のゴム農園を訪ねて、これまでのように絵を売って歩くことだった。三千代が出発してから五日目に、ようやくマレー半島へ出かける算段がついた。

十一月のはじめ、白服に中折れ帽子をかぶり、スーツケース一つをもって、午前十一時にシンガポールをバスで出発した。すでに雨季がはじまっていた。バスがジョホール海峡をまたぐ橋をこえると検問所があった。そこはもうジョホール王国の州都ジョホール・バルだった。

検問をすませ、近くの市場で現地の人たちにまじって羊の焼肉であるサッテを食べ、別のバスに乗りかえて、ジャラン・タンジョン・ラボー〔現在の国道五号線〕を北上した。いまにも分解しそうなバスは、芭蕉の林、植林されたゴムの樹々の間や密林をぬけて、午後四時ごろにバトパハに着いた。

バトパハとは、Batu〔石〕とPahat〔鑿《のみ》〕が合わさった地名で、海峡を往来する船に供給する飲み水を貯めるために、石を鑿で穿ったことに由来するという。当時すでに人口四万人を数え、ゴム農園の経営を中心として、マレーでは日本人が数多く進出したところとして知られていた。ここは十九世紀末まではルマ・バッと呼ばれ、わずかな戸数の寂れた河辺の村にすぎなかった。だが日本からゴム会社三五公司の資本が投下されて事務所が置かれ、さらにセンブロン川の流域や、バナン山麓が開拓されるにしたがって、その根拠地として日本人の勢力下に急速に発展したのである。

金子が訪れた一九二〇年末、ゴム産業は不況に陥り、代わって石原産業の鉄鉱石が主力となっていた。当時のイギリス領マレーでは、外国人の土地所有は認められなかったが、経済振興のために、外国人に対しても門戸を開放していた。

金子はこの日、バトパハの河口にある渡船場の前にある日本人倶楽部の三階に泊めてもらい、しばらくここに滞在することにした。

この倶楽部は山からやって来るゴム園や鉱山の従業員が宿泊したり、ひと時の遊興を楽しむための施設として設けられたもので、三階の部屋には中国式の寝台がいくつも置かれていて、夜になると中国人のボーイが、ランプと洗濯ずみの浴衣をもってきてくれた。

「豆洋燈が一個点っている。支那ベットに張りわたした白蚊帳のうえを、守宮《チッチャ》が、チッ、チッ、と、かぼそい声で舌をならしてわたる。その影が、シーツのうえに大きく落ちて、うすぼんやりぼやけたまゝで凝っとうごかない。［中略］

わずか、一日行程軌道から入りこんだだけだのに……過ぎ去ってしまったような、離れて私だけついてしまったような、区切りのついた、そして、もう誰からも届かなくなった私なのである。届かないものを信用できなくなった私を淋しまずにはいられないではないか。」（「バトパハ」『マレー蘭印紀行』）

三千代を一人旅立たせたことへの心残り、淋しさ。反面そこにはほっとした気持もまじっていた。これが三千代と別れた金子の本心だった。この夜は手紙を書こうとした。そうすれば手紙だけは数日遅れで彼女を追いかけていき、また本国に残してきた幼い息子にも届くはずであった。だが日本語の複雑な象形文字を綴る気力と頭の働きが失せた思いだった。

翌朝、三階の部屋で鎧窓を押すと、それはまるで蝶がうしろで羽をあわせる形に開き、滔々と流れるバトパハ河が目の前にあった。三方の窓から河風が部屋を吹き抜け、火焔樹（カユ・アピアピ）が見えた。

「バトパハの街には、まず密林から放たれたこころの明るさがあった。井桁にぬけた街すじの、袋小路も由緒もないこの新開の街は、赤甍と、漆喰の軒廊《カキ・ルマ》のある家々でつゞいている。森や海からの風は、自由自在にこの街を吹きぬけてゆき、ひりつく緑や、粗暴な精力が街をとりかこんで、うち負かされることなく森々と繁っている。」(同)

これが、金子が生涯にわたって懐かしむことになるバトパハの第一印象だった。熱暑がまだ襲ってこない朝は、一日で一番爽やかで、落着きのある時間だった。だが川霧が流れるなかで、すでに一日の胎動ははじまっていた。金子は食事のあと、渡船場にたむろしている人力車で、街中や郊外をまわって画材になる風景を探し、スケッチをした。絵がたまれば、倶楽部の二階で展覧する許可を、シンガポールにいる内に、バトパハ日本人会理事の松村磯治郎〔交南洋行社長でゴム園の経営者〕から得ていたので、急がなければならなかった。

夜は空地の草むらで、夜空の下の活動写真の興行があった。現地の人たちがそこここにかたまって観ていた。古ぼけた喜劇や西部劇だった。籐椅子に坐っていつのまにかうとうとしていると、にわかに大騒ぎが起こった。目を覚ますと、スクリーンでは主役のカウボーイが令嬢を引き寄せてキスをしようとしている。現地の人たちは悲鳴に似た声をあげて身をよじっている。話の筋はわからないが、このキスのシーンを待って毎晩やって来るものが多いということだった。

そのうちに、夜になると倶楽部の書記役のSと相棒のスマトラ木材のKが誘いに来るようになった。

金子はSとKと一緒に、目抜き通りが一本だけのバトパハの夜の街を歩いた。紅蝋燭を点し、抹香に煙るなかをのぞくと、断髪やお下げ髪の女たちが、白粉玉をのばして化粧したり、寝そべって麺をすすっていたりした。彼女たちは三人が日本人とわかると、つと顔をそらした。それが数少ない日本人が支配しているバトパハでの、華僑たちのせめてもの反抗のあらわれだった。

裏通りには、うどん、チャンポンなどと書いた日本の飲食店があった。店主は四十五、六になる日本人女性で、九州天草の訛りで話した。店では赤ん坊を抱えた現地の主婦や娘たちが客をまっていた。その夜は酔いつぶれたSを二階に引きずり上げてベッドに寝かし、しばらくベランダで夜の街を眺めていた。金子の脳裏に、いまはペルシャ湾あたりを航行しているはずの三千代の姿が思わず浮かんだ。彼女との約束をはたすために、骨身を削ることの虚しさをふと感じた。

翌朝、階段の横の壁の高いところに、色褪せた写真が飾られているのに目がとまった。肩が看護婦の服のようにひだで脹らんだ旧式の洋装をして、頬のふくよかな若い女性が二人写っていた。一人はこの店の主人だった。もう一人は彼女の姉か同僚か。しばらくするとその写真の上を白い色のやもりが横切った。

センブロン河

バトパハでは、市内に百人、市外に四百人ほどの日本人が住んでいた。彼らはゴムの値下りで苦しんでいたが、それに代わって鉄鉱の石原鉱業の業績が好調だったから、他の場所より経済的に恵まれていた。

故国の新しい事情を持っている金子が倶楽部に泊まっているというので、話を聞きに来る者もあった。さらに郊外の事務所に招待されることもあり、そんなとき金子は、彼らの肖像画を描いて、なにがしかの金を稼いだ。バトパハでの滞在が一週間をすぎたころ、芳陽館ホテルの主人鎌田政勝に勧められ、西海岸に沿ってマレー半島を横断する旅に出ることにした。

センブロン河に沿った地には、三五公司が経営する三つのゴム園や、公司から独立した大小のゴム農園があり、材木会社や鉱山もあった。こうして金子は十一月、バトパハから三五公司のモーター船に便乗してセンブロン河を北上することにした。

センブロン河はバトパハ河をしばらく遡ると、サパコンで二つに枝分かれし、左に行けば石原鉱山にいたるバトパハ河の支流のシンパン・キリ川、センブロン河を右を遡ればゴム園にいたる。

「川は、森林の脚をくぐって流れる。……泥と、水底《みなぞこ》で朽ちた木の葉の灰汁《あく》をふくんで粘土色にふくらんだ水が、気のつかぬくらいしずかにうごいている。

ニッパ――水生の椰子――の葉を枯らして屋根に葺《ふ》いたカンポン（部落）が、その水の上にたくさんな杭を涵《ひた》して、ひょろついている。板橋を架けわたして、川のなかまでのり出しているのは、舟つき場の亭《ちん》か、厠か。厠の床下へ、綱のついたバケツがするすると下ってゆき、川水を汲みあげる。水浴《マンデ》をつかっているらしい。底がぬけたようにその水が、川水のおもてにこぼれる。時には、糞尿がきらめいて落ちる。」

「さかのぼりゆくに従って、水は腥《なまぐさ》さをあたりに発散する。〔中略〕

そして、川は放縦な森のまんなかを貫いて緩慢に流れている。水は、まだ原始の奥からこぼれ出しているのである。それは、濁っている。しかし、それは機械油でもない。ベンジンでもない。洗料でもない。礦毒でもない。

それは、森の尿《いばり》である。」（「センブロン河」『マレー蘭印紀行』）

金子光晴は森林のなかを深く分け入る船旅で、自然の力をあらためて実感した。それはエクスタシーにも似た感動だった。のちに詩集『女たちへのエレジー』（一九四九年、創元社）に収められる「南方詩集」のなかの一篇「ニッパ椰子の唄」の原型は、この体験から生まれた。金子はこの旅の間も、ときどきに浮かんだ発想をノートに書きつけることを欠かさなかったのである。

なげやりなニッパを、櫂が
おしわけてすすむ。
まる木舟の舷と並んで
川蛇がおよぐ。

パンジャル・マシンをのぼり
バトパハ河をくだる
両岸のニッパ椰子よ。
ながれる水のうへの
静思よ。
はてない侶伴よ。

文明のない、さびしい明るさが
文明の一漂流物、私をながめる。
胡椒や、ゴムの
プランター達をながめたやうに。

「かへらないことが
最善だよ。」

それは放浪の哲學。

ニッパは
女たちよりやさしい。
たばこをふかしてねそべつてる
どんな女たちよりも。

ニッパはみな疲れたやうな姿勢で、
だが、精悍なほど
いきいきとして。
聡明で
すこしの淫らさもなくて、
すさまじいほど清らかな
青い襟足をそろへて。

川を遡って、その日の夕方、センブロンの三五公司が栽培する第一ゴム園に着いた。十一月は雨季で、整然と並ぶゴムの樹のまわりは冷え冷えとしていた。バンガローのテラスで籐椅子にもたれていると、冷たい霧が家のなかまで流れこんできた。金子から故国の話を聞きに集まってきた人たちは、夜更けにはそれぞれの宿舎へ帰って行った。ボーイがベッドを用意してくれ、枕元にランプを点し、裾の方には蚊遣を焚いてくれた。習慣から寝る前になにか本を読もうとして、書棚にあった本を抜きだすと、表紙も本文もどろどろに崩れていた。すべての本がそうした状態で、白蟻が喰ったせいだった。

マレー半島でのゴム園経営は宗主国のイギリス、インドネシアではオランダの資本が抑えており、日本は後発だった。それでも金子が旅をした一九二〇年代末には、三カ所のゴム園は三万エーカーまで拡大していたが、問題はゴムの価格が生産過剰で暴落していることだった。そのために主要生産国のイギリスとオランダの間で、生産制限をめぐって交渉が行われている最中だった。

金子は、三五公司の倶楽部に数日滞在したあと、マラッカをめぐり、クアラルンプールを過ぎ、ペナン島に出て、さらにスマトラ島のメダンに渡り、ふたたびペナン島に戻って、そこから汽船に乗って、マラッカ海峡を一夜で下ってシンガポールに戻るという旅をすることになる。このおよそ一カ月の旅の間に、各地の在留邦人の絵を描いてパリ行きの旅費を稼いだのだった。

クアラルンプール

金子は自動車を雇って、スレンバンからクアラルンプールへ向かった。クアラルンプールはマレー連邦州の首府で、マレー半島のなかでもっとも殷賑をきわめる街であった。大王椰子の並木の間からイスラム教寺院の独特の屋根がのぞき、そこから鐘の音が聞こえた。望楼ではメッカの方角に祈りをささげるイスラム教徒の姿が見えた。

日本人がやっているホテルを探して宿泊することにした。宿の女主人は、近頃は日本人の旅行者がめっきり少なくなったと言って、身の上話しをはじめた。四十年ほど前に国を出て、あちこちと渡り歩いた末にある西洋人と結婚したが、その夫とも十年ほど前に死別し、わずかな遺産でホテルを買い取ったということだった。ホテルとはいえ、現地の女が客を連れ込むのに借りている部屋が多かった。

彼女のような身の上の日本女性は、少し前までは東南アジア各地にいたが、いまではマレー半島でもクアラルンプールに少しいるだけで、それも一、二年のうちに本国へ引き上げるように政庁から命令されているという。サルタンの後ろにいるイギリス政府が、非人道的な娼婦の存在を表向き排除しようという意向なのである。

女たちへ

金子はジャワやマレー半島で出会い、あるいは見かけた女たち〔貧しさから身を売った彼女たちは娘子軍と呼ばれていた〕の身の上にじっと眼を注いだ。後の『女たちへのエレジー』の幾篇かは、こうした眼差しのなかから生まれた。

「女への辯」

女のいふことばは、
いかなることもゆるすべし。
女のしでかしたあやまちに
さまで心をさゆるなかれ。

女のうそ、女の氣まぐれ、放埒は
女のきものの花どりのやうに
それはみな、女のあやなれば、
ほめはやしつつながむべきもの。

盗むとも、欺くとも、咎めるな。
ひと目をぬすんで、女たちが
他の男としのびあふとも、妬んだり
面子をふり廻したりすることなかれ。

いつ、いかなる場合にも寛容なれ。
心ゆたかなれ。女こそは花の花。
だが、愛のすべしらぬ僞りの女、
その女だけは蔑め。それは女であつて女でないものだ。

女性にたいする哀切な思いが籠められたこの唄は、直接はパリへ去った三千代を念頭にうたわれているが、その背後には、女性全般とりわけ東南アジアの各地で出会った女たちがいるのは間違いない。
ホテルに宿泊しているほとんどは外国人だったが、白布で区切っただけの隣室には、シャム〔タイ〕との国境のケダ州で農業をやっているという日本人の夫婦が泊まっていた。女は娘子軍の果てで、亭主の方はひもだった男で、いまはいたわりあいつつ、異国の山間で余生を暮らす老夫婦だった。

スマトラ島

クアラルンプールにしばらく滞在した金子は、イポ、タイピンと汽車で北上し、バッタワースからペナン島にフェリーで渡った。ペナンはマレー半島第二の大きな街で、人口およそ二十万を数え、その内十八万人ほどが、ジョージタウンと呼ばれるイギリスの街を模した市街に住んでいた。この港は良港で、日本郵船などヨーロッパ行きの定期船が寄港する場所だった。

ヨーロッパへ行くなら、ここからインド洋を目指すのだが、金子にはまだその金はなく、かねてからスマトラに興味もあったので、スマトラ島へ渡ることにした。ペナンでは名所とされる極楽寺や蛇寺を訪ね、葉巻工場を見学したあと、十一月下旬、ペナンを午後四時に出航する週一便のイギリスの汽船クアラ号の二等船客となって、スマトラへ向かった。船は小型船で、翌日の午前七時に島の北海岸にある港ベラワン・デリに着いた。

スマトラ島は、はじめイギリスが島の西北部メダンとデリー地方を領有していたが、十八世紀初めに、オランダが占有していたマレー半島の占領地と交換して、オランダ領になっていた。金子はベラワン・デリからタクシーで、スマトラ第一の商業都市メダンに入った。

メダン市は港の税関から続く軽便鉄道が通っていて、その線路を挟んで新メダンと旧メダンとに分かれていた。官庁、銀行、会社、大きな商店などはみな旧メダンの目抜き通りに軒を連ね、新メダンは最近開けたところで、中国人の小売店や、小料理屋、活動写真の小屋などがあった。金子が日本人の経営する宿に行ってほしいというと、タクシーの運転手は迷わずに新メダンの一つのホテルに車をつけた。そこにはヨシノホテルと看板がかけられていた。新メダンには、アズマホテル、ヤチヨホテル、スマトラホテルなど、日本人が経営する同じようなホテルが四十軒以上あるということだった。

スマトラに日本人が進出したのは第一次世界大戦中で、まず雑貨商がやってきて、その後も移住者は増え続けた。一九二〇年代のこの時点で、スマトラ島全体ではおよそ千六百人ほどの日本人がおり、そのうち三百人がメダンに在留していた。ここには三井、三菱など大手の会社が進出し、日本人会が本願寺を建立し、それに附属した小学校もあった。

島に着いた翌日、旧メダン郊外のカンポン・キリンの一画にある、日本人の老婆の家の二階の広い一部屋を借りることにした。この老婆もかつては娘子軍の一人だった。

金子はこの宿を根城にして四、五日滞在した。在留邦人にできるだけ多く絵を売るのが目的だった。そのために在留民との出会いに日を費やし、現地の人たちと積極的に交わることはしなかったが、彼が見聞きした現実から得た結論は次のようなものであった。

「スマトラ全島は、近い将来に於て、外国資本の手によって解体《ふわけ》されつくし、住民の生活様式にも、一大変転がこなければならないということは、疑うべき余地はない。

爪哇はもはや、骨も、皮も残つてはいない。馬来半島は、毒の注射をうけて、全身が痺れてしまつてゐる。そして、こゝ、スマトラはいま、俎《まないた》のうえにのせられたばかりである。」(『マレー蘭印紀行』)

滞在中のある日、こんなことがあった。早朝、人声が騒がしいので窓を開けると、山に住む現地人が、木でつくった檻を担いで街へやってきたところだった。檻のなかでは大蛇がとぐろを巻いていた。下に降りて見に行くと、大蛇の全身はまるで金塊のように底光りしていて、わずかに鼻腔を動かしていた。

どこからか中国人が大勢集まってきて、さっそく値をつけはじめた。中国人はなんでも食すが、大蛇の肉はとりわけ好物なのだという。やがて大蛇の首は切り落とされ、長く太い全身の皮がはがされ、肉は切りきざまれて天秤りにかけられ、男や女たちに買い取られていった。

ジャワ、シンガポール、マレーそしてスマトラと、どこでも中国人が進出していて、現地人にまじって活発な経済活動を行なっていた。中国本土では革命の機運が起り、その影響もこれらの地に及びつつあった。オランダやイギリスの官憲は警戒の眼を光らせているものの、その浸透を防げるものではなかった。金子も行く先々で、次第に強まる日貨排斥の動きを感じずにはいなかった。

ヨーロッパへ

スマトラにはもっと長く滞在したかったが、先を急がなければならなかった。金子はこうしてメダンを発つことにした。

シンガポールへの帰りは、メダンからペナンを経由してシンガポールまで行く運賃の安い小さな中国船に乗ったが、これは失敗だった。周りの船客や船員は、日本人の金子に厳しい眼をむけた。それでもボーイに一ドルを握らせて、高級船員の部屋らしい二段ベッドがある部屋に入ることができた。下のベッドには福建人だという華僑の男がいて、人懐っこく話しかけてきた。シンガポールで手広く商売をやっているが、ばくちで金をなくしたので、二円貸してほしいと頼んできた。デッキで排日感情剥き出しの嫌な思いをした後だけに、返ってこないのは承知の上で、言いなりに二円を貸しあたえた。

シンガポールまでは一昼夜の船旅だった。シンガポールに舞い戻ったのは十一月末で、一カ月余りのスマトラの旅で、なんとかフランスまでの船賃を稼ぎだすことができた。

シンガポールではとりあえず馴染みの桜ホテルに入り、郵船シンガポール支店の船客係りである斎藤寛に連絡をとった。斎藤は三千代を先にパリへ向かわせた折に、パスポートを二つに別けるのに尽力してくれた人だった。

斎藤は二、三日後にリバプール行きの船便があると教えてくれ、その日の午後に会社まで出かけていって旅費を払い、マルセイユまでの三等の切符を手に入れた。このときの心境を、金子は自伝の『詩人』で書いている。

「僕としては、ただ、ゆきがかりの上で、遠い旅をつづけているので、ヨーロッパに対してさほどの食指がうごいていたわけではなかった。むしろ、出来るならば、南方にもっと滞在するか、逆のコースをとって、中国の方へ戻りたい位であった。中国の奥地にこそ、もっと行ってみたいところが沢山あった。ヨーロッパは、僕にとって、もうわかり切った場所だった。また、面子上の問題ならば、日本を出たということだけで、沢山だった。誰も、じぶんに迷惑のかからない以上、僕らのことなどにひっかかっているはずがなかったのだ。

だが、日本から、そんなふうにして遠ざかり、忘れられてゆくことは、はじめのうちこそ少々淋しい気もしたが、それですむものならば、その方が気がらくでもあったし、決してわるいものではなかった。苦労して、ヨーロッパへゆくことは、どう考えてもうっとうしいことだったが、女一人を先にやっていて、あとにしているとなると、責任上、金を送るか、じぶんが出むいていって始末をする他はなかった。そのひっかかり一つでとも角、予定通りフランスまで行ってみることにしたのだったが、それからまた、もう一度日本へ二人が帰るとなると、せち辛いヨーロッパの土地でどうやって帰路の旅費を入手できるものか、今度はもう全く目あてがつかないことであった。」（『詩人』）

これが正直な気持だった。船待ちの二日間は、南洋日日新聞の長尾正平の家の厄介になった。この間長尾の蔵書から借りて、すでに読んでいたシュティルナーの『唯一者とその所有』やレーニンの『帝国主義論』を拾い読みし、頼まれて、在留邦人が創刊するという俳句雑誌「ジャカトラ」（一九三〇年一月創刊）の表紙絵を描いた。

日本郵船の諏訪丸に乗船したのは十二月六日。たいした関係もない女性が餞別をくれ、桜ホテルの主人がドリアンをもってきてくれた。だがドリアンはその臭気で船に持ち込むことはできなかった。荷物は軽いスーツケースが一つで、これに十年以上前にロンドンで仕立てた例のモーニングと、上海で画家の上野山清貢がくれた外套を詰めていた。他の身のまわりの品は風呂敷包みにした。

身に着けているのは夏服と、幾度もスコールにあって固くなった中折帽子だった。問題は靴で、各地を歩きまわったせいで靴底の釘が出て痛くてたまらず、どこかで安い中国製のものを買う必要があった。

六日の夕刻、出航の銅鑼がならされ、諏訪丸は岸壁を離れた。若者たちが爆竹を鳴らして見送ってくれた。このとき金子へは、パリにいるはずの三千代から何の連絡も来ていなかった。

第二章　パリのふたり

諏訪丸の相客

　乗り込んだ諏訪丸のタラップを船底の三等に降りると、いつもと変わらぬ嘔吐を誘うペンキと人間の膏の臭いがまじった独特の臭気がした。しかし考えてみると、この船底でひどい食事さえ我慢すれば、とろとろと寝ながら毎日を過ごせるわけである。

　日本郵船の記録によると、諏訪丸は一九一四年に竣工した排水量一一、七五八トンの客船で、一等船客百二十九名、二等五十九名、三等客六十二名の収容が可能だった。

　金子が入った三等の八人部屋には、日本からの客四人がいた。一人はロンドンへゆく留学生、もう一人はインドへ日本のリンゴを売りに行く年輩の商人で、商売品のリンゴは船の冷蔵室に入っているとのことだった。三人目は新聞記者を自称する男、そして四人目は仏教大学の教授で寺の住職も兼ねていて、フランス語訳のサンスクリットの仏典を研究するために派遣されたということだった。

　金子は乗船すると船べりの一番採光のいいベッドが空いていたので、その上段を占拠した。丸い船窓にブリキの風入れをはめ込んで涼風を楽しんでいると、船が大きく揺れた拍子に波がとび込み、頭からずぶ濡れになった。同室の四人はそれを見て笑っているのに違いなかった。そんなことから四人とは自然反目しあうことになった。
　二、三日経ったころ、くだん坊さんが面白いものがあると、金子をハッチにところへ連れて行った。そこから覗くと、中国服を着た肉付きのいい女性が、舞いとも体操ともつかない奇妙な踊りを一心にやっている。ときには中腰になり、上体を前に倒して、お尻を後ろに突き出したりする。そのポーズが艶めかしかった。後で知ったのだが、それは五禽の舞という健康法の一つだった。ボーイに確かめると、香港から乗って来た中国人留学生の一行四人のうちの一人で、ハッチを挟んで向こう側の船室にいるということだった。

船がペナンに寄港したとき、街へ出て、中国製の安い革靴をさらに値切って手に入れた。パリに行ったときに下ろして履くつもりだった。

航海がまたはじまった。エンジンの音、波の縦揺れ横揺れに翻弄されて、精神はいつも朦朧としていた。同室の日本人になじめないまま、ある日ボーイに訊ねると、中国人留学生四人がいる船室も八人部屋で、ベッドは空いているという。さっそくそちらへ移ることにした。日本郵船の船内はいわば日本の領土で、わざわざ外国人と一緒になるものはいなかったから、同室の者も止めにかかったが、それにはかまわずスーツケースと靴の箱、それに身のまわりの品を持って、中国人の若者たちがかたまって過ごす船室に移った。せっかく彼らだけが水入らずで和んでいる船室の空気は、一ぺんに白けたものになった。

それでも二組の中国人男女の留学生たちとは、半日もたたないうちに眼で挨拶をかわすまでになった。金子の片言の中国語はまったく通じず、筆談をかわすと、神経質らしい色白の女性は謝と名乗り、同じベッドに寝ている柳という青年はフィアンセで、二人はフランスで軍需品の製造を見学するのが目的だということだった。デッキで五禽の舞を毎日欠かさない女性は譚といい、パリへ軍事経理学の勉強をしに行くという。もう一人の陳は飛行将校でいつも下唇が下がった顔をしていた。譚嬢を追いまわすが相手にされていない様子だった。譚嬢は褐色の肌をした肉付きのよい女性だった。

金子が中国人だけの船室に移ったことは、船客や船員たちの評判となり、ボーイは来るたびに二等の客へ出す菓子やコーヒーを差し入れては何かと話し込んでいった。金子は身銭で、ボーイに同室の四人にも茶菓を頼み、それがきっかけで彼らとは一層親しくなった。

食べるものに目のない中国人の彼らは、沢山の食糧を船内の持ちこんでいて、絶えず口を動かしていた。譚嬢はときどきそれを金子に持ってきてくれた。

「彼女は、僕の裸の胸のうえに、蜜柑をのせていったりする。口のなかから、しゃぶっていた飴玉を指でとり出してのせてゆくこともあった。僕は、それを、うす目でみていた。飴玉を挟んだ指の手首をつかまえて、その指を舌先でなめると果して甘かった。その指先には、他に、薫香《たきこう》のような匂いの、苦い味がしみこんでいた。〔中略〕僕と彼女のその場限りのふるまいを、陳君が弛んだ唇をして、なめ取るように、そっくりみていたのに気付いて僕は、このかかわりがこのまま発展してゆけば、事と志が相反して、どのようなむずかしい事態にたちいたるかもしれないとおもう一方、はじめから志がそこにあったのかもしれないという気もするのであった。」(『ねむれ巴里』)

船がセイロン島のコロンボに寄港した。ここでは一昼夜停泊するので、下船して街を歩き、セイロン人の店で、五メートル四方もあるインド更紗の壁掛けを必要もないのに買い、その足で植物園へ行った。その後、港にはいってくる貨客船、客船、貨物船に、次の寄港地までの水や食料、酒類、雑貨を供給する船舶賄業〔シップチャンドラー〕を生業とする南部の店を訪ねると、諏訪丸の船員たちも来ていて、女主人と猥雑な話題で盛り上がっていた。

南部の二人の兄弟は、シンガポールとスエズのポートサイドで同じシップチャンドラーをやっているとのことだった。その夜は、店で顔をあわせたイギリスへ留学する青年と一緒に絨毯の上でごろ寝をして過ごした。二人が帰船すると、待っていたように諏訪丸は出航した。

夜中に金子が眼を覚ますと、譚嬢は陳君とは離れ離れに金子の下のベッドで寝ていた。掛け梯子をつたって下りると、譚嬢のシャツがめくれて鳩尾の辺りが裸になっていた。しばらく彼女の寝顔を見ていたが、お腹の割れ目から手を入れて身体を触ると、じっとりと汗ばんでいた。腹から背中の方へ手をまわすと肛門らしきものを探り当てた。その手を抜いて指を鼻にあてると、日本人と変わらない糞臭がした。同糞同臭だという思いと、フランスの詩人ポール・フォールの、「お手々つなげば、世界は一つ」という小唄の一節が浮かんできて可笑しかった。

甲板に上がると、満月に照らされた海が船をのせる丸盆のように小さく見えた。甲板では、日本人たちが酒盛りをしていて、飲めない酒を無理強いされて、あとは船室の藁布団で昏々と眠る羽目になった。金子はのちに詩篇「航海」で、このときのことを、

「彼女の赤い臀の穴のにほひを私は嗅ぎ
前檣トップで、油汗にひたつてゐた。」

とうたっているが、破廉恥ともいえるこの行為は、金子光晴のエロス、そして人間観察の原点をはしなくも示している。

金子の糞尿趣味《スカトロジー》は少年時代からのもので、美校へ入学したときも、「〔先生は〕モデルは眺めて描くもので、とりかこんでいじるもんじゃあないなんていうの。ところがね、こっちは触ることが好きなんだ。見るとか、嗅ぐとかいうのより、触るってことは下等な感覚らしいんだが、ぼくは触らないとだめなんだ。女の体なんかも触っていくと骨組なんかがわかるでしょう、肥っているけど骨は華奢だとか、尾骶骨が突ン出ているとか、そういうとこね、触ると快感があるんだなあ、それで一生懸命楽しんでたの。仕方ないんだこれ、癖だから。」（『人非人伝』）といった具合だった。

マルセイユ

彼にとって人間探求の対象は女であり、しかもその究極は彼女たちがもつ器官であった。この逸話のもう一つの要素は、彼がそこに「同糞同臭」を感じ、「お手々つなげば、世界は一つ」と思っていることである。しかもそれがイデオロギーなどではなく、彼の生理に根ざす確信であることが重要だった。ただ金子は船旅について、こうも書いている。

「中国人と日本人の差別は、彼ら四人の留学生たちにとっては問題かもしれないが、僕には、男と女でしか人間の区別がつけられず、その他のタブーは、僕にとっては恐怖でしかなかった。彼女らが、僕ら日本人に手榴弾を投げ、僕ら日本人仲間が、彼女らを強姦したあと、銃剣で突刺しながら奥へ、奥へ、踏みこんでいった、数年後を待ってはじまる恐るべき事態を、僕は、ゆめにも想像してはいなかった。むしろ、排日をめざして、軍事教育を受けに渡仏する彼や、彼女の方が、はっきり現実を見ていたにちがいなかった。」（『ねむれ巴里』）

船はインド洋を越えペルシャ湾に入った。次の寄港

地はアラビヤ半島尖端のアデンで、ここは詩に愛想をつかしたアルチュール・ランボーが、アビシニア〔現在のエチオピア〕の国王相手に商売をするための根拠地にしていた所だが、そんな活気はすっかり消えうせていた。

港の堤防の外では、流れてくる餌をねらって多くの鱶が泳いでおり、街では着飾った女たちが歩いていた。

紅海に入ると気温が急激に上がり、船内は蒸し風呂のようになった。甲板に出てみると、岸が近く、砂漠のなだらかな風紋の丘を、ラクダと人が歩いているのが見えた。

アデンからはフランス人の将校が二人と、アフリカ人の若い兵隊が乗り込んで来て、彼らの船室に入った。将校の二人は大男で、中国人の女性をちらちら見たり、口笛を吹いたりして落ち着かなかった。そしてフランス語で話しかけたが、国を出る前にフランス語を勉強してきたはずの謝嬢も譚嬢も、一言もフランス語で答えることができなかった。フランス将校たちは、次の寄港地のポートサイドで、大きな靴の片方を忘れたまま下船していった。

スエズ運河を抜けて地中海に入ると、気候は暦通り冬になった。次の寄港地ナポリに半日停泊したあとは目的地のマルセイユで、シンガポールを出てから二十五日ほどの船旅であった。

船旅でヨーロッパを訪れる多くの人にとって、マルセイユはヨーロッパ文明を体現している街である。船が港に近づくと、街を見下す丘に建つノートルダム・ド・ラ・ガルド〔守護聖人教会〕の堂々たる建物が見えてくる。その下には石造りの家並が広がり、これまで寄港してきた街々とは異なる堅固な印象を旅人に与える。

金子はスーツケースから一張羅のモーニングを出して着こみ、その上に冬の外套を羽織り、新品の靴を履いて下船した。十年振りのマルセイユはまったく変わっていないように見えた。

税関で通関をすませ、所持金をフランに換えると、フランが弱く交換レートは一フランが八銭で、二千フランほどになった。

初めての土地でまごついている四人の中国人留学生を連れて、日本人の案内人に勧められるまま車でマルセイユの名所を見物し、貧相な日本料理屋で日本めしを食べたあと、彼らとは別れた。

気がかりなのは、この案内人が教えてくれた三千代の消息だった。彼女は一カ月半ほど前にマルセイユに着いたが、インド洋で高熱の病気になり、船医の世話で少しは回復したが、到着したときも熱があった。土地の日本人が心配して賄人の家で養生してはと勧めたが、本人は「死ぬならパリの土を踏んでから死ぬ」と言って聞かず、その日の夜行でパリへ向かったということだった。数えてみると、パリへは十一月末には着いているはずだったが、その後の消息はわからなかった。

金子は駅へ行って、その日のパリ行き夜行列車の切符を買った。汽車が出るまでには四、五時間あるので街を歩いていると、最初に同室だった日本人たちと出会った。彼らの希望で曖昧宿に連れていったが、三千代のことが気がかりな金子は女を相手にはしなかった。

時間が来て、空っぽのスーツケースを手に夜汽車に乗ると、四人組の中国人留学生とまた一緒になった。彼らは心強いと喜んでくれた。

再会

マルセイユを発った夜行列車は、アヴィニョン、リヨンと寝静まった駅を通過して、パリの南西六五キロほどのフォンテーヌブローを通過するころに夜が明けた。窓の外を冬枯れの田園風景が流れ去った。終着のリヨン駅に着いたのは、朝早い時間であった。駅の構内を覆うガラス張りの天井の下にまで霧が流れ込んでいた。金子は『ねむれ巴里』で、到着したのを東駅と書いているが、これは記憶ちがいである。パリには六つの主な鉄道の駅があるが、南から来る列車はリヨン駅に着く。

一緒だった中国人留学生たちとは、プラットホームを歩いているうちに自然と別れるかたちとなり、金子は駅前のホテルのカフェのテラスに座ってカフェ・ナチュールを飲んだ。フランス人がよく飲む薬草入りのコーヒーで、眠気が覚めるとともに、パリに来た実感が湧いた。

三千代を探すことが先決だったが、どこにいるのかが不明だった。そこでカフェに備えつけの電話帳で日本大使館の所在地を確かめ、駅前でタクシーを拾って、十六区のトロカデロ広場に近いグリューズ通り二四番地にある大使館へ向かった。街はまだ霧が深く、行きかう車はみなヘッドライトを灯していた。

大使館の受付で訊ねると在留邦人名簿を見せてくれ、うしろの方に彼女の住所が書き込まれているのを見つけた。それはパリ五区のホテル・ロンドルとなっていた。受付の人が、地下鉄でも十分ほどだと親切に教えてくれたが、地下鉄の乗り方がよくわからないので、ふたたびタクシーで行くことにした。

この三千代の滞在しているホテルを探し当てる件でも、『ねむれ巴里』には混乱がある。金子は大使館から真っ直ぐに、訪ね当てたように記述しているが、このとき三千代はすでにホテル・ロンドルには居ず、パリ六区のリュクサンブール公園にある上院《セナ》の建物の前から、セーヌ川の方向へ伸びる、トゥルノン通りにあるホテル・トゥルノンへ移っていたのである。したがって金子は、三千代がパリに来て以来転々としたホテルを訪ね歩き、夜になって、彼女がいるホテルを探し当てたというのが事実である。

ホテルの一階は食堂とバーになっていて、出てきた厚化粧の女主人が、日本人女性は四階にいると教えてくれた。再会の場面は、『ねむれ巴里』では以下のように描かれている。

「狭い階段をあがってゆくと、ドアが二つあったが、くらいので部屋の番号がよめない。構わず、一つのドアをノックすると、「誰ですか」と答えたのは、まちがいなく彼女であった。

「僕だよ、金子……」

と答えると、

「来たの？」

おどろいて立ちあがるような気配だった。

——誰かいっしょにいるのかもしれない、とおもったので、僕は、早速に手を掛けたドアの手を離して彼女が誰かと一緒にでもいたときのばつの悪さを考えて、一度念を押して、

「入っても、大丈夫なの？」

と訊ねた。その扉は、内から開かれた。見廻した部屋のなかは、彼女ひとりだった。それでも猶僕はためらって、

「いいのかね。誰かが帰ってくるのではないか？」

とためらい、もしそうならば、入らないでそのまま立ち去って、どこかの部屋をじぶんでさがそうと思案がついていた。賽《さい》の目のようにどっちへころぶかわからないあぶない運命のうえでぐらぐらしながら僕は、それがどっちへころげても、足をすくわれることのないように、心の訓練ができているのだという自負が、あいてに対してよりもじぶんのために是非とも必要なのであった。それでいて、僕の感覚は、そのうすぐらい部屋のなかから、ごまかしきれない証拠をさがして、棘《とげ》の立ったように立ったまま、部屋のなかを見廻していた。彼女の方でも、言訳らしいことは言わないで、いっしょに立っていながら、口早に、現在の彼女の情況を説明した。」（『ねむれ巴里』）

三千代の説明によると、船が紅海に入ってアデンに近づいたときから、すっかり食欲がなくなり、毎日三十八度近くの微熱が続き、船医に診てもらったが原因はわからなかった。紅海病〔紅海特有の熱気のための日射病〕かもしれないということで、冷凍室の隣の隔離病室に入れられた。壁は白いペンキで塗られ、丸い窓が一つあるだけだった。一日に一回、事務員と船医が見にきて、午前中には冷凍室に用事がある料理係が必ずのぞいて、枕元に果物などを置いて行ってくれた。スエズ運河を通り、地中海をこえて、マルセイユに到着したのは十一月二十七日だった。

マルセイユに着いても病状はおさまらず、マルセイユには一泊もせずに夜行列車でパリに向かい、金子がカフェを飲んだホテルに一泊した。それからモンマルトルにある唯一の日本旅館である諏訪ホテルに二、三泊して休養した。

ホテルに客を探しに来る案内人が親切にしてくれたが、すぐに同棲を迫ってきた。その男を避けるために、スラバヤで松原晩香《ばんこう》からもらった紹介状をもって、画家の上永井正《かみながいただし》を訪ねて、カルティエ・ラタンの五区にあるホテル・ロンドルを紹介されて部屋を借りた。十二月になるとして大使館へ行って居住登録をした。そして健康も回復し、上永井から画家仲間などを紹介され、

食事に招待されたりパリを案内されたりして、あまり所持金を使わずに過ごすことができた。

いまのホテルへ移ったのは、上永井の知人の家での食事会で、仏文学者で評論家の木村毅に会ったとき、木村が急にスペインへ行くことになり、一カ月分の部屋代を払ったばかりだから誰か住まないかと言ってくれたからだった。三千代は渡りに船とその部屋を借りることにした。それがここだと、この一カ月ほどの日々を話して聞かせた。

ホテルの部屋は中庭に面して窓があり、そこからは穴倉のような中庭と向かいの部屋が見わたせた。

「**パリ日記**」

ところで、金子が三千代の居場所を探し当てて再会したのは、正確には何日のことなのであろうか。金子の記述をもとにした幾つかの伝記や年譜では、一九三〇年一月二日だったとしている。一方三千代の『去年の雪』によれば、それは前年一九二九年の十二月も押しせまった暮れのことだったという。

三千代はパリ時代について、小説の『去年の雪』『をんな旅』『巴里アポロ座』で取り上げ、さらに当時の日記の断片が堀木正路の手で構成されて、雑誌「面白半分」の一九七二年（昭和二十七年）四月号から八月号まで、「森三千代の日記　パリ篇」と題して公表されている。

日記は一九二九年十二月十八日からはじまるが、金子がホテルを訪ねてきた日のことには触れられていない。この日のことを書いているのは『去年の雪』で、その一節にはこうある。

「突然、なんの前ぶれもなしに、シンガポールで別れたままの小谷〔金子〕が、ホテル・ロンドル〔三千代の記憶違い〕をたずねあてて、やって来た。おしせまった歳末の夜の十二時ごろだった。その朝早く、リヨン停車場に着いた彼は、十三子〔三千代〕が二ヶ月前巴里へついてから三たび移り変ったアドレスを次から次へ一日がかりでさがし歩いてやってきたのだ。彼が部屋にはいって、手にさげた鞄を床におくなり、十三子は、「あと三日で、私もう、ここにいなかったのよ」と、つっかかるように言った。それは、ほんとうだった。月がかわると、早々、十三子は、国際博覧会の日本商品市《いち》の女売子になって、スペインのマドリッドへ発つ筈だった。申込みをして採用の通知がきたばかりのところだった。」（『去年の雪』）

三千代が一人でパリに着いたとき、所持金は節約しても一カ月生活できるかどうかという額であり、早く仕事を見つける必要があった。大使館で居住登録をした折にも仕事の斡旋を頼んだが、それは出来ないと拒絶された。幸い頼って行った上永井が親切で、画家を中心に知り合いを紹介してくれ、彼らは当時パリでは珍しかった女一人の三千代を、モンマルトルやモンパルナスの盛り場へ食事に誘ったり、劇場やバーに同伴したりしたが、その親切の裏にある魂胆が見え見えだった。

公表されている最初の日記は到着から十日ほどが経った十二月十八日のもので、次のように書かれている。

「蝸牛のようにぐるぐる旋回した六階の階段を上り切ると、もうものも言えない位、息が咽喉の奥でせいせいいって動脈の音だけが、いやにはっきり聞える。鍵穴の中で鍵が一つくるりとまわって、扉が内側へそっと身をひくと、廊下より冷たい部屋の湿ったような寒い空気がさっと香う。

そんな六階の小さな部屋の中で、私は朝、昨日ののこりのバナナの皮をむいて頬ばりながら、床の中で、聞くのだ。都会の音楽を。私はじっと耳をすます。聞いたこともない音楽だ。それは心の中にどっかにあるようだ。一つの悲しげな痛ましい調子をもって胸の中へ鳴りひびいてくる。〔中略〕

あんなことはなんでもない、あんなことはなんでもない。

意志しないそれが、何であるものか。

私はどんな勢いで夜学へいったろう、何もかも無視して。それで洗われている。」

ここでいう「あんなこと」が何を指すのか。彼女の意志とは関わりなく行わざるを得なかったものとは何か。日記では具体的に記されていないが、異国の地で女一人が生活する上での気に染まぬ事柄だったことは容易に想像される。その嫌な思いを振り切るためにも、彼女は外国人にフランス語を教える「アリアンス・フランセーズ」の夜学に通うことにしたのだった。同じ初級クラスには、日本人が三人いたが、女性は彼女一人だった。

『をんな旅』の「巴里に寄せる」では、「よごれたラベルを貼りつけたスートケース。ひしやげたトランクを先棒にしたまゝで、私は、いきなり、巴里の生活の波のなかに飛び込んでゆかなければならなかつた。その波に溺れながら、呑まれながら、その度に、巴里の機構《からくり》を會得し、その中の一個の存在として、自分を意識してゆかねばならなかつた。

それは全く必要なことだつたのだ。巴里へ着いた私は、一ケ月の生活を支えかねる無經濟状態だつたからだ。巴里は、笑顔のうしろから、早速、その鞭を鳴らしはじめた。」と述べている。

そして十二月十八日の日記の最後には、こう書かれている。

「私は剣に誓う。

自分の生涯の最後であるこの恋とともに生き、そして死ぬことを。

私の勉強、それはみなあなたへの為であるかもしれない。私の心からの衝動だけではないかもしれない。

私の芸術。それはあなたへの高まる欣求とともに養われてゆくだろう。

私にとってはみんな一つだ。一つの中心をとりまく一箇のみいらである。」（「森三千代の日記　パリ篇1」）

彼女の心中で、別れてきた土方定一への想いは決して消えていなかった。次の二十日の日記には、「ベッドの上で、六階の上の廊下のような細長い部屋、場末のホテルで、私は子宮を病んでいた。」とも書かれている。

日記によると、二十二日は朝から雪が降り夕方には霙に変わった。この日は地下鉄パストゥール駅に近いパリ十五区のシテ・ファルゲールの上永井のアトリエを訪ねた。ここはアトリエばかりが集った一角で、鉄梯子で上がったり下りたりする立体的な造りになっていた。日本人だけでなく外国人の画家も入っていた。上永井のアトリエではストーブががんがん燃えていて、暖をとるのも目的の一つだった。この日の朝、部屋を貸してくれた木村毅がスペインへ出発した。

十二月二十四日の日記。

「Noël の日

十二時にノートルダムの鐘が鳴りひびいた。

あたしは部屋の中で袢纏をひっかけてみたり、脱いで見たり……

あたし、どうしたのかしら

文法も読めなくなってしまった。

カッフェを沸かして、飲む。そして考えてしまう。

三日まえから、又、おなかが空かなくなってしまった。いつもの例のくせよ。あの時もそうだったわ。

Monsieur Hizikata。そして、いまも……

雪雪雪雪雪雪　Yuki

雪があんなに降ってる。あたしの心臓の壁の上に。

寒いこと、冷たいこと。冷たい冷たい雪だこと。

でもまあ、なんて部屋の中はむしむしして頭の痛いことでしょう。

空を少し開けて下さい。

中華飯店で晩餐。

Mr. Bô, Mr. Katsumata, Mrs. Bô, Kaminagai, とあたし。

それからタキシーでモンマルトルへゆく。

ムーラン・ルージュはグレタ・ガルボだけど満員で入れない。それからCafé. Mikado へゆく。

リキュールを飲んでボルガポードマンのオルケストラ。パイプオルガンがあたしの耳のそばで鳴る。

それからサクレクールへ上っていった。

トリニテの教会は儀式の最中であった。

天上でのような合唱が高いところから聞える。

Café・Olympia の乱舞よ。

あたしのキモノがそんなに珍しいの?

あなた達はキモノと踊りたかったんでしょう。でも面白かったわ。

ずいぶん面白かったわ。」

クリスマス・イヴは一年のうちでも一番大切な祝日

で、人びとは教会へ行き、団欒を楽しむ。異国にいる三千代たちは、雪の寒さにもかかわらず、盛り場に繰り出して楽しんだのである。左岸の中華料理屋で、上永井やその友人たちとの食事のあと、タクシーでセーヌ川を越えて右岸のモンマルトルへ行った。ムーラン・ルージュは人気のグレタ・ガルボが出演していて満員で入れず、近くのミカドで酒を飲みながら音楽演奏を楽しみ、もう一つの盛り場であるイタリア大通りを通ってトリニテ教会をのぞくと、ミサの最中だった。荘厳なパイプオルガンと合唱を聴き、カフェ・オランピアに落ち着いてダンスを踊った。この日三千代は着物姿だったから、フランスの男たちは珍しがって相手を申し込んできた。ホテルへ帰り着いて寝たのは明け方の五時であった。

翌二十五日のクリスマスは、午後三時にようやく目を覚ました。そのあとまた上永井に誘われてオペラ通りへ行くが、劇場はどこも満員で、モンマルトルへ行った。冬のパリでは午後三時をまわれば夜の帳がおり、ムーラン・ルージュの電飾の水車が静かにまわっていた。牡蠣で有名なレストラン・ピエールで食事をして、映画を見た。この日は柳井、中西、鈴木といった人たちと会った。当時パリにいた画家たちと思われるが詳細は不明である。

二十七日。午後二時に起きて手紙を一本書き、近くのリュクサンブール公園にある美術館で絵を見る。アリアンス・フランセーズの同じクラスのドイツ人女性と出会う。鈴木のアトリエへ行くと、勝俣、長瀬がおり、やがてモデルが二人やってきて、絵を描くのはそっちのけでダンスがはじまった。

木村毅が戻ってくれば部屋を明け渡さなければならず、次の部屋を探しにホテル・セレクトへ行ってみたが空いた部屋はなかった。夕方六時に上永井のアトリエへ行くと、画家の辻に会う。辻は「アポロ劇場」で役者の真似事をやっており、彼について劇場へ行った。劇場は地下鉄トリニテ駅に近く、カジノ・ド・パリの隣で、楽屋口から入れてもらう。上演していたのは『上海』で、主役の中国人役を女優のジャンヌ・マクドナルドが演じ、辻は苦力の一人で出ていた。芝居には東洋の女の役もあるというので採用を頼んだ。

舞台が十一時にはねたあと、またモンマルトルへ行き、ピガール広場のブラッスリで午前一時まで話し込んだ。

　こうして日記をみると、三千代は女性の特権をいかして、パリの独り暮らしを楽しんでいるように見える。金子が不意に現れたのはこうした状況のなかであった。

フォンテーヌブロー

　金子の『ねむれ巴里』によれば、ひとしきり近況を語った三千代は、下に降りていって、イタリア人が営む近くの惣菜屋〔シャキトリ〕から、キャベツとソーセージを煮込んだシュクルットと肉を詰めて丸ごと焼いたトマト、それにソーセージを挟んだパンを買ってきた。二人はブリキの入れ物でコーヒーを沸かしてそれを食べた。長い船旅の食事に辟易していた金子には、こうした簡単な食事が美味かった。

　もしこの記述が事実とすれば、金子がホテルを訪ねたのは、総菜屋がまだ店を開けていた夜も早い時間だったと思われる。そうだとすると、到着が十二時近かったという三千代の記述は記憶違いということになる。『ねむれ巴里』の続きにはこうある。

「食事がすむと二人でベッドに入った。ベッドは、日本のふとんを三枚重ねたくらいのひくいもので、男と女が相寄って寝るには恰好なものであった。欲情は、新鮮をとり戻し、新婚の若者同士のような交歓がつづいた。その途中で、誰かがドアを叩いた。

「××です。御留守ですか?」

　と声を掛け、扉のハンドルを廻したが、鍵がかけてあった。

「いま、金子が来たところです。また来てください。主人を御紹介します。いまは、疲れてねているところです」

　と、彼女が大声で言うと、訪ねてきた人は舌打ちをしてかえっていった。

「一番熱心にやってくるのよ、あの人……」

　と、彼女は、僕の首に腕をまわして僕の耳もとで囁いた。」（『ねむれ巴里』）

　三千代の心のなかの土方が消えていなかったとして

も、身はまた別であり、二人は一カ月ぶりの再会を肉体で確認したのだった。ただ話の絶妙のスパイスとなっている、この夜誰かが訪ねてきたのが本当かどうか。虚実のほどはわからない。ただ三千代は金子にたいして男友だちのことを隠さず、交情についてもあけすけに語るのはいつものことだった。

翌日から三千代が先に立ってパリ見物がはじまった。金子はモーニングと外套を着て、ペナンで買った新品の靴を履いて出かけたが、しばらくすると靴擦れで足が痛くなった。地図を片手に左岸のモンパルナスから、セーヌ川をこえた右岸のモンマルトルと歩きまわった。フランスではクリスマスを盛大に祝い、レヴェイヨンといって大晦日の真夜中をみなで祝福する他は正月を祝う習慣はなく、普段通りの生活が続いていた。

金子と三千代はパリ見物の途中、彼女が着いて早々世話になった諏訪ホテルを訪ねて礼をいった。

ホテルの主人は諏訪秀三郎といい、和歌山出身で、このとき七十五歳だった。彼は一八八〇年（明治十三年）にベルギー人の寡婦と結婚して、モンマルトルのクリシー大通り六番地にある六部屋ほどのアパルトマンを買い取ってホテルをはじめた。資金は夫人の持参金だったという。

ここにはパリを初めて訪れた多くの日本人が泊まり、そのなかには南方熊楠もいた。南方はある手紙で、障子を隔てて聞いた諏訪のフランス語はフランス人と変わらないと伝えている。

諏訪にどこか見物しておくところはないかと訊ねると、フォンテーヌブローの素晴らしさを話し、そこにあるオテル・レーグル・ノアール（黒鷲ホテル）に泊まるように勧めて、紹介状まで書いてくれた。二人は所持金がなくならないうちにと、翌日フォンテーヌブローへ向けて発つことにした。三千代の「日記」によると、それは一九三〇年一月四日のことである。

「一月四日

フォンテン《ママ》ブローの記

夜の九時に、ガール・ド・リヨンから南方へ行く汽車に乗り込んだ。時間を考えずに来たから七時半頃から駅前のカフェに休んで時間を待ったのだ。

汽車はガラ空きで、四人しか一つの車輛にのってはいない。

ずっと暗い闇の中をはしった。

三つ目の駅がフォンテンブローで、ついたのは十時二十分であった。

透きとおった寒い夜の中に降りると、いかにも大森林の中の駅らしく、樹木に近く、静かなものだ。

電車にのって、プラスデンクールに向った。

諏訪のおやじさんにもらった名刺の紹介のホテル、Hôtel de l'aigle noir〔黒鷲ホテル〕はすぐにわかった。

風呂つきの八十法《フラン》という部屋はすばらしく立派で寝台は見た目にも豪奢である。

もう晩いのでバスに入ってすぐにねた。」（「森三千代の日記　パリ篇」2）

フォンテーヌブローは先にも触れたように、パリの南西六五キロにある街で、街の西側には一万七千ヘクタールの広大な森がひろがっていて、今日でもパリや近郊の人びとの格好の行楽地となっている。森とは街を挟んで反対側、セーヌ川沿いには歴代の王たちが離宮として愛したフォンテーヌブロー城があり、二人が宿泊したホテルは、王宮から一〇〇メートルの位置にあった。ここはいまも四つ星の高級ホテルとして健在である。

フォンテーヌブロー滞在の二日目は雨で、街を散策してすごした。食事は節約して一人八フランの定食ですませたが、ホテルの部屋は家具など豪華そのもので、部屋の四面が鏡張りだった。三千代がベッドに横たわるとその姿が四面の鏡に映っていくつにも見える。それで遊びを思いついた。

「森　（前略）オテル・イーグル・ノアールではすごい部屋に通されたんです。冬のことですから季節外れでして、他にお客なんか一人もきていないんです。ルイ十五世式の部屋でして、すごい寝台が部屋のなかにドンと置いてありましてね。ガラスの切子細工のシャンデリアが、上からガチャガチャ、ガチャガチャとさがっていまして、部屋の四方は額縁みたいになった鏡がずっと取巻いて、下はフカフカの絨毯、椅子から長椅子、全部なにからなにまできんきらのルイ十五世式。そういうところへ通されちゃった。ベッドなんか大きいから、その上に体を乗せると、スポーンとなかへ入っちゃう。そうしたら金子が、こういうりっぱな部屋に入ったんだから、ロマン派の詩人で、宮廷のことや貴婦人のことを書いた詩人アルフレッド・ド・ミュッセの名前をあげまして、どうだい、ミュッセごっこをやろうじゃないかということになりました。私は、中国だとか南方の夜店だとか、パリに早目に着いている間にジプシーの店から、二フラン、三フランで買ってきた耳飾りとか首飾りとか腕飾りとか、みんなガラクタなんですけれどもハンドバックに入れて持ってましで。それを、裸になりまして、体じゅうに全部飾ってベッドに横たわるんです。金子は騎士になりまして、詩を朗読して聞かせるという、それがミュッセごっこなんですよ。［中略］

松本　部屋のなかは暖かいでしょうから、ほとんど裸になって、その飾りをつけて。金子さんのほうも裸になって、それなりの飾りだけをつけて。

森　そうそう。ジャワサラサを腰に巻いたりして、詩を朗読する、暗誦したりして。どうですか、それちょっと豪華でしょう。そういう、ちょっとした日々もあったんです。」（「金子光晴の周辺」6）

この逸話には金子と森三千代の生き方がよくあらわれている。このフォンテーヌブロー行きにしても、二人の所持金がなくならないうちに楽しい思いをしようということで実行したのだった。そのあとの生活費の見通しは立たなかったが、いまできることを楽しもうということだった。

一月五日は一日かけてフォンテーヌブロー城を見てまわり、夜は活動写真を見た。

フォンテーヌブローの森の一角にあるバルビゾン村を目指したのは、翌六日のことである。広大な森には縦横に道が通り、それぞれに名前がつけられていた。リュ・ド・パリ〔パリへの道〕という、自動車も通る広い道を行くと十字路にぶつかる。その度に地図で確認して、葉を落としたマロニエの林や、白い石灰岩が隆起した場所を通過して、午後三時ごろ目指すバルビゾンに着いた。テオドール・ルソー、ミレー、コローたちバルビゾン派と呼ばれる画家たちの住居兼アトリエを見てまわった。

森のなかにある落葉が水面を覆った池の畔のベンチで、ともに八十をこえたと見える老夫婦が並んで座っていた。隣でそれをじっと眺める三千代を見て、「この人生で、こんなことが窮極の幸福であるとおもわせたくな」い（『ねむれ巴里』）と、金子は強く思った。

七日はまたフォンテーヌブローの森をあちこち散策し、八日には汽車に乗ってパリへ戻ってきた。金子はフォンテーヌブロー行きについて、「この森でいくばくかの日をすごしたことが、無駄ではなかったとおもった。森のなかの大気は乾ききって、規矩《ものさし》でさしたような、ジオメトリックな、その縦の並行線の無限の連続は、しかし、なにをこの僕に課そうとしているのであるか、それは、おそらくいたいほど冷静な思索の序列となって残りえなくても、その爽快な雰囲気が僕のなかにゆれたなびくものとなって、そのあと十年、第二次世界戦争のときの僕の決意に廓然としたある影響を与えてくれたものと考えていいだろう。」（『ねむれ巴里』）と書いている。

三千代は、パリに着くとアリアンス・フランセーズへ赴いて、進級の手続きをすませた。こうしてひとときの宴は終わりを告げた。

三千代の一月十二日の日記。

「〝Ma mère je suis triste……〟

きょう見たシネマの最後のティトルが目についてはなれない。

母さん、私は悲しい。

子供がそういって、母に訴える時、すべての母は、しずかにうなづいてやる。しずかに髪の毛をなでてやる。しずかに額に唇を近づけてやる。

母さん、私は悲しい。と、おまえはいうか、私の坊やよ。お前の生活の戦いの中で。

まだ六つになったばかりのおまえの生活の……。

そして私はまたしても très loin（うんと遠いところにいるの）を悲しむ。

「母」という名、それは犠牲ということに等しい。

私はどれだけおまえの為に犠牲となったろう。何もなっていなかったような気がする。

私は自分勝手なのだ。

〝母さん、私は悲しい〟

と、おまえの声が聞える。

歩道を雨が叩いている。リュクサンブルグのプラタナスのやせほそった冬の指先が、空に合掌している。

私はもう自分の部屋に帰って、フランス語の文法を読もう。」（「森三千代の日記　パリ篇」2）

第四部　厳しいパリ

第一章　シャンジュ・シュバリエ

冷酷なパリ

金子光晴と森三千代が前後してパリに着いた一九二九年（昭和四年）、世界は激動のなかにあった。この年十月二十四日、ニューヨーク株式取引所で株の大暴落がはじまり、経済恐慌の波は、アメリカからヨーロッパやアジアへ広がった。日本では生糸相場が暴落。十一月二十一日には、大蔵省が金解禁に関する省令を公布し、翌年の一月にはこれを実施した。

影響は当然フランスにもおよんだ。二人がマルセイユに上陸したとき、税関でパスポートに入国許可の印をもらったが、そこには同時に「外国人のフランスでの労働を禁ず」というスタンプが青インクで捺されていた。フランス政府による自国の労働者保護の政策の結果だった。

第一次大戦の結果、ドイツから多額の賠償金を得たフランスは、それをもとに大恐慌の影響を回避しようとした。しかし一九三〇年になって、イギリス・ポンドが金本位制を離脱すると、フランス経済は下降線をたどり、失業者が急増した。それでなくとも第一次大戦後、フランスにはロシア、東欧、アイルランドなどから外国人の移民が増えていた。三千代は『をんな旅』で、自分たちが置かれた情況を次のように書いている。

「外國人が職業をさがすことなんか、巴里では、コロナ葉巻の吸ひかけをさがすより至難なことです。全く、イタリー勞働者の大群と、ロシアの浮浪人は、國外に遂はれ、外國人の査證《カルト・イダンチテ》は面倒になつた。勞働證明書のない外國人を使用した傭主は、その使用人と共に、見つかり次第、罰則を喰つた。その上、その證明書を手に入れることは不可能に近いことであつた。だから、勢ひ、山かん、インチキ、もぐり、さもなければ、ルンペンの仲間の間を食べて歩いてゐるより仕方がない。働らくといつても、正面から働く方法は閉ざされてゐるのである。

私の、はじめて飛びこんだ巴里は、さういふところだつた。」（「巴里に寄せる」『をんな旅』所収）

金子と三千代はフォンテーヌブローからトゥルノン通りのホテルに戻った。疲れた身体を支え合うように腕を組んで階段を上ろうとする二人へ、一階のバーから出てきた家主の老嬢が、「おかえり。おふたりさん。新婚旅行は、さぞたのしかったでしょうね」と声をかけた。

木村毅の好意で借りているホテルも、あと半月ほどすれば出て行かなくてはならなかったが、行く先の当てはまったくなかった。しかも三千代の遣い残しや金子が持ってきた金はフォンテーヌブロー行きであらかたなくなり、働き口を探さなくてはならないのだが、その算段もつかなかった。

金子たちがパリに戻って、最初に訪ねてきたのは画家の辻元廣だった。香港で金子より先に籤引きで絵を売っていた人物で、二人より先にパリへ来ていたのである。辻は「アポロ座」で上演中の『上海』の苦力役の一人として舞台に出ていて、三千代が上永井に連れられて楽屋を訪ねた折に知り合ったのだった。

このとき三千代は、姑娘《クーニャン》役を斡旋してほしいと頼んだが、舞台経験のない彼女には無理な話だった。それでも三千代の話では、監督助手のフランス人と募集係の男から採用の条件に接吻を迫られ、それを断って逃げる拍子に一張羅の外套を釘にひっかけて破ってしまったという。元来嘘は苦手の彼女だが、金子との生活を重ねるうちに修行を積んでいたから、金子にはこの話も簡単には信用できなかった。

辻が訪ねてきたのは三千代の仕事の件だった。バレエ畑の日本人舞踊家が、日本舞踊をもってヨーロッパ各地を巡業するが、三千代のことを聞いて、ぜひその相方に頼んでほしいと言っているという。これが本当なら、金がもらえる上にヨーロッパ各地を旅できるわけで、願ってもない話だった。辻にその舞踏家のことを訊ねると言葉を濁して話さない。どうやら三千代一人を連れていく算段らしい。上永井にこの話をすると、舞踏家のことはよく知らないが、巡業中は一つ部屋で暮らすことになるのがヨーロッパの常識だといった。

これを三千代に伝えると、彼女は尻込みした。

「男と女のあいだの契約《ちかい》など、生きる、死ぬの生活の、黄金万能の鉄則の前では、みじんに砕けて当り前なことだという辛いこの街の底辺の寒気《そうけ》立つようなものの考えかたには、〔彼女は〕まだ程遠く、苦難とおもえたこれまでの旅も、落ちつくはてのパリの冷寒地獄にくらぶれば、甘えとたのしい旅の好味ののこり香のさめない、恥のかき棄てのわらい声もまじる金鞋道中のほがらかさがあった。」(『ねむれ巴里』)

日本で料理の修行をしてきた辻自身は、パリの北はずれにあるポルト・クリニャンクールに住むアメリカ人の老嬢の家に入って、料理から身のまわりの世話をして重宝がられているということだった。

同じときに、金子にも仕事の話が舞い込んだ。面識がない木村という男がやってきて、オペラ帰りの老婦人にサービスをする役をやらないかというのである。この男もかつてイギリス人の親方のもとで、これをやっていたが、最近日本人の一人が辞めたのでその後釜を探しているという。相手の婦人はみな五十歳がらみの未亡人で、濃厚なサービスをすれば相当な金になるという。こんな話が持ち込まれるほど、金子の悪評はパリ到着前から、日本人社会の一部で広まっていたのである。

悪評

金子はこの話を三千代にしてみた。

「『俺が男郎になって、君がくわえ楊子というくらしも、正直言ってどんな気がするかきかせてくれないか』と、木村が帰ったあとで訊ねると、

「それもおもしろいけど、さわられるのもきたないあんたともうねる気にはなれないわね」

と、彼女は言う。女には、女マクローになれない手前勝手な誇りがあるようだ。〔中略〕

「こんなことをしてぐずぐずしていると、私達、どんなひどいことになるかわからないわねえ」

彼女は、今、はじめて知ったように、そんなことを言う。ゆく先のくらいことは、はじめからわかってい

ることだ。パリの疾風に襲われれば、糊はみなはがれて、くっついていたなにものも、もとの空無にかえる。夫婦づれでパリに着いた男女は、目の前でふわけされて、帰るときは別々に、女の性根は入れ変って、それこそエガリテ、リベルテに徹する道をおぼえて、新しい脱皮を遂げ、ちがった女になって帰る。しかし、日本の土を踏むと同時に、またもとの日本女にかえることになるのがおなじ筋道だが、それは、女の幸、不幸とは全く別な話である。」(『ねむれ巴里』)

三千代はこんな話が出ている間も、トゥルノン通りのホテルからさして遠くないラスパイユ大通りのアリアンス・フランセーズに通い、イギリス人のダンス教師について、上海以来の社交ダンスのレッスンに精をだしていた。

切羽詰まった金子は、日本を出る際に立ち寄った大阪の新聞社からもらった特派員の辞令をもって、在仏大使館を訪ねた。当時の駐仏大使は芳澤謙吉で、駐在武官の蒲少将が応接してくれた。金子は武官を前に、パリにいる画家やその他の在留邦人の窮状を訴えて、なんとか彼らのためになる施設をつくりたいと、長広舌を振るった。すると少将は、「それはわるいことではない。多くは出来ないが、少しずつでよければ援助しよう」といって、千フラン紙幣を一枚わたしてくれた。干天の慈雨とはこのことだったが、難民のなかでももっとも力のない金子に難民救済などできるはずはなく、武官も腹のうちでは彼の魂胆を身透かしていたにちがいなかった。

パリ郊外のクラマール

日本で一度しか会ったことがない詩人の中野秀人が、仕事の口をもってきたのはこれと前後したころである。中野はジャーナリストで右翼の思想家中野正剛の弟で、ロンドンからパリにきて絵の勉強をしていた。中野が言うには、パリ大学で経済と社会学を学んでいる池本喜三夫《きさお》という者が、帰国を前に博士論文を提出しようとしていて、そのための日本語の資料の整理を手伝ってくれる者を探している。彼はパリの南の郊外のクラマールという町に住んでいるので、そこへ移ってきてほしいということだった。

クラマールはパリ南郊の大きな森の縁にあるコミュニティで、近くにはロダンが館を構えたムードン、ロバンソン、陶器で名高いセーヴルなどがあり、緑に囲まれたところだった。

金子はさっそくモンパルナスから出る、無蓋の屋上席がある軽便鉄道に乗ってクラマールの中野秀人を訪ねた。だがその日は中野の下宿を探し当てられずに、トゥルノン通りのホテルに帰ってみると、少し前から池本が待っていた。

池本はこのとき三十一歳。父は北海道で農場を手広く経営しており、空知農学校を卒業したあと東京農業大学で学び、関東大震災があつた翌年の一九二四年にフランスへ留学した。おもに大革命前後のフランスの農村の変容を研究テーマにしてきたという。今度ナンシー大学農政経済学部に提出しようとしている論文は、明治維新期の日本の農村史で、そのための日本語の資料を読み、まとめてくれる人を求めているということだった。

金子はこの方面には知識も興味もなかったが、さしせまって金になるので引き受けることにして、二カ月分の部屋代と一カ月分の生活費の前払いを条件にした。

池本の方からは、資料が膨大だからぜひクラマールに移ってきてほしいという話が出たが、次の宿泊先を探している二人には渡りに船だった。こうして翌日には、金子と三千代はスーツケースに身のまわりの品をつめてクラマールの住人となった。見つけた部屋はクラマールの中心にある広場に面したカフェの二階だった。その後間もなく書かれた三千代の日記。――

「二月二十七日
ボア・ド・クラマールの近くのカフェの二階のホテルの一室。

古びた天井には時代もののシャンデリエがとりつけてある。壁にはミュッセが女を抱いているエッチングが掲げられている。

ミロアール〔鏡〕のついた立派なシュミネ〔暖炉〕、しかしそれは実用されるわけではない。スチームで部屋が暖まる。

窓から春に近い透きとおる陽の光が射す。

私は初めてベッドの上で昼寝から覚めた。

心もからだも息《ママ》めるには丁度いい所のようだ。私の血は新鮮になるだろう。この空気がするだろう。

カルチュ《マ》ール《マ》ラタンのあのホテルで五晩泣きあかしたのは夢ではない。ここへ移った日、私は眼が月暈《つきかさ》のように腫れていた。

私があの手紙を書いてから何日になるだろう。

――あなたの顔に千の鞭を打つ――

あ！………

そんなに好きだったのだ。今でも、これからも。

最も愛するものは、いつも去る。

暖かい香る珈琲をのんで、枯枝……やがて芽吹く、ヴェールのような柔かさの中で、春を息する。

私の生命は蘇えるだろうか。」（「森三千代の日記　パリ篇3」）

ある日、活動写真の雑誌を買うと、そこに土方定一に似た俳優の写真が載っていて、気持を抑えられずに手紙を書いた。思い出して涙がとまらなくなったのである。クラマールへの引っ越しはそんななかで行われた。

　引っ越した翌日、池本が沢山の本を持ってきた。日本の農業に関する参考書で、金子は気がすすまなかったが、三千代がそれを読んで、金子が抜書をつくった。

　パリの南の郊外一帯には大きな森が連なり、金子と三千代は請負仕事の論文の下書きに疲れるとよく森を散策した。二月の風はまだ冷たかったが、散り敷く落葉を踏んでの森の散策は、石造りのパリの街中の彷徨では味わえない新鮮な楽しみだった。

　彼らがとくに楽しんだのは、クラマールから南へ丘を一つ越えたところにあるロバンソンだった。ここには古い城があり、ホテルやダンス場のほかに、驢馬の乗り物、射的屋、食べ物屋があった。なかでも有名なのは樹の上につくられた「鳥の巣」と呼ばれるカフェで、三千代のお気に入りだった。老木亭、大木亭など、そうしたカフェが二、三軒あった。店は木の又や枝の切株を利用して空中につくられていて、老木の幹にとりつけた木の梯子段を登っていくのである。そこからの眺望は抜群だった。

パリの雑踏が恋しくなれば、クラマールの町の道をセーヌ川の方向に下って、十二号線の始発駅メリー・ドイシイから地下鉄に乗れば、盛り場のモンパルナスは十五分の距離にあった。

ムッシュ・コミエ

このころのクラマールには、名を知られる版画家の永瀬義郎や二科会の画家松本弘二夫妻などの日本人が住んでいた。永瀬は金子より四歳年上の三十九歳、松本は金子と同い歳で、二人は前年夏にフランスに来ていた。二人はこれらの人たちとすぐに顔見知りになり、交際するようになった。

松本夫妻はロベール・コミエというポーランド系フランス人の家の部屋を借りていた。松本は出不精だったが、妻は出歩くことが好きで、独り身の永瀬とよく連れ立って買い物などをしていた。クラマールに住む日本人同士は何かというと集まっては、ばか騒ぎをした。

春浅い一夕、二人は招待されてコミエの家を訪れた。「暖爐には薪がくべられ、人間のからだには酒がまはつてきた。皆の顔が情熱に融け、皆の瞳がつながりあつた。主人は、背が低い方であつたが、踊は手に入つたものだつた。踊の最中、眼をとぢて、ワルツの調子にひきこまれながら、恍惚としてメロデイとともに流れ漾ふさまは、ほんとうに樂しげにみえた。踊は、かうして踊るものではないかと私は思ひさへした。そのころ、私は、週二度、踊を習ひに、女友達の家に通つてゐた。ここではそれが役に立つた。畫家の妻君は誰よりも踊に熱をもつてゐたが、お尻をふつて踊る踊はあまりうまくなく、それでも樂しくて止められぬといつたふうであつた。

一をどり踊つて休んで乾杯した。菓子を食べたり、果物をたべたりして談笑した。

踊の餘樂の圓舞がはじまつた。踊の途中で誰かが、

「シヤンジユ・シユバリエ！」

と、叫ぶと、突然、皆が、踊つてゐる相手の組かへをした。自分の好きな人をつかまへて踊るのだつたが、相手を失つて、まごまごしてゐる同志にぶつかつてそ

のまゝ踊るものもあつた。組んだかとおもふとすぐ、「シヤンジユ・シユバリエ」といふ聲がかかつて、忙はしく、くるくる舞ひをするのだつた。」（「馬鹿騒ぎ」『をんな旅』所収）

これはクラマールでの体験にもとづくものだが、他の文章同様、金子の存在は消されており、この「馬鹿騒ぎの夕」は明け方まで続いた。疲れた三千代が長椅子で休んでいると、主人のコミエが二階の居間に連れて行って、自分でつくった楽器を見せてくれた。素人離れの細工がほどこされた見事な出来だった。するとそこへ松本夫人が上がってきて、日本語で、「ここにいたの？　大変よ」と言う。聞くとコミエの細君のガブリエルが、二人の姿が見えないとヒステリーを起こしているという。急いで階下へ降りて疑いは晴れ、最後は皆で明け方の森へ散歩に出かけて楽しい集まりは幕となった。

シャンジュ・シュバリエ

シャンジュ・シュバリエ〔相手の男を替えること〕がダンスの場だけですめばよいが、日本人の間ではパリへ来たがゆえに、伴侶を取りかえる事態がたまに起きた。金子はこのころ池本喜三夫を通じて小説家の武林夢想庵、文子夫妻と知り合いになったが、池本は一時文子の世話をしていたことがあり、やがて文子は夢想庵を棄てて別の男のもとに去ってしまった。

金子が知ったもう一組のシャンジュ・シュバリエは、装飾画家の蕗谷紅児と妻りんだった。蕗谷は一九二九年に金策のために、妻と幼い赤ん坊を残して一時帰国し、その留守中に、妻は留学していた某大学教授に乗り換えてしまった。三組目は、生活能力がない若い文学青年の夫婦で、彼らもパリにさえ来なければ、そうした目に遇わずにすんだかも知れなかった。金子にとってこれは決して他人事ではなかった。

「馬鹿騒ぎの夕」をきっかけに懇意になったコミエは、三千代に執着するようになった。彼はその気持を、金子がいる前でも平気で示した。

「パリに来てクープル〔カップル〕の組み替えが多いのだという確証が、僕にも実感としてつかめてきた。彼女にとって僕が、どう考えても満足な配偶者でないことがわかっていた。もっと適当なあいてがあらわれたら、手を貸してそのあいてに引渡すべきで、そのうえこだわるようなことはしない程のゆとりは僕にもできていた。」(『ねむれ巴里』)

思えば土方定一の許に走った三千代を強引に引き戻すために、先の見通しのないままにパリまで来て、ようやくこうした心境になったのである。これは金子の偽らざる気持だった。

コミエの三千代への執心は執拗で、三千代は金子にコミエとのことを隠さずに報告した。ある日は呼び出しがあって彼女が行くと、彼が待っていてしつこく口説かれ、大勢の人がいるなかで二の腕や首筋まで舐められたといった。そんなことはここでは皆やっていると金子がいうと、コミエはよい人だが、彼の恋人になるのは嫌だから、クラマールを離れようと言い出した。

池本の仕事はだいたい片がついたが、有耶無耶のまま、池本は五月にパリを離れて地方へ行ってしまった。彼は一九三一年に、仏語論文「明治維新とその農村社会階級におよぼした影響」を雑誌に発表し、ナンシー大学から理学および農学の博士号を授与された。金子がやった下調べは、この論文に活かされた。

第二章　憂さ晴らし

日本人社会

　五月のはじめ、松尾邦之助がパリにいる日本人の名簿をつくる仕事を手伝う者を探していると聞いて、パリの南側に位置するポルト・ドルレアンの部屋貸しアパートを訪ねた。

　松尾邦之助は静岡県浜松市の生まれで、金子より五歳下であった。パリでは政治学院〔シャンス・ポ〕へ入学すべく勉強したが神経衰弱になり、その後フランスの貿易商に勤めたあと、日本大使館の理事官の口利きで、パリ日本人会の書記となった。

　日本人会は凱旋門に近い十七区のデバルカデール通り七番地に事務所を構えていた。松尾は二階の小さな部屋で執務し、夜は三階の穴倉のような部屋で寝た。建物の地下では斎藤という板前が食堂部を経営していて、在留邦人や船乗りたちで賑わっていた。

　柔道の普及のためパリにやってきた石黒敬七が、週刊新聞の刊行を思いつき、松尾は一九二五年八月、石黒を社長にすえて巴里週報を創刊した。謄写刷りの週刊新聞は在留邦人に重宝がられ、大使館からの連絡や、読者の投稿のほかに、松尾も毎号のようにパリの名所案内や随筆を載せた。

　当時パリには、藤田嗣治、高野三三男、佐伯祐三などの画家をはじめ大勢の日本人がいた。第一次大戦前は二桁にすぎなかった在留邦人は、大戦後日本でフランス・ブームがおこり、一九二五年にはフランス在住者が九百七十四人、そのうちパリ在留が過去最高の八百三十六名を数えた。彼らの多くは巴里週報を購読し、日本人会は宴会場のほかに、あるときは喧嘩の場となった。

　雑誌「Revue franco-nipponne（「日佛評論」）」が刊行

されたのは、一九二六年二月のことである。巴里週報の愛読者だという中西顕政の資金提供を受けると、松尾は藤田嗣治やギメ美術館の茶会で知り合ったフランス人オーベルタンに協力を求めた。オーベルタンは文部大臣官房長官などを歴任し、その後は政治の世界を離れて、仏教や東洋哲学の研究を行なっている人物だった。こうして松尾を中心にしたフランス語の「日佛評論」は、一九三〇年一月の第十二号まで刊行された。松尾は十四区のアミラル・ムシェ通り二十二番地のアトリエを借りて、そこに印刷機を置いて印刷所をはじめた。

　松尾は一時帰国して結婚したあとパリに戻ると、雑誌を刊行するかたわら、一九二九年六月に日佛文化連絡協議会を創設して、機関誌「巴里旬報」も発行した。

　創刊号にはパリ在住の日本人有志のほかに、二十人をこえるフランス人が会員として名を連ねた。主な会員は、島崎藤村、堀口大學、山内義雄、野口米二郎、内藤濯、文人外交官の柳沢健などで、フランス人の会員には、アンリ・ド・レニエ、ジャン・ポーラン、シャルル・ヴィドラック、ポール・クーシェなど著名な作家や編集者、日本文学の研究者などがいた。

　協議会の仕事としては、旅行者のためのパリ案内をはじめ、有料で、通訳、研究、調査、翻訳などを引き受けた。機関誌の「巴里旬報」は予約購読制で、一カ月三部の購読料が六フラン、六カ月で三五フラン、一年で六〇フランだった。

　金子が松尾邦之助を訪ねたのは、『ねむれ巴里』で述べられている在留邦人の名簿ではなく、この「巴里旬報」の購読者名簿の整理と未納の購読料の取り立てだったと思われる。

　松尾を訪ねた日、話はすぐにまとまり、金子は前金として五〇フランを受け取った。そこで帰途にポルト・ドルレアンの東側にあるモンスリ公園の近くに貸し部屋を見つけて手付金を払い、間もなく引っ越しをした。

　五月になるとパリでは一斉に花が咲きはじめる。五月一日はミュゲ〔鈴蘭〕の日で、郊外から摘んできたミュゲの花束を、街の辻々や地下鉄の入口で一斉に売りだす。パリっ児はミュゲを胸に挿したり、小さな花瓶に活けて、可憐な白い花から春の到来を感じる。三千代もミュゲを一束買って鏡の前に飾った。

新たなアパートからマレショー大通りを東へ少し行くと、北側がモンスリ公園で、大通りを挟んで南側には、シテ・ユニヴェルシテールと呼ばれる、各国の留学生や研究者に宿舎を提供する建物が並ぶ一角があった。

今度の部屋は四階にあり、窓からは下の大通りやモンスリ公園が見わたせた。床には小さな六角形の煉瓦が敷きつめられ、一〇サンチーム硬貨を入れるとガスが一日分使えたが、水道はなかった。壁には南京虫をつぶした跡があって、どうかした拍子に労働者の臭いがした。それでもパリの片隅に住めるだけで、不便な点や不潔さに目をつぶることができた。

金子が松尾から渡された名簿には二百人をこえる日本人が記載されていて、その三分の二ほどが購読料未納になっていた。約束では足代や、途中に休憩したコーヒー代などは、集めた金から差し引くことになっていたが、近いところから初めてみると、集金が容易でないことはすぐにわかった。松尾に勧められて会員になったものの、大方は貧乏暮らしで、訪ねて行っても断られるのが大半だった。雑誌をフランス文壇の大家に届ける機会もあったが、文学と縁を切ろうとしている金子には、なんの興味もわかなかった。

モンパルナス界隈

金子が藤田嗣治と出会ったのもこの仕事を通してだった。藤田はこの年の一月、一時帰国していた日本から戻り、モンスリ公園の近くに住んでいた。彼を訪ねると、エーテルを嗅いで意識を混濁させ、新しい芸術のヒントを得ようとしていた。そしてうわ言のようなことを口にしては得意げだった。居間の片隅には、芝居の緞帳のようなものや、日本から持ち帰った小型の神輿などが積まれてあった。

「彼は、フランス気質がたっぷりと滲みこんだ日本人の一人であるが、それまで僕の想像していたフランス気質とはだいぶちがっていて、啓発されるところが多かった。パリでがっちり生きてゆくには、あくまで日本人であることであり、フランスかぶれのした日本人などフランス人には何の興味もないという所説も拝聴した。また、そこで僕のしらないいろいろなフランス人に会った。彼が市内の家に転居してからも、僕らはときどき訪ねていった。」(『ねむれ巴里』)

藤田のところには、シュルレアリストの詩人ロベール・デスノスが厄介になっていた。詩では食えないので銀行に勤め、藤田の愛人のユキと懇ろな関係のようだった。藤田はそんなことにお構いなく、せっせと絵を描いていた。

三千代は中国以来書き溜めてきた詩をフランス語にして、パリで出版する計画を温めていた。

三千代がこれを藤田に相談すると、普通の詩集を出しても、詩人が何万人もいるパリでは注目されない。むしろ「ガリ版で刷って、日本の着物でも着て、クーポールやドームの喫茶店の夜人の出盛るころに行って」売り歩くように勧め、フランス語はデスノスに添削してもらうことになった。絨毯に寝転んだデスノスの隣に三千代も腹ばいになり、デスノスは草稿と三千代の顔を見て、鉛筆で豆粒のような小さな字で手を入れた。ときどき手を伸して彼女の尻を触ったりしながら、豆粒のような小さな字を書き入れた。

三千代が不出来なフランス語を恥じると、デスノスは、「フランス語なんかになっていない方が結構。その點、どうぞ御斟酌なく」といい、しばらく預かるといった。三千代は帰り道、心の重荷を一つ取り除けた気持になった。出版が実現するかどうかは、もうどうでもいい気分だった。

五月三十一日の日曜日、クラマールのコミエが永瀬から住所を聞いて、モンスリの部屋を訪ねてきた。初夏のような日射しの強い日だった。日本語が通じないは彼は、机の上にあった仏和辞典を開き、aimer〔愛する〕、impossible〔できません〕、cruel〔つれない〕などの単語を指さしながら三千代を口説いた。

最後は金子を交えて三人でモンスリ公園へ散歩に出たが、金子は途中から姿を消してしまった。内心ではハラハラしながら、男があらわれると干渉しない態度をとるのは金子のいつもの態度だった。

三千代は思いのほか早く戻ってきた。コミエにしつこく迫られたが、なんとか振り払い、それでも次の日曜日にもう一度会うことを約束させられたと告げた。

一週間後、コミエとのランデヴが鬱陶しい三千代は、金子と相談の上で、出がけにドアに、「Je prie, dérangez pas.〔お願い、そっとしておいて下さい〕」と張り紙をして、夜まで映画を見て歩いた。金子は新たに負債を背負い込んだような惨め気持になった。アパートに帰ると、扉にピンで止めるおいた紙が、赤いバラとともに部屋に差しこまれてあり、紙の裏にはペンで次のように書かれていた。

「親愛なる奥様。

あなたは、子供が人形をこはすやうに、一つの眞摯な、堅固な愛情をこはしてしまはれました。私は、あなたに對して、責めることも、憤ることもできない。あなたが私を愛して下さらないなら、私には何の資格もないのですから。しかし、あなたは、私をなぶりものになさる權利はなかつた筈です。ふたゝびこゝへはまいりますまい。左様なら。左様なら。」(『巴里アポロ座』)

この日、三千代は日記にこう書いた。

「姦通癖というものがあるであろうか、知らない。

姦通なんて不必要な言葉だ。字引から抹殺しちゃえ。

Polonais〔ポーランド人〕——

Regardez pas ça moi〔そんなに私を見ないで〕

困ったな。

アンブラッセ〔抱擁〕、ベゼ〔接吻〕、それから、つまんないじゃないか。ダンスでもやろう。」

さらに、このころの日付のない日記——

「十年まえ、ある男はいった。

どうしても学校へ入りたいの?

どうしても東京へ行きたいの?

十年後、又ある男はいった。

三千代さん、フランスへゆくのを止めて下さい。

どっちもあたし、聞かなかったけど。

今から十年後、私が地獄へゆく時に

誰が引きとめてくれるだろう。

誰にも抱かれずに、霜の上に……

坊や、おまえだけは、それを聞いた時、

思い出してくれるだろうか。(お前の三千代母ちゃんを!)」(「森三千代の日記　パリ篇」4)

アイーシャ

松尾邦之助から頼まれた会費集めにパリ中の会員を訪ねるほかに、二人で街をあちこちと歩きまわった。

モンパルナスやモンマルトルの盛り場を歩き、イタリア大通りに並ぶシネマで活動写真をよく観た。散歩では、宿から近いモンパルナス墓地や、リュクサンブール公園のボードレールなどの文学者の像や墓をめぐり、ペールラシェーズの墓地へも行った。ここは一八七〇年のパリ・コミューンのとき、多くの市民がたてこもって最後の抵抗をこころみたところで、彼らが銃殺された壁には赤い花環がいつも捧げられていた。

ヴェルサイユを見学した折は、三千代はルイ十四世の寵妃ポンパドゥール夫人の豪華な寝台にもぐり込み、パリの地下のカタコンブからは、十六世紀の人骨を一つ土産に盗んできたりした。

困ったのは、金子がペナンで買い、パリに来て下ろした靴が、半年も経たずに底が擦り切れてしまったことである。底のゴムがめくれ、気をつけないと何かにひっかかって前のめりになってしまう。とくに地下鉄の階段を降りるときが危険だった。三千代も東南アジアの旅以来の冬服しかなく、着たきり雀で、暑くなりはじめたパリの日々をすごしていた。

金子はモンスリ公園の近くで靴の修理屋を見つけ、靴を脱いで修理を頼んだ。靴下のまま入口の柱にもたれていると、つばのある帽子をかぶり、首から前掛けをした中年の親爺がゴム底に手をかけると、いきなり剥がして、そばのごみ入れにぽいと投げ入れてしまった。親爺は、両手をひらく仕草をすると、「これは、もう穿けない。修繕のしようがない」といった。

怒り心頭に発した金子は、一瞬おやじに殴りかかろうとしたが思いとどまった。屈強な相手は勝てそうもなかったし、騒ぎになって警察沙汰になれば、パリ在住の手続きをしていないことがわかってしまい、パリ追放という結果がとっさに思い浮かんだからである。結局、相手の理不尽なやり方を色々あげて抗議したが、拙い語学力では半分も通じず、修理屋はぽかんと金子の顔を見やるばかりだった。

金子は無事だったもう片方と、底が剥がされた靴をごみ箱から拾い出して、パリ市庁舎近くの百貨店へ行って革と麻糸と針を買い、リュクサンブール公園のベンチに坐って靴を修理した。しかし素人が底を縫いつけた靴はいつ分解するかも知れず、外出のときは麻糸で靴を足の甲に縛りつけ、なるべく人に見られないように満員電車を選んで乗った。これから待ち受ける悲劇が足の方からやってきたようで、不吉な将来を思わずにはいられなかった。

金子は池本喜三夫からの定期収入がなくなり、会費徴収も思うにまかせず、パンも食べずに、壁にくっついた破れたベッドで小さくなっていることが多くなった。三千代は反対に、パリ生活を楽しむのに貪欲だった。そしてモンパルナスの「白鳥」というダンス場で、藤田の甥からモデルとして有名だったアイシャを紹介された。

アイーシャ・ゴブレットは、フランス領マルチニック生まれの父とフランス人の母の間に生まれた。父はサーカスの曲芸師で、彼女も六歳のときから場内を走る馬の乗り手をつとめた。やがてモンパルナスに住んだ彼女は、この界隈に巣食う若い画家たち、パスキン、キスリング、モディリアーニ、藤田らのモデルとなり、多くの肖像画に描かれた存在だった。

ただ三千代が出会ったころは、画家たちが有名になる一方で、アイーシャはかつての思い出に生きる中年女になっていた。

アイーシャは三千代に、「巴里といふところは、完全無欲なべつぴんさんにはあきあきしてゐるんです。目だけでもいゝんです。誰も眞似手のないやうな色つぽい秋波が送れたらね。お尻のふりかただつていゝんです。個性的だつたら。さういふものを世間が血眼になつて、朝から晩までさがしまはつてるところです。巴里つてところは。」(『巴里アポロ座』)といいきかせた。

仕出し屋の夢

金子は自伝の『詩人』でパリ時代を振り返り、「無一物の日本人がパリでできるかぎりのことは、なんでもやってみた。[中略]計画だけで遂に実現にいたらなかったのは、日本式の一膳めし、丼屋、入選画家のアルバム等々だった。」と書いている。このなかの「日本式の一膳めし」の計画というのは、画家の辻元廣が持ちこんだ話が発端だった。

辻はフランスへ来る前に、半年ほど京都で板前の修業を積んできたといい、ある日金子と三千代の許へ、本格的なちらし寿司をつくって持ってきてくれた。材料はヨーロッパにはない紅生姜、そぼろ、高野豆腐、干瓢などで、大抵はマドレーヌある日本食品の店にあるが、手に入らないものは、マルセイユかベルギーのアントワープの船舶賄いの業者に頼んで、日本船の料理人から調達したものだという。辻は、「牡丹屋など、あんな料理とも言えん料理で法外な金とって、あれでは、日本料理もわやや で。ふらんす人はもともと、日本料理のほんまの味しらせたら、すぐ病みつきになるにきまってる。」(『ねむれ巴里』)といった。

三千代を交えて、辻のちらし寿司を堪能したあとで、金子の思いつきで、丼物をつくって日本人相手に売り出したら儲かるのではという話になった。

辻が板前、金子が営業、三千代は接客係り。親子丼や玉子丼、天丼、鰻丼を次々に開発して、在留日本人に売り出す。金子は松尾邦之助の手伝いで在留邦人の名簿を持っており、彼らの多くは西洋の食事になじめずに、白飯を炊いて生卵をかけたり、牛肉を固形の調味料と砂糖で煮てすき焼の代わりにしたり、パンの食べ残しに白ブドー酒を入れてぬか漬けの漬物を作ったりしていた。

金子と辻がこの話を知り合いの画家たちにすると、なかには回数券をつくって二カ月分なり三カ月分を前払いするから、それを資金にぜひ実現してほしいという連中がでてきた。だが店を借り、器物をそろえ、材料の仕入れ先を確保するとなると、先立つものは金で、結局この夢は実現せずにしぼんでしまった。ただ器用な辻は、金子の分解寸前の靴を修理してくれた。これが唯一の成果だった。

定期収入がなくなった金子は、新興宗教である大本教のパリ布教支部の西村光月という人物と知り合った。教祖の出口王仁三郎の一代記を絵本にして布教に役立てる案を出し、西村はその絵の幾つかを日本の本部に送ったようだが、色よい反応はなく、この金儲けの口もとん挫してしまった。

三千代も仕事探しに精をだし、パリでは名の知れた伴野商会の女店員の口が決まりかけたが、最後には不採用となった。どうやら金子が大使館の武官から金を詐欺まがいに受け取ったことが噂になっていて、その悪名が影響したようであった。

金子が戦後になって雑誌「新潮」に発表した「好色の都」は、このころのパリでの行いを書いたものだが、昔の吉原細見のように、パリの悪所の女たちの評判記をつくって日本人旅行客に売る計画があったという。「おかげで僕は、ついぞ出入したこともなかった裏通りの、二階の鎧扉がしまり、赤い軒燈がともって、表の扉が半びらきになっている家へはいっていって、裸で並んでいる女たちの名を、やりて婆さんからきいて、一々鉛筆で手帖に書きつけるような仕事をはじめた。」(「好色の都」)

ステファニーとか、モモンといった源氏名を調べて、それに寸評を加えて一覧表にするのである。こうした館にいる女たちは、街娼にくらべて栄養がよく、みなころころと太っていた。名簿の印刷には日本人名簿をつくった際の機械を借りればよいと調査に励んだが、完成する前に金主が死んで、計画はとん挫してしまった。

使い込み

そんな六月のある日、金子は職探しの途中ふと思いついて、かつて宿泊していたトゥルノン通りのホテルを訪ねた。三千代に部屋を貸してくれた木村毅は日本に帰国したとのことだった。ただ宿主の老婆が金子を見ると、「ああ、ちょうどよかった」といって、一通の封書を手渡した。宛名を見るとモリミチヨとなっており、日本からのリヨン銀行宛ての送金通知だった。

この封書の送り主について、金子の『ねむれ巴里』では、三千代の父からと書かれており、森三千代の『巴里アポロ座』でも、長崎の父親に帰国の旅費を頼んだと書いているが、「森三千代の日記　パリ篇」の編者堀木正路は、「実際はこの金は、三千代の奨学金提供者だった関西の実業家Tからのもので、三千代が光晴に内緒でたのんだ帰国の旅費三〇〇円(約四千フラン)

だったと、三千代は筆者に語っている。」と記している。
（「森三千代の日記　パリ篇」5）

Tとは株式会社壽屋〔現サントリー〕の創業者鳥井信治郎で、森三千代は東京の女子高等師範へ進学する際、鳥井が創設した給費生の第一回三十名の一人に選ばれたのである。女は彼女一人で、応募用紙に添付した写真に興味を抱いた鳥井は、三千代を名古屋の高級旅館に招いてご馳走し、いきなり手の甲に唇を当て、愛人になるつもりはないかとほのめかした。もし言うことをきけば、弟の義文が国立外国語大学に進学する費用をすべて負担するという条件付きだった。彼女はさすがに断ったが、その後も鳥井は上京する度に会いに来たり、金品をあたえたりした。二人の関係はそれ以上には進まず、鳥井はパトロンとしての立場をまもった。この出来事は三千代の短篇小説「山」（『国違い』文林社、一九四二年）に、フィクションの形で描かれている。先に引用した日記に、「十年まえ、ある男はいった。／どうしても学校へ入りたいの？／どうしても東京へ行きたいの？」と書かれているのが鳥井である。

三千代がパリに着いた直後の日記にも、Tに手紙を出したという記述があり、切羽つまった三千代が金子には黙って帰国を考え、費用を依頼したことは十分に考えられる。おそらくそれが長崎にいる三千代の父親経由で送金され、金子に先に知られてしまったのである。

「ともかくもその金額は、大旱の慈雨というものであった。一フランが八銭の当時の相場で計算してみると、四千フランばかりであった。〔中略〕みみっちい話だが、二人の食事を二食にして、一人十フランとみて、二人二十フラン、十日で二百フラン、一カ月で六百フラン、雑用を入れても半年は、それでしのぎがつく。夫婦といっても、それを勝手に僕が使用する権利がないくらいなことはわかっているが、窮乏のなかで、きらきらと眩ゆい金銭の魅力は、最初にそれを鷲づかみにしたものの指を、逆手にとってつよい力でぽきぽき折りでもしない限り、離させることはむずかしい。

銀行にいって、僕のサインで金はまず、僕のふところをふくらませることができた。モリミチヨという名前が、男の名か、女の名か、フランスの銀行員には判別がつかない。それは、当然の話だ。」（『ねむれ巴里』）

翌日、寝起きの三千代をせき立てて、セーヌ川を越えた右岸へ出かけた。一八七五年にガルニエの手で建設されたオペラ座と、コメディ・フランセーズがあるパレ・ロワヤルまでの大通りはオペラ大通りと呼ばれ、高級品をあつかう店が軒をならべていた。

まず三千代が欲しがっていた薄革の藍色の手袋を買い、流行のモロッコ緑の絹のワンピースを選んで、店先で上海以来着たきり雀だった服と着替えさせた。次いでシャンゼリゼ大通りへ行って、「ブランシュ」という白色のブラウスや下着を専門にする店で、肌着とストッキングを求めた。三千代は金の出どころを訝りながらも浮き浮きしていた。

その後、地下鉄でモンマルトルへ行き、金子は待望の靴を買って履き替え、崩壊寸前の靴は、「三つの風車〔トロワ・ムーラン〕」というカフェの裏のゴミ捨て場に放り投げた。そして一人二〇フランの昼食を奮発したあと、劇場に入って二階の桟敷席で「リゴレット」を観た。ただこの芝居は金子が知っているのとは違ったドタバタ劇で、三千代は金子の説明に首をかしげていた。こうして一日が終わり、その夜は房事もはずんだ。

金子は翌日、三千代にわからないように残金を調べてみた。すると早くも半分以上がなくなっていた。それをそっくり彼女のハンドバックに入れた上で、一部始終を隠さずに告げた。すると彼女は待っていたであろう金なのに、あまり心にとめない様子で、「あ、そう」と気の抜けたような返事をしたと、金子は『ねむれ巴里』で書いている。

だが実際はそうではなかった。「森三千代の日記パリ篇」5の中で、堀木正路は、「森は一度は上海で前田河に帰国の旅費を借りに行ったとき、二度目はパリでの使い込みがわかったときだ」という件を引用している。

さらに三千代自身から、「その時にパリに郷里から私の帰りの旅費がきたんです。一人分だけの。それを金子が黙って使い込んだんです。金子は私が知らないと思っていたらしいんですけれども、私にはすぐピンときたんです。だけど責めたってしょうがないんだし、責めれば苦しいだけの話だからと思って、それで知らない顔をしていたんです。私がのんき坊主で、ぼんやりしているんだと金子は思ってたらしいんです。けれども、私はなんとかしてもう、別れたいと心の中では思っていました。」と聞かされたという。

しかし、使ってしまったものをとやかく言ってみても返ってくるものでもなく、残金の一部を手付金にして、新しい場所に引っ越すことにした。幸いダンフェルロシュローの広場から近い十四区のダゲール通り二十二番地に、小じんまりとした部屋貸しのホテルを見つけて引っ越したのは、七月初めのことだった。

「部屋の格式からして、オルレアンやクラマールや、ポート・クリニアンクール《ママ》のそれとは比較にならなかった。床はたゝきや瓦敷きではなくて、ニスを塗つてつるつるにみがいた、踊場のやうな木の床だつた。壁は裸かな漆喰ではなくて、にぎやかな花模様の壁紙で張りつめられ、ひろびろとした、流行型の、脚の低い二人寝臺の上おほひも、絨毯も、窓掛けも、落ちつきのあるあたゝい橙黄《オレンヂ》の調子で統一され、夜になると、おなじ橙黄色の絹笠を透かしてスタンドの光が、唐草彫りのある衣装戸棚の扉いつぱいの、全身の映る姿見にもうつつて、まるで、この部屋だけに人生の幸福がかくれてゐるやうに思はれるのだつた。」(『巴里オペラ座』)

部屋には瀬戸の洗面台があって、水もお湯も出た。寝台の横にはセントラルヒーティングの暖房装置がついていて、肘掛け椅子も置かれ、廊下には絨毯が敷かれていて、夜遅く帰ってきても足音で隣人を起こすこともなかった。

家賃は一カ月四〇〇フランとこれまでの倍以上だったが、それだけの価値はあった。家主はペルシャ人の母親と娘で、同じ東洋人だからといって親切にしてくれた。ダゲール通りは両側に店屋が並び、地下鉄のダンフェルロシュロ駅はすぐ近くで、交通の便も申し分なかった。

三千代から「日記」を託された堀木正路は、例の使いこみの後について、次のように聞かされたという。

「三千代はこのあと、口惜しさをまぎらすために、独りでスイス旅行に出かけたそうだ。正確に何日後かはきかなかったが、多分二、三日後の早朝、パリから汽車にのりジュネーブ着。すぐにレマン湖見物の船にのり、湖中に浮かんでいるシロン城や、対岸のアルプスの連山をながめながら対岸のローザンヌに渡り、その夜はローザンヌに一泊。翌日ふたたびジュネーブに戻り、街路樹の美しい市内を散索《ママ》し、午後の汽車で夜おそくパリに帰った。「私はのんき坊主だから、その旅行で気持もさっぱりして、その後はもう、別れようとは思いませんでした」（「森三千代の日記　パリ篇」5）

三千代の日記は、七月十四日の項の、

「共和国政府記念祭当日。

ゆうべ外へ出ると、夕方もう街のカフェは道路いっぱいに椅子を出してダンスだ。

道を歩いていると若い男女がとりまいて、アンブラッセ〔キス〕、アンブラッセ、という。」という記述のあとは、七月二十八日まで空白になっている。おそらくこの間に、三千代の憂さ晴らしのスイス行きが決行されたのであろう。

第三章　いまだかつて知らないパリ

ノルマンデー行き

七月になるとパリは閑散とする。多くの大衆がヴァカンスを楽しむようになるのは、このときから六年後の一九三六年五月に、レオン・ブルムの率いる人民戦線内閣が、週四十時間労働と、労働者に二週間以上連続した休暇をあたえることを決めるときからである。ただ裕福な人たちが夏の休暇を海岸や山で過ごす習慣はすでに定着していた。

英仏海峡に面した港町ル・アーヴルの西につらなる海沿いの街、オンフルール、トルゥヴィル、ドーヴィルは昔から保養地として有名で、三千代の発案で避暑客相手に、金子の絵を展示して稼ごうということになった。上海やシンガポールと同じことを、フランスでもやってみようという思いつきだった。

　そうと決めれば早い方がいい。せっかく見つけたダゲール通りの快適な宿を一時解約し、荷物の一部を知人にあずけ、七月二十八日の夕方、オペラ座の裏手にあるサン・ラザール駅からノルマンディー行きの汽車に乗った。

　このノルマンディー行きについて、金子の『ねむれ巴里』では翌年の夏のことになっているが誤りである。三千代の「日記」にはこうある。

「七月二十八日
　あの波斯《ペルシャ》人の気のいいおかみさんと別れ、私はノルマンディーのトルー《ママ》ビルへ出発した。大荷物を人のうちへあづけておいて小荷物だけ持って、夕方の五時二分の汽車にのった。サン・ラザールから。

　線路はセイヌに沿っていた。巴里を出て少しゆくと、もうずっと麦畑と牧場ばかりの田舎である。山羊のむらがっている所、牛のねそべっている所。小さな村にはきっときわだった教会があった。途中で夕立が来た。汽車の窓を針の先で傷つけたように雨がかすめた。

　リジウでのりかえた。

　八時半頃、トルウビルの駅についた。

　とにかく一軒のカフェの二階のホテルに泊まった。四人ベッドのへんなガランとした細長い部屋ではあるが、一晩だからがまんして泊った。

　その下のレストランでディナーをたべる。ムル〔ムール貝〕をたべる。

　夜、街を真直にいって、海を見にいった。

海岸にアメリカ式のカジノがある。

　ノルマンディ風の別荘が海岸に建ちならび、木ではりつめた散歩道をはさんでカフェがある。オーケストラが鳴っている。

　ハーブル〔ル・アーヴル〕の港の灯が見える。

　落ちてゆく大きな五日月が川の上にかかっていた。」

（「森三千代の日記　パリ篇」5）


　このときのノルマンディー滞在について、三千代は「日記」と「ドービルの蝦」（『をんな旅』所収）で詳しく書いている。

到着の翌二十九日は家探しに費やした。「部屋貸し」という札の出ているところを一軒ずつ訊ね歩くがなかなか見つからない。山手の方はみな月貸しで条件に合わず、川沿いの「ホテル・ド・ラ・ペ〔平和ホテル〕」の十九号室を借りることにした。避暑客が多いドーヴィルではなくトルゥヴィルに滞在したのは、こちらの方が宿代が安かったからである。金子は部屋で即席の絵を描いた。

午後、海岸へ出てみると赤白の縞のパラソルが花ひらき、その下で人びとは布張りのデッキチェアで編み物をしたり昼寝をしたりしていて、海に入る人は誰もいなかった。夕方に目抜き通りを散歩すると、貝殻細工や耳飾り、腕輪を売る店があり、パリに劣らぬ装飾品を売る店もあった。夜になって海岸を散歩すると大勢の人が歩いている。桟橋の尖端からはドーヴィルの街の灯が間近に見えた。

三日目の三十日は橋を二つ越えて、目的地のドーヴィルへ行った。

「三日經つた日の午前、出來上つた畫を四五枚持つて、海岸傳ひに、カジノの支配人に面會にゆきました。だが、その交渉は、たゞ一度で失敗に終りました。カジノは、海水浴場唯一の大きな社交場で、劇もあれば、賭博もあります。此處で畫展をことはられたといふことは、たしかに致命傷でした。内部の知人か、よい紹介でもあつたら、話は、あるひはもつと進展したのかもしれませんが、ぶつつけといふことがそも〴〵いけなかつたのです。畫展を専門にやつてゐる畫廊《ギャラリー》が別にあると聞いて、いつてみましたが、巨額の前金の問題で、てんでお話にならないのです。窮餘の一策で、海岸へ店を出し、畫いた畫を片つぱしから路傍にならべて賣らうといふのです。少し安くして賣らねばならないけれども、その代り、數がいくから結局おなじことになるだらうといふ目算です。しかし、この海岸には露店といふものが一つも出てゐないので、S〔金子〕が、海岸管理人の許へいつてきいてみると、

――この海岸は、海岸の美觀のため、小賣商人、その他の大道店を一切禁じてゐる。

と、いふ返事です。

――ドービル、地獄へ墜ちろ。

私達は、一口も口を利く元氣もなく宿所へたどりつ

きました。」（「ドービルの蝦」『をんな旅』所収）

こうして二人のもくろみは何の成果も得ず徒労に終った。

八月一日、午後一時四十五分の汽車で帰途についた。パリではモンパルナスのリュ・ド・ゲーテのホテルに泊まった。日本から届いた金もほとんど使いはたし、いよいよ何か働き口を探さなくてはならなかった。

額縁づくり

パリに戻って早々、クラマールの版画家永瀬の紹介で、モンパルナスに近いラスパイユ通りの額縁をつくるアトリエを訪ねた。この件については、金子の『ねむれ巴里』のほかに、三千代も『巴里アポロ座』で「オーキ工房」という一章を設けて書いている。

三千代がオーキとしている人物は、事実は松田というハワイの生まれの画家で、アメリカ経由で半年ほど前にパリへやって来た。彼はフランスへ着くなり漆器会社にデザイナーとして雇われ、生活費を切りつめて資金をつくると、古い額縁の模造品をつくるアトリエを設けた。ルネサンス風の唐草模様を彫り、まがい物の金粉を塗り、それをわざと削り取って古色をつけたものだった。だがこれがフランス人画家の間で評判になりつつあった。彼は工房を開くと、食いつめた日本人画家を集め、彼らの生活の安定を計るという触れ込みで事業をはじめた。趣旨に賛同した永瀬などは設立基金に名を連ねていた。

金子と三千代が訪ねたときは、すでに数人が鑿で模様を彫ったり、ヤスリをかけたりして額縁づくりに励んでいた。松田はフランス語ができず、横浜生まれの混血児のブーランジェを雇って外交を任せていた。彼は言葉巧みにモンパルナスの一流画廊のドランの信用を得て、近々額縁の展覧会を開くという話まで持ってきた。

金子と三千代はアトリエで働くことにした。金子は見よう見真似で額縁にジャワで見た面や魚などを彫り、三千代は仕上げのヤスリかけを受け持った。ヤスリかけは手が荒れて辛いうえに、日給は二〇フランの約束だった。パリに戻ってすぐにダゲール通り二十二番地のホテルの四階に空部屋がでて、そこへ移っていたので、稼がなくてはならなかった。

金子は額を部屋まで持って帰り、鑿に布を巻いて金槌の音を立てないようにして夜中まで彫った。

額縁づくりがどれほど続いたのかは定かではないが、やがて金子は大本教の西村とは別人の西村という人物から、工房の仕事をやめるように忠告された。彼はメニルモンタンのある工場で漆器に中国風の線画を描いて、自分一人が食べるだけの手間賃を稼ぎ、静かに生活していた。彼は金子がパリで出会った初めてのインテリで、新刊本にも目を通していた。金子は勧められて、詩人で小説家のブレーズ・サンドラールの小説『黄金』(一九二五年)や『ダン・ヤックの告白』(一九二九年)を読み、その鋭い表現にうたれた。『黄金』はスイスの百万長者がカリフォルニアの金の発掘で没落する物語で、世界的な評判を得た作品だった。金子はこのときからまた本を読むことをはじめ、文学に復帰するきっかけとなった。

金子が額縁づくりを辞めたのには、もう一つの出来事があった。ある日アトリエに出島春光という日本画家が来て、松田から金をせびり取ろうとした。出島は日本人社会では強面《こわもて》で通っており、金のありそうなところを訪ねては、ゆすりまがいの手で金を持っていくと評判の男だった。このとき松田は囲っていた女にあり金を持ち逃げされた直後で、出島は仕方なく引き下がったが、アトリエにいる金子を見ると外に呼びだし、二人で組んで金儲けをしようと誘った。

リヨンの知人

出島は本名を啓太郎といい、金子と同じ一九一五年(大正四年)に東京美術学校予備科〔日本画科〕に入学したから、二人は名前や顔を知っていた可能性がある。出島は美校を中退すると、チェコのプラハやベルギーのブリュッセルで絵を描いて展覧会に出品した。

彼の自慢話は、ベルギー国王が展覧会に来た折、つかつかと進み出ると、いきなり国王の手を握って、「ボンジュール・ムッシュ」と挨拶した。これがその日の夕刊に写真入りで出て、一躍名が知られたというのである。その後パリへ来て、墨絵で風景画を描いて少しは評判になったが、それで食べられることはなかった。

出島に金が必要なのにはわけがあった。彼は年増のフランス女と生活をともにしていたが、彼女の全身をマッサージするだけで、身体は決して許されなかった。女には別に情夫がいて、出島が持ってくる金は、女と情夫に吸い上げられていたのである。それでも出島は文句もいわずに、パリへ来たばかりの日本人などの許を訪ねては、半ば強引に借金を繰り返していた。

金子は世間を狭くする一方だったが、三千代は外へ出れば、誰かの奢りで映画や芝居を観たり、レストランでの食事を楽しむことができた。それに彼女の向上心は相変わらず旺盛で、ぎりぎりの生活費から、「ル・モンド」や共産党の機関紙「ユマニテ」を買い、『十月革命』、『パリにおけるレーニン』、『即物主義詩集叢書』などの本をサン・ミシェル大通りの本屋で買ってきて、辞書を片手に読んでいた。二人の間には、互いに干渉せず、生きのびることを第一にしようという暗黙の了解ができつつあった。

金子はこんなことを思った。「—— 二人とも、パリの土になることになるだろう。

幾度も、僕はそのことを考えた。どちらか一人がのこって、もう一人分の骨を日本へもって帰ることになるかもしれない。骨は別にもってかえってもしかたがないとおもう。持ってかえるとなれば、空罐のなかに入れた方がいいなどと考える。帰れないということは、彼女の場合はすこしちがっていて、生きてもう一度子供に会いたいという思いが切実で、その話にふれると彼女はなんにも言わずに泣いていた。〔中略〕朝方など、ベッドの枕にうつ伏せになって泣いていることがよくあった。泣くがままにさせて邪魔しないで、僕は、その横で他《ほか》のことを考えて、じっと眼をつむっていた。頭がだんだん大雑把になって、考えることも感じることも鈍くなり、所謂《いわゆる》、張三李四で事志とたがい、芯から卑俗な小悪党根性が身についてゆくのがわかった。間尺に合わないわずかな金のために、なんでもやる気になっていた。だが、それすらも、よさそうな話はなにもなかった。」(『ねむれ巴里』)

金子が『ねむれ巴里』で次に物語るエピソードは、彼がどれほど切羽つまった状況にあったかを伝えている。

金子は暁星中学時代の同級生である柴崎という男がリヨンにいることがわかり、彼を訪ねて幾ばくかの金を借りる算段をした。小さな荷物を一つ持ち、往復の汽車賃と二、三泊するための一〇〇フラン札一枚を懐にしてマルセイユ行の夜汽車に乗った。リヨンはパリから四〇〇キロのところにあるフランス第二の都会で、真夜中にリヨン駅に着いた。とりあえず駅でコーヒーを二杯飲み、駅前の部屋貸しのホテルに宿をとった。一泊一二フランだった。

翌日は十一時過ぎに起きてホテルを出て、アドレスを頼りに山の手にある柴崎の家を訪ねた。玄関に出てきた柴崎は暁星の出身者ではあったが、金子が知っている柴崎とは同姓同名の別人だった。リヨンでは香水工場の職工をしていて、最近同じ職場の若いフランス人女性と結婚したのだという。柴崎夫妻は親切に食事をご馳走してくれ、金のことは切り出せずにホテルに戻った。

あとにも先にも、自殺を考えたのはそのときがはじめてだった。

金子は翌日の朝早起きすると、リヨンの目抜き通りへ行き、デパートの二階の文房具売り場で、絵具一式を外套の内ポケットにしのばせると、そのまま出てきた。店員は誰も追ってこなかった。ホテルの部屋へ戻って日本女性を描こうとしたが、盗んできたのは油性絵具で水を含んだ筆にはのらなかった。それでもなんとか三枚の紙に女の姿を描き上げ、買ってくれそうなところを電話帳で調べて持参した。最初はマリア会に属する教会だったが、出てきた神父は花魁姿を見ると頭から拒絶した。そのあとは行きずりの医院、日本の銀行、商社とまわったが、日本人の対応はよけい横柄でけんもほろろだった。

懐を勘定してみると、パリまでの汽車賃もない。しかたなく夜八時頃にふたたび柴崎の家を訪ねて事情を報告すると、同情したフランス人の妻が、四つにたたんだ一〇〇フランを差し出して買ってくれた。柴崎夫妻が駅まで見送ってくれ、夜遅い列車でリヨンを発った。

彫刻のモデル

パリには早朝に着いた。駅から歩いてリュクサンブール公園まで来て、誰もいない噴水のかたわらのベンチに腰をかけて休んだ。リヨンまで出かけていきながら何の収穫もなかったことを三千代に告げることを思うと気が重かった。それでも帰る先はダゲール通りの部屋しかない。しばらく時間をつぶしたあと、公園を抜けてホテルまで歩き、絨毯を敷いた階段を二階の踊り場まで上がった。そこに肘掛椅子があり、フランス人形が一つ、裳を開いて座らされていた。金子は足の間に鞄をはさんで隣へ腰かけた。自分の人生の時間から外してもらいたいような時間だった。

かつて国木田夫妻と上海へ出かけたときのように、今回のリヨン行きでは、わずかな有り金をすべて持って行ったので、留守の間三千代がどうやって生きていたのかわからなかった。あのときの二の舞という疑心暗鬼が金子の気持を暗くした。

ようやく踏ん切りをつけて、部屋の扉をたたいた。中から眠そうな声で、「どなた」という答えがあり、金子だとわかるとスリッパをつっかけて鍵をあけにきた。部屋に入った金子は、寝台の下や洋服箪笥の中までのぞき込んだ。三千代はそんな金子を、「差押えのお役人みたいね」といった。

憔悴した金子の姿からすべてを察した彼女は、皺くちゃの五フラン札二枚と一〇フラン札を出して小机の上に並べると、「あたし、明日の火曜日から、十日ばかり稼ぎに出ることにした。五十フランの手つけの残りよ。おひるは、なにかうまいものを買ってくるから。寒そうな恰好をして。氷の板みたいじゃないか。みんな脱いで床へもぐり込み、一寝入りしようよ、まだ、早すぎる」(『ねむれ巴里』)といった。

三千代が翌日から行くというのは、アリアンス・フランセーズの仲間の安南人〔いまのヴェトナム〕女性から紹介されたモデルの仕事だった。

パリ郊外のオートゥイユに大きな豪邸を構えている彫刻家が日本人のモデルを探していて、そのモデルをやってみてはどうかという話だった。彫刻家はプリンス・カエタニと呼ばれるイタリア人の貴族だという。三千代はさっそくオートゥイユの屋敷を訪ねた。

広い前庭のある玄関をおとなうと、立派な服装の執事が出てきた。主人は近くの競馬場に出かけているが、三千代が来たら待ってもらうようにということだった。一時間ほどするとカエタニが帰ってきて、広いアトリエに案内された。彼は五十がらみの立派な体格の男で、礼儀正しく親切だった。アトリエには多くの胸像が並んでいて、紹介してくれた安南人の女性の胸像もあった。

三千代に本当に日本人かどうかを確かめた上で、翌日からぜひ通って来てほしいという。ポーズは一日に二時間。報酬は毎日四〇フランくれ、最後の日にはまとめて一日一〇フランの割り増しをくれるという約束だった。金子にこの話をすると、ポーズは裸になるのかと聞いたが、カエタニとの約束は胸像をつくることなので、裸になるのは上半身だけだと答えた。

こうして三千代のモデル仕事がはじまった。モデル台が高いので自分では上がれず、カエタニが軽々と彼女を抱いて台に乗せてくれた。そのあとに同じくらいの高さの、台の足に車がついたものをそばに持ってくる。この台には粘土がのっていて、乾燥を防ぐためにに布がかぶせられていた。

カエタニは長いコンパスのようなものを持ち出して、三千代の顔の寸法を測り、それを粘土に突き刺して大体の見当をつけ、不要な粘土を削りはじめた。こうして凡そ一カ月の胸像づくりがはじまった。

ポーズをしている間、日本のことをはじめ色々なことを話した。彼はローマに大荘園がある由緒ある家柄で、台頭しつつあるムッソリーニとも旧知の間柄だった。邸宅の客間をさまざまな人種の彫刻で飾るのが夢だということだった。

ポーズが終わると執事に命じてイタリア産のベルモットや、つまみを持ってこさせ、外出のついでに、車で彼女を近くまで送ってくれることもあった。こうして制作された胸像の正面に、カエタニの名前と並んで三千代の名前を漢字で彫り込んだ。

かつて彫刻家のオーギュスト・ロダンが、ヨーロッパをまわっていた踊子の花子をムードンの邸宅に住まわせ、彼女をモデルに幾つも彫刻をつくったが、三千代の胸像もこうして制作された。その写真がいまも残されている。

売り子

モデルの仕事は一カ月ほどで終わり、その後は日本料理店の会計係、オペラ通りにある日本人相手の土産物屋の店番、ポルト・ド・ヴェルサイユで開かれる世界見本市の売り子などの話が持ち込まれた。どれも一長一短で、十月初めから十一月中旬にかけて開かれる見本市で働くことにした。さっそく日本から出品する西陣の織元や、陶器や漆器の輸入商たちに紹介された。なかにはパリ在住の臨時雇いの人もいたが、彼らの誰もがモンパルナス界隈にいる日本人と違って、地道でよく働く人たちだった。

三千代の受け持ちは岐阜産の竹細工の玩具売場で、値が安いうえに売り子が着物姿の日本女性ということもあって人が集まり、売り上げも上々で、給料の外に歩合給をもらうことができた。決まった時間に見本市へ通う毎日は、これまでとは違うパリを三千代に見せてくれた。

「出勤の朝の巴里は、彼女がいまだかつて知らなかつた巴里だつた。新しく買つた、腰にくゝりのあるフレンチコートを着て、寝足りないからだでよろめきながら、彼女は、霧の海のなかに浮いている地下鐵《メトロ》入口の方へ急ぐ。濃霧に行き悩む車の警笛が絶えずひゞく。歩いてゐる人はみんな咳をしてゐる。メトロに乗る前に、そこの角の珈琲店で朝食をとる。出し立ての朝のコーヒーのにほひが、巴里の朝のにほひなのだ。そのにほひに包まれて、人々と一緒に、立飲臺に向つてならぶ。珈琲店の床は洗はれ、椅子はまだ逆さにしてテーブルに上げてある。立飲臺の向ふでは給仕が手わけして、目のまはるやうな忙しさで、つめかけてくる客に、眞鍮のコーヒー沸しのねぢをひねつて、コーヒーをついで出したり、からのコップを引つこめたりしてゐる。客は、勤人、勞働者ばかりだ。女達も男達のあひだへからだで割込んではいる。彼女達は、オペラやキャバレで男達のあひだへ挾つている女達とは別種の女達だつた。また、モンパルナスの夜の椅子に腰掛けに行く女達ともちがつてゐた。事務員、タイピスト、賣子、そのほかもつと力のいる勞働に従事するもの等々で、男のやうに革外套を着てゐるものもある。横つちよにのせたベレ帽の額から金髪をはみ出させ、鼻の頭をまつ赤にしてゐる。彼女達は、一刻を急いでパンをおしこみ、コーヒーでのどへおし流す。かほり高いコーヒーは、この人達を、巴里の日々の滑動のただなかへ送り出す。そして、節子〔三千代〕は、自分もこの連中の一人になつたことに共感と生甲斐を感じてゐた。」(『巴里アポロ座』)

見本市が終わりに近づいたとき、しばらくベルギーのアントワープに行っていた出島がパリに帰ってきて、缶詰入りの餅の土産とともに、諏訪旅館の経営者諏訪秀三郎が、アントワープの掘割で投身自殺したというショッキングな噂話を聞かせた。この事件はベルギーばかりでなく、パリ在住の日本人にも大きな衝撃をあたえた。

諏訪のベルギー人の妻はこの年初めに亡くなり、諏訪自身は八月三日にアントワープのエスゴー河岸で、頭をピストルで撃ちぬいて死体となって発見された。現地の警察が検死の結果自殺と断定されたということだった。

パリで成功したようにみえた諏訪の最期は、金子や三千代にとって、異国で生きていくことの過酷さをあらためて思い知らせる出来事だった。そして出島は二人のもとに、もう一つ話を持ってきたのである。

出島はベルギーを根城に絵を描き、それを売っていたとき、港町アントワープで船舶賄業を主にしているミヤコ商会の宮田耕三という男と知り合い、その世話になった。二人の持ちつ持たれつの関係は、出島がパリに移ってからも続いていた。三千代の『巴里アポロ座』によれば、彼女が気持の上で金子と離れたがっているのを知った出島は、ある日彼女に、「日本に帰りたいんなら帰れるようにしてあげよう」と言い出したという。ただ出島の言動には必ず下心があるのがわかっているので、すぐに同意はしなかった。

この件は、金子の側からは次のように書かれている。「出島のアントワープへの紹介は、彼女は勿論、僕の方でも、川せきの近くで、落葉が水面につもってうごかない状態から、ようやくながれはじめたときのような解放感で、ほっとしても当然な筈であるのに、まだ一つなにかが心の底でためらっているのは、そのあいだでどんな具合に出島が得分を取ることがあるのか、その正体がつかめないからであった。だが、多少のことは我慢をして、彼の術策にくっついて、こちらの策戦をねるより他はないのであったが、出島のやりかたでは、僕から彼女を離して、港町の顔役にうりつけ、じぶんと顔役とのむすびつきを堅くし、あわよくば、彼女を通して顔役の心をうごかし、とりもち役の恩義にふさわしい報酬を、期待してのことであるまでは想像できた。彼は屢々僕の留守にやってきては、彼女にじぶん流の考えを授けて、かたくるしい物の考えかたをほぐして、じぶんの思い通りにあつかいやすくしようと骨を折っているらしかった。

「また、出島が来たわよ」

彼女は、僕よりももっと敏感に彼の下心のすべてをよみとっていた。出島の見えすいた魂胆には乗るまいとおもいながら彼女は、いよいよどん詰まりに来たパリぐらしの活路をなんとか切りひらいてゆくために、一応彼の口車に乗って、さて、アントワープに行って、それから又考えて、善処すればいいと考えているらしかった。」(『ねむれ巴里』)

十一月のはじめ、アントワープにいる出島から催促の手紙が来て、それには雇い主からの、帳場のタイプ打ち係りの採用許可状も同封されていた。間もなくして、パリに戻ってきた出島が姿を見せた。

「「ええか。話はきめて来たど。仕事は、まかないの計算だが、そんなことは、まあ、どっちでもええ。正月には、わしもゆく。舟乗りどもが酒のみに来よるが、多少はその、そのほうも世話してやらねばなるまい」

社長のM〔宮田〕からもらってきたと言って、ダンヒルの茨の根の古びたパイプをとり出して、刻み煙草をつめたが、一吸い二吸いすると、煙にむせて、こほんこほんと咳入った。〔中略〕

「僕もベルギーにゆくことになるよ」

と僕が、突然言いだすと、

「それもええが、それはまた折をみて、わしが高砂〔宮田〕に話して呼ぶようにはからう」

と、出島は、あわてて、両手で阻止するさまをした。」(同)

こうして出島に引きずられるような形で、三千代のアントワープ行きが決まったのだった。このころ金子たちのダゲール通りの部屋によく顔をだしていた、木工家具の修行をしている青年長谷川弘二や、工場勤めをしながら絵を描いている西村などは、三千代一人をアントワープにやるのは無謀だと真剣に引き留めたが、すでに外堀を埋められた感じだった。

一人で食べるための仕事の日があるなら、逃す手はない。勝気で、頭の働く三千代は、アントワープへ行っても、そう易々と先方の言いなりになることはないだろう。だがそれもいつまで続くか。金子はパリ滞在のなかで、もっとも辛抱のいる、心落ちつかぬ日々をすごした。

三千代はのちに、次のように回想している。

「巴里での私の生活の均衡《バランス》のあぶなつかしさのなかに、私は、女性の顚覆の危機を屢ゝ經驗した。さうして、悪闘した。私の争闘は、内容的には、さういふものであつたから、私は、むしろ男にならうと努力したのかもしれない。そして、この争闘は、現在の私の基礎になつてゐるから、あながち、徒勞なものではなかつたといへる。

私は、私の巴里を憶つて目を瞑る。

煙突の林をこめて、青い霧が限りなく流れてゐる。

流れてゐる……。そのなかに、眞紅《まっか》に燃えてゐるものは、むかしの私の窓の燈《ひ》であらうか。緋薔薇だらうか。あの頃の、私の滴らした鮮血であらうか。」（「巴里に寄せる」『をんな旅』所収）

第五部　ヨーロッパ離れ離れ

第一章　パリを離れて

パリ北駅

三千代が一人アントワープへ旅立ったのは十一月末である。パリからベルギー方面への汽車は北駅か東駅から出発する。この日、東駅には金子と長谷川青年の二人が見送った。三千代がパリに来てからちょうど一年が経っていた。

「朝早く、巴里の東停車場から、アントワープ行の列車が出る。巴里ぐせがついて、昼近くより早く起きたことのない小谷〔金子〕と十三子〔三千代〕は、しぶい目をこすりながらメトロで東停車場に着いた。メトロの穴から出た駅前広場は、深い霧が渦巻いていて、駅の大時計が、どんよりしたくちなし色の、大きな首吊りの顔面のように宙づりになって、漂っていた。〔中略〕十三子が乗り込むなり、発車のベルが鳴り出した。座席をとって窓から顔を出してみると、小谷の姿がない。汽車がゆっくりうごきはじめてから、小谷が遠くから走ってきた。彼は、紙箱に入れたものを片手で前方に差出しながら走りつづけ、それを、十三子の手にとどかせようとした。あやうく十三子がそれをうけとったとき、汽車は速力を増して、みるみる彼をおき去りにした。紙箱の中をのぞいてみると、ふだんは高価で手の出ない、季節はずれでめずらしい大粒の青葡萄が一房はいっていた。この葡萄は小谷のふところをからっぽにしたにちがいない。明日とはいわず今日の日から、いったい小谷はどうするつもりだろうと、十三子は思った。」（『去年の雪』）

金子は大枚二〇フランを払って買った葡萄の房を窓から渡して彼女を見送ったあと、長谷川と駅前のカフェでコーヒーとクロワッサンの朝食を食べた。離愁が七分、解放感が三分というのが正直な気持だった。

ダゲール通りのホテルは引き払ってきたので、さっそく宿をさがさなければならなかった。大きな豚革のトランクは三千代が持っていったので、彼はファイバー製のスーツケース一つに荷物をつめ込んで、まだ霧の深い街を歩いた。

モンパルナスの近くまで来ると、愛慾の孤独と強い執着が入り混じった悲痛な悔恨の情がおそってきた。これからどうして生きていけばよいのかわからなかった。この日は途中で見つけたホテルに部屋をとり、若い長谷川と泊まることにした。夜はソーセージをはさんだパンとシュクルット〔塩漬けのキャベツとソーセージの煮物〕を買ってきて、部屋で食べた。

翌朝、長谷川青年と別れて、モンパルナス駅近くにホテルを見つけ、そこにしばらく滞留することにした。ポケットにあるのは二〇サンチームの硬貨ばかりで、それでも二、三日の宿代は出そうだった。部屋はシングルベッドが一つ置かれただけのものだったが、一日一五フランという安さがなによりだった。ただ下がコーヒー店のホテルは完全な連れ込み宿で、水道管のまわりの漆喰に穴があり、覗くと隣のベッドが見えた。夜は隣室の音や光景でなかなか眠れなかった。

港町アントワープ

三千代が目ざしたアントワープは、首都ブリュッセルに次ぐベルギー第二の都市である。ベルギーは多言語国家で、南はフランス語を話すワロン地域、北はオランダ語の方言であるフラマン語を共通語とするフランドル地域に分かれ、首都ブリュッセルは両方の言語を用いている。この他にドイツとの国境には、少数だがドイツ語を話す人たちもいる。

アントワープ〔地元のフラマン語ではアントウェルペン〕はフランドル地方の中心都市で、フランス北東部に源を発し、ベルギーを通ってオランダに入り、やがて北海にそそぐシュヘルド川の右岸に位置している。川幅はここでは四四〇メートルに達し、フランスのマルセイユやル・アーヴル、イギリスのロンドンと並ぶ欧州航路の終着地の一つで、とくに貨物の積み下ろし港としてはヨーロッパ一、二を誇る。アントワープの中心部では、北から南へ、波止場が川沿いに五・六キロにわたって続き、そこには無数の客船や貨物船が係留され、荷揚げのためのクレーンが林立している。

三千代の乗った汽車が国境を越えた次の駅で、税関員が乗って来て全員のパスポートを見てまわった。三千代のパスポートも、シンガポールで金子とは別々になっていたので、無事に入国を認められた。汽車は昼近くにアントワープ中央駅に着いた。

霧はようやく薄れはじめたが、敷石の道路はまだ凍ったままだった。出島に教えられた住所を頼りに、シュヘルド川の河岸にある宮田の事務所を訪ねあてたとき、栗色の薄い外套しか着ていない三千代の身体は、寒さで硬直しそうだった。駅からは直線距離で三キロもあった。三階建てのレンガ造りの建物の石段を二段上がり、ガラスに金文字でMIYAKO CO.LTDと書かれた扉を押すと、なかはストーブの温気でむせかえるようだった。

事務所の部屋では二人の男が将棋をさしていて、もう一人老人がストーブのそばで手持ち無沙汰げに坐っていた。将棋をさしている四十がらみのいかつい大きな男が宮田耕三だった。出島の紹介状を渡すと、眉の太いどんぐり眼をあげて、「日本の娘さんには、この土地はあまり関心できないが、折角来たんだから、まあ、いてごらんなさい。手伝ってもらうことがあったら、考えとくから」(『去年の雪』)といった。無愛想だが、心配していたような木で鼻をくくったような態度ではなく、思わずほっと安堵の溜息が出た。

宮田商会

宮田耕三はこのとき三十六歳だった。金子と同年の一八九五年に北海道の現在の美唄市で生まれ、二十歳のとき私費でロンドンへ留学し、第一次大戦後にアントワープへ移ると、船舶関係の仕事に従事した。その後、二十四歳で独立して、船舶賄業〔シップチャンドラー〕と貿易を行う都商会を立ち上げて成功した。シップチャンドラーには国際的な不文律があり、日本の船は日本人、イギリスの船はイギリス人の賄人が世話をすることになっていた。したがって多くの貨客船が出入りする各国の港には、日本人のシップチャンドラーがいて、競争も激しかった。アントワープ港には、三菱系の日本郵船、三井系の大阪商船をはじめ、東洋汽船、帝国汽船、川崎汽船などの船がひっきりなしに出入りした。これら日本船籍の船はドックの十三番から十七番に停泊することになっていて、宮田の都商会はそこからすぐ近いフラムス・カイ〔フラマン河岸〕八番地に事務所を構えるまでになっていた。

宮田はヨーロッパ在住の邦人の間では、面倒見がよいことで知られていて、これまでにも大勢の人間が彼の世話になってきた。ストーブのそばにいた老人の神戸もその一人で、かつては船のボーイだったが脱走して、ヨーロッパ各地を放浪したあと、宮田の世話になっていた。いまの唯一の念願は、宮田の世話でなんとか無賃で船に乗せてもらい、日本へ帰って故郷である京都の土になることだった。

しばらくして宮田が神戸に、三千代の荷物を事務所の二階の小部屋へ運ぶように命じた。部屋は階段の途中のかぎになった踊り場のへりについていて、シングルベッド一つで一杯になる狭さだった。それでもベルギーの寒空の下で眠る場所が確保され、安堵する思いだった。

宮田のところにはこのとき、神戸の他に二人の日本人が、いわば食客として世話になっていた。宮田の将棋の相手をしていたルーベンスという渾名で呼ばれる画家の佐藤尚人、それに久保という板前で、ロンドンの日本旅館に雇われてアントワープまで来たのだが、査証が不備のために身動きがとれなくなり、ここで賄い方を引き受けている男だった。港に日本の船が入り、船長や高級船員などがやって来たときは存分に腕をふるった。ただ彼は一言も外国語が話せなかったから、素材の買い出しのときは、買い物籠をさげて、三千代のあとについて魚市場や青物市場へ出かけるようになった。

事務所で事務をとるのは、宮田の他に外回りをする「白熊」という渾名の久保滝蔵と、タイプを打つ若いベルギー人の青年だった。久保は宮田の片腕的存在で、色が白く力が強いのが渾名の由来で、船から脱走した元船員だった。彼の特技は港に入ってきた汽船に小舟で近づき、まだ船が動いているうちに船の舷にロープの鉤をひっかけ、それをつたって船に乗り込むと、同業者の先を越して賄いの契約を強引に取ってしまうことだった。

アントワープのような荒々しい港町でのし上がるには、相応の度胸と腕力が必要だった。宮田はそれを兼ね備えており、乱暴者の白熊も宮田には一目置いていた。こんななかに飛び込んだ三千代だったが、タイピストの若いベルギー人は親切で、彼女にタイプや仕事の仕方を教えてくれた。

このときベルギー独立百年記念の博覧会が開かれていて、日本産業協会の佐々木や田代が滞在していた。三千代は宮田の家で彼らと食事を一緒にし、田代は街に不慣れの彼女をあちこちと連れていってくれた。

年が変わって早々のある夜、三千代が眠っている部屋の扉を、なにか喚きながら拳固で烈しく叩く者がいた。酔っぱらった白熊だった。三千代は真っ暗な部屋の隅で息をひそめていた。白熊は手だけでは済まずに、靴で扉をけりだしたが、そのうち静かになった。喚き疲れて扉の外で眠ってしまったらしかった。やがて夜が明けるころ、白熊が起き上がって階段を下りて行く足音が聞こえた。その間、三千代は寒さと恐怖でふるえながら、ベッドの上に座ったままだった。

事務所が開くと、さっそく彼女が老人に訴えた。すると、「ま、よくドアを叩き割ってはいりませんでしたな。アントワープでは、よくあることです」と言いつつも、宮田に伝えてくれた。宮田は三千代を連れて、アントワープの日本人の間では長老格の畑中岩吉に相談にいった。

畑中はアントワープに根を下ろしてもう何十年にもなる男だった。彼はバー兼ホテルを一軒持っていて、ベルギー女性との間に娘がいた。ここにいる日本人女性は、三千代のほかは、花子という娘だけだった。宮田にチャンドラーの仕事を斡旋したのも彼で、宮田から事情を聞くと、三千代を表向き宮田の女ということにすれば、誰も手を出さないだろうと言った。宮田も納得したようだった。

微妙な関係

港に日本船が入っている間は、宮田の事務所では連日どんちゃん騒ぎが続き、日本人女性が珍しいので、宴席の接待をする三千代の正体を聞き出そうとしたり、連れ出そうとしたりした。だが彼女が宮田の女だということが伝わると、呼び方まで「あねさん」と変って、立てられた。

宮田は市内での商談やちょっとした会合にも三千代を連れて行くようになり、ハンドバッグや靴などをプレゼントした。そのためにわざわざ三千代を同行して、好みの色やデザインを自分で選ばせた。こうして身の安全はひとまず保証されたが、はたしていつまでそれが名目だけですむのか、今度はそちらが心配だった。

宮田にはベルギー人の妻がいてバーを経営させていた。彼は毎日そこから事務所に通っていたが、ある夜、三千代がようやく寝ついたころ、激しい物音で目が覚めた。ガラス窓越しにピストルが撃ち込まれたのだった。弾は壁の天井にちかいところにめり込んでいた。事務所の道から部屋にむけて撃ったにちがいなかった。事務所の外をうろつく宮田の妻の姿を見たという人があり、三千代を追いはらうために脅かしたにちがいない

と忠告した。

ルパージュ家

ベルギーから戻ってきた出島が金子のいるホテルを探し当てて、アントワープから預かってきた三千代の手紙を渡したのはこのころである。手紙には、こちらはパリより一段と寒く凌ぎにくいが、船舶賄業の社長は親切で、ベルギー人の青年と机を並べてタイプを打っていること、皆よくしてくれるがここの空気には馴染めない。はやく来てほしいといったことが書かれていた。

金子にとって、三千代がいなくなったパリにとどまる理由はもはやなかった。一人になってモンパルナスのホテルで虚しく日を送ることが意味をもたず、しかも日本を出てからの大きな疲労が、身体にも心にも大きな黒い油じみのように広がるのを感じた。

「僕は、この身につけていた一切をぬぎすててしまいたくなって、書物や、ペンばかりでなく、外套までも、

ホテルに置いて、からだ一つで寒気のたけだけしい冬のパリを出て、ベルギー行の汽車に乗った。出島やその他のパリのつきあいにも知らせず、従って見送る人もなく、スーツケース一個の元の姿で、ブルッセル《ママ》にむかった。〔中略〕

ベルギー領に入った時、乗客の荷物しらべがあった。関税を払わなければならないものはなにもなかった。爪哇《ジャバ》でもらった木偶芝居のにんぎょうと、セイロンで買った大きな壁掛の更紗も、ひっかからずにすんだ。ブルッセルのガール〔駅〕の近くのホテルの五階の小さな部屋に入ったが、ポケットには、少々のはした銭が入っているだけで、このベルギーの都市で、どうやって生きるか、まだ考えていなかった。まだと言うよりも、考えまいと心で避けていた。」（『ねむれ巴里』）

ベルギー到着以後の動向について、金子は自伝的作品である『ねむれ巴里』と『西ひがし』で触れているが、パリ時代にくらべて簡単であり、細部がわからなかった。それを補ってくれるのが、一九九四年に平凡社から刊行された『フランドル遊記・ヴェルレーヌ詩集』である。この「遊記」とヴェルレーヌの詩篇の翻訳については、編者の堀木正路が解説で明らかにしている。

森三千代の晩年、聞き書きをこころみていた堀木は、三千代が亡くなる二カ月前の一九七七年五月、数冊の日記を託された。日記の一部はこれまでに公表され、本書でも参照してきたが、その日記の間に「フランドル遊記」と書かれた、茶色の表紙のノートがはさまれていた。金子によってベルギー時代に記されたと思われる覚書であった。

『ねむれ巴里』の記述によると、ブリュッセルに着いたとき、金子はたった一人の頼み綱のイヴァン・ルパージュに手紙を書き、それを読んだルパージュが翌日の昼ごろ自動車を運転してホテルに来てくれたことになっている。しかし、『フランドル遊記』では経緯が違っている。

「ムッシュ《マ》ウ《マ》・イバン・ルパージュの、ディーガム《ママ》の風車小路の七番地に、……十一年ぶりでふたたび訪ねてきた私を、マダム・オルガと、二人の娘、フ《マ》ランシ《マ》ンとアン《マ》マリ《マ》ーとが迎えた。ムッシュウは、パリーへ、煉瓦焼窯《フォアイエ》を買いにいって、晩にかえってく

るということであつた。二人の娘は、頭髪を北国風に、あぶらでまんなかからカッキリわけている。〔中略〕

マダム……猫のように円顔で骨の柔かそうなマダムは、若さがまだ残っていた。少なくとも感情はまだ若さの領域に生きているのである。この十一年が苛い年月でなかったことを語っている。しかし、北国的な静居が、彼女の育ちの素直さと教養とに培われて、決して、快楽的な分子をあらわさなかった。彼女は茶を子供達に命じながら、大きな薪を暖炉に投げわたした。

北ヨーロッパの一月は、寒さもひどいが、三時半というと、もう、うすぐらくなり始める。薪は、オパール色の炎をあげた。燠は、ルビーから、緋びろうどのように変化した。火の粉があがった。」(「ブルッセル市」『フランドル遊記』所収)

荒廃した生活を昨日まで送って来た金子にとって、暖炉で赤々と燃える火は安定の象徴とも見えた。幼かった二人の娘たちはすっかり成長して、姉のアンヌ・マリは大学で宗教美術を専攻し、妹のフランシーヌは絵を描き、木版画を制作していた。

「——あなたは火がお好きですか。とても美しいではありませんか。

マダムは、そう云ってじっと火を眺めている。二人の子供たちもじっとそれをながめている。火がその顔の一面をあかるくして、息をついている。生活は、ここでは少しのうごきもない、落ちつきそのもので、内容こそ新しい無宗教的な家庭であったが、更にふかいところにはエグリス〔教会〕や、市庁《オテルドビル》と同じような、中世紀につづいているのであった。

奔馳、流浪、……そして反逆のための反逆。アジアからヨーロッパに、さらにどこへ放されてゆくのかあて途もない私の現在とのあいだの生きかたのちがいは又どうであろう。

私は、——家庭という檻をむげに讃歎するほど自身を引片付けはしない。しかし、このマダムと二人の娘の均衡された生活のしずかさを、呪詛するには、私の気力がなかった。」(同)

その夜パリから戻ったルパージュは、金子が十一年振りに訪ねてきたことを知ると、翌日自ら自動車を運転してやって来た。駅近くのホテルにはエレベーターがなく、以前はすらりとした紳士だった彼はすっかり肥満して、五階まで階段をふうふういいながら上ってきた。

ルパージュの祖父は、レオポルド一世がオランダに対して独立戦争を起こしたとき、それを援けたという名門で、ディーゲムの区長という名誉職についていた。彼は金子より十二歳年上で、ブリュッセル自由大学を卒業すると、二十七歳のときオルガ・マルガと結婚し、義父が経営する陶磁器製造を手伝い、その経営とオステンドの牡蠣養殖に投資して財をなし、広い果樹園も所有する実業家であった。日本の美術と最初に出会ったのは、十五歳のときに読んだルイ・ゴンスの『日本美術』で、すぐに日本の工芸品の蒐集をはじめた。彼は根付や鍔の蒐集家としてヨーロッパ中に名が知られており、蒔絵、印籠その他の美術工芸についても優れた鑑識眼の持ち主だった。加えて彼自身も絵画や彫刻をよくした。

ルパージュは、関東大震災のあと幾度も手紙を出したが返信がなく、金子は死んだと思っていた。生きてまた会えるとは思ってもみなかった、と再会を喜んでくれた。そして、国立サント・マリ教会の近くに別の宿を探してくるから、ここはすぐに引き払えといって、下りて行った。一時間もしないうちに、ホテルの外からルパージュが大声で呼ぶのが聞こえた。五階まで上がって来るのをためらったらしかった。

サント・マリ教会の近くからはディーゲムへ行く郊外電車に乗ることができ、その便を考えて、教会の裏手にあるスカラピーク区ロクト通り百十三番地の、野菜と雑貨を売る家の二階の部屋を借りてくれた。そのあと魚市場のわきのマルセイユ料理店「マリウス」へ行き、目の不自由な画商のヴォスを交えて昼食をとった。

その晩は、あらためてルパージュ邸に招かれて団欒を味わった。食堂のしきりはかつて金子がプレゼントした印度更紗で、柱に貼った箔縫の「南無阿弥陀仏」も、壁の能面も昔のままだった。ルパージュ家には専属の料理人がいて、フルコースの晩餐を味わいつつ、別れて以後のつもる話を語り合った。金子は結婚して子どもがいること、妻がアントワープの日本人の許で働いていることを明かし、いずれ機会をみて会ってもらうことを約束した。

この日は夜が更けて電車がなくなったため、ルパージュ家の三階の小部屋で寝た。

翌日、ディーゲムを見てまわった。かつて住んでいたカフェは雑貨と牛乳を売る店になっていたが、古い教会の塔も、濁った川も変わりはなかった。木靴《サボ》を売る店も、テラコッタのパイプを売る店もそのままだった。

変わらぬ親切

この日から週に二度ほどはディーゲムを訪れるようになり、毎週土曜日には晩餐に呼ばれた。ルパージュの屋敷はさながら美術館だった。廊下から屋根裏まで美術品がつまっていた。玄関には現代絵画が飾られ、サロンには大切な根付と鍔のコレクション、シャム〔タイ〕の蒔絵が置かれ、ユトリロやカリエールの絵がかかっていた。

食堂には古い中国の皿、オランダやベルギーのガラス類、昔アンコールワットから持ち帰った石仏の首、そして中世やゴシックの聖母像があった。庭に面した噴水が見える部屋には、ルパージュがとくに愛好する歌麿をはじめとした浮世絵。二階には、十九世紀ベルギーの画家フェリシアン・ロップスやヴェルボカーベンの絵。ベルギー独立戦争を描いた版画。その一枚の、市街戦でピストルを撃つ小さな姿の人物はルパージュの曽祖父だった。

日本趣味《ジャポニスム》の持ち主に共通するように、以前のルパージュは古い日本を讃美していたが、いまは明治維新以降の近代化を認めるようになっていた。金子との会話も終始日本の西洋化、西洋と日本との比較をめぐるものだった。

ルパージュ邸での食事は豪華だったが、ロクト通りのホテルでは、下の八百屋から鍋を借りて来て、ストーブで煮物をつくって自炊し、暖をとるストーブの石炭は、バケツをさげて毎日買いに出かけた。こうした生活費はルパージュが貸してくれた。

ルパージュは自ら車を運転して金子を旅に連れ出してくれた。ある日は夜明け前にブリュッセルを出発して、シュヘルド川の上流の街々を訪ねた。フランドルの平野は低い丘陵が多く、風車の羽根がゆっくりまわっていた。

パリでは執筆する意欲は完全に失せていたが、ブリュッセルではまた筆をとる気になった。金子は「スマトラ島」という紀行文を書いて日本に送り、「改造」の四月号に掲載された。この年は他にも九篇のエッセーを書くことになる。

さらに有り余る時間を使って画廊をめぐり、ヒエロニムス・ボス、ピーテル・ブリューゲル、フランス・スナイデルス、ジョルダンスなどを見てまわった。こうした刺激とルパージュの勧めがあったのだろう、金子はふたたび絵筆を執り、ブリュッセルや日本、旅の途次目にした中国、東南アジアの風景や人物像を水彩で描きはじめた。

四人展

こうして溜まった絵を中心にして、ベルギーの四人の画家たちとのグループ展が、二月二十八日から三月二日まで、マルシェ・オ・プーレ通りのライゼン宝石店の二階の画廊「ノ・パントル」で開かれた。この裏にはルパージュの尽力があった。金子はこの展覧会について、『ねむれ巴里』のなかでこう述べている。
「僕はブルッセル《ママ》にこもって、水彩画を画き、二ヵ月程して数が揃うと、テニエルスのながれをひいた土着のフランドル画家と、スコットランド人のメルヘン風な風景画家と三人〔実際は四人〕で展覧会をひらいた。ルパさんの肝煎りで、三四十枚ほどの小さな画だがほとんど売るというよりも、押しつけて買わせる労をとってくれた。」（『ねむれ巴里』）
金子の息子の森乾が一九九九年に、勤務先の早稲田大学の在外研究員としてパリに滞在した折、当時九十四歳のルパージュの未亡人を訪ねて、この展覧会のカタログと新聞評の切り抜き、大切な思い出として保存されてきた金子の水彩画、それに金子と三千代がルパージュに宛てた手紙をみせられた。
カタログによれば、グループ展に出品したのは金子の他は、ジャック・ローディ、フェルナン・レイ、アメデ・リナンで、金子は三十枚の水彩画と四点のデッサンを出品していた。水彩画は三点の肖像、二点のアントワープ風景、十点の日本風景、さらには中国、インドネシア、ジャワ島の風景などである。そしてルパージュ家に残された絵とカタログの題名が一致するものが多かったという。出展作のいくつかは宝飾業者や靴下製造業者が買ってくれたが、売れ残ったものはルパージュ自身が買い取って、代金を金子にあたえたのではないかと推測される。

保存されていた新聞評は四紙で、その一つ「ラ・ガゼット」紙は——、

「このグループ展で最良の作品は金子光晴の画である。彼は数ヵ月前からブルッセルに滞在している。

この日本の画家は、パリのモンパルナスにいる彼と同国人の画家たちと何の共通性ももたない。モンパルナスの日本の画家たちは、フランス絵画を模倣することで、己が独創性を失おうとしている。ところが金子氏はブルッセル、アントワープの風景、ベルギー人の肖像画を描く時にすら、日本の版画の繊細なタッチ、色彩の美しさを保ちつづける。彼は我国では無名の存在にすぎなかったが、いまや金子は忘れられぬ名となった。」(「金子光晴のブリュッセルの画」、森乾『父・金子光晴伝　夜の果てへの旅』所収)

森乾は、この新聞評は過分な褒め言葉であり、画廊が提灯持ちの記事を書くように新聞社に働きかけた結果ではないかと推測している。金子の絵はしょせん詩人の余技であり、他の三人の絵も平凡なものであった。

ただこの展覧会を開いたことは、金子に勇気をあたえた。彼はアントワープの三千代に宛てて手紙を書いた。

第二章　「だから、これで左様なら」

再会

パリにいるとばかり思っていた金子の手紙は、ブリュッセルからのものだった。

「ここ一ヵ月は八百屋の二階の貸部屋にいる。水とパンでも一ヶ月位はしのげる。タッセル〔ルパージュ〕氏が時々、晩餐に招いてくれるので、その時だけは、食事らしい食事ができる。こちらはそんな有様だが、そっちはどうか。アントワープからブリュッセルまでは汽車で二時間で来られる。できるだけ早く会いたい。こっちから出かけてもいいが、そちらの都合が、つけば、こっちへ来ないか。タッセル氏にも紹介したい。君からもよく礼を言ってもらいたい。きょうまでは居所が転々としていてアドレスの知らせようもなかった。ともかく君の返事を待つ。来る時間がわかれば駅まで迎えにゆく。」（『去年の雪』）

手紙にはこうした内容が書かれていた。三千代はさっそく宮田に一週間の休暇をもらい、展覧会の開催中にブリュッセルへ向かった。中央駅には金子がルパージュと待っていて、彼女を紹介した。握手をしたルパージュの手は大きくて温かかった。パリで別れて以来の金子は、見覚えのありすぎる青い背広を着ていて、すっかり憔悴していた。

この日は三人で昼食をとったあと、ルパージュの車で南へ一〇キロあまり離れたテルヴューレン公園の森を抜けて、十四世紀初頭に建てられた、三つの塔をもつベールセルの古城を見学した。街まで送ったもらった二人は、オ・ボン・マルシェというデパートの食堂で、「アンリ四世」という名の料理を食べて宿に戻った。

部屋の暖房兼調理用のストーブには、牛骨とセロリと野菜をとろとろに煮込んだ大鍋がのっていた。金子は具をつぎ足して、毎日これを食べ、寒い夜はオランダ製のウォッカを壜から一口飲んで眠りについた。ベッドは狸の寝床のような臭いがした。

三千代は、ベッドのうえにガーターベルトとそれにぶら下がったままの靴下を投げ、たった一枚のシュミーズを脱ぎ、乳房をおどり出しながら、彼女の癖でアントワープでの出来事を、性急に、なにもかも細大もらさず報告した。

「――だって、その男って馬鹿馬鹿しいんだもの……どこの男だって？　しらないサ。いったいアンベルス〔アントワープのフラマン語読み〕って、インテリなんて一人だって居やしない。気のきいたことなんてわかるやつない。その点淋しいのよ。それは西陣の織物染物に研究に派遣されたんだって、そんな男、二、三人は月に、ヨーロッパをまわってビューロー〔事務所〕へやってくる。そいつ達を案内してやるのが仕事サ。文部省だとか、プロフェッサーだとかいうサンサシオン〔感覚、感動〕のないのもくる。奴らは、あんなことでいいのかしら。〔中略〕

――で、そいつ、始めケイ〔河岸〕をみせてやった。

――そいつの心持はスッカリわかってる。遠い国へきて自分の国の女と歩くもんだから、スッカリもう詠歎的になってやがる。カジノへでもつれてって、かえりにダンスへでもゆけば、あがっちゃうにきまってる。だって、誰が糞！　もう愚劣な奴は沢山だ。あたし、ドンドン、ノートルダムのなかへ入っていった。それから、うしろむきの椅子にもたれて、お祈りをはじめてやった。――奴さん。ビックリしている。それからマゴマゴはじめたが、しまいに妾《あたし》と同じ真似をして頭をもたれにのせた。あたしはもう決してうごかないで、困らしてやろうと思った。

――それで結局どうした？

――結局？　日がくれる迄いて、うちへかえってきた。だって、可笑しくってたまらなくなるんだもの。」

〔「安土府《アントワープ》」『フランドル遊記』所収〕

三千代はブリュッセルに一週間滞在し、その間に二人は電車に乗ってディーゲムへ行き、ルパージュ家の人たちに歓迎された。そしてブリュッセル市内や近郊を散策したが、その間にこれからどうするかを話し合った。

金子はもともとヨーロッパ滞在に、それほどの意義を感じてはいなかったし、三千代にしても当初の執着はなくなっていた。

展覧会を開いてかなりの大金（大部分はルパージュから出ているものだった）を手にしたが、二人が一緒に日本へ帰る旅費には足りず、金子のなかでは三千代との間に一度かたをつける方がいいとの思いが募った。独身の方が三千代の就職に都合がよいのが第一の理由だった。これには三千代も異論はなく、むしろ彼女の決心の方が固いようであった。

離婚手続き

彼女がアントワープへ帰る日、二人はブリュッセルの南一八キロにある、ナポレオンの敗北で名高いワーテルローへ汽車で出かけ、ピラミッド形の記念塔に上った。雨が降っていて展望はきかなかった。そこでこんな会話があった。

「——では、今日はアントワープへかえるんだネ。
——かえる。でも、かえる前にすっかり話をきめてかえらなくっては、承諾したのネ。
——じゃ、ふたりは別れるんだな。
——わからないのネ。別れるんなら苦労はしない。別れないの。ただお互に自由になるだけなの。」（「ブリュッセル記　附録日記」『フランドル遊記』所収）

こうして三千代はアントワープへ戻り、三月九日、アントワープの帝国領事館に離婚届を出した。金子の戸籍には、「妻三千代ト協議離婚届出昭和六年参月九日在アンベルス帝国領事嚢田不二夫受付同年四月七日送付」とある。ブリュッセルでの話し合いの結果だったが、金子には強い未練が残った。彼らが戸籍上ふたたび夫婦となるのは、二十二年後の昭和二十八年（一九五三年）十二月二十二日のことである。

三千代は二週間ほどするとまた訪ねてきて、今度は金子が彼女についてアントワープへ出かけた。三千代は彼を従兄弟と紹介していた。宮田の事務所を訪ねて、これまで世話になった礼を述べると、金子のために事務所の近くのホテルに部屋をとってくれた。

アントワープ滞在中、金子がまず訪れたのは十六世紀に建てられたルネサンス様式の市庁舎で、前の広場には伝説のブラボーの像が建っていた。三千代が案内して日本人を煙にまいたというノートルダム大聖堂は、一三五二年から百七十年をかけて建造された、ベルギー第一の大きさを誇るゴシック様式の教会だった。内陣ではルーベンスの最高傑作といわれる祭壇画《キリスト昇架》《キリスト降架》《聖母被昇天》の三副対を観ることができた。

アントワープはフランドル派の画家を産んだ芸術の街であり、金子は王立美術館で彼らの作品をじっくり味わった。

街の中心にはヨーロッパ最古の印刷所の一つ「プランタン・モレトゥス博物館」があり、印刷に関する当時の文献が陳列されていた。

これらが伝統のアントワープとすれば、いまの街の象徴は波止場であり、停泊する貨客船で、沖仲士たちが昼夜を問わず船をかこんで働いていた。そして女たちは河沿いのバーで水夫たちを待ち受けていた。金子がアントワープで描いた水彩画が残っているが、その一枚には大きなスクリーンにブルー・フィルムを映写し、その前で三組の男女が床に寝そべり、あるいは椅子に座って抱き合っている姿が影絵のように描かれている。三千代はこうした雰囲気のなかで暮らしてきたのだった。

海岸通りから離れた街の目抜き通りには、百貨店やカジノ、ダンスホールがあった。河岸や裏通りには中華料理の店がかたまっている一角があったが、パリやロンドンとは違って、純粋の中国の味だったから、西洋人は近づかなかった。行ってみると狭い窓には、小鳥の籠や女の古い衣裳などが吊るされていて、麻雀牌をかき混ぜる音が聞こえた。

「欧州大戦〔第一次大戦〕以来。支那《マ》人《マ》と、日本人の地盤がアントワープに築かれ、脱走船員や、ばくちうちが巣喰っている。……油傘の支那女が濡れたケイ〔河岸〕の石ばたを、かながしらをぶらさげて、下駄を曳ずって歩いている。

日本は、世界に宿分として移民してゆくが、支那はそのいたるところを「支那」に変えてゆく。〔中略〕

支那は、それでいて、経済を最後に占領するだろう。日本人は、ここのアントワープにいる人に於ても、一般の殖民地人種と同じように――日露戦争時代の軍国的侵略思想によって、ノスタルジアが加わって、日本独尊の僻見にわずらわされている。彼らは、二十年居て、猶、味噌汁と、茶漬をすてない。――彼らは、淫売以外に、西洋人のあいだへ入ってゆかないで、日本人同志で、流しものになったように淋しく生活している。

――戦わなくばいけない。支那をこらし、アメリカをこらす時だ！

（そして、我々も助かるのだ！）

日本は、アントワープ港から夥しい鉄材を積込んだ。支那人は、ブルッセルの大学生が二百人、日本の大使館の前で中華民国万歳を三唱し、アントワープの支那料理「中国楼酒楼」は日本人のとくいを拒絶した。

日本の旧式な、露骨な侵略主義は、ヨーロッパのどこでも、好意をもたれてはいない。」（「安土府」『フランドル遊記』所収）

あえて政治に関心を持とうとしなかった金子だが、中国人の反日感情は東南アジアを旅行中も肌身で感じていた。前年十一月、三千代がアントワープにきたとき、日本では浜口雄幸首相が東京駅で狙撃され重傷を負った。そして金子がアントワープに来たこの三月、日本では桜会の一部将校や思想家の大川周明たちが、軍事クーデタで宇垣内閣の樹立をはかって未遂におわる事件があった。

金子は一週間ほどいてブリュッセルに戻った。離婚手続きをしたあとも、三千代はブリュッセルにやってきて、二人で週末にルパージュ邸へ招かれるのは、変わりなかった。

宮田耕三には、金子が従兄でないのはすぐわかった。金子の出現は、例の銃撃騒動以来三千代に惹かれていた彼を悩ましたが、女が自分の元を逃げ出したという噂が広がるのを抑えるために、手がけている商売用のチンチラ兎の資料収集のために、彼女をブリュッセル駐在させているということにした。都商会は事業を拡大して、船舶賄のチャンドラー部、鉄を中心とした輸出の貿易部、それに積荷の集荷と輸送担当のチャータリング部の三本柱が確立しつつあるのは事実だった。

こうして三千代は宮田の好意で給料をもらいつつ、ブリュッセルで生活することになった。金子は相変わらず青物屋の二階にいたが、宮田の手前ここで同居することはできず、三千代は金子が探したリッツ広場のカフェ兼ホテルの一室に住むことにした。金子は雑誌へ送る原稿をときどき書くなど、精神的にも物質的にも多少の余裕が生まれていた。

同棲生活

三千代は、パリの東の郊外ヴァンセンヌで開かれるパリ国際殖民地博覧会で働くことが決まった。博覧会は主にフランスの植民地インドシナやアフリカの人びと、アンコールワットの遺跡、そして物産を展示、紹介するものだった。首相ジャン・ジョレスの提唱で開かれ、西洋がいかに植民地を文明化したかを示す意図があった。会期は五月から十一月までで、主催者の一人が宮田の知人で、そのコネが大きかった。

三千代は八月早々、パリへ出かけていき、かつて住んだダゲール通りの南にあるボニエ通り〔現ランクール通り〕三十二番地のペンションを借りて、そこから博覧会会場へ通った。

三千代がパリへ発った二日後、金子はルパージュとともにアントワープへ行った。この旅行の目的がなんであったかは不明だが、その後間もなくして金子もパリへ向かった。汽車は途中シャンティの森を通ったが、真夏の光を浴びた森の美しさが目についた。展覧会で得た金がまだ懐にあり、心の余裕がその印象を一層強くしたのかもしれなかった。

パリでは三千代のペンションに泊まり、隣室のロシア人の学生がバラライカを弾くのが聞こえた。夜はモンパルナスのレストラン、クポールやドームへ足を運び、三千代の友だちのアイーシャにも会った。かつての生活がまた戻ったようだった。

しばらくするとルパージュが博覧会見物に出てきて、一緒に三千代のいるスタンドを訪ねた。三週間ほどで金子はブリュッセルに帰り、王立サント・マリ教会の丸屋根が見えるラ・ポスト〔郵便局〕通り一八三番地のホテルに部屋を見つけた。

三千代は八月一杯で博覧会の仕事をやめて、ブリュッセルに戻ってきた。金子とは別に住んだことは確かだが、以前のリッツ広場の宿に戻ったかどうかは不明である。宿は別々でも、二人は連れだってよく市内や郊外を散策した。よく行ったのは、市の東側にあるローマの城砦風の聖セルべ教会からジョザファ公園までのコースで、公園には以前に翻訳したエミール・ヴェルアーランの胸像があった。また公園の近くには公営の浴場があり、一風呂浴びたあと石鹸箱をもってカフェで休息した。

九月の末には、二人でテルヴューレンの森に出かけた。三千代がはじめてアントワープから出て来た日に、ルパージュの車でめぐって以来で、森には落葉が散り敷いていた。突然雷雨が来て、村のカフェに逃げ込んだ。その後、古びた寺院の囲いのなかの墓地をぬけると、雨に濡れて眼病のようになった、白く塗られたキリスト像があった。

「――愛情の見本《サンプル》だよ。これが……

――白っ子だわネ。……ミチヨは、誰にでも愛されますよう。愛されずともいつ迄も美しくありますよう。」（「ブリュッセル市」『フランドル遊記』所収）これが彼女を自力で守ってやれない金子の本心だった。

二人は十一月のはじめ、ブリュッセルの北側のサンジョス区デル・ボカーヴェン通りの洗濯屋の四階に部屋を借りて一緒に住みはじめた。その後まもなくして、ブラバン地方のベールセル城を訪れた。以前に来たときはルパージュの車だったが、今度は電車を乗り継ぎ、終点からバスに乗ってベールセルの街に着いた。教会前のカフェで、ベルギー名物の生玉葱と鰊をはさんだパンを食べ、コーヒーを飲んで腹ごしらえをし、城に向かった。だが城に入る道はどこも鎖でふさがれていて、近づくことができなかった。外堀を泳ぐ白鳥の姿がみえた。それを見ながら話をした。

「――美くしい。しずかネ。

――美くしい。しずかだ。醜いものは一つもない。何故だろう。戦は醜いものを皆、亡ぼすためのものだからだ。……時によれば、敵も、味方も、それが醜いものはみんななくなって、夫自身《それ》の存在も亡びてしまうことだってあるのである。……そして、こうして、城だけが残っている。……然し、亡ぼさなければならない。敵！　敵！　敵!!　醜いもの。――国、家、社会、道徳、宗教、……すべての肉体をきたなくするもの、おりかすをのこすもの、打倒軍閥、打倒、帝国主義侵略主義的国家、……資本主義産業主義的組織。

——おお、併せて、集産的共産主義打倒である。

——わかってる。あなたはそして、Xを仮想敵国にしている。

私は、黙って、ビ《マ》ール《マ》セル城をみながら熟考していた。それはそうかもしれない。私のからだから跳返してくる反逆は、Xに対する嫉妬挑戦かもしれない。いや、夫《それ》はしれないどころか、明らかな事実だ。

——駄目!! あんたは、戦闘力がない。砲弾が欠乏している。

——…………………。

——駄目。あんたは若駒《プーレン》の外套も買えない。ダンテルのローブ〔レースの服〕も買ってくれる力がない。

——君は、それでXへかえってゆくのか。

——おお、妾《あたし》の若い日はどうなる。

私は、彼女の、靴下と猿又のあいだからくびれ出た、貝釦《かいボタン》のように眩耀《クラクラ》する肉に、接吻をした。〔中略〕

——戦争だ! 戦争だ!

——勝たなくっちゃ……。

——そうだ。勝たなくっちゃいけない。

——大丈夫?

——砲弾は一つもない。

——では妾《あたし》Xの所へかえるわ。

——行き給え。陣門で取りかえしてやる。

冬の寒風の林のなかで、ミチヨの唇が、鮮魚のように、おどっていた。」(「ビ《マ》ール《マ》セル城」『フランドル遊記』所収)

Xが土方定一を指すのはいうまでもない。三千代は海外放浪のあいだ、土方のことを忘れたことはなかったが、シンガポール以来手紙を送ったことはなく、彼が前年一九三〇年からドイツに留学しているのを知らなかった。そして彼女はさまざまな男と交際するうちに、自分の魅力を活かして生活する術をおぼえるまでにたくましくなっていた。

息子の森乾は母森三千代について、「この時、物質面の貧困と闘っていただけではなかった。金子光晴という男をはじめとする、さまざまな男たち、あるいは男という存在一般と対峙し、たえざる精神的緊張にたえ、顚覆の危機を乗りこえるための闘争を続けていたのであった。そして「男になろうと努力」するようになった時に、彼女は数々の男たちとの対岐《ママ》から自由になり、男とか女とかの性をこえた「人間」となり、人間としての自我の確立に成功し」た(「森三千代の文学と東南アジア」)と述べている。

旅行

金子は、三千代が「じぶんからふくら脛の鶏のささ身のような上肉を惜し気もなく人にふるまってきた」(『ねむれ巴里』)のであり、それで人間的に成長し、女として輝く存在になっていくのを認めざるをえなかった。そしてこれは彼女が自分から次第に遠ざかっていくことを意味した。

このころから金子と三千代のどちらが先に帰国するかを真剣に話し合うようになった。二人は相手を慮ってなかなか結論が出ず、ルパージュにも相談した。彼は金子を「lunatique(月の世界の人、気まぐれな人)」と呼んで、生活能力に疑問を抱いていたから、先ずは金子が先に帰国して、日本から三千代の帰国費用を送るように勧めた。そして金子の旅費は用立てようと言ってくれた。三千代に異存はなかった。

十二月初め、ルパージュの車で西を目指す旅行をした。身体の芯まで冷え込むような朝、植物園横の交差点で車を待って乗り込み、毛布を膝にかけて、アスク、アロスト、ヘークルゲムを通ってガンに着いたころには、雪まじりの雨が降り出した。

次のブルージュを通過して、北海の避暑地ブランケンベルグに出て、さらにニューポールまで海岸沿いの街を通り、オステンドに到着した。夏ならばどの街も避暑客で賑わうのだが、冬の海岸は荒涼とした砂山が広がり、肌をさす烈風が吹き抜けるばかりであった。三千代は、「いいわ、ドービルより、トロワビルより、カンヌよりずっといい」と言いながら、爽やかな顔をして車から外を眺めていた。

旅行から帰ると、ルパージュは金子のための三等の船賃を、旅行会社のオフィスに払い込んでくれた。彼は日本までの船賃を払うつもりでいたが、東南アジアに心が残る金子がシンガポールまでにしてもらった。ただこれにはもう一つ理由があったとも考えられる。

三千代から『フランドル遊記』を託された堀木正路は、「解記」のなかで、「第一章「ブリュッセル市」と最後の「附記」には、三千代への苦渋に満ちた別離の言葉があり（そう考えると、彼がシンガポールまでしか買わなかったのも、旅費が原因ではなく、マレー半島で韜晦することを覚悟したためと考えられる）そのとき、この「遊記」全体が三千代に捧げられた惜別の歌」ともいえるのである。

このころ金子と三千代は、スラバヤの松原晩香に、間もなく帰国することを知らせ、同時に原稿を送った。それが月刊「爪哇」の一九三二年新年号に載った、金子の「白耳義《ベルギー》より」と、三千代の「遙かに偲びて」である。

一月早々、ルパージュがお別れの会を開いてくれた。肝臓を悪くして普段はあまり肉を口にしないルパージュも、この晩はよく食べ、よく飲んだ。金子は東洋にある画龍点睛の諺を持ち出して、あなたが私に眼を入れてくれたお陰で、むだなヨーロッパの生活を捨てて、元気のあるうちに仕事をし直すことができると礼を述べた。

食事の席で、三千代がフランス語で書き、ロベール・デスノスが訂正の筆を入れた「PAR LES CHEMINS DU MONDE〔世界の道から〕」の話が出て、ルパージュが出版を引き受けてくれることになった。これは三千代が帰国したあとの一九三二年に、次女のフランシーヌの木版の挿画をつけ、詩集としてブリュッセルのレオンリプライト社から三百二十部出版されることになる。

食事の最後に、ルパージュが息子乾へのお土産にと、「鶩鳥双六《ジュ・ドワ》」のついた将棋盤と、ノアの箱船に乗った動物たちの玩具をくれた。そしてこう言った。

「――今度は何時来ます?

――サア。多分〔一九〕三十五年には来られるでしょう。

――で、マドモアゼル・ミチヨは? 一緒に来ますか?

――いいえ。恐らくあと二十年ですわ。だって子供が学校を卒業したときつれてくるつもりです。そしたらここへすぐお訪ねします。

ムッシュウはしばらく考えていた。感慨にふけっていたのだろう。

――その時はここへ来られなくてもいい。先ず、墓地の方へやってきて下さいよ。」(「ブリュッセル市」『フランドル遊記』所収)

金子と三千代は頭を垂れるばかりだった。

ふたたびの離別

金子の『西ひがし』によると、夕食会の翌日、金子はブリュッセル中央駅からパリへ出発し、駅頭では三千代とルパージュ、アンヌマリ、フランシーヌが見送ったことになっている。

「彼女が、眼まぜをしたが、彼女としては、なにかの魂胆があるらしくおもえたが、その意は、通じるべくもなかった。窓《まど》近くへ来て、誰もわかるものはいないのだから、日本語で一言二言言えばいいのに、とおもいながら、この機より他にみすみす機会がないと分かっていても、僕の方でも、目まぜに答えることもせず、いたずらに流れゆく「時間」をむなしく見送ることに、運命をゆだねているのであった。」(『西ひがし』)

と書いている。

だが三千代の方は、このときの別れについて、まったく別のことを語っている。「金子光晴全集月報」7の対談で、三千代は、「マルセーユじゃなく、アントワープから乗りましたもの。その当時はアントワープまできていたんです、日本郵船の船が。〔中略〕自分のことをいって恐縮ですが、だいぶ前に私が『群像』に書いた「去年の雪」という小説がありまして、それに書いていますけれども、金子とベルギーで別れるところがありまして、それで金子と、キャバレーのようなバーですね､向こうは日本とちょっと様子が違いますから、キャバレーといいましてもバーみたいなものですけれどもね、そういうところで、最後に日本に行く金子を見送ったことになっているんですが、事実そうだったんです。ですから、駅とか波止場までは行っていないんです。だから私は、アントワープの港から出たもんだとばかり思っていたんです。」というのである。

事実、小説『去年の雪』では、次のように書かれている。

「照国丸に乗り込む当日、小谷〔金子〕がブリュッセルからやってきた。出帆は、翌朝未明ということだった。荷物を三等船室に持ちこんでしまうと、あとはなにもすることがなかった。十三子〔三千代〕は、小谷を誘って、アントワープを案内してまわった。暮れてからおそく、彼等は盛り場の『タベルン・チガーヌ』のテーブルで向いあっていた。〔中略〕

「君をのこして大丈夫かなあ。切符はまだ書き換えられるよ。どうせ、船底の蚕棚だ。誰が入れ代ったって、船の方はおんなじわけだ」

この期におよんでも、小谷はまだ、ふんぎりがつかずにいる。

「私は大丈夫よ。巴里でおちついたら、すぐ、お父さんの家の方へ、アドレスを知らせるわ。なによりも、早くお金をつくって、巴里へ送ってくれるのが急務よ」

「わかってるさあ。日本へかえるなり、金つくりをはじめるつもりだ」

うけあっている彼のことばに、なにかうつろな、こだまのような自信のなさがあって、十三子の胸底にそれがひびいた。〔中略〕

彼女は小谷に笑顔をむけた。安堵した小谷は、あ、そうそう、と、そばにおいた小鞄をあけて、いつも思いついたことを書きつけておくノートを取り出し、用心ぶかく、頁の一ところをひらいて見せた。十三子がいっしょにのぞきこむと、それはなにも書いてない頁の、綴じ目に近いところに、長さ五センチ位のねじれた毛が四、五本はさんであった。

「なに。これ……」

「記念に拾っといたんだ。もう君ともしばらく会えないからね」

「いやね。捨てた方がいいわ」

十三子が手で払おうとすると、小谷はいそいでノートを閉じて、鞄にしまいこんだ。」

そのとき扉が開いてジプシーのバイオリン弾きが入ってきて、二人のテーブルにやって来た。話すことが尽きかけたところだったので、彼女が頼むと「ハンガリア狂想曲」を情熱的に弾いてくれた。彼女は千フラン札を小谷に渡して、チップにするので小銭に換えてくるように頼んだ。

「小谷が気軽に帳場の方へ立っていったあとで、十三子は、メニューの裏に走り書きした。

――これ以上つきあっていると、私の方が船に乗りこむことになりそうです。だから、これで左様なら、今夜の汽車で巴里へ発ちます。早く、宏〔乾〕のところへ帰ってやって下さい。

そのあとへ、楽師のチップは私がやってゆきますから、もう不用、お金はここのお払いにして下さい、と書き添えた。テーブルの目につくところへ、その走り書きをおき、小谷が席へもどって来ないうちにと、ハンドバッグを持って、そっと立ち上った。つかみ出した十フランを楽師の、楽器をおさえている手に近づけ、「もう少し、弾きつづけていて下さい」と言い捨て、かくれるようにして、『タベルン・チガーヌ』を出た。」（『去年の雪』）

金子ははたして、汽車でブリュッセルの中央駅からパリ経由でマルセイユへ行き、そこから船に乗ったのか。それともアントワープまで乗り入れていた日本郵船の照国丸に乗ったのか。あるいは三千代がいなくなったあと、ブリュッセルに引き返して、翌日ルパージュたちの見送りをうけて旅立ったのか。さらに、三千代自身はこのあと帰国までどこで生活したのか。

これらの事実を確認する手立ては残されていない。ただ金子の『ねむれ巴里』の終わり近くに、「ルパ〔ージュ〕さんとしてみれば、きれいに僕を日本に帰すには、旅費を僕のために払ってやるほかにやりかたはないし、その日がながびくほど迷惑が大きくなってゆくこともわかっていたので〔中略〕、こんどは、さっさと、僕も腰をあげるつもりになった。アントワープに行って、M〔宮田〕氏に改めて彼女を託し、旅費送りしだい彼女も発てるようにたのみこんだ。」という記述がある。これが本当だとすれば、金子は最後にアントワープへ行き、そこから乗船した可能性はある。

照国丸は利用客が増えた一九二九年（昭和四年）一月に進水したばかりの豪華貨客船で、一等船客百二十一名、二等六十八名、三等客六十人を収容できた。船内は名人益田権六の蒔絵の装飾がほどこされ、外国人客にも人気があった。当初は横浜とロンドンを結んでいたが、アントワープまで乗り入れていたのであろう。

当時の航海スケジュールによれば、アントワープからロンドンまで二日。その後はロンドンを出てイベリア半島をまわり、スペインのジブラルタルまでが四日。

さらにここからマルセイユまで三日。マルセイユからスエズ運河を通り、コロンボまでが十八日。そこからシンガポールまでさらに六日の航海であった。アントワープから船で行けば、マルセイユまで九日を要したわけである。

一方、金子の記述のようにブリュッセルから汽車でパリへ出て、そこで乗り換えマルセイユに行ったとすると、二日目の夜にはマルセイユから乗船することができた。『西ひがし』の「マルセイユまで」では、このルートをたどったことになっている。

パリの東駅についた金子は、深夜にリオン駅を出る汽車で翌日マルセイユに行けば予約した船にギリギリ間に合うので、それまでの時間をパリで費やすことにした。先ずタクシーで向かったのは、モンパルナスのクーポールやドームのある界隈だったが、真冬の季節では名物の路上に張り出した椅子はすべて店内に引き込まれていた。スーツケースを置き、椅子に座ってしばらく往来を眺めていたが、知った顔は見かけなかった。

周囲の人たちの会話を聞いていると、話題はこの日の夕刊で報じられた満州事変のニュースで、フランス人は一様に日本軍の暴挙を非難していた。関東軍は一九三一年九月十八日、奉天郊外の柳条湖で満鉄の線路を爆破して満州事変に突入し、この年一月三日には錦州を占領、戦線を中国へと拡大した。金子が夕刊で見たのは、このニュースであった。

ニュースはベルギーでも報じられているに違いなく、日本人をかばってくれるルパージュの立場や、アントワープにいる三千代のことが心配だった。

夜になって、リュクサンブール公園近くの中華料理屋に立ち寄り、来たときの船で一緒だった中国人女子留学生の譚の消息をたずねると、二カ月ほど前に帰国したとのことだった。このあと地下鉄の駅近くのカフェに入ってペンとインクを借り、三千代に手紙を書いた。宮田に無理を頼んで、適当な貨客船で帰らなければ、事態はますます難しくなる一方だ。ついには子どもとも会えないような結末になるかも知れないと書いて、アントワープの彼女宛てに投函した。そして予定通りリヨン駅から夜汽車に乗り、翌七日の昼前にマルセイユに着いた。

日本郵船の事務所で確認すると、貨客船の香取丸は積荷が少ないから翌日一月八日の早朝五時に出航予定で、特別三等だから藁ベッドと毛布もついているとのことだった。夜のうちに船に乗り込むと、浄土真宗の住職や天理大学の先生がおり、金子のベッドの下には若いフランス文学の研究者が寝ていた。彼は宮崎嶺雄といい、金がなくなり大使館から強制送還されたのだった。金子より後に日本を出てきたので、新芸術派がプロレタリア文学に代わって台頭し、小林秀雄の批評が文学世界を一変しつつあるといった、最近の文壇事情をよく知っていた。彼は話をする以外は、マルセル・プルーストの『失われた時を求めて』の原書を読んでいた。

金子は乗船して間もなく、ブリュッセルを去るにあたっての気持をノートに記した。それが、『フランドル遊記』に「ブルッセル《ママ》市」として紹介されているものの一部である。

「――ミチヨ。もう忘られないことなんて一つもない。正直なところ人は、次の瞬間には、観念的印象しかもてるものではない。ブルッセルは私から剝脱してゆくだろう。人の愛情も、親切も、あととなり、先になり、亡びてゆくものをどうすることもできない。ブルッセルが亡びてゆくように、君も亡びてゆくだろう。君が私に対するものも私が君に対するものも、いつまで保証されよう。

現に君が、トーケイ［東京］に残した男に於けるが如く……他のものに対しても又同様のことが云える。……私と君のあいだには何一つのこるものはない。一枚の記念写真もない。日記も書かなかった。……二人のあいだにある乾坊……あれだって二人につながるなにものでもない。彼は立派に独立した一個の人間的存在である。ブルッセル市民に、幸福であるようにというように、私は、君にむかってもその言葉を云おう。君と遊んだ、君と歩いた、君といっしょであったがために特別にたのしかったブルッセル市の朝な夕なの片顔が、今は猶、眼の先にうかべてみることができる。しかし、それもいつまでも、私のなかでハッキリしていることができよう。［中略］

八年という年月がふたりをくっつけていた。夫《それ》が八年という長さであるがために、たちきり難いものを残すことを軽蔑するのだ。……それがために相互がもっと朗らかな心持で恋愛とか生活とかをつづけてゆくことができないとなれば、それは一番悪い結果だ。〔中略〕ブルッセル——それだって、いつおもい出す機会があるかしれたものではない。恐らく、もう決しておもい出さないか、瞬間的におもい出すことがあっても……それをジッと追及する時間などは、考えられないことである。そんなに環境が重いのである。生きることが苦しいのである。風景も、美術品も、私の注意の対象にならない。それほどLA VIE〔人生〕がゆきづまりになっているのである。

人間のからだと心を奪ってゆくものは金である。

〝*Mais, Merci, Bruxelles, Merci, Lepage, Merci, Michiyo*〔だが、ありがとう、ブリュッセル、ありがとう、ルパージュ、ありがとう、三千代〕……〟」（「ブリュッセル市」『フランドル遊記』所収）

これは金子が三千代にむけた惜別の言葉だった。

書くのに疲れると、船倉をあがって二等船客のサロンへ行き、黒板に張り出されるニュースの電文を読んだ。可能な限り最新の新聞記事を閲覧することができた。中国北部で起こっている関東軍の越境事件が、上海に飛び火しそうになっていたが、二等船客はだれも関心を持っていないようだった。最後は軍事力に頼ればいいと考えている日本人の安直さに強い違和感をいだいた。

第三章　シンガポールの再会

鉱山

一月八日にマルセイユを出港した船は、二月二日ないし三日にシンガポールに着いたと思われる。金子はさっそく馴染みの桜ホテルに宿をとり、そこに四、五日滞在したあとは、南洋日日新聞の長尾正平の家で厄介になった。

金子がヨーロッパへ行っているあいだに、社長の古藤が急逝し、それをきっかけに編集部と営業部の対立が起きて社は分裂、長尾と外電係りの大木が、一九三〇年十二月に、新たな新嘉坡日報社を立ち上げていた。

一方、営業部の沖本輿正はこの年一九三二年十月には、南洋日日新聞の名前を引き継いだ新聞を創刊する。

金子はこうした内紛の最中にシンガポールに戻ってきたのだが、彼は至急金をつくって、三千代に送金する必要があり、新聞社のごたごたに付き合っている暇はなかった。そこで大きなスーツケースを長尾宅にあずけて、マレー半島に渡り、往路には行かなかった日本人の居る場所を訪れる計画をたてた。これには絵を売って旅費をつくる目的のほかに、心残りの土地を踏んでみたい好奇心も働いていた。

対岸のジョホールまではタクシーで行き、そこからは乗合タクシーでマレー半島の西海岸を目指すことにした。乗客の定員が五、六人の乗合タクシーは、定員が一杯になり次第出発する仕組みで、それを待つ間、強烈な光が頭からのしかかり、土地の臭気とでもいうべき匂いがして、二年半忘れていた南洋の一切が立ち戻ってくるのを感じた。

往きにも滞在したバトパハの日本人倶楽部を訪ねると、会長の松村磯治郎は健在で、かつて一緒に街を歩きまわった小学校の先生をしている若者もいまだに寄宿していた。ただこの二年半で大きく変わったのは、土地の華僑の日本人に対する態度だった。

中国本土から多くの工作員が派遣されているようで、彼らは華僑たちの愛国心に訴えて、反日の感情が高まっていた。シンガポールでは、中国人の対日排斥感情が激しくなり、夜の娯楽場「大世界」などは、日本人が入るのをためらうほどだった。バトパハではまだそれほど摩擦は起こっていなかったが、往路とはまったく違った眼で見られながら先へ進むことが気がかりだった。

故郷に帰ったようなバトパハにしばらくいたあと、センブロン川の分岐点にあるライヤのジョホール護謨《ゴム》園を訪ねた。ここは三五公司に次ぐ規模を誇り、野生の密林のなかにゴムの木が整然と植えられていた。ただゴムの値段は第一次大戦後下落がとまらず、ゴム園の多くは閉鎖されたが、ここはなんとか頑張っていた。ここの日本人クラブには十日ほど世話になり、その間、現地人の独木舟に乗って、その先の三五公司第一ゴム園であるセンブロン園や、シンパン・カナン川沿いに点在する小規模のゴム園をまわって、絵を売ることに努めた。しかしゴム園はどこも不景気で、絵を描かせてくれる人はだれもいなかった。

そこで今度はセンブロン川を下って、スリメダンにある石原産業海運合資会社のバトパハ鉱山を訪ねることにした。ここには鉄鉱石の露天掘りがあり、日本が輸入する鉄鉱石の五二パーセントを掘りだしていた。鉄は戦争中の日本にとって必需品であり、鉱山の景気はうなぎのぼりだった。金子はここで海外に進出した日本企業の実態を目の当たりにした。

働いているのは中国人労働者で、彼らの多くは苦しい仕事に耐えるために阿片を吸っていた。阿片は給料から天引きするので、会社は二重に搾取し、結果として中国人の苦力はただ同然で働かされることになる。金子は海外へ進出した企業の実情をありのままに書きとめた。この鉱山では前年九月、広東の共産党系の工作員の扇動で、苦力たちのストライキが起ったばかりだった。ちなみに『マレー蘭印紀行』が最初に出版されたのは戦時下の一九四〇年であり、検閲を通ったのが不思議だった。

このときのマレー半島の旅はおよそ十日に及び、絵も幾点か売れて、バトパハに一泊してシンガポールに帰ってきた。シンガポールではまた長尾の家に厄介になった。彼がマレー半島をまわっている間に、長尾の新嘉坡日報は着々と体裁をととのえていた。金子も長尾に頼まれて随筆を三枚を書いた。

そして旅の成果を勘定して見ると、日本へ帰国する船賃だけはどうやら払える額があったが、三千代への送金はおろか、乾や義父たちへの土産を買う金はなく、もうひと稼ぎする必要があった。

カトンの鰐

大使館に旧知の安西を訪ねると、相変わらず足を机の上にのせ、読んでいた新聞を顔にかぶせて眠っていた。声をかけると、びっくりした顔で、声の主が金子であるのを確認すると、めずらしく表情を和らげた。そして同僚に早退する旨を伝え、金子を小高い丘の途中にある自宅に連れていった。新興の植民地財閥の邸がある一帯で、安西はバンガロー風の二階の部屋を借りて住んでいた。そこはちょっとしたダンスホールになるくらい広い部屋で、窓からはマラッカ海峡の海が見わたせた。

翌日、仕事帰りの安西が桜ホテルに誘いに来て、二人は市の東の郊外にあるカトンへ出かけた。ここは海に面した一帯で、家はみな海に打った杭の上につくられていて、日本料亭も多くあった。店へは桟橋を渡って行くのだが、安西はまだ酔ってもいないのに、途中でつまずきそうになった。下では鰐が残飯や野菜くずが落ちてくるのを待っていて、足を滑らせればたちまち彼らの餌食になりかねなかった。金子には海に潜んで、獲物をじっと待っている鰐のイメージが強烈に焼きついた。

座敷の畳を敷いた簀子のしたでは、暗い潮がバサバサと音をたてていた。窓を開けるとマラッカ海峡に続くシンガポールの海景がひらけていた。

この夜は他に客もなく、三人の女中たちが座敷にきて、ビールをついだり、九州訛りでおしゃべりに興じた。金子が、鰐のいる上で仕事をしていて怖くはないかと訊くと、「虎かて来よります」と、すまして答えた。実際、二頭の虎がマレー半島からジョホール水道を泳いでシンガポールにたどり着き、市民を驚かせたことがあったという。

桜ホテルの部屋は人が泊まっていないところは、どこも窓が開け放たれていた。ある朝、下で顔を洗って、階段をあがりしなに、上がり鼻の部屋から隣家を見ると、窓框に肘をついてこちらを見ている男と顔があった。よく見るとそれは東京で知っていた詩人の前田春声だった。

前田は三木露風が主宰する雑誌「未来」の有力なメンバーで、若い時から嘱望された詩人だった。話を聞くと、編集者を失った南洋日日へ、西条八十の推薦で送り込まれてきたという。

金子は前田の詩人としての資質を大いに認めていたが、なぜ西条八十が彼を送ってよこす気になったのか。はたして南洋の地で新聞を発行し続けるのに相応しいかどうか、ベテランの長尾たちの新聞に太刀打ちできるかどうか大いに疑問だった。金子が危惧したとおり、前田は間もなく不適任を自ら悟って日本へ帰っていった。

一日も早く日本に帰るか、不況のどん底にあるこの南洋でもう一度、帰国の資金を得るか。それとも日本人が多いフィリピンかハワイへ渡るか思案したが、ハワイ行きなどは船賃が高く、実現は不可能とわかった。「アントワープにのこした彼女をなんとかしなければならないという身に余る大きな責任がかぶさりかかっているのを今更のように意識して、愕然とした。〔中略〕〔それに〕外地の見通しより輪をかけて、皆目、日本というものは見当のつかないところになっていた。

俺はまた、あのしがない日本へかえって、みるもみじめに生きるのか、とおもうと、暗然とした。我身の片われの子供をのぞいて、日本に再会したい人間はひとりもいなかった。でも、どうにも一度はかえってみるよりしかたがなかった。日本にかえる金のわずかな不足分なら、用立ててくれる人がないでもなかった。が、もう、金を借りに頭をさげてゆくじぶんのみじめったらしい恰好はたくさんであった。先方で欲しくもないにしろ、下手な絵で、そんなものを買っても、ゆく末紙屑とおなじで、元値がとれる気づかいがないと、双方でわかっているにしろ、品物をもってそれをうりにゆくというほうが、まだしもである。それに、日本人同士のことで、リオンでフランス人に、われながらつまらない絵と知りながらうりつけようとした、あの索漠として取付くしまもない絶体絶命にくらべればまだしも、こころが楽である。」（「ふたたび蕃界」『西ひがし』所収）こう思って、まだ足を踏み入れていないマレー半島の東海岸をまわってみることにした。

蚊取り線香

この計画を長尾にうちあけた翌日、金子はシンガポール港から小さな蒸気船に乗って、ジョホールの三五公司ゴム林第三園の荷物を積み出す船着き場まで行った。そこから先は私設のトロッコに乗せてもらい、雑木林を突っ切ってスリガデンのゴムの採取現場を目指した。トロッコは手漕ぎで船着き場と現場を往復するもので、乗り込んだ箱の四隅には蚊取り線香が焚かれ、かたわらにはマラリアに罹った苦力が手足をちじめて、震えていた。

線香の渦をまく煙が風にふきちぎられ、通りすぎる頭上の枝には赤い蛇が垂れ下がっていた。途中で山から猛スピードで降りてくるトロッコとすれちがうと、乗っている中国人が何かわからない言葉をかけあった。トロッコの終点にはバラックの建物があり、そこは日本人の現場監督たちのクラブだった。

金子がもうもうとした煙のなかを入って行き、日本人の客とわかると大いに歓迎してくれた。すぐにゴム園の社宅のマネージャに知らせが走り、富岡という年配の人が社宅からやってきた。よほど日本人の客が珍しいとみえて、「蛮地のことでおかまいはできないが、みんなといっしょのものをたべて、それでよければ、いつまでいてもかまいません」と言ってくれた。

ゴム園の裏側は深いジャングル。東の海岸は越南《ヴェトナム》と海岸線がつながる南シナ海で、何が棲息しているかわからない。月夜には人魚《じゅごん》が立ち上がって泣くという、この辺の鰐は五メートルもあり、鮫の群れも怖れて近づかない。それに猛毒をもった海蛇も一カ所にかたまっているといい、とても海に入ることなどできなかった。

宿舎は居心地がよく、人びとはみな親切で、とくに支配人の富岡は話し好きだった。

「ここの人たち（プランターたち）に絵をうりつけて、つらい荒仕事で貯めた金の多寡《たか》は幾程にしろもぎとるということは、無惨なことで、罪悪感を伴わずにはすみそうにないことがあって、用件を富岡支配人に言いだす機会もないままに二日、三日が経っていった。」

（「ふたたび蕃界」『西ひがし』所収）

金子は自分がパリからの帰りに立ち寄ったことを話していたので、休みの日には大抵シンガポールへ息抜きにでかける幾人かが残って彼の話に耳を傾けた。蚊取り線香の煙で顔も霞んで見える大きな部屋で、パリの食べ物が美味いこと、黒人も黄色人種も人種差別がないことを話すと、「極楽みたいなとこや」といった。日本を離れて五年、十年とたつ彼らは、新聞などで見る最近の日本の変わり様が腑に落ちないらしく、根ほり葉ほり聞きたがった。

金子はクラブに一週間ほどいて、最後に来訪の目的を話すと、支配人の富岡が、「私も一つ、おつきあいしましょう」と、絵を注文してくれた。富岡の希望は、彼の一家がゴム園の前に集まっているところを、写真のように描いてほしいというもので、油絵ではなく日本画の描線で描くのは大変だった。それでもなんとか描きあげると、他にも上役の人たちが注文し、シンガポールへ帰るときには、富岡をはじめ皆が別れを惜しんで餞別までくれた。これらは絵の代金というより、辺地までやって来た金子への好意の印だった。

シンガポールへ戻るとまた桜ホテルに泊まることにした。その夜、布団に腹ばいになって有り金を数えてみると、ぎりぎり神戸までの旅費には足りそうであった。それで翌日グダン街の日本郵船に出かけて行き、旧知の船客係である齋藤寛に船の運行状況を訊ねた。すると日本行きの郵船の船は二週間待たなくてはならないが、フランス船がその前にあるという。結局、二週間待って郵船の船に乗ることに決め、便宜をはかってもらうように頼んで帰ってきた。

そしてこのとき、突然、詩を書く気持になった。「そのとき、僕の心が、とうにあいそづかしをしたか、先方から僕にあいそをつかしたのか、どちらにせよ、全く無縁で、十年近く離れていた詩が、突然かえってきた。それほどまでに自分が他に取柄がない人間だと意識したときは、そのときがはじめてで、その時ほど深刻であったことはない。」（「かえってきた詩」『西ひがし』所収）

金子はシンガポール市内や郊外を歩きまわって材料を集め、十日ほどかけて「星洲城《シンガポール》」という長編詩を書き上げたが、あまり感心した出来栄えではなかった。しかし金子はこれを元にして、のちに代表作の「鮫」を書くことになる。

美女幻想

『西ひがし』では、このあと現地の知り合いからイギリス人と中国人の混血美人を紹介される話が綴られている。はたしてこれが事実なのか、それとも金子のフィクションなのかは判然としないが、その美女とラッフルズ・ホテルの部屋で交渉をもつことになっている。

「僕は、なんとはなしに眠たくなった。意識がなにかに吸込まれてゆく瞬間、固い木質と金属がぶつかって立てるような、かん高い音がして、もやもやした睡気がけしとんでしまった。彼女がじぶんで左腕の根元から、義手を外して、卓のうえに置いた音であった。義手をとった左手の痕跡は、巾着の紐をしめたように盛りあがった肉の中心だけがふかくくびれ込み、周りの肉のふくらみが、指でさわるとぶよぶよと柔らかかった。」（同）

これが実際に体験したことかどうかはわからない。『西ひがし』では、彼女の片足も義足で股のつけ根から抜けてベッドの下にころがり落ち、どちらかの眼球も義眼で彼女が自分の指でほじくりだしてくればいいと空想するように書かれている。金子にとって、「世人が異様なもの、片輪なものと見做《みな》すものの強烈なしぶきほど僕にとってたのしいものはない。それは、随分遠い少年のむかしから、いや、もっと遙かな幼年の記憶とは言えないくらいな時代から、感覚的に身につけた偏向したこのみで」（同）あった。

これは金子の欲望の本質を伝える重要な箇所である。彼が苦しみながら三千代の多情を認め、それに堪えることで歓びさえ感じていたらしいところに通じるものがある。

　金子はこのあとシンガポールを一度離れることにして、中国船に乗ってマラッカで下船した。パリへ行くときに泊まった小さな部屋貸しのホテルに一泊して街を散策したが、ここでも街の雰囲気はあきらかに変わっていた。日本人というだけで人びとの向けてくる視線が厳しく感じられた。

　マラッカから先のことを考えると、二の足を踏まざるをえず、翌日タクシーでバトパハに戻り、日本人クラブの松村や若い先生に別れを告げた。だがクラブにはセンブロン川に沿った小さなゴム園の人たちが来合せて、ぜひパリの話しを聞きたいと言うので、またセンブロン川をさかのぼって、彼らのもとでパリの体験談を披露し、幾枚か絵を描かせてもらった。彼らは精一杯歓迎してくれ、最後には餞別を出しあってくれた。その後バトパハの日本人倶楽部で一泊してから、翌朝早く乗合タクシーでシンガポールに帰ってきた。

　この間、齋藤に便宜をはかってくれるように頼んだ郵船の船は出てしまい、その後もシンガポールに滞在することになった。

　金子が滞在していた一九三二年二月五日、関東軍がハルビンを占領し、二十日には、上海に派遣されていた陸軍が上海市街で総攻撃を開始した。そして二十九日に、国際連盟が派遣したリットン調査団が、柳条湖での満鉄爆破の真相を究明すべく東京に到着すると、翌三月一日には日本は満州国建国を宣言した。

　こうした情勢は、華僑が多いシンガポールにも反響せずにはおかなかった。中国人の店の奥には蒋介石の肖像が飾られ、人力車の苦力が日本人の乗車を拒むまでになった。

姉川

　四月初め、バトパハから帰った翌日の朝早く、日本郵船のヨーロッパ帰りの船がシンガポールに入港し、客を出迎えに行った桜ホテルの主人が、昼ごろ金子の部屋へ駆け込んできた。

「「大変ですよ。奥さんが船に乗っていられました。

検疫がすんだら、すぐここへみえるそうで……」

「そう。どうやって？」

と僕も、おもわず呟いた。

――すこし、こちらがのびのびしすぎていたかな。それにしても、どうやって？

おどろきはなかなかしずまらない。しかしもう三十分もすれば、ここへ来ると言うのだ。どんなふうに迎えてやればいいのだろう。

僕は表通りの窗《まど》から、車にゆられてくる彼女の姿を待ったが、それは、幻影《まぼろし》が車にゆられてくるという気しかしなかった。そして、蓋《ふた》しきれない再会のよろこびが。」（「マラッカのジャラン・ジャラン」『西ひがし』所収）

だが三千代は予想に反して、ハイヤーで桜ホテルに乗りつけた。金子の方はすぐには見つからないようにカーテンの陰から見ていた。離れていたのは二ヵ月ほどの短い間だったが、お互いの別々の生活に、どんな爆弾がしかけられているか知れないという気持ちがそうさせたのである。

金子は、彼女が何かうしろ暗いところがあるときは、しおしおした態度より揚々とした態度をすることが体験的にわかっていた。

「彼女が、音を立てて階段をあがってくると、表二階のこの部屋が急にはなやかになり、何ケ月ぶりの彼女のからだを引寄せようとすると、それにすぐ乗ってくる筈の彼女が、

「まあ、まあ」

と、言って、それをふりほどいた。

「切符は、ここまで買ったんだろうな、それとも」

と、僕がたしかめると、

「神戸までよ。船が明日のお昼頃に出帆するから
……」

「それまでに船にかえらなければならないのだね？」

「そう。あとの雁が先になる勘定ね。」

ひとり言をつぶやくように、彼女は言う。

「そうか。それならばしかたがない。で、今夜はここに泊って、長尾さんたちに会ってゆきなさい。今度の船で僕もかえるが、今度の船は、一ヶ月あとだ。そのあいだ、こんな暑苦しいところですごすのはたいへんだしね。やっぱり三等か」

彼女は、それにうなずいてから、

「それはそうなんだけど、二等から、二等の食事をさし廻してくれる人がいるのよ」

と言った。

その一言で、僕は、いっさいがわかった。

「そうなのか。いい施主がついたってわけだな。いつかまた、僕からもよく礼を言うことにするよ」

彼女は、しばらく黙っていたが、

「それにはおよばないでしょう」」（「疲労の靄」『西ひがし』所収）と言った。

ここまで聞くと、金子は彼女を二階の水浴場《マンデ》に誘い、水を掛けあったり、背中を流し合ったりした。三方を石でつくった水浴場はひんやりとして気持がよく、鉄格子のはまった高い窓からは強い陽がさしこんでいた。金子が促すままに、三千代はいつものように二等客の男との関係を克明に話しはじめた。

彼女は父親に帰国の費用を頼み、それが届くと、三月初めにアントワープから船に乗った。途中ロンドンを見物して、ジブラルタルを経由してマルセイユに着いた。ここでの荷役が二日かかるというので、繁華街にあるホテルに投宿し、そこで同じ船で帰国する姉川という男と知り合った。姉川は彼女より三歳ほど年下で、パリで絵を勉強してきたという。大財閥の子会社の社長の息子だった。姉川は最初から彼女を狙って同じホテルに宿をとったらしく、シャトー・デイフに連れて行ったり、一緒にブルー・フィルムを見たりした。

三千代の話では、姉川はボーイにチップを十分以上にあたえて、彼女と特別三等の別室を独占した。船客や船員の好奇の目にさらされながら、ここまで二十日あまりを過ごしてきたらしかった。そんな場合の度胸は、金子との生活で養われたと思うほかはなかった。

この間、姉川は日本に帰ってから二人で住む家の設計図を語り、子どもは自分の子として育てるといって、三千代を説得しようとしたという。

話を聞き終わると、金子は、「「こんどは、しあわせがつかめるかもしれないね。僕には、それができなかった。君といっしょになるときの条件にも、新しいあいてができたら、遠慮なくお互いに別れるということだったが、それを僕の方が違背して、そのために、いろいろな不幸を味った。やっぱり、こっちの心掛けがわるかった。でもこんどは、君もその若者が好きなんだろ?」

「さあ、それがね。よく考えると、それがわからないのよ。半分は、どっちだっていい気がしているのよ。……それにね。私にはね。あの人では、満足させてもらえないということもあるのよ……」

――そういうこともあるのか。

とおもって、僕は、口をつぐんだ。」(同)

水浴場でこんな話を聞きながら、三千代を抱こうとしたが、欲情はあるものの果たせず、まだ機会はあると考えて水浴だけで部屋に戻った。

彼女が帰ってきたことを長尾に電話で知らせると、いまは社の仕事で忙しいが、夕方には迎えに行くと言った。そして日が暮れないうちに長尾がやって来て、まず競馬場に近い彼の家へ行った。長尾夫人が食事を用意してくれていた。家には二人の子どもがいて、三千代は間もなく会える乾に思いを馳せたようだった。

夫人は子どもがいるため、食事のあとは三人で「大世界」へ向かったが、まだ七時になったばかりだった。そこで長尾から、日本に帰らず一、二年、新聞社に席をおいて随筆でも書いてくれれば、生活は何とかするという話が出た。しかし金子一人ならばともかく、この日の午後から事情が変わって、彼女との決着をつけるためにも日本へ帰る必要が出てきた。姉川の件は二人とも話さずに、一度は帰国すると長尾に伝えると、しばらく考えたあとで長尾も納得したようだった。帰りは人力車に乗り、長尾を競馬場の近くで降ろして桜ホテルに帰ってきた。

金子が先に立って階段を二階にあがり、部屋の扉をあけて入ろうとしたとき、隣の部屋から何かが飛び出してきて、後ろについてきた三千代の押しつぶされたような声が聞こえた。振りむくと、小柄な男が彼女をうしろから羽交い絞めにして、途中の別の部屋に引き込もうとしていた。姉川だと察したが、金子は後戻りして三千代を連れ戻そうとはしないで、自分の部屋に入ると、丸テーブルの前に座った。姉川は船で彼女の帰りを待っていたが、しびれをきらして、早くからここで待っていたらしかった。

「十分ばかりたって彼女が一人できて、「どうしたらいいのでしょう?」と、しどろになって言った。

「そうだな。会ってみたほうがいいから、この部屋につれてきなさい」

と僕は答えた。彼女があっちへいって、そのことを伝えるためにいなくなったので、丸テーブルの横にすこし片寄せて敷いてある布団を、足で二つ折りにして壁のすみにおしのけた。彼女のあとから男が入ってきた。

男を正面に坐らせて、テーブルを挟んで、僕はむかいあいになった。彼女は、椅子から離れて、横っちょに坐っていた。彼女にはすでに言いふくめておいた。必要なとき以外口出しをしないように、と。このときの彼女は、妙にどっしりとしてみえた。度胸をきめたときの彼女は、妙にどっしりとしてみえた。」(同)

金子は、姉川に三千代とのことは、船のなかの退屈まぎれの仕業か、それとも自分がいることを知りながら、面倒を覚悟で彼女を本当に欲しいのかと、単刀直入に訊ねた。姉川は、顔を赤く充血したり、青くなったりしながら、気強いところを見せようとしてか、「僕は、彼女をいただきます。必ず幸福にしてみせます」と答えた。

ちらっと三千代を見ると、二人の男が自分のために闘っているのを楽しんでいるように、見物人然とした顔つきで、二人を等分に眺めていた。

姉川は自分の主張が通ったと思ったのか、彼女を促して先ほどの部屋へ行こうとしたが、三千代はこの時だけは困って、部屋に留まろうとして柱にしがみつき、目くばせをして、金子が止めるのを待っていた。しかし金子は腕組みをしたまま動こうとしなかった。

「こういういつもの僕の態度を、日本の友だちは理会できなくて、僕をひとり異常な人間扱いすることで、衆評一致していた。［中略］

「彼はもう船に戻った」

と言って、半扉を押して、彼女がはいってきた。

「そうか。もう去ってしまったか？」

と僕は床から起きあがった。

「いえ、いま戻るところなのよ」

と言って彼女がらんかんによりかかって、下を見た。僕も立ったままでみていると、小柄ながら伊達者らしくワイシャツの肩へ上着をひっかけながら彼が表に出てきたが、彼は、僕と彼女が上から見おろしているのを意識しているのか、いないか、気取った恰好で、立って煙草に火をつけてから、一度も上をふりあおいでみようともせず、どこまでも一本道を遠ざかっていった。その姿がエスプラネードの方へ消えると、やっと邪魔者はいなくなったが、彼女を抱く意欲もなく、それに、一時間ほどすれば出船になるので、

「一緒にお茶でものんで別れよう。先に帰ったらお父さんによろしく言ってくれ。半月程したら僕もかえって、それからあずけてある子供を引きとるからと言って、よく礼を言っといてくれ」

と彼女に言づてると、彼女は、

「まだはっきり決ったわけじゃないの。よく考えてみたが、彼はやっぱり船のなかだけのお友達のような気がするし、子供を放っておいてまで、ついてゆく気にはなれそうもない」

と言った。」(同)

ホテルの主人に頼んで初物のドリアンを買ってきてもらって食べた。三千代は独得の臭いに辟易して果肉を舐めただけだった。ドリアンは主人の好物で、ご馳走になったお礼に三千代をタクシーで船まで送って行った。出しなに三千代は、「この人はまだ半月は帰れないと言っていますから、よろしくおねがいします」と言った。

主人は帰りに彼女からの手紙をあずかってきた。それには、「昨日は残念。彼は、すこしウルサイ人種のように思われる。熱帯航海中、私は思考ダメでも、これから神戸までに十幾日もあります。このあいだに善処できなければ、唐のつくバカなるべし、例によってそちらによい考えがあれば、御遠慮なく御披露ください」と画用紙に書かれてあり、アメリカの五ドル札が三枚同封されていた。

姉川の突然の出現で、三千代への断念の気持を書いた「フランドル遊記」を渡すきっかけを失ってしまった。大きな未練を抱いたまま、ベルギーでは三千代を手離すことを一度は覚悟した金子だったが、姉川という具体的な相手が出現してみると、彼女が独立した存在であるのをあらためて実感すると同時に、二人の関係がまた曖昧なものに戻った気持になった。

『西ひがし』によれば、三千代が発ったあとは、節約のために長尾のところに泊めてもらい、バトパハとの間を往復したようである。それで若干の金を得たがま

だ三十円ほど不足で、ジャワ島スラバヤの松原晩香に五十円の借金を申し込んだ。すると夫妻でスラバヤに来ると思い込んだ松原から、五百円の電報為替が送られてきた。そこで五十円だけ借りることにして、残りを送り返した。

この金をもって日本郵船の齋藤を訪ねて帰国の手続きをして、長尾のところへ戻ると、日本の三千代から手紙が届いていた。「いま、乾が病気になり、伊勢の宇治山田の森の家で、看病しています。早くかえってきてやってください」とあった。早速、すぐ帰国する旨の手紙を投函した。

五月初め、金子は照国丸に乗船して帰国の途についた。照国丸は最新船というだけあって、三等船室でも、各ベッドに冷房を調節するものがついていた。十年前にヨーロッパから帰るときは詩の草稿を持っていて、よいにしろ悪いにしろ、自分を迎えてくれ、自分を待っていてくれるものがあるように感じたが、今回はそうした期待は何もなかった。そのため船中ではただただ眠ってすごし、同室の客に、「そんなに昼も、夜もとくつづけてねられますなあ」と呆れられるほどだった。船には映画「街の灯」の宣伝を兼ねた世界一周の旅で訪日するチャップリンが乗っていたが、彼は船室にこもって姿をみせないという噂だった。

金子がのちに書く『西ひがし』その他の回想録では、このときファイバー製のトランクのなかに、どんな草稿が入っていたかは一切触れられていない。しかし三千代の証言では、金子は海外にあった間、何かあればノートに記す習慣だった。それを考えれば、三千代に渡しそこねた「フランドル遊記」をはじめ、シンガポール滞在中に戻ってきた詩作への意欲から書きとめられたノートを携えていたはずである。旅のあいだ身にしみた生活の不如意、出会った人びと、女、……そしてわがもの顔でアジアを支配する西洋列強の姿。

そして帰国後、これらをもとにした詩や散文が書かれることになる。

第六部　女流作家誕生

第一章　恋の終わり

久しぶりの日本

照国丸は香港にも上海にも寄港せずに、関門海峡を通過して予定より三日早く神戸に着いた。悪化する一方の日中関係が原因だった。

上海では、四月二十九日に朝鮮人の尹奉吉が天長節の祝賀会場で爆弾を投げ、上海派遣軍司令長官の白川義則大将、第三艦隊司令長官野村吉三郎中将、駐華公使重光葵らが負傷、白川は翌月死亡する事件が起こっていた。このため照国丸は、上海では呉淞《ウースン》から黄浦江に入り、そこで民間の在留邦人を収容して帰ることになった。市内では海軍陸戦隊と中国十九路軍との戦闘があり、銃声が船にも聞こえてきた。船客が上陸することは一切禁止された。

国内では五月十五日に、陸海軍の青年将校や士官学校生が、首相官邸などを襲撃して犬養毅を射殺する、いわゆる五・一五事件が起こり、翌日内閣は総辞職した。金子はこうした状況のなか、三年半ぶりに帰国したのだった。

日本郵船から、船客の身寄りにはあらかじめ電報で入港の日時を知らせるので、神戸の岸壁には大勢の人たちが集まっていた。三千代がまだ宇治山田にいるのなら出迎えに来ているかも知れないと思い、デッキからあたり探したが姿は見えなかった。

タラップが渡されると、新聞記者やカメラマンがかけ上がってきて、一等のサロンに流れ込んだ。チャップリンを取材するためだった。混乱をやりすごした金子が、スールケースと二、三の小さな包を持ってデッキに出ると、三千代の実弟の義文があらわれ、荷物をもって税関まで運んでくれた。

久闊を叙し、近くの食堂で簡単な食事をしながら三千代の消息を尋ねると、前の週に東京へ発ったということだった。三千代は帰国したとき男と一緒ではなく、郵船からの連絡で、同じように迎えに来た弟の彼と二人ですぐ宇治山田に帰り、県立日赤病院に入院していた乾をつきっきりで看病をした。乾はなにか食べると苦しんで、コーヒー色をしたものを吐きつづけ、これはもうだめだと思うことが何べんかあった。だが三千代が寝食を忘れて世話をした甲斐があって、いまはもう命の心配はなくなり、それを見届けた彼女は、先週一人で東京へ発ったということだった。金子と義文は大阪へ出て、上本町から近鉄に乗って宇治山田へ向かった。

息子乾

義父の森幹三郎が昔から住んでいる家は、伊勢神宮の外宮に近く、岩渕町の明治小学校の運動場と塀を接していた。乾はこの春、小学校の一年生になっていた。家にはいり、箪笥階段を二階へ上って、義理の父母たちに挨拶をしていると、絣の着物に袴をつけ、足袋を履いた正装の乾が金子の前に坐って、「お父さま。久々ぶりでございました。ながの道中、おかわりもなく、御苦労さまでございました」と、教えられた通りの挨拶をした。それでも金子が両手をだすと、すこしはにかんで叔母たちの方をうかがったが、彼女たちに促されて膝の上に乗ってきた。病後で身体が軽かった。

このあと、彼らは駅前の宇仁館という唯一の西洋料理屋へ行って、乾はハヤシライスを食べ、ソーダ水を飲んでご満悦だった。その席で、実弟が姉からあずかったといって三千代の置き手紙を差し出した。

「子供は幸いよくなりました。彼は、私をよびよせてくれたのです。私も、命をかけて看病しました。もう大丈夫です。ご安心ください。これからすぐ東京へ行って、じぶんの仕事の根拠をつくります。会ってゆきたいけど、一日でも心がいそぐのです。この手紙をみたら、あなたもきて下さい。もうすこし準備できるまで、もう半歳、子供を父にあずかってもらいます。固い頭の父ですが、話のわからない父ではありません。それから、船中の人は、神戸へ着くと出迎えの者からじぶんの家の破産をきき、すべてを船中だけのことにして消えました。策略ではなさそうです。あれはあれでおもしろい男です。では」（「世界の鼻唄」『西ひがし』所収）とあった。

　上京した三千代は、なによりも部屋を探さなくてはならなかったが、手がかりはなく、金子の実弟の大鹿卓に相談した。大鹿は実母のりょうとも相談の上で、新宿二丁目のアパートを紹介してくれた。三千代は二階の一部屋を借りて、住所を宇治山田の実家に知らせた。

　金子にとっても、二年半留守にした間の変化を知り、「ほんの一掬いの文筆の場の水加減をはかりに」（「岩渕町の引出階段」『鳥は巣に』所収）、東京へ行ってみる必要があった。そのためには子ども連れは不自由なので、もうしばらく預かってほしい旨を頼むと、森の父は承知してくれた。

上京

　金子が東京へ行ったのは帰国後間もない五月のことである。東京駅に三千代は迎えに来ていなかったが、出発のときと同じく井上康文が出迎えてくれた。二人は駅近くの喫茶店で話しをした。井上は金子の変わりように驚いたようだった。『こがね蟲』の詩人の輝きは影をひそめていた。

　金子はその後新宿に出て、映画館の武蔵野館が経営する木造の新宿ホテルに投宿した。そこには早稲田出身の作家の宇野浩二や広津和郎などがいた。三千代がいるアパートは新宿二丁目の新宿アパートの二階ということだったので、翌日その辺りを探すと、四谷に行く電車通りの左側に太宗寺という寺があり、電車通りを挟んで反対側には大衆的な中華料理店があって、その店の横に、人一人がやっと通れるほどの路地があり、路の入口に新宿アパートという立て看板があった。

「彼女の住居の見当がついたが、そんな場合、なにはともあれ、事の本体に飛込んでゆくという率直な気質を僕はもっていなかった。［中略］彼女を訪ねる前に、一応こちらの居所を決めて置こうと考え、その細い坂路をあがっていった。家数にして十軒ぐらい、入り口の二枚ガラス戸の下半分を曇り硝子にぼかし、上の半分に、竹田屋と、白字をのこしてあった。

扉の手をかけると、すこしきしりながら開いた。」

(「腫物だらけな新宿」『鳥は巣に』所収)

出てきた中年の女主人と交渉すると、部屋代は一カ月十円というので、即金で払うと玄関わきの、二坪ほどの庭に面した八畳の部屋に通された。一日中陽が差しこまない陰気な部屋で、目の前は看護婦会の二階建ての建物で、ときどき二階から覗かれたりした。布団は借りてもらうことにして、食事は近くのコーヒー王という喫茶店で済ませることにした。コーヒーが五銭、カレーライスが十銭から十五銭だった。

竹田屋の主人は電気器具の店に朝から出勤し、細君が部屋貸し商売をしていて、小学校にあがったばかりの、つばきという女の子がいた。壁をへだてた小部屋には、娘が学校へ行くとすぐに連れ込みの客が来て、ここがモンパルナス駅周辺のホテルと同じであるのがわかった。馴染みの客と顔見知りになり、おかみさんが手の離せないときは、金子が適当な部屋に案内して、お茶を出したりした。考えて見ると、ほんの目と鼻の先にいる三千代のところへ顔をだそうとしない自分を、われながら得体の知れない人間だと思った。

新宿アパート

一週間あまり経って、近くに出る射的場で撃ち落とした煙草のゴールデンバットをみやげに、やっと中華料理店の横丁の狭い道を入った。

「アパートの入口は、料理屋の裏口の方にあった。番号のついた下駄箱があるのに、狭い土間に、女の厚草履や、靴が入り乱れてぬぎすててあった。空いている箱に靴を入れて僕は、二階部屋の番号をよみながら、ちょっとのあいだためらった末に、扉を一つ、二つ、かるく叩いた。返事がなかったので、すこしためらっていると、やがて人のいる気配がして扉が開き、彼女の顔があらわれた、

「ああ、やっと。伊勢からはもっとはやくくるようなこと言ってきていたので、待っていたけど……」

と、彼女としては、おもった通りのことを言った。

「それがね。早く着いていたにはいたのだけど、まず、じぶんの居所を決めてからとおもって、まごまごしていたのさ。ああ。いまではもう決った。太宗寺のすぐ横だから、ここからは、目と鼻の先だ」

部屋に入ると、冷えあがるつめたさであった。十銭貨をさし込むと、ガスの火が点いた。貧乏くさいが、日本らしくて、ふしぎなことにそれがなつかしかった。

「手紙でよんだが、金持の息子は、港で別れて、それっきりか？」

「気にしていたのね。そうではないかとおもった。……それよりも、坊主の病気がたいへんだったのよ」

しっけた靴下をぬいで、瓦斯の火にあてると奇妙な臭気を立てて部屋じゅうにこもった。そして、女が一人一晩ねていた匂いと濃密にまじりあって、男と女のあいだで忘れていたものが不意に戻ってきた。まだ暖かいシングルベッドの裾の方に靠れて手さぐりしてみた。しぜんにからだが馴れた組合せになり、熱っぽいベッドに入ってから、しばらくは久闊を感じあい、なかでぬいだ下着や靴下が、ベッドの外へ放り出された。

「帰ってから、彼とは会っていないのか」

そのことがなによりも僕のこころにひっかかっていないわけはないと彼女が思っているにちがいないことを、僕の方でもわかっていながらの、毛糸玉にじゃれつく猫のような痛痒いたのしみなのであった。むろん、その彼は、日本を出るときの彼のことであった。それにくらべると富豪の息子のほうは、格別のことはなかった。」（「腫物だらけな新宿」『鳥は巣に』所収）

三千代は上京後しばらくして、一度土方定一と会った。新宿駅で待ち合わせ、喫茶店で話をして、このときはじめて土方がドイツに留学したことを知らされて驚いた。ただ彼はドイツにいってすぐに結核にかかり帰国した。そしてこれで三千代とのことは駄目になったと、あきらめたと言った。話をしているうちに、二人のいる世界が大きく隔たってしまったことを嫌でも気づかされた。そして二人はこれを最後に二度と会うことはなく、土方は翌年一月、齋藤とみという女性と結婚する。

海外を放浪している間も胸に燃やし続けた一途な思いは、いったい何だったのか。パリ行きを持ち出されて、土方から離れ、金子に戻っていったことは、三千代にとって、真実に生きることを放棄する思いだった。気の弱さからくる現実との妥協。気の弱さゆえに安きにつく道を選んだことが、三千代の心をずっとむしばんできた。そして何よりも、新しい道を歩もうとしていた土方への共感と恋情。それが終わったのである。

女流小説家

三千代の帰国を誰より喜んでくれたのは、「女人芸術」の主宰者の長谷川時雨だった。帰国早々の四月、長谷川の肝いりで、岡本かの子、マス・ケート、千田是也、千田イルマなどの帰朝座談会「婦人新帰朝者のみてきた社会相」に、フランス帰りの代表として出席した。

さらに「女人芸術」の同人作家、真杉静枝が親切にしてくれた。真杉は三千代と同じ一九〇一年（明治三十四年）十月の生まれで、タイピストや事務員を経て、一九二五年に大阪毎日新聞の記者になった。このころ金子の友人の正岡容と関係が出来て心中事件を起こし、二年後には武者小路実篤と恋愛関係になり、彼が刊行する雑誌「大洞」や、長谷川時雨の「女人芸術」に作品を発表していた。

真杉は新たに創刊された雑誌の編集長に紹介したり、編集者と会うときの心得などを伝授し、女が一人で生活をはじめるに当たって必要なお盆や急須など、自分が使わなくなったものを譲ってくれた。真杉自身が原稿一本で生活しようとしており、二、三の詩集を出したほかは、文学の世界とは無縁に生きてきた三千代に興味を持ったのかも知れなかった。

三千代は後頭部をバリカンで短く刈った断髪で、口紅を濃く塗り、手足の爪に真っ赤なマニュキアをほどこしていた。帰国直後はフランスで仕込んだネタをもとにしたエッセーや評論を書いたが、いまは小説を書こうとしていた。ただ詩人としてスタートした彼女は、小説家の仲間からなかなか認められなかった。ある雑誌の新年号のグラビアに「今年期待される女流作家」という特集が組まれ、彼女の先輩や友人の作家十人ほどが紹介されたが、三千代の名前はなくひどく落胆した。

金子はそんな彼女を必死に慰め、いま自分がいる部屋を執筆に使ってはどうかと勧めた。ジャーナリズムに知られるのが先決であり、勉強しながらで辛いだろうが、そうするより仕方がないとアドバイスした。

フランス語詩集

ブリュッセルのイヴァン・ルパージュから、原稿を渡しておいたフランス語の詩が立派な詩集となって送られてきたのはこのころである。どうして三千代の住所を知り得たのかは不明だが、おそらくルパージュに残した宇治山田の実家に届いたのであろう。

詩集は縦一八・二×横一二・三センチで、表紙には、「Michiyo Mori ／―― ／PAR LES CHEMINS／DU MONDE ／ Poèmes ／ BRUXELLES ／ 1931 ／ FRONTISPICE PAR F. LEPAGE（森三千代／世界の／道から／詩篇／ブリュッセル／1931／F・ルパージュによる口絵）」とある。次女のフランシーヌ・ルパージュの木版の口絵、イヴァン・ルパージュ氏への献辞に次いで、三千代による序文一頁、そのあとに十八篇の詩が、二十三頁にわたって印刷されている。収められた詩はタイトルが示す通り、金子光晴とともに、一九二八年十一月に長崎を出て、上海、香港をはじめとする中国、シンガポール、インドネシア、マラッカなどの東南アジアを旅して、ヨーロッパに至るまでに得た題材をうたったものである。

三千代は「序文」に、フランス語でこう書いている。

「私は日本女性です。

以前は袖に牡丹とあやめの模様があり、胸を藤の房で飾った色とりどりの着物を着ていました。

私はこの古い衣裳を仕舞いこみました。

では私はどんな服をきればよいのでしょう？

私はシナを通過し、上海に六ヵ月滞在しました。私は蘇州、杭州、漢口を通って揚子江を遡りました。そのときは、南京緞子の、襟が高い、袖のわれた中国服を身にまとい、翡翠のボタンがついた絹の靴を履き、杭州八景で飾られた白檀の大きな扇を持ちました。

その後、私は香港で一カ月、マレーシア、シンガポール、ジャワで六カ月を過ごしました。暑いジャングルをさまよい、ヒンズー教の歌が聞こえる街々を通り過ぎました。

　ジャワでは、ワーヤン劇の人形たちが着ているのと同じサロンを身に着け、金メッキのボタンがついたカバヤ〔上着〕を着て、踝には金の輪をつけ、足には水牛の革の靴を履き、耳にはボルネオ・ダイヤの耳飾りをつけました。

　それから紅海と地中海を通って、私はヨーロッパに到着しました。いま、私はパリの女のように、白い羽根のついた小さな帽子を斜めに被り、モロッコ革の緑のコートを身にまとっています。それが今年の流行です。私の踵の高い靴が硬い石畳をコツコツ叩きます。

　でも、すべての服は、着たり、脱いだり、取り替えたりできますし、汚れたり、使い古したり、穴が開いたりしますが、一つ決して動かないものがあります。それは、大きな鏡の前で、しなやかに金色に輝きながら生きている、私の裸の身体、真っ黒な髪、三日月のような眉です。

　ここであなたが読まれる詩は、そんな日本女性の魂が感じたことなのです。

森三千代

ブリュッセルにて、一九三一年」


　詩集に収録されている十八篇のうち、「莫愁湖」は一九二六年十月の「日本詩人」、「雪」と「『鷺娘』を見る」が詩集『龍女の瞳』（一九二七年、紅玉堂）に発表されたほかは、このフランス語詩集が初出である。ただ残りの十五篇のうち、「小舟」と「昼と夜」の二篇以外はのちに詩集『東方の詩』（一九三四年、図書出版社）や雑誌などに、対応する日本語の詩が発表されていることから、はたして最初に日本語で発想されて、それをフランス語にしてデスノスに手を入れてもらったのか、最初からフランス語のテクストが書かれたのかは、にわかに判断できない。

　詩集の最初に置かれた詩篇「LE CŒUR EN COKE」に対応する『東方の詩』所収のテクストを掲げる。ただフランス語の詩句と異同のある箇所は〔　〕で補う。

五月！
おまへは來ない。
公園が青黴のやうに明るい雨だ。

氣流と大シベリヤの氷塊が、
おまへをわたしから距てゝゐる。
――おまへの脊廣の襟を鷲のやうにつかんでる。テアトロ
　デイ　ピコリの〔この部分フランス語になし〕操り人
　形のやうに、おまへの首が落ちる。
おまへの肩へ髪をつけて、それで、
なんにもいらない。
だがおまへは來ない。
〔中略〕
市場《マルセー》のアスパラガスのやうに、
〔はじめは貴重だった〕あたしのすべての感覺は平凡にな
　つてゆく。

それでも白壁へ水銀のやうな陽が流れると、
おまへの鋭角の微笑みを思ひ出す。
おまへは、その鋭角で、
よく、あたしの心臓を突き刺した。
あたしの心臓は、
爆烈彈になつて、大音響立てゝ爆破した。
それからコークスのやうに黒くかたまつて……
敷石道を、並木道を、黒い心臓がつまづきながら行く。
〔中略〕
ピストルの手ざわりは
今夜
冷たく　熱い。
廿日鼠のやうに、あたしのポケットの中で、
息をひそめてゐる。
死ぬのを止めて
ノートルダムの鐘を聞く。

働かう。
でも、見世物を見る子供のやうに、
股の間から、肩の隙間から覗きこまうとしても、〔肩によ
　じ上ろうとしても〕
ぎつしりつまつてゐて、あたしを入れてくれない。〔何も
　見えない。群衆に邪魔さらるのだ〕

故國！
誰もあたしを逐ひ出しはしなかつた。
〔シベリアへの流刑は堪えられない！〕
石竹色の巴里の夜の空。
その下を（歸る）ことを考へて歩いてゆく……
あたしは他國《よそ》のお菓子を食べすぎたやうだ。

いつか、故國へあたしも歸る時が來るだらう。
おまへは火星から來た人のやうに、
あたしの前を過ぎるだらう。
フン！〔この箇所フランス語になし〕
その氷河の眸を嚙む。〔おまえの氷のような眸をじっと見よう〕
その時、あたしはほんとうの流謫の囚人となるだらう。
愛情の流謫!!

若し、おまへの仕事のために、
殉情を無視しなければならぬならば〔もし精神を侮辱しなければならぬのなら〕、
若し、おまへの靴が、理論と鐵の塹濠〔が唯物主義の道を〕をしか行けないならば、
それは大きな仕損じだつた。
――あたしは人造人間を戀したのだ――。

この「コークスになつた心臓」は前にも触れたように、別れてきた土方定一との恋愛をうたったもので、上海滞在中すでに書き上げられていたが、『ムヰシュキン侯爵と雀』には収録されなかった。
三千代は、ルパージュの並々ならぬ好意で実現した三百部余の詩集の販売を、新宿の紀伊國屋に頼んだがさっぱり売れなかった。

第二章　モンココ勤務

交遊

　金子は海外放浪で身体の芯に溜まった疲労が抜けず、竹田屋の部屋でゴロゴロするほかは、三千代を訪ねて彼女が書いたものに目を通し、なんとか物にするのを手伝った。金子の眼からは、三千代は文筆家には向いていなかったが、陽気で誰に対しても悪びれない態度が取り柄で、この外交的手腕で顔なじみが増えて小説家の卵になっていった。彼女のところでは一階の中華料理屋から一円ぐらいの定食を取り寄せて食べ、ときには抱き合った。

　太宗寺の墓の裏手には、三階建ての和風の大きな下宿屋があり、詩人の城左門、岩佐東一郎、交遊のある奥村五十嵐のほかに、百人をこすホステスが住んでいて、ときどきは心中事件が起きた。左翼活動家の検挙騒ぎもあったが、新宿の裏町には戦争の影響はあまり感じられなかった。

　金子が帰国を知らせる便りを知人に出したのは、二カ月ほどたってからだった。すぐ返事をよこしたのは国木田虎雄と正岡容だった。国木田は父独歩の印税をとうに使いはたし、妻のみち子と二人で非合法運動にかかわっていた。

　彼らはそのため住居を転々としていて、ときどき竹田屋にも姿を見せた。そんなときはエンゲルスの『反デューリング論』やクラウゼウィッツの『戦争論』を持ってきて、金子に読ませた。『反デューリング論』は、読んでみて心の糧になった。国木田が四谷署に拘置されたときは金子がもらい受けに行き、国木田が自殺未遂事件を起こした党員を竹田屋に連れてきたことがあった。この男のことは竹田屋のおかみさんが面倒をみたが、じつは警察が泳がせていた転向者で、彼の証言によって小林多喜二が特高警察に逮捕され、拷問の末に殺されたといわれる。

古い友人で、その詩集『岬・一点の僕』の序文をかいたことがある神戸雄一が、実弟の大鹿卓に教えられて、三千代のいる新宿アパートを訪ねてきた。さらに神戸に連れられて古谷綱武、冨永次郎などの若い人たちもやってくるようになった。冨永は早逝した太郎の弟で、古谷は新進の文芸評論家として文壇に出たところだった。三千代は注文の原稿を書きながら、彼らと議論することで、帰国する前から気になっていた、日本文学の新しい傾向を知り、勉強し直す気になった。その後、鎌原正巳、高野三郎、高橋新作、須賀瑞枝などを同人とする雑誌「文学草紙」が刊行されることになる。雑誌の名前は三千代の命名であった。

鈕先銘

金子の竹田屋とちがって、三千代の新宿アパートは千客万来の様相を呈するようになった。晩秋のある日、若い中国人夫妻が訪ねてきた。これが新たな恋愛のはじまりだった。三千代はこの出合いの模様を、二年後に小説『柳劍鳴』(「婦人文芸」一九三四年八月号)に書く。小説をもとに経緯をたどってみる。

三千代は訪ねてきた青年と名刺を交換するが、名刺には「柳劍鳴〔本名は鈕先銘・Niu Heien-ming〕」とあり、見事な中国服を着た女性を妻だと紹介した。鈕とは清朝の皇帝の紐を意味する言葉で、先銘の父はいまは下野しているが、清朝の大臣をつとめた人だった。先銘本人はイギリス人の家庭教師について学び、日本の士官学校を一九三一年に卒業して、一度帰国して妻を娶った。それが同伴してきた荘錦翼〔仮名〕で、大銀行家の娘だった。鈕は再度来日して陸軍大学校へ入学しようとしたが、両国関係が悪化して困難となり、間もなく帰国するという。真杉静枝の紹介で三千代に面会を求めたということだった。

小説ではその後の展開が次のように書かれている。

「二三日の間、髪を油できれいになであげた、よごれ一つ身につけてゐない、身だしなみのよい青年の姿が、文代〔三千代〕の眼のなかにのこつてゐた。彼の語つた、ひどくていねいで、所々言ひまはしのあやふやな日本語も耳にのこつた。

夜更かしをした翌日、晝前に眼をさました文代は、アパートの風呂に入つた。［中略］

冷水に浸した手拭で、夜更かしに充血した眼を冷やしながら、湯ぶねの中で兩足を伸した。いろいろな快樂を知つてゐる肉躰が、白くそよ〱しく透けて見えた。

風呂場の外に足音がして、アパートの老婢の聲で來客をしらせた。扉の隙間からすべり込ませた名刺をとつてみると、柳劍鳴であつた。」（『柳劍鳴』）

三千代は清潔な好男子の中国人青年の魅力の虜になった。彼女が好きになる男のタイプには二種類あった。一言も話しをしないうちにいきなり好きになってしまう男。これこそ本当の恋で、恋愛が終っても女の心にもやもやしたものを残す。もうひとつは初めは嫌いでも好きでもないのが、付き合っているうちに悪くはないと思われてくる男。恋愛になった頃は、なんの遠慮もなく本当のことが打ち明けられ、彼女が熱心になるのはこちらの方であった。鈕先銘はこのどちらでもないタイプだった。

二人は急速に愛し合うようになり、食事やダンスに一緒に出かけ、熱海にも行ってお宮の松の句碑の前で写真を撮ったりした。鈕先銘は妻を国に返し、二週間後にフランスへ行く予定も延期する。

ダンスホールへ踊りに行った夜、彼は三千代をアパートまで送ってくる。小説ではその場面は次のように描かれている。

「彼はじつとみつめてゐたが、いきなり近かよつて接吻した。彼女の夜會服の肩がはづれた。彼はつるつるしたまるい肩にもう一度接吻した。

彼女はからだのなかで荒れ狂つてゐた血が、ふと靜かに流れ出すとはじめて別離の思ひがはつきりしてきた。男の腕をゆつくりと彼女は自分のからだからはなして、少し身をづらせた。もう彼女は、自分の思出のなかで生きはじめてゐるのを意識した。一つの戀の冒險がすぎたのだ。二三日したら行つてしまつて、もう再び會ふこともないこの男と何の約束もすまい。朝まででもう二時間。子守歌のやうならちもない話をする。

だが、劍鳴は病人のやうに眞つ青だつた。大きな眼が光つてゐた。彼の額に亂れた毛がかゝつてゐた。

――苦しまないでね。あなたは、なんの責任もないのよ。

と、彼女は言つた。

――僕、妻と離婚します。

文代はそれを否定しようとすると、劍鳴は、莊錦翼の父が先達て滿洲國に國籍をうつしてしまひ、また、彼女の弟が滿洲國の軍人になつてしまつた、それは、中華の軍人である劍鳴にとつては、充分に困つた問題で、離婚する理由があるのだと言つた。

――だつて、莊さんは、
と言ひかけて、文代は沈黙した。

――私は日本の女よ。

しばらくして、冷やゝかに彼女は言つた。

――それはわかつてゐます。しかし、僕はあなたと結婚します。

――當面した事實の重大さに、文代はひしひしと壓された。そして、譫言のやうに、うつろな目で云ひつゞけた。

――そんなこと考へないことにしませうね。朝になつて、あなたは、その扉からいつておしまひになる。左樣ならと言つて。あなたを愛したことを私は死ぬまで思ひ出してゐますわ。それでいゝのですわ。

――あなたのその決心をひるがへすまで僕は出發をのばしますよ。

文代は、部屋を出たついでに階下へ下りて、脫ぎすてた彼の大きな靴を彼女の下駄箱にしまつて、明日の朝、人の目につかないやうにその靴の土《ママ》にスリッパを乘せた。」(『柳劍鳴』)

性格的に陽性の二人は相性がよく、鈕先銘は真剣に三千代との結婚を考えた。彼は、「今から三年後に必ず迎えに来ます。中日の戦争は、きっと避けられない。僕はその時、攻めて来て、この東京の城下の誓いをさせてみせる。その条件として、君を出せという」(「新宿に雨降る」)と言いながら帰国し、やがてフランスへ留学した。

三千代はフランスの鈕先銘に宛てて幾通も手紙を出すが、日中戦争によって二人は隔てられ、再会を果たすのは十五年後のことである。

三千代の体験した恋愛を描いた小説が雑誌に発表されたのは一九三四年（昭和九年）のことで、当然金子は原稿を読んで、添削のアドヴァイスをしたはずである。ここにも二人が築きあげた、世間の常識とは異なる関係をうかがうことができる。

三千代の新宿にあるアパートに、すぐ下の妹はる子が乾をつれてきたのはこのころである。書くものが売れはじめていた三千代は忙しく、乾の面倒はもっぱらはる子がみた。金子は竹田屋から新宿アパートに出かけていって、ときどきステーキを焼いたりした。そうした金はすべて三千代の稼ぎだったと思われる。

山之口貘

一九三三年（昭和八年）三月、実弟の大鹿卓が、詩人の神戸雄一、太宰治、今官一、評論の古谷綱武たちと、同人雑誌「海豹」を創刊した。「新進評論家としてうり出してきた古谷綱武から、あたらしい文学とか、文壇とかいうものの空気を、はじめて教えられた。僕にもやっと当時の日本の文学界の動静がわかりはじめ、

——とても、僕らの手におえないものだ、

ということが納得がいった。」（『詩人』）

そんな金子のもとに、国吉真善という名前の人から手紙が届いたのは六月である。手紙は、「琉球料理を味わう会」の案内状で、佐藤惣之助の「是非きてくれ」という添え書きが入っていた。国吉が以前から南千住で泡盛屋を開いていて、沖縄から直送の泡盛を飲ませることは知っていた。佐藤は金子が下戸であるのがわかっており、その彼がわざわざ誘うのだから、単なる飲み会ではないことは察しがついた。それでもまだ疲れの抜けきらない身で、佐藤の顔をみるだけに南千住まで出かけて行くのは面倒で、一度は欠席と決めた。だが当日の六月二十八日の夜になって気がかわり、三千代と息子の乾をつれて出かけた。

目指す泡盛屋はすぐにわかった。二階の座敷には詩に関係する若い人たちが座って、部屋のまんなかには背の低い泡盛の甕がすえられ、二、三時間もたたないうちに参加者たちは舌がもつれ、立ち上がるとふらふらするほど酔っぱらっていた。そのなかで琉球の詩人

伊波南哲が蛇皮線を弾いて、郷土の哀調をおびた歌を披露した。この席で撮られた写真が『新潮日本文学アルバム　金子光晴』のなかに収められている。写っているのは、男が二十一人。佐藤惣之助は着物姿で最前列の左端に坐っていて、学生服姿の若者もいる。金子はベレー帽を被っている。女性は四名で、断髪の三千代は最前列に坐り、着物姿の息子乾を膝に抱いている。

会は酒が進むとともに盛り上がり、伊波が蛇皮線を弾くと、山之口貘が立ち上がり、口笛をふきながら踊った。手や足のさばきの小気味よい踊りだった。そのあと山之口は金子のそばにきて、田舎の中学校で詩を書いていたときから金子の『こがね蟲』のファンだと、自己紹介をした。

沖縄那覇生まれの山之口はこのとき三十歳で、金子より九歳年下だった。沖縄にいたときから詩や絵を発表し、十九歳のとき一度上京して、日本美術学校や本郷絵画研究所で学ぶが、約束の父から送金がなく友人の下宿を転々とした。翌一九二三年、関東大震災にあい、罹災者恩典で帰郷した。そして二年後、ふたたび上京したが停職はなく、公園や駅のベンチ、土管、キャバレーのボイラー室等に寝泊まりして放浪生活をつづけた。そうしたなかで詩を書き、最初の詩集『思辯の苑』を出した。

「琉球料理を味わう会」があったころ、山之口は両国にある鍼灸医学研究所の通信事務の仕事をしながら、研究所が経営する医学校で鍼灸を学び、佐藤という在日朝鮮人の校長の好意で、学校の水の漏る地下室にハンモックをつって暮らしていた。

金子はすぐに純朴な彼を気に入った。山之口は竹田屋を訪ねたいといい、金子は承諾した。そして彼は約束通り、翌週の水曜日の午後に金子を訪ねてきた。

山之口貘の記憶によれば、「かれはそのとき、一冊の大学ノートを、ぼくに見せた。それが『鮫』という長い長い詩で、一字一句、繊細な楷書でノートを埋めつくしていたのである」（『金子光晴詩集』解説）という。

こうして山之口貘との交友がはじまり、その後間もなく竹田屋を出て、一時は女給が多くいたアパートへ移り、次いで太宗寺の墓地が見える新宿一丁目の北辰館に移った。宿の持ち主は警官上がりで、ここにも十人ほどの女給が住んでいた。彼女たちは仕事柄明け方まで帰ってこないので、夜通し起きている金子には静かで都合がよかった。ここで、やがて『マレー蘭印紀行』や『女たちへのエレジー』となる草稿に少しずつ手をいれた。

モンココ

金子が北辰館へ移って間もなく、新宿余丁町の実家から急用があると迎えが来た。このころ実父の和吉と長兄の正は東大久保におり、余丁町の大きな屋敷には実母のりょうと、妹の捨子〔本名は捨〕と結婚した河野密、弟の大鹿卓夫妻が住んでいた。

河野密は千葉の大きな醸造業者の後とり息子で、金子の二歳下だった。一高から東京帝国大学法学部へ進み、在学中に新人会に参加した。将来は代議士をめざしていた彼は、卒業後は日本労農党に入党し、次いで社会大衆党へ移った左翼の運動家だった。捨子との出会いは河野が大学を卒業した直後に、千葉の海岸に友だちと海水浴に来ていた彼女をみそめたもので、和吉に娘を妻にくれと申し込んだのだった。

金子が余丁町の家へ行ってみると、捨子が化粧品製造の会社を興そうとしており、金子に製品のデザインと命名をやってほしいということだった。捨子はこれより前に、「サロンエプロン」という割烹着を大胆にカットしたものを考案し、「主婦之友」の代理部を通じて全国に販売したところ、若い主婦たちに受けて大いに儲けた。その資金をもとに出資を得て、化粧品をつくることにして、主婦之友社の営業部長である中野武雄の知恵で、フランス帰りの金子に白羽の矢が立ったのである。

新会社の主力製品は洗粉とクリームで、粉白粉、乳液など品揃えも豊富だった。金子はこれらの製品のネーミング、新聞や雑誌の広告の絵と宣伝文、容器のデザインなどを担当することになった。彼はさっそくモンココという社名を考え出した。

このモンココの名の由来については、作家で、一時期自身もサントリーのコピーライターだった開高健が、金子から聞いた話を披露している。

「いつか《モンココ》の命名の由来を金子さんに聞い

たら、面白い話を教えられた。何でもパリで食うや食わずの放浪をしていたとき、金持ちの日本人がヴァカンスで遊びにいくからそのあいだ留守番をしていてくれとたのまれ、ベッドにもぐりこんでいたら、その女がやってきて、留守とも知らずに、《モン・ココ！モン・ココ！》といってドアの向こうで鳩のくが鳴きをした。金子さんは空きっ腹でムシャクシャしていたから、ベッドのなかから、モン・ココじゃねいやいと叫んだ。日本へ帰ってからそのことを思い出して、化粧品の名につけた、という。〔フランス語の〝モン・ココ〟は「私の郭公」で、〝かわい子ちゃん〟といった意味〕」（『日本詩人全集　金子光晴・草野心平』第二十四巻付録）

　モン・ココの由来にはもう一つ別の説がある。モン・ココは、モン〔私の〕とココ椰子のココの合成語で、ココはココナッツの形から女性器の隠語であるという。そうだとすると、モンココ洗粉とは私の陰部を洗う粉ということになり、金子はそれを承知の上で社名に「モンココ本舗」を提案して、正式に採用されたのだった。

「モンココ洗粉」は女性の洗髪用シャンプーで、細長い金属の容器に入っていて、蓋をとって粉状の洗粉を掌におとし、それで髪を洗うものだった。その容器には尖がり帽子をかぶり、ワンピースを着た、やたらに脚の長い白人の美女が描かれていた。このデザインもすべて金子の考案で、パリの地下鉄の駅などで見かけた広告の影響だった。

　モンココ本舗の事務所は河野の所に置かれ、工場も最初は敷地内にあったが、のちに資金を提供する人があらわれて高円寺に移った。金子は顧問ということにしてもらい、一カ月五十円の給料をもらうことになった。生まれてはじめて定収入を約束されたのである。

「それは、老母の母性的な心づかいからで、三重県にのこしてある子供を親の手元に引取らせ、親子三人の揃った生活の幸福を孫に味わわ《ママ》せたいという祖母の気持でもあった。

　すでに、気持としては、各自勝手な方向にむかっていくより仕方がなかった両親が、たがいに、旅館ぐらしのくたびれのあとで、成長していく子供を中心に、子供の父、子供の母に戻って、一つ囲いのなかにあつまったという感じだった。あまりにながい苦難のあとだったので、かえって、おたがいの恩怨《おんえん》は二つとも消えていたし、心境はあまりちがいすぎているので、たいがいのことは抵抗少く、あまり波風なく、平穏に処理することのできる習練もつんでいた。そのまま一つに流れていくものならそれでもいいし、また、おたがいにもっとよい条件ができて離れた方がいいというときには、それでもいいというような、自由な黙契のもとに、両親なしであじけないおもいをさせた子供のために、すこしは犠牲になりあおうというような相談ができ、余丁町の一〇九番地というところの借家を借りうけ、森は、近くの若松町のテイトアパートに一室を借りて、昼間は事務所がわりにそこにいることにした。」(『詩人』)

モンココの事務所から一軒置いた隣の、新宿区牛込余丁町一〇九番地の借家は二階建てで、持ち主は教員だった。家の入口には藤棚があり、季節になると一尺ほどの房が下がった。庭には柘榴の老木が植わっていて、秋には何千個もの実をつけ、屋根から張り出した亜鉛の屋根庇に夜通し実を落とし、それが転がる音が耳についた。金子と三千代は戸籍上は籍を抜いていたが、海外への放浪の旅に出る前、長崎で別れて以来、四年四カ月ぶりに、親子は一つ屋根の下で暮らすことになった。ただし互いの感情や生活は拘束しないという暗黙の了解のもとであった。

毎日の炊事と小学校二年生の乾の面倒は、同居する三千代の妹のはる子がみてくれた。乾は冬になると自分の身体より大きい剣道道具を竹刀に通して肩に負い、その重たさでふらふらしながら、すぐ裏手にある小学校に寒稽古にでかけた。

山之口貘はこの家にもよくやって来て、あるとき嫁さんが欲しいと打ち明けた。世話好きの小学校の先生がいて、その人が世話役となり、両国橋を越えたところにある喫茶店で、お見合いということになった。金子と三千代、その他三、四人がテーブルを囲んでコーヒーを飲んだが、山之口も先生が紹介した女性も、はにかんで互いに顔を会わせない。金子が、「貘さん、この方と二人だけで、近所を一廻りしてきたらどう?」と言うと、二人は言われた通りにおとなしく外へ出て行った。三十分ほどで帰ってくると、女性が結婚を承諾したという報告だった。

こうして二人は余丁町に近い牛込柳町の弁天アパートで新婚生活をはじめたが、箸一つ、茶碗一つから用意する必要があり、金子や三千代のところにあったもので間に合わせた。他にいるものはないかと尋ねると、山之口貘は、「これは言いにくいんだが、金子さん、無理でしょうね。――仏壇のいらないのありませんか」と言った。

金子は自分の実家にあった紫檀の仏壇を、中の座布団を敷いたリンや仏像も一緒に入れたまま、彼に担がせて持っていかせた。残った元禄や享保頃から続く過去帳は、小庭の枯葉や紙くずとともに燃してせいせいした。

金子は家からモンココの事務所へ通い、月給と三千代が書く原稿料で暮らす目途がどうにか立った。

詩集『東方の詩』

三千代が詩集『東方の詩』を出版したのは、一九三四年（昭和九年）二月である。フランス綴じの詩集の奥付には、「昭和九年二月二十五日印刷　昭和九年三月一日發行　定價金壹圓送料四錢　著者　森三千代　發行兼印刷人　東京市神田區猿樂町一丁目五番地　守部市美　印刷所　圖書研究社印刷部　發行所　東京市神田區猿樂町一丁目五番地　圖書研究社」とある。

手元の本は、四六版、版画六葉（フランシーヌ・ルパージュ作）、本文七四頁、跋　フランシーヌ・ルパージュ一頁、後記五頁、目次四頁。定価は一円である。

これは先のフランス語の詩集『Par les chemins du monde』に収めた十八篇のうち、「コークスになつた心臟」以下十一篇の日本語ヴァージョンと、以前に雑誌などに発表した日本語の詩十八篇の計二十九篇からなり、フランシーヌ・ルパージュ作の挿画六点が添えられている。

冒頭の一篇「印度洋」――

まつさをい海。
でこでこしたラムネの罎のやうな海。
その海の上で、あたしのからだがねぢれる、
サキソフオンのやうに。

私の聰明は、形のわからないもの丶なかに、思想のゆれて
　ゆく小徑を考えてゐる。
ヘナヘナになつて、雲形にもまれてゐる感情の上に、
船欄のバランスが交叉するのを、あたしは眺めてゐる。
未熟な果實のやうにまつさをな海の上の朝だ。

ごらんなさい。
宿酔の、はれぼつたい顔、あたしの眼は充血してゐる。
波のなかに浮いて漾つてるけふの玩具。
めがね、ピストル、とかげ、シルクハット、鋏、かうもり傘、
　いかり、……それから

手元の詩集の扉の裏には正富汪洋に宛てた献辞が書かれている。正富は一八八一年（明治十四年）に岡山で生まれた詩人で、詩誌「新進詩人」を創刊した人である。さらに裏表紙には中野区の「牛込区若松町七九キヤピタル・アパート　森三千代」という鉛筆の書き込みがある。

三千代はこの詩集を上海で知り合った魯迅にも一部贈呈した。『魯迅日記』の一九三四年（昭和九年）三月十二日の項に、「『東方の詩』一冊受けとる、著者の森女史より寄贈されたもの」とあり、三月十七日には、「夜、山本夫人（ハツエ）に返信。森三千代女史に手紙。寄贈書の礼。」と書かれている。

　この礼の手紙が残されていて、それは以下のような文面である。

「拝啓　一昨日　御頒与ノ「東方の詩」ヲイタダイテ御蔭様デ　スワッテ色々ナ處ニ旅行スルコトガ出来マシタ。厚ク御禮ヲ申シ上ゲマス。
　蘭ノ話ト云ヘバ料理屋ニ集マッタ有様モアリ〳〵ト目ノ前ニ浮出シマス。併シ今ノ上海ハアノトキト大ニ変ツテドウモサビシクテタマリマセン。
　三月十七日」
　魯迅　上
森三千代女史机下

　金子や三千代が、魯迅と内山書店のサロンではじめて会ったときからおよそ五年半、その間に日中関係は大きく様変わりした。

魯迅は日本へ留学した経験があり、上海でも国民党の弾圧から逃れるために、内山書店の内山完造の庇護をうけるなど、日本人庶民の親切と技術の高さをよく知っていたから、日本人をひとまとめにして非難するようなことはなかった。三千代との交流などもそのあらわれだった。しかし、魯迅が日本の大陸政策を認めることは決してなかった。

一九三四年三月三日、銀座の明治製菓の二階で、『東方の詩』の出版記念会が開かれ、長谷川時雨の「女人芸術」を引き継いだ雑誌「輝ク」の同人の女流文学者が大勢出席した。これを契機に、三千代は詩ではなく小説一本でやる決心をした。

その三日後の九日、金子の実母りょうが亡くなった。六月になると、三千代は望月百合子から日本舞踊を習いはじめ、八月には大田洋子たちと合作で書いた映画のシナリオ「人生芝居」の撮影が開始され、その現場を訪れた。そして九月十五日には、横浜開港記念館で「芸術の謝肉祭」と題した講演を行い、十一月十日には、本郷の帝大基督教青年会館本堂の詩人祭で講演するなど、作家として認められるようになった。

第三章　売れ始めた小説

雑誌「鷭《ばん》」

金子は一九三二年五月に帰国してから、この年雑誌に発表した作品は、「馬来の感傷」（「セルパン」一九三二年八月号）など三つ。翌三三年は一つもなく、三四年は、「馬来ゴム園開発」（「作品」一月号）など散文が四本で、詩は季刊誌「鷭」に載った「馬拉加」と「旗」の二つである。

「季刊文芸」とうたった「鷭」は、古谷綱武と壇一雄が中心となり、古谷綱正、雪山俊之が加わった雑誌で、一九三四年（昭和九年）四月に創刊された。同人誌ながら執筆者には中堅や新進の作家、詩人が顔をそろえ、正方形の瀟洒なフランス綴じの堂々としたものであった。

創刊号の「詩篇」には、室生犀星や佐藤春夫が作品を寄せ、田中克己、中原中也とともに、金子光晴の「馬拉加」と「旗」が掲載されている。この二篇は散文詩の形式で、「馬拉加」は次のような作品である。

ところどころ染があり、焼穴のあいた古い製圖のうへに烏口をついて、私を心《しん》にマラッカ港の眺望をくるりと劃る。

穹窿の砥は、淡みどりに灼《や》けて　一本の毛すぢのやうな罅が入る。正午、雲翳なく、輕氣球があがる。

防波堤の椰子。

セメントでかこつた海のガラス屑。

土人どもを零落させたものは、鳳梨を組立てる精密な構圖、それとおなじ正確で、きなくさい頭腦なのだ。一大隊の前で整列してゐる幾何學なのだ。

どうやら骨董じみた銃口は　のぞくと鼻くそでまつくらだが。

三百年むかしの人の血を吸つた蚊が、私のすねのまわりでないてゐる。かなしい唄よ。洗ひさらしたこのけしきよ。

私は、あぶり出しのやうに、碧空のおくにさがすのだ。

黄ろくなつた寫眞の、サルタン殿下のヘルメットを。

――マラッカ城岩に――

詩集「鮫」

注目すべきは、「鶴」の四月創刊号と七月の第二号に、金子光晴の詩集『鮫』が雑誌の発行元である鶴社から、近く出版されるという広告が載っていることで、創刊号第一輯では、「金子光晴著／詩集／鮫／近刊／鶴社／定価未定」とある。そして七月一日発行の「鶴」第二輯では、「定価五十銭／送料六銭」と、具体的に記されている。これから推察すると、少なくとも六月の段階で、詩集を構成する作品は出来上がっていたと考えられる。しかし鶺社は資金が続かず、雑誌も第二号をもって廃刊となり、予告された金子の詩集も刊行されなかった。

金子はこれらの詩を創作するのと並行して、少しでも生活費を稼ぐために少年少女向けの読み物を書いた。それが出来上がると、乾を連れて小石川の講談社を訪ねては知り合いの編集者に渡し、引きかえに小遣い程度の金を受け取った。講談社は少年用のチャンバラや奇想天外の物語をつねに欲しがっており、金子は思いつくとすぐそれを書いて持ち込んだ。そうしたものは十数篇にのぼった。

原稿が売れた日は、決まって乾を新宿の裏通りの中華料理屋に連れて行った。その店は中華饅頭や餃子、台湾風のビーフンが売り物で、それらをご馳走した。そんなとき金子は、幼い息子にむかって、「あんたのオカアさんはあんたを放っといて、酒ばかり飲んでくる。寂しくて不満に思わないか?」と、自分の鬱憤を子どもにかこつけて呟いた。

三千代の小説が売れ出して、仕事場にしているアパートに、編集者が原稿を取りに来るようになった。たまたまそこに金子が顔を出すと、詩壇にうとい編集者は誰だろうという顔をした。三千代が紹介すると、相手はちょっと白けた表情になって挨拶した。金子の方も訪問客の目当てが三千代なのがわかっているので、散歩に出かけてしまうことが度々だった。

原稿が売れだすと、三千代の交際は派手になり、半分は仕事の必要から編集者や男友だちと酒を飲んだりダンスに行く機会が増えた。会合に金子を同伴することはなくなり、息子の乾を連れて行くこともあった。

あるとき三千代が泥酔して帰宅し、余丁町の家の玄関からあがると、そのまま畳の上に倒れ込んだことがあった。迎えに出た金子は、彼女の腕をとって奥へ連れて行き、洋服を脱がせ、ガードルをはずし、ストッキングを脱がした。そして三千代が吐きたいと言うと、洗面器を持ってきて、その上に古新聞を敷いて介抱した。こうした光景を息子の乾が目撃していた。この間、父親は文句ひとつ言わなかったが、眉間には皺を寄せた不機嫌な顔つきだったという。

三千代の小説「柳剣鳴」が、神近市子が主宰する雑誌「婦人文芸」の八月号（七月刊行）に掲載された。すると当時の流行作家武田麟太郎が、「改造」の九月号の「文芸時評――婦人作家の作品」で取り上げ、「森三千代の『柳劍鳴』は妙に読み易い作品だが、読んで了えば、それでおしまいである。途中ところどころ、うまい表現にぶつかるのは、作者の詩人が出て来るのであろう。いい意味での色気があるが、反省のないのはどうしたものか」と評した。三千代の持ち味をずばり言い当てた批評だったが、これが小説を批評された最初でうれしかった。

この書評をきっかけに、三千代は武田の許を訪ねた。武田は小説家としてのキャリアは長かったが、三千代より三歳年下だった。武田麟太郎の死後に、三千代が書いた回想記「あの時　この時」にはこう書かれている。

「私の妹の夫のKが、先生のところへそのころよく出入りしてゐた關係で、妹と二人で、茅場町アパートの先生の住居をたづねることになつた。エレヹーターボーイのゐない、自分で釦を押して上つて行くエレヹーターは、鐵筋の間を、一枚の鐵板に乗つて上がつて行くのが危なつかしく、のぞくと下まで見下されて、總毛立つたものだつた。その時は、先に講演會で会つてはゐたが、しばらく年月がたつてゐたので、初對面の感じで、双方、几帳面な挨拶をかはした。おほかた雑談ですごしたが、先生は、突然のように、

「中國人のとてもスマートな青年をよく知つてゐるが、柳劍鳴は、きつとあんなのだらうなあ。」

と、獨りで呟やくやうに言つた。

この次に原稿を持つて來て、見てもらふ約束をして、いとまを告げた。」（「あの時　この時――武田麟太郎先生の思ひ出」）

詩壇批判

このころ武田は、三高で同窓の大宅壮一がはじめた「人物評論」の編集所がある茅場町会館の六畳間に住んでいた。自動エレベーター付きの珍しいビルで、六階に編集室と住居の二部屋を大宅は借りていて、そこに居候していたのである。川端康成から小説上手と評された武田に、ライヴァルである矢田津世子や大谷藤

子などが師事しており、三千代も書いた小説を見てもらう気持になった。

　金子が当時の詩壇に関する批評を書いたのは、大木惇夫が主宰する雑誌「日本詩」の第二号〔十月刊〕の「前月号月評」である。旧知の詩人たちを取り上げて容赦ない批評を加えた。

　たとえば、「川路〔柳虹〕氏の若づくりは決して、みっともないとは云いませんが、折角、才機で若さをつなぎとめてはゐても、作品にみなぎりわたる疲労素をどうすることもできないでせう」。そして、「中西〔悟堂〕君が趣味にかくれようとすることは、中西君の卑怯とか、気の弱さとかいうことと同時に君の虚栄心――可愛い虚栄心だといふことが考えられます」。「岡本〔潤〕君の『晩餐』は面白いとおもいましたが、岡本君を知っているからの面白さで、十年間に格別、勉強のあとは見られません」と言った具合で、先輩も同輩も容赦なかった。

　翌一九三五年の同誌四月号の「文芸時評」では、「堀辰雄がリルケを翻訳したり、三好達治が、歌よみのやうなまねをしたり、してゐる詩人達の仕事は、日のながいことである」、「萩原朔太郎の『氷島』も紀の国屋〔ママ〕の店先でひろいよみした。この作家のミゼラーブルを世間がかってゐるのだなと思った」、「読書界では白秋ものがうれたそうだ。もっとも、いつか、村松梢風にあったとき――あれは、詩聖ですよ、といつてゐた。ゲーテのやうな詩聖という意味だつたろうが、ゲーテのようなぼんくらというつもりではなかつたらう」、「中原中也の詩集『山羊の歌』が出た。立派な装幀だ。無論、ほめやうと思はば、いくらでもほめる言葉が用意されるが、それだけのことだ。からみついてこない。骨に錆びついてこない。知らん顔で素通りしてもなんでもない。アマチュア倶楽部の詩人にすぎないこんな風な詩人が、いかに純粋づらをして横行することよ」。

　とくにこの中原中也を評した文章の、「からみついてこない。骨に錆びついてこない。知らん顔で素通りしてもなんでもない」という個所は痛烈である。

『こがね蟲』から十年余り、東南アジアやヨーロッパの放浪の旅で目にした現実、その間に三千代との関係で味わった愛憎と比べて、世界の苛烈な現実や人間の生き様を直視せず、個人的情緒をうたうにすぎない彼らの詩が、いかにも作りものめいて見えてしかたがなかった。この違和感は、「四季」派や高村光太郎などの「暦程」全盛の詩壇のものだけでなく、かつての自分の作品をも容赦なく否定するなどのものだった。「僕は、過去の詩をおもい出すことに、腹立ちさえ感じた。僕は、無一物ということで、パリの街のなかで、真空のなかにいるような苦しみ、内臓の涸渇してゆくいたさをおぼえ、じりじりと迫ってくる飢餓におののいた」。(「再びパリで」『詩人』)こうした現実を身をもった体験した金子にとって、いわゆる「詩らしい詩」はみな絵空事に思えた。

春になると、金子と三千代は乾を連れて、房州の海岸へ旅行に出た。布良《めら》に一泊して、海づたいに白浜の野島燈台を見て小湊まで行った。乾が風邪をひき予定よりはやく帰って来たが、野島燈台を見たことで、のちに書く「燈台」のアイディアを得ることができた。

武田麟太郎

五月十九日、三千代は折から来日中だったフランスの詩人ジャン・コクトーが滞在している帝国ホテルへ出向き、白つつじの一枝を添えて、詩集『Par les Chemins du monde』一冊を贈った。すると翌日にペンクラブ主宰で開かれたコクトーの招待会に招かれ、柳沢健から正式に紹介された。コクトーは詩集のなかの「印度洋」をほめてくれた。

六月二十九日、三千代は「婦人文芸一周年記念講演と映画の夕」の講師の一人として招かれ、同じく講師つとめる武田麟太郎と再会した。

「……武田麟太郎先生と會つたのは、昭和八・九年の頃のことで、當時、神近市子さんが主宰してゐた雑誌『婦人文藝』の講演會の、講演者控室であつた。

たいへん暑い時だつたとおぼえてゐる。〔中略〕講演者控室に集まつた人たちの中で、Kという女の人と私とが洋服で、私は、地のうすい白、その人はピンクのふわふわしたものを着てゐた。

武田先生は、どこかの五六歳位の可愛いゝ男の子を連れて、こまかい横縞の木綿浴衣の着流し姿で、開場前から控室に來てゐた。男の子を相手に先生は、しきりになにかしやべつてゐたが、ふと、私とKさんの方を眺めて、「ほら。このお姉ちゃん達が、これから舞臺へあがってダンスをやるんだよ。坊やも、あつちへ行つて見るかい。」

と言つた。

Kさんと私は顔を見合はせたが、抗議する気にもなれないほど、その言ひかたに愛嬌があつた。」（「あの時この時――武田麟太郎先生との思ひ出――」）

三千代が出会った昭和十年代の武田の作品は、プロレタリア文学の行き詰まりから、主に東京の下町を舞台に、働く女性や生きる目標を失ったインテリ青年を登場人物にして、暗い世相を描きだすものに変わっていた。一九三二年（昭和七年）の「日本三文オペラ」（「中央公論」六月号）、一九三四年（昭和九年）八月から十二月まで朝日新聞の夕刊に連載した「銀座八丁」は、風俗小説の先駆けとしてジャーナリズムで好評をもって受け入れられた。

三千代は「婦人文芸一周年記念」の講演会での二度目の出会いから半年ほどして、書き上げた原稿を持って、一人で武田の家を訪ねた。この日、武田の家には人がいっぱいいいた。やがてそれらの人たちが帰り、夕方になって二人きりになると、三千代が持参した原稿を読み出した。武田は読み終わると、「これは、いけるな。」と言い、「改造」に出してはどうかと勧めながら、「巴里の宿」という題名をつけてくれた。結局、この百枚ほどの小説は、武田が主宰する「人民文庫」に掲載することになったが、その矢先に雑誌は廃刊となってしまった。

三千代はその後、第一小説集『巴里の宿』（一九四〇年、砂子屋書房）を刊行するが、題名はこのときの武田麟太郎の命名によるものだった。こうして武田と三千代の、師弟関係を越えたつき合いがはじまった。

緊迫する日中

一方の金子は、国木田虎雄の仲介で、「泡」を「文学批評」（ナウカ社）の一九三五年（昭和十年）六月創刊号に発表した。

「泡」

一

天が、青っぱなをすゝる。
戰争がある。

だが、双眼鏡《ねがね》にうつるものは、鈍痛のやうにくらりとひかる揚子江《ヤンツーキャン》の水。
それはかりだ。

をりもののやうにうすい水……がばがばと鳴る水。
捲きをとされる水のうねりにのって
なんの影よりも老ひぼれて、
おいらの船體のかげがすゝむ。

らんかんも、そこに佇んで
不安をみおろしてゐるおいらの影も、

愛のない晴天だ。
日輪は、膺金《しんこつ》だ。

二

呉淞《ウースン》はみどり、子どものあたまにはびこる、疥癬《くさ》のやうだ。
下關《シャーカン》はたゞ、しほつから聲の鴉がさはいでゐた。

うらがなしいあさがたのガスのなかから、
軍艦どものいん氣な筒ぐちが、
「支那」のよこはらをぢっとみる。

ときをり、けんたうはづれな砲彈が、
濁水のあつち、こつちに、
ぽつこり、ぽつこりと穴をあけた。

その不吉な笑窪を、おいらはさがしてゐた。

[中略]

三

——乞食になるか。匪になるか。兵《ピン》になるか。
……さもなければ、餓死するか。

づづぐろい、萎びた顔、殺氣ばしったためつき、くろい齒ぐき、
がつがつした湖南なまり、ひつちよつた傘。ひきづる銃。
流民どもは、連年、東にやとはれ、西に流離した。
がやがやといつてやつらは、荷輌につめられて、轉々として戰線から戰線に輸送された。

辛子のやうに痛い、ぶつぶつたぎつた戰争にむかつてやつらは、むやみに曳金をひいた。いきるためにうまれてきたやつらにとつて、すべてはいきるためのことであつた。
それだのに、やつらはをかしいほどころころと死んでいつた。
……………一つ一つへそのある死骸をひきづつて
……………〔伏字〕
〔中略〕
混沌のなかで、川蝦が、一寸づつ肉をくひきっては、おどる。
コレラの嘔吐にあつまる川蝦が。

水のうへの光は、
一望の寒慄をかきたてる。

白痴——

蕭殺とした河づらを、
跛足《びっこ》のふね、らんかんにのって辷りながら、おいらは、くらやみのそこのそこからはるばると、あがってくるものを待ってゐた。

それは、のろひでもなかった。
うったえでもなかった。

やつらの鼻からあがってくる
大きな泡。

やつらの耳からあがってくる
小さな泡。

金子はこの「泡」で、満州事変化以来、日本がつきすすむ中国との戦争の無惨さを冷静に描いた。青野季吉は毎日新聞紙上で、「事変このかたのジャーナリズムの支那論や現地通信はほとんど現象的、擦過的だが、時には荒唐無稽なものがあるが、金子光晴の『泡』は戦争の支那というものの実体をじかに感じさせる」と激賞した。

同じく衝撃をうけた壺井繁治が、岡本潤とともに余丁町を訪ねて来た。そして彼は、「彼〔金子光晴〕の現実社会への批判精神は、ニヒリスチックな否定の形をとる時、最も強さを発揮する特色をもっており、「泡」はそういう作品の一つである」。「「洗面器」〔のちに詩集『女たちへのエレジー』に発表〕を読んでも解るが通り、非情にニヒリスティックな側面を示しているが、「泡」ではもっと絶望的となっている。そしてその絶望がそのまま現実への痛烈な批判となっているところが、わたしに強いショックを与えた。」〔『激流の魚』〕と書いた。金子の詩の本質をいい当てた批評であった。

金子は自らの東南アジアやヨーロッパ放浪を、詩をつくるためのものではなかったと言うが、この旅から帰ったとき、彼は辛辣な歴史や、歴史のなかで翻弄される人たちへの親近性をそなえた強靱な言葉で詩嚢を豊かにしていたのである。

余丁町の家

このころモンココから得る顧問料と、三千代の原稿料で生活は安定したので、彼らはモンココから一軒置いた隣の、余丁町一二四番地の広い借家に移った。ここは電車通り面した場所で、庭には樹齢五百年といわれる黄楊の樹があった。

亡くなった義父荘太郎の姪である山家ひで子に会ったのはこの頃のことである。ひで子は山家流の小唄の師匠で、金子の養母の須美が彼女のところで働いているが、金子と暮らしたがっているということだった。須美は荘太郎が病床にあったときから若い愛人の西村に溺れ、金子たちが海外にいる間に行方が知れなくなっていた。金子は大鹿一家への遠慮から須美を引き取るのを躊躇したが、三千代は賛成した。こうして須美が新たな借家に同居することになった。

　須美については後日談がある。余丁町の家には、三千代が命名した雑誌「文学草紙」を出そうという同人が出入りしていた。その一人冨永次郎〔夭折した冨永太郎の弟〕は交通公社に勤めながら『黄昏暦』などの小説を発表していたが、七十歳になる父親は妻に死なれたあと、次郎夫妻と武蔵小金井の広い屋敷に住んでいた。次郎の悩みの種は父と妻との折りあいが悪いことだった。

　ある日の同人会の席で、次郎は須美を見かけ、「いっそのこと、親爺と一緒にしたら」と半ば冗談で口にした。ところが瓢箪から駒で、五十をこえた須美は老人に嫁ぐことになった。金子と三千代、それに冨永は「茶飲み友達」にでもなればと軽く考えていたが、新婚の夜、冨永老人は生卵を幾つも飲んで蒲団の上に坐って張りきっていたという。

　こうして二人は同居したが、掃除、洗濯、料理など家事一切ができない須美が、老人の気に入るはずもなく、三カ月もしないうちに離縁され、余丁町の家に戻ってきた。一九四一年〔昭和十六年〕五月のことである。


　金子の自伝である『詩人』には、余丁町時代について次のような記述がある。

「当時の僕には、詩の傑作はあまり問題ではなかった。僕は、当時の詩の周辺に対する諸疑念をたしかめ、じぶんの認識をしっかり心にきざみつけるため、納得のゆくためにだけ、詩を書こうと心組みした。そういう意味で、僕は、過去の僕の詩の書きかたと全くちがった方法で詩を書きだした。」こうして出来上がったのが「泡」であり、「鮫」であった。

　あるとき、国木田虎雄がやってきた。

「シンガポールを出るとき、乱雑に書いておいたながい『鮫』という詩があった。国木田はそれをよんでいたが、

「ちょっと、これを貸してくれ」

　と言って持っていった。彼は、その詩を、当時、大木戸〔四谷の〕の方でアパートぐらしをしていた中野重治にみせた。中野、その時に興味をもって、雑誌にのせてもいいかと、ことづけてよこした。」〔同〕これが詩篇「鮫」が「文芸」九月号に掲載された経緯である。

「鮫」

一

海のうはっつらで鮫が、
ごろりごろりと轉ってゐる。

鮫は、動かない。

それに、ひとりでに位置がゆづって並んだり、ぶっちがひ
　になったり、
又は、渺かなむかふへうすぼんやり
氣球のやうに浮上ったり、

どこまでもひよろけて脊のたゝない、
竹のやうに青い、だが、どんよりくらい、鹽辛い……眩《くら》り
　とする鹹水へ
石塊の塡った、どぎどぎした空罐が、
かるがると、水にもまれてをちてゆく。

鮫は、かふりつかない。
お腹がいっぱいなのだ。
奴《やっこ》たちの腹のなかには、食《は》みでる程人間がつまってゐるの
　だ。
切口の熟れはじけた片腕や、
もりっと喰取ってきた股から下や、
小枕のやうな胴體が。

鮫はもう、「何も要らねえ」と、眼を細くして、うっとり
　うとりとしてゐるのだ。

これが長編詩「鮫」の書き出しである。

第四章　詩壇批判

「鮫」の背景

金子は松本亮との対談集『新雑事秘辛』（一九七一年、濤書房）の「「鮫」のまわりのこと」の個所で、詩篇「鮫」がヨーロッパからの帰途シンガポールで発想されたと、次のように語っている。

「その「鮫」ですがね、その十年来、長い詩らしいものをかいたのは始めてでしょう。で、「鮫」を長尾君とこの部屋で発想して、シンガポールの町やそこらをぶらぶら歩いて材料集めして、乱雑ながら一応まとめてね。それを日本へもって帰って、新宿の竹田屋へ落ちついてから、そこでもう一ぺん書き直したんですよ。ですからね、同じ『鮫』の中の作品でも、その当初は、あの長いやつだけしかなかったんです。」

金子は海外を放浪する間、小さな手帳や大学ノートに時どきの印象や出来事を書き残す習慣を守っていた。「「鮫」の場合は、帰りのシンガポールで、ずいぶんいろんな材料、感じたものを大学ノートに、歩きながら書いたんですね。それは、半月くらいかかってるかもしれませんね。それをそのまま持ってきたんですよ。作らないで材料だけ集めて、メモしてね。」（同）

そもそもヨーロッパへの往路、ジャワに滞在していたときに、鮫を身近に感じる経験があった。

「鮫の生態に対する嫌悪みたいなもの。それを感じたのはね、バタビアのずっと沖合に、俗にサルマジといって人の住んでない島があるんですよ。そこへジャワ日報の人たちにつれていってもらってね。帆船で行ったんですよ。［中略］そしてその島にあがると、枯木があってね。それが枯木の葉も何もついてないところに、つぶつぶに赤い花が咲いてるってふうで、すっ頓狂な感じですよ。その島の裏のほうが入江になっていて、それがまた、なんかぬるぬるしたような泥ぶかい入江で、木にはいっぱい、木登り魚がくっついていた。鮫が卵を産みにくるところで、そりゃ不気味なかんじがある。だから、鮫の実感からきたですね。その実感がなければ、あそこまで長い詩を鮫でひっぱってゆくことはできないね。」（同）

さらにさかのぼれば、一九二六年（昭和元年）に、三千代と一緒に中国を旅したときに得た題材を描いた詩を詩集『鱶沈む』にまとめたが、すでに表題の「鱶沈む」には、

「おゝ、恥辱なほどはれがましい「大洪水後」の太陽。

盲目の中心には大鱶が深く深く沈む。

川柳の塘《つつみ》沿ひに水屍、白い鰻がぶら垂つてる。」

と書かれていて、金子には海（川）とその底にうごめく鱶（鮫、鰐）の強烈なイメージが棲みついていたことがわかる。

ただ、「鱶沈む」の段階では、中国大陸で大規模に進む欧米列強（日本も含む）の搾取の実態を見聞し、犠牲となった者たちの水死体に喰いつく鰻が、不気味にぶら下がっているといった、上海の現実をリアルに表象した。ただ加害者を象徴する大鱶はまだ「深く深く沈ん」でいた。

金子はその後に経めぐった東南アジアの各地で、植民地の生活の苦難をつぶさに目にした。そして自分自身も、精神的、物質的に追い詰められた生活を送るなかで、この現実を自らのものとした。さらに長尾のところで読んだ本の影響も見逃せない。

マックス・シュティルナーの代表作『唯一者とその所有』だが、これは辻潤によって一九二〇年（大正九年）に翻訳され、金子は若いときに一度読んでいた。そしてそれをアジアの現実のなかで再発見したとき、たとえば、「革命と叛逆とは同義語と見做れてはならない。〔中略〕革命は人に組織を命ずる。叛逆は人が勃興し彼自身を高めることを要求する」といった一節は、一層切実な主張として感得できた。この主張は、群れることを極端に嫌悪する金子の気質に呼応するものだっ

た。こうして金子は批判精神を発動するようになった。

詩にあっては批評こそが枢要なものであり、批評は現実の再現をこえ、現実を否定する。そして詩はそれを一層強く生かすべく、圧縮し、煮つめられたかたちで発動する。金子は「鮫」を書くことで、こうした視点を自らのものとしたのだった。「鮫」は、帝国主義批判の立場で書かれているが、その底にはすべてを否定する強い決意がただよっている。

俺を欺し、俺を錯亂させ、まどはす海。
だが、俺はしってゐる。ふざけてはこまります。海をほの
　じろくして浮上ってくるもの。奈落だ。正體は、鮫のや
　つだ。
鮫は、ほそい菱形の鼻の穴で、
俺のからだをそっと物色する。

奴らは一齊にいふ。
友情だ。平和だ。社會愛だ。
奴らはそして縦陣をつくる。それは法律だ。輿論だ。人間
　價値だ。
糞、又、そこで、俺達はバラバラになるんだ。

「俺」は、近代国家のお題目である、友情、平和、法律、人間的価値を決して信じない。そんなものを信じれば、たちまち鮫〔「奴ら」〕の鋭い鋸歯で喰いちぎられ、バラバラにされてしまう。ここには明らかにシュティルナーの思想の影響が見てとれる。

そして「鮫」の最後の第六章――

あゝ。俺。死骸の死骸。たゞ、逆意のなかに流轉してゐる
　幼い魂、からだ。
常道をにくむ夢。結合へのうらぎり。情誼に叛く流離。俺は、
　この傷心の大地球を七度鎚をもって破壊しても腹が癒え
　ないのだ。
俺をにくみ、俺を批難し、わらひ、敵とする世界をよそに
　して、いう然としてゐる風を装ひながら
俺はよろける海面のうへで遊び、
アンポタンの酸っぱい水をかぶる。
あれさびれた眺望、希望のない水のうへを、灼熱の苦難唾

と、尿と、西瓜の殻のあひだを、東から南へ、南から西
南へ、俺はつくづく放浪にあきはてながら、
あゝ。俺。俺はなぜ放浪をつづけるのか。

女は、俺の腕にまきついてゐる。
子供は、俺の首に縋ってゐる。
俺は、どこ迄も、まともから奴にぶつかるよりしかたがない。
俺はひよわだ。が、ためらふすきがない。騙かす術も、媚びるてだてもない。一さいがっさいは奪はれ、びりびりにさけたからだで、俺は首だけ横っちよにかしげ、
俺の胸の肉をピチャピチャ鳴らしてみせた。

鮫。

鮫は、しかし、動かうとはしない。

奴らは、トッペンのやうなほそい眼つきで、俺たちの方を、
藪に睨んでゐる。
どうせ、手前は餌食だよといはぬばかりのつらつきだが、
いまは奴ら、からだをうごかすのも大儀なくらゐ、腹がいっぱいなのだ。
奴らの胃のなかには、人間のうでや足が、不消化のまゝで
ごろごろしてゐる。
鮫の奴は、順ぐりに、俺へ尻をむける。

そのからだにはところどころ青銹が浮いてゐる。
破れたブリキ煙突のやうに、
凹んだり、歪んだりして、
なかには、あちらこちらにボツボツと、
銃彈の穴があいてゐるのもある。
そして、新しいペンキがぷんぷん臭ってゐる。

鮫。
鮫。
鮫。
奴らを咀はう。奴らを破壊しやう。
さまなければ、奴らが俺たちを皆喰ふつもりだ。

「鮫」は、この年（一九三五年）の改造社の「文芸」九月号に載った。するとこれを読んで感動した「中央公

論」の編集者、畑中繁雄が詩の寄稿を依頼するために訪ねて来た。

運命の出会い

畑中は「金子光晴全集月報」6の「森さんのことにふれながら」で、この時の様子を伝えている。

「「鮫」にいたく感銘したあまり、余丁町のお宅に金子さんを訪れたぼくは、『中央公論』に詩一篇の寄稿を乞うた。そのときも金子さんは、初対面のぼくを前において、高村光太郎をはじめとして現代詩人の多くが、時代の空気に煽られて、まさに土井晩翠の現代版に逆もどりしてゆく傾向を大いに慨歎され、ここに四十台そこそこの金子さんと三十前のぼくは大いに共鳴し、話に熱気がこもりはじめた、そのとき、奥手の襖があいて和服の婦人が入ってくるのがちらりと見えた。「家内です」と紹介されて、ぼくはおやッとおもった。森三千代さんの笑顔がそこにあったからである。森さんが金子夫人であることをご本人はかつて一度も口にしなかったし、森さんがすでに詩文を『中央公論』にもちこんでおられたことを、逆に金子さんは知らなかったようでもある。

金子さんの詩篇は、数日後郵便で送られてきた。「燈臺」であった。」

金子は同じく対談集『新雑事秘辛』で、「「鮫」以外のあの詩集の詩はだいたい、旅行から帰ってきてからのものですね」と語っている通り、壺井繁治の要請で、「蚊」が雑誌「太鼓」一九三五年十一月号に発表された。編集兼発行人は壺井の甥の戎居仁平治であった。

雑誌が出ると、戎居はすぐに内務省警保局に呼び出された。検閲の係官は、「時局をわきまえぬ反戦詩であると断定し、語調きびしく次号からこういう類のものを載せると発禁にするといわれたが、〈蚊〉の削除販売の処分は免れた」(『太鼓』発行名義人の「回想」)という。軍人を蚊にたとえるとは何事かというのが検閲官の言い分であった。

こうしたなか、今度は「燈台」が「中央公論」十二月号に掲載された。房総半島への旅行で想を得た詩にはこう述べられている。

そらのふかさをのぞいてはいけない。
そらのふかさには、
神さまたちがめじろおししてゐる。

飴のやうなエーテルにたゞよふ、
天使の腋毛。
鷹のぬけ毛。
青銅《からかね》の灼けるやうな凄じい神さまたちのはだのにほひ。
秤《かんかん》。

そらのふかさをみつめてはいけない。
その眼はひかりでやきつぶされる。

そらのふかさからおりてくるものは、永劫にわたる権力だ。

そらにさからふものへの
刑罰だ。

信心ふかいたましひだけがのぼる
そらのまんなかにつったった。
いっぽんのしろい蠟燭。

——燈臺。〔後略〕

畑中繁雄は「燈台」を、「この国を蔽う絶対主義的支配権力、その中軸である天皇制にまっこうから挑戦するこの第一作」と評しているが、金子はキリスト教にかこつけて、日本人を政治的だけではなく、宗教的にも、倫理的にもしめつける天皇制を卑俗な表象に転化することで、その虚飾を剝ごうとした。

「燈台」が「中央公論」に載ると、豊島与志雄が「文藝春秋」で絶賛した。

「中央公論に、金子光晴氏の『燈台』といふ詩を見出して、私は非常に嬉しかった。重立った営業雑誌のなかで美しい詩にめぐり逢ふと、砂漠でオアシスに出逢ったやうなものだ。『燈台』はいゝ詩だ。思念と感覚との融合がうれしい。私の喜びのために、その一節を茲に引出さして貰ふ。〔中略〕（この時評欄で右の一節が気持ちよく組んでもらへるとうれしいのだが……。）」

さらに金子は、「紋」では天皇制のもとで、唯々諾々と生きる日本人の内面を問題にした。

「紋」

九曜。
　うめ鉢。
鷹の羽。
　紋どころはせなかにとまり、
袖に貼りつき、
　襟すじに縋る。

溝菊をわたる
蜆蝶《しじみてふ》。
……………ふるい血すじはをちぶれて、
むなしくほこる紋どころは、
金具にさび、
蒔繪に、剝《はが》れ、
だが、いまその紋は、人人の肌にぬぐふても
消えず、
月や、さゞなみの
風景にそえて、うかび出る。
［中略］

日本よ。人民たちは、紋どころにたよるながいならはしの
　ために、虚栄ばかり、
ふすま、唐紙のかげには、そねみと、愚痴ばかり、
じくじくとふる雨、黴畳、………黄疸どもは、まなじりに
　小皺をよせ、
家運のために、錢を貯え、
家系のために、婚儀をきそふ。
紋どころの羽織、はかまのわがすがたのいかめしさに人人
は、ふっとんでゆくうすぐも、生死につゞくかなしげな
　風土のなかで、
「くにがら」をおもふ。
紋どころのためのいつはりは、正義。
　狡さは、功績《いさをし》。
紋どころのために死ぬことを、ほまれといふ。

［後略］

紋どころを後生大事に守り、そのために虚栄をはり、体制に迎合して命まで軽んじる人たち。次の詩篇「おっとせい」では、自分もそうした俗衆の仲間であることを認めている。

「おっとせい」

そのいきの臭えこと。
くちからむんと蒸れる、

そのせなかがぬれて、はか穴のふちのやうにぬらぬらしてゐること。

虚無《ニヒル》をおぼえるほどいやらしい、
おゝ、憂愁よ。
［中略］

いん氣な彈力。
かなしいゴム。

そのこゝろのおもひあがってること。
凡庸なこと。

菊面《あばた》。
おほきな陰嚢《ふぐり》。
［中略］

そいつら。俗衆といふやつら。
［中略］

おゝ。やつらは、どいつも、こいつも、まよなかの街よりくらい、やつらをのせたこの氷塊が、たちまち、さけびもなくわれ、深潭のうへをしづかに辷りはじめるのを、すこしも氣づかずにゐた。

みだりがはしい尾をひらいてよちよちと、
やつらは氷上を匍ひまはり、
…………文學などを語りあった。

うらがなしい暮色よ。

凍傷《しもやけ》にたゞれた落日の掛軸よ！
だんだら縞のながい影を曳き、みわたすかぎり頭をそろえ
　て、拝禮してゐる奴らの群衆のなかで、
侮蔑しきつたそぶりで、
たゞひとり、
反對をむいてすましているやつ。
おいら。
おっとせいのきらひなおっとせい。
だが、やっぱりおっとせいはおっとせいで
たゞ
「むかふむきになつてる
おっとせい。」

金子は「おっとせい」のなかでただ一頭の、「おっとせいのきらひなおっとせい」として自分を描いている。しかしその「おいら」も、「やっぱりおっとせいはおっとせい」で、「ただ／「むこうむきになつている／おつとせい」にすぎないと、痛烈に自己を批判する。彼もまた俗衆のひとりであることを免れてはいない。

金子の詩はこの時代にあって、明らかに異質であった。先にも引用したが、金子にとって詩は、自己確認の手段だったのである。

「当時の僕には、詩の傑作はあまり問題ではなかった。僕は、当時の詩の周辺に対する諸疑念をたしかめ、じぶんの認識をしっかり心にきざみつけるため、納得のゆくためにだけ、詩を書こうと心組みした。〔中略〕いずれは僕の人生の一つの総決算をして、プラスとマイナスをはっきりさせ、じぶんじしんにつきつけるためであった。」（『詩人』）

「おっとせい」を含めた詩集は、一九三四年（昭和九年）三月頃には、古谷綱武たちの鶴社から出版することが決まっていた。だがその矢先に鶴社が資金難からつぶれて、計画は頓挫してしまったことは先に述べたとおりである。

金子は『詩人』で、「僕は、しかたがなしに詩を書いた。詩集にするという話が、『詩原』をやっていた遠地輝武君からあって、まとめにかかった。遠地の方の話が駄目になってから素人の本屋さんが、印刷器械をもっ

ているので、詩集『鮫』を、四号活字で豪華なものにする目的で、紙型までとった。武田麟太郎のやっていた人民文庫社で出版するという話が最後にあった」と書いている。

この記述のように、詩集『鮫』は「鮫」の一篇だけを、遠地輝武が出したいといってきたが、これは実現しなかった。次いで素人で出版社をやっている秋山龍三が印刷機をもっているので、ここから出版しようという話が持ち上がった。このときは四号活字で組んだ豪華なゲラ刷まででき、紙型までとったが、資金と緊迫する時勢を考慮した結果、断念したと思われる。

このとき詩集は出版されなかったが、四号活字のゲラ刷を読んだ赤松月船が「日本詩」に批評を書いた。詩の大部分百三十行を引用したもので、批評というよりは紹介に終始した。こうして詩集刊行のほぼ一年前に批評がでるという珍妙な事態が起ったが、赤松の引用と、のちの人民社版を比べてみると、この間にも金子が「鮫」を推敲、修正していることがわかり興味深い。詩集『鮫』はこうした難産の末、一九三七年（昭和十二年）八月に人民社から出版されることになる。

第七部　『鮫』の衝撃

第一章　緊迫する時局

二・二六事件

金子と三千代が帰国して以降、中国大陸での戦争とともに日本の社会は急速に右傾化が進んだ。一九三五年（昭和十年）二月には、菊池武夫が貴族院で美濃部達吉の天皇機関説を批判し、美濃部はこれに反論した。しかし首相の岡田啓介が議会で天皇機関説に反対を表明し、美濃部達吉は九月に貴族院議員を辞職した。そして政府の思想取り締まりは一段と強化された。

　この年の三月には、日本共産党幹部が検挙され、共産党中央委員会は壊滅。機関誌「赤旗」は終刊に追い込まれていた。

　年が明けた一九三六年（昭和十一年）二月二十六日、いわゆる二・二六事件が起こった。前夜から大雪が降ったこの日、金子は自宅にいた。

「前夜来の雪の寒い朝、余丁町の表口から国木田が、蒼ざめた顔をしてぶるぶるふるえながらやってきて、

「たいへんだよ。光《み》っちゃん」

　といって、軍人たちがクーデターをはじめて、内閣の閣僚は皆殺されたと報道した。二・二六事件だった。僕も、来るものが来た、という感がした。たしか、その頃は、余丁町一〇九番地を引きはらって、表通りの電車道に添うた、一二四番地の貸家にうつっていたと記憶している。その家は、やはり五坪たらずの庭があり、柘榴のかわりに、すばらしく立派な柘植《つげ》の木が一本植っていた。国木田は、左翼の出版の秘密図書を一抱えもってきた。僕は、鍬をふるって、その柘植の木の根もとの雪をおこし、できるだけふかく地面を掘って、その本を悉皆埋めた。国木田の身のうえに迫ってくる危険を、我身のうえにも惻々と感じた。」（『詩人』）

　時勢は緊迫する一方だったが、武田麟太郎たちが主

宰する雑誌「人民文庫」は三月に創刊号を出した。その編集後記にはこうあった。

「いつからか、こんな雑誌を出してみようと云ふ気運が私たち仲間に湧いた。云はば、今のところ徒党的な雑誌であるが、それでいいと思つてゐる、外から原稿は貰はず、仲間だけのですました、後々までこの調子でやつて行くかどうかは未だ解らない、唯、秋田、江口、青野氏には社会主義文学の三長老と云ふ意味で、若輩の私たちを助けて、勝手気儘なところを、毎月何頁か書いて頂くことにした。」

　雑誌の費用はすべて武田が持った。参加者は「日暦」を主宰していた高見順や、新田潤、渋川驍、円地文子など旧日本プロレタリア作家同盟の人たちが多く、武田を師と慕う大谷藤子や矢田津世子も同人となった。皆が次第に発表の場を失いつつあった。三千代も武田の行動力に強く魅かれた。

惹かれる心

　金子と三千代は七月三十日、小学三年生になった乾の夏休みを利用して、親子三人で富士登山に出かけた。五合目までは馬喰がひく子馬で登り、そこで一泊。金子は高所恐怖症だったが、乾のために翌日は夜が明けきらぬうちに、山頂をめざす登山者の行列に加わって登った。

「雲の切れ目からあがってくる太陽の壮観を観ようというわけだ。人々は、それを、御来迎と呼び、瞬間、讃仰の声を放ち、白衣の行者たちが、数珠《じゅず》をおしもんで経文を唱えたりしているあいだで紅肌に白い毛ずねを股まで露わに出した外人の娘や、日本の学生たちが、しきりにカメラをむけて、カチカチやっていた。大きな自然をみたりすると、人間の感性はその威圧を受け、たよろうとするおもいを抱くものらしいが、なにものにもじぶんを捧げるほどの敬虔《けいけん》な感情をもったおぼえのない僕の眼には、それはただ大仕掛けなキネオラマとしか映らなかったが、それでも、心を洗われるような清涼な空気の味と、少くとも窮乏な日常生活の煩いをふり落して、遠くに来ているなという、意地悪な、さばさばとした報復感だけは味わうことができた。」（『鳥は巣に』）

このあと三人は火口を一周して五合目まで下山し、そこからは自動車で山中湖畔にあるホテルに泊まった。さらに富士五湖をめぐり、浅間温泉、上高地、中湯温泉、五千尺を見てまわった。

次いで槍ケ岳にも登るはずだったが、金子は腰痛で動けなくなり、登山口の一の股小屋に残り、三千代と乾の二人だけが槍ケ岳の麓まで行った。あとで聞くと、三千代は雪渓にそった道を、乾の手をひいてハイヒールで登ったのだという。専門家によれば、雪渓の下には雪解け水が流れていて、その上を街を歩くのと同じような姿で登るのは無謀そのものだった。だがこれも向こう見ずな三千代らしいやり方だった。金子は腰の痛みをかばいながら、余丁町の家に帰り着いた。

「生涯のたのしかった頃は、あの時が頂上だったかもしれない。負債も片づいたし、一銭の貯金もないながら、入ってくる金も多少あり、金があれば、遊び場に出かけて、みんなでそれを手ばたきにした。まるで、これまでの意趣ばらしのような心境からであった。」（同）

三千代は相変わらず武田麟太郎の許に出入りしていて、ときどき妹はるを連れて行ったが、はるは武田の家でよく顔を合せる、国民新聞社に勤める菊池克己と結婚することになり、十月十二日に、ささやかな披露宴が行われて金子も出席した。

十一月二十五日、国際連盟から脱退して国際的に孤立化を深める日本は、ヒトラーのドイツとの間で日独防共協定を調印し、国内ではそれを祝う祝賀会が盛大にもよおされた。

十二月四日、中国では蔣介石が、張学良たちに監禁される西安事件が起きた。張学良は蔣介石に内戦の停止と、一致協力して抗日に当たることを要求した。事変を聞いた共産党の周恩来は急遽西安を訪れて、蔣介石、張学良と話し合い、その仲介で蔣介石は要求を認めて解放された。これをきっかけにして国共の内戦は停止し、抗日民族統一戦線が結成されることになった。

十二月中旬、三千代が自宅で雑誌「輝ク」の忘年会でやる芝居の稽古を、望月百合子、詩人の英美子や息子の乾たちとやっているところへ、突然、上海で知り合った郁達夫が訪ねて来た。印刷機を東京で調達するというのが表向きの口実だったが、国共和解の動きをうけて、日本に滞在中の郭沫若を故国に連れ帰りに来たのである。

金子は近くの中華料理店から、チャーシューや老酒を買ってきて、遠来の客をもてなした。そしてこのときに、出版予定の詩集『鮫』の装幀に用いるつもりで、「鮫」の字を郁達夫に揮毫してもらった。

後日、神田の「大雅楼」で歓迎会が催された。出席者は、郁達夫、郭沫若と二人の息子、谷川徹三夫妻、古谷綱武、金子光晴と三千代で、乾も出席した。会食の途中で郭沫若が調理場に入って行ったあと、料理の味が急に美味くなったという逸話が伝えられている。彼が気合いを入れた結果だった。会は和気藹々としたもので、郁達夫と郭沫若は最後には歌まで披露した。

『鮫』の出版

郁達夫が来る直前、武田麟太郎がはじめた「人民文庫」の編集者である本庄陸男が余丁町の家を訪ねてきて、詩集『鮫』の出版を促し、金子もそれを承諾したところであった。「鮫」の字の揮毫の裏にはこうした事情があった。

金子が武田や本庄と親しくなったのは、三千代の関係ではなく、義妹はるの夫となった菊池克己の仲介であった。菊池は秘密の共産党員だったが、仲間が検挙されたうえ拷問されるのを見て転向していた。ときどき警察が通りがかりのふりをして様子を見に来たりするので、彼は普段用心深くしていたが、酒が入るとひどい扱いを受けた警察への鬱憤を口にした。金子は人民文庫から出版された彼の著書『花霧荘』のために、挿画を描いたことがあった。

あるとき金子の家で、菊池と作家の正岡容が顔をあわせたことがあった。生活環境も趣味もまったく違う二人が、戦争嫌悪の点では話しが一致した。菊池は、「この戦争が長引けば、必ず共産革命が来る」といい、正岡は「なにがなんでも共産革命だけは来てほしくないが、戦争はいやだ」といった。金子が戦争についての不満を話し合った相手は山之口貘だった。

一九三七年（昭和十二年）六月、近衛文麿の内閣が

成立。七月七日の深夜、盧溝橋で日中両軍が衝突する日華事変がおこり、日本と中国は本格的な戦争状態に突入した。

十七日には蔣介石が盧山で周恩来と会談し、陝甘寧辺区政府を承認、対日抗戦のための総動員令を下した。それに対して、日本軍は七月二十八日に、華北で総攻撃を開始した。

翌二十九日、前年の富士登山で味をしめた金子たち三人は、この夏は那須へ避暑にでかけようとして家を出たとき、号外の新聞が配達されて、通州事件が起きたことを知った。北平（北京）の東の郊外にあたる通州で中国の防共自治政府保安隊によって、日本人居留民二百人以上が殺害されたというニュースであった。

金子は旅行の中止も考えたが、自分たちにはさしずめ関係がないと思いなおして、そのまま旅行に出かけ、十日間ほど那須から塩原の温泉地をめぐった。

こうした時勢のなかで『鮫』を出版するのは危険だと、一時見合わせる意見も出た。しかし「人民文庫」を編集している本庄陸男がやって来て、金子を説得した。

「戦時にはいっては、僕の『鮫』も、一先ず形勢をみて出版すべきだという説も出て、僕も引込めるつもりでいたところ、『人民文庫』の編集をしていた本庄陸男が余丁町の家にやってきて、その考えに異議を申し立てた。「こんな形勢になってこそ、この詩集の意義があると僕は思います。是非出してください」という、真正面な言葉によって、僕は意をひるがえした。本庄君のようなヒタ向きな人間のことばを、日本ではすでに久しく耳にしなかったのだ。二人で余丁町から新宿に歩いて、角筈の角にあるオリムピックという店で、夕食をとりながら、出版の手筈をあれこれと相談した。本庄君はもう、よほど胸の病勢がすすんでいたらしい。」（『詩人』）

難産の末、こうして『鮫』が出版された。B六版、九十九頁、定価一円。厚紙の箱入りで、表の題字は郁達夫の揮毫が大きく印刷され、扉の文字と絵は吉田一穂、挿画一点と各ページの上部のカットは田川憲（憲一となっている）の木版画が飾った。収録された詩篇は、「おっとせい」、「泡」、「塀」「どぶ」、「燈臺」、「紋」、「鮫」の七篇で、奥付には、「昭和十二年七月廿八日印刷／

昭和十二年八月五日發行、金子光晴著／鮫、定價　壹圓／送料　十錢、著者　金子光晴／發行者　武田麟太郎／印刷者　銀山一郎／印刷所　櫻文印刷加工株式會社／發行所　東京市神田區淡路町二ノ七小口ビル　人民社」とある。

そして詩集の冒頭には「自序」があり、こう書かれている。

「武田麟太郎さんに序文をお願ひしたが、別に書くこともなささうだといふこと。僕が自分で筆をもつたが矢張、必ず言はねばならぬこともありません。一言、鮫は、南洋旅行中の詩、他は歸朝後一二年の作品です。なぜもつと旅行中に作品がないかと人にきかれますが僕は、文學のために旅行したわけではなく、鹽原多助が儉約したやうにがつがつと書く人間になるのは御めんです。よほど腹の立つことか、輕蔑してやりたいことか、茶化してやりたいことがあつたときの他は今後も詩は作らないつもりです。

僕の詩を面白がつて發表をすゝめてくれた人は中野重治さんで、序文をたのむのはその方が順序と思ひましたが、このあついのにと察してたのむのをやめました。」

『鮫』は人民社が最初に出した単行本であった。二百部を発行したが、売れたのは半分ほどで、残りは金子と武田の家の押入れに長く置かれていた。幸い発禁処分は免れたが、金子自身はその理由を、

「『鮫』は、禁制の書だったが、厚く偽装をこらしているので、ちょっとみては、検閲官にもわからなかった。鍵一つ与えれば、どの曳出しもすらすらあいて、内容がみんなわかってしまうのだが、幸い、そんな面倒な鍵さがしをするような閑人が当局にはいなかったとみえる。なにしろ、国家は非常時だったのだ。わかったら、目もあてられない。「泡」は、日本軍の暴状の曝露、「天使」（収録されていない）は、徴兵に対する否定と、厭戦論であり、「紋」は、日本人の封建的性格の解剖であって、政府側からみれば、こんなものを書く僕は抹殺に価する人間であるわけだ。」（『詩人』、なお「天使」は戦後の詩集『落下傘』に収録された）

金子がいう通り、『鮫』では天皇制をはじめ社会の病巣をあばく批判が、おっとせいや鮫などに仮託されて、象徴的に描く技法が用いられていたから、検閲官

の目を逃れることができた。その他、世間に出まわった部数が実質百部程度だったことや、「人民文庫」は当初から監視の対象で、幾度も発禁処分を受けていたが、金子自身は執筆メンバーではなく、長らく日本をあとにして、無名に近かったことも幸いしたと思われる。

『鮫』の反響は多くはなかったが、発売後間もない八月十七日には、前橋にいた萩原恭次郎から手紙が来た。彼が主宰する「コスモス」に、詩「エルヴェルフェルトの首」を載せて以来の知り合いだった。

「ほんとうの詩人の詩といふものに自分はしばらく接しないでゐた。君のやうにものを把み上げてゆく人を詩人といふのだと思ひます。これだけの認識と技術、量と質をもってゐるものなら、序文があろうとなかろうと問題ではない。存在である。実にかうした人のゐることは、自分の生き甲斐を増させるものであり、またいつか自分のものも正当に見てもらへると思って、実によろこばしい。」(『萩原恭次郎の世界』)と書かれていた。感激した金子はすぐに返事を書いた。

さらに雑誌「詩作」十月号の新刊紹介の欄で、無名氏がこう書いてくれた。

「(『鮫』は)しばらく振りの著者の詩集だ。一くせある詩人として昔から知られてゐる著者のこの新しい詩集は中々の逞しさだ。正直のところ最近の詩壇での秀逸と言つてよからう。良き構成をもち、熱情をもち、底深くドス黒い血のやうな生々しさが読者を襲ふ。著者の南洋放浪時の所産ときくが単なるエキゾーチズムではない。鋭い感覚と人間的な情熱が虚無に向つて吼えてゐる力強い聲がきこえる。『鮫』という詩はいゝ詩である。その一節を抜く――

鮫は彼らから/両腕をパックリ喰取つた。/そして、いういう彼らのまはりを、/メッカの聖地の七めぐりを真似て/彼らを小馬鹿にしながらめぐる。/鮫はAUTOのやうにいやにてかてかして/ひりつく水のなかで、段々成長する。」

さらに岡本潤は、「人民文庫」十月号の「金子光晴詩集『鮫』」で次のように評した。

「復讐の文學といふ言葉があるとすれば、「鮫」一巻は實に復讐の集積である。〔中略〕

南洋から歐羅巴を裸一貫でうろつき乍ら、どうにもならぬところまで追ひつめられた彼が、詩を復讐の擲彈としたといふことは決してなまやさしい偶然ではない。〔中略〕「純粋」詩論家や浪曼主義者などのお天氣感情ではどうにもならぬドンランな現實世界に彼がのたうち生きてゐる證據である。〔中略〕

「おつとせい」に於て、彼は俗衆への侮蔑と嫌悪を吐き出してゐる。〔中略〕俗衆に瀰漫するさういふ「思ひあがつた凡庸さ」こそが、彼の侮蔑と嫌悪の對象なのだ。彼はおつとせいの中のおつとせいである。たゞ「むかふむきになつている、おつとせい」である。何故むかふむきにならずにゐられないかは、氣まぐれな生理的條件によるのではなく、社會の風潮を凝視する、必然を視る眼がさうさせるのだ。この刺すやうな凝視は「塀」に於てやゝ悲愁を呈し、「燈臺」に於て鋭烈をきはめ、「紋」に於ては辛いユーモアをたゝへてゐる。「泡」や「どぶ」には虚無《ニヒル》を感じさせるものがあるが、そのニヒル的なものの裏には常に彼自身のどぎつい社會的憤懣がたぎつてゐるので、それらの詩はことごとく東洋的な退嬰とは反對の方角を指針する。特に長詩「鮫」に於て、そのニヒル的なものは、あくまでも肉體的な逞しい相貌を呈して復讐すべき敵にたちむかつてゐる。その不敵な面だましひと臟腑！

詩集「鮫」はピンからキリまで、謂ふところの「日本的なもの」に逆立する。この詩集が今日出版されたといふことは、それが出るべき必然を以て出ただけに一つの驚異だとさへ僕はいひたい。」

長年、交流のある岡本潤の評はさすがに的を射たものであった。ただ金子の詩の正体がこうして明かされることは、取り締まり当局の目を引くきっかけになりかねなかった。たまたま道で出会った詩人の前田鉄之助は、「君、いい加減にした方がいいよ。当局だって、めくらばかりがいるわけじゃないんだから」と金子に忠告した。

一九三八年(昭和十三年)三月、北海道大学の予科生で、医学を目指すかたわら詩を書いている河邨文一郎が、詩集『鮫』を読んで衝撃をうけ、わざわざ牛込余丁町の自宅を訪ねて来た。河邨はこのとき二十一歳だった。彼の前にあらわれた金子は飄々として、どこか頼りない感じだったが、時局と詩壇をこきおろしているうちに、一冊の大学ノートを開いて河邨に見せた。そこには「八達嶺」と「弾丸」の二篇の散文詩が書かれていた。そして「弾丸はね、あいつらに言わせると、平和のために戦ってるんだからね。」と皮肉に笑った。間もなく外出着の、眩いほど美しい三千代があらわれ、三人は連れ立って新宿の角筈まで歩き、そこで別れた。河邨はこの機会に金子に師事して弟子第一号となり、終生にわたって親密な関係を結ぶことになる。

新作の幾つか

詩集『鮫』を出版したあと、金子は「人民文庫」十月号に詩篇「洗面器」を、改造社発行の「文芸」十月号には「抒情小曲　湾」を発表した。「人民文庫」は発行する度に発禁処分をうけていた。

「洗面器」

洗面器のなかの
さびしい音よ。

くれゆく岬《タンジョン》の
雨の碇泊《とまり》。

ゆれて、
傾いて、
疲れたこころに
いつまでもはなれぬひびきよ。

人の生のつづくかぎり
耳よ。おぬしは聴くべし。

洗面器のなかの
音のさびしさを。

この詩には序文がついている。「（僕は長年のあひだ、洗面器といふうつはは、僕たちが顔や手を洗ふのに湯、水を入れるものとばかり思つてゐた。ところが、爪哇人たちは、それに羊《カンピン》や、魚《イカン》や、鶏や果実などを煮込んだカレー汁をなみなみとたたへて、花咲く合歓木の木蔭でお客を待つてゐるし、その同じ洗面器にまたがつて廣東の女たちは、嫖客の目の前で不浄をきよめ、しやぼりしやぼりとさびしい音を立てて尿をする。)」

金子はのちに、女が洗面器で放尿し、ビデ代わりにする光景を中国旅行中に目にしたと語っている。このイメージは彼のなかに強烈な残像として残り、それにジャワで見た光景が加わって詩に結実したのだった。

彼の詩はどれも、対象にたいする冷徹な眼差しがうかがえるが、それは人間という存在についても同様で、生ぬるい、いわゆるヒューマニズムとは無縁のものである。彼はフェミニストだといわれ、女性に捧げられた詩も多く、彼女たちに向ける目が優しいのは事実である。だがそれもフェミニスト特有の優しさとはどこか違っている。

この点に関して作家の小池真理子は、「金子は女性に魅かれ、女性なしでは生きられなかったにも関わらず、女性が持っている即物的な性、動物的な側面を目いっぱい嫌悪していた。性的満足を得るためだけに関わる女性と、恋心を抱く女性をきっぱりと区別していたところもあった。〔中略〕とはいえ、彼の女性嫌悪は、女性蔑視では決してない。嫌悪と蔑視では、天と地ほどの差がある。」(「鑑賞――男たちへのいたみうた」、金子光晴詩集『女たちへのいたみうた』後書き、集英社文庫)と書いている。

この女性ならではの鋭い指摘は、「洗面器」にも当てはまる。そしてこの詩から浮かび上がるのは、女性だけでなく人間そのものがもつ悲哀である。多くの人が「洗面器」を、「鮫」や「おっとせい」と並ぶ、この時期の傑作としてあげるのはそのためである。

「女弟子」

三千代は武田麟太郎の許を訪ねることを繰り返していた。三千代が武田麟太郎とのことを書いたものに、先に引用した回想「あの時　この時――武田麟太郎先生の思い出――」(「風説」、昭和二十四年三月号)の他に、「銀座を行く武麟」(「小説新潮」、昭和二十八年五月)、「最後に会った日のこと」(六興社版『武田麟太郎全集』月報、昭和三十七年七月)があり、雑誌「アリーナ」(中部国際人間学研究所刊)二〇〇五年号には、「銀座を行く武麟」

の前身と考えられる「女弟子」が掲載された。この未完の原稿は、三千代の九冊目の日記帖に書かれていたもので、金子光晴の蒐集家の桑山史郎が東京神田の古書店で見つけ、同誌に発表したものである。

「女弟子」の内容は、「銀座を行く武麟」と重なる部分が多いが、一層生々しい記述がされている。小説の冒頭部分――、

「謙吉と珊子のやうな夫婦のありかたは、外見には一寸理解しにくいものであつた。彼等は五年間あまりの別居生活ののち、岩や波にせかれて別れ別れになつた漂流物がふたゝびもとの場所に出会つたやうに一つ家に住むことになつたのだ。それといふのも、波や岩にもまれてゐるあひだ遠くからおたがひの姿をながめあつてゐた彼等は、どちらも相手がそのあひだ仕合せさうには見えなかつたので、両方でそれぞれ、やはり相手には自分が必要なのだと思ひこむやうになつたからであつた。」

謙吉は金子で、珊子が三千代であるのいうまでもない。二人は一つ家に住み、化粧品会社の広告の文言を珊子が考え、謙吉が絵を描いて収入を得ている状況も二人の実生活そのままである。

珊子は白皙長身の中国人青年と恋愛をしていて、彼を家に泊めた翌朝、謙吉と鉢合わせしたりする。作中ではこの青年は柳剣鳴という名前で呼ばれている。

作中の謙吉は、「信じ易く、人には親切好きで、陽気でにぎやかなことのすきな彼の性格の表面の底は、真空のやうな底知れない人生の空しさに通じてゐた。いくらのぞいても我執や野望などをいふもののかげもさゝない恬淡さは、生活のうへでは無気力なあらはれとなり、世俗のうるさいことから一切のがれようとする放任主義は無責任の結果に終るのだつた。」と語られる。

珊子が柏木雄之助〔武田麟太郎〕の家を訪ねるようになったのは、柳剣鳴のことを描いた小説に、雄之助が月評で二、三行触れたのがきっかけだった。柏木の家は麹町の広い表通りから細い道に入ったところにある二階家で、「彼は原稿を書きながら机のまはりに客をひきつけて、談笑の仲間入りをしながら筆を動かした。そのやうな仕事振りが、彼の妻の芳子が質草といつしよに家の前から自動車にのつて、地方から彼を頼

つて出てきた青年のために金をとゝのへてかへつてくる。さうした暮しかたといつしよに人々の語り草となつた。」（同）

実際の武田も、借金をして創刊した「人民文庫」が毎号のように発禁処分をうけて廃刊に追い込まれ、その後始末を一人で背負い込んでいた。そのため高利貸しや高利貸しを世話する男たちが書斎にやってくるのだが、武田はそんな彼らを前に坐らせて新聞小説の続きを書いていた。三千代が魅了されたのは、そんな生き方と作品だった。

「珊子は、その恋愛の彼方に、一筋の光明をものぞむことはできなかつた。八方に分散してゐる彼の愛情をどうやつて、彼女一人の手にとりおさめることが出来よう。彼は、たくさんの男や女たちのものであつた。たくさんの雑誌社や書肆のものだつた。彼は、数万、数十万の読者たちに属くする人間だった。

たゞ一人の女から一人の男を奪ふことだつて、容易なことではないのに、彼をとりまく森羅万象から彼をひきはなして、全く自分のものにすることができるだらうか。しかし、それなればこそ、珊子は、その一瞬に燃えてみたい気もするのだつた。」（同）

ある日、二人の雑誌記者と取り巻きの若い男、柏木、珊子の五人で銀座へ繰り出すことになり、タクシーに乗ったことがあった。珊子は柏木の前の補助席に坐り、柏木の膝がうしろ向きの彼女の身体の一部を押す格好になった。「その部分で彼のあつたかい血の流れを感じるのが、珊子にはめづらしかつた。肉躰は、精神のやうには嘘がつけないものだ。自動車の動揺で彼の膝が強く押す時があつたが、ひつこまうとはしなかつた。彼女がその膝がわきへそらされるのをおそれてゐるやうに、彼女がからだの位置をづらすのを彼もおそれてゐる。そのお互ひの持つてゐる危惧もわかりあつてゐるやうに思われた。」（同）

この年の十一月には、日独伊防共協定が締結され、中国では戦線が拡大する一方だった。十二月十三日には日本軍は南京を攻略し、南京大虐殺を引き起こしたが報道は一切されなかった。

世間は戦勝のニュースに湧きたっていた。だが金子の周辺では、それとは違うことが起きていた。前年の夏に三千代を頼って上京してきた義弟の義文に召集令状がきた。また会社で可愛がっていた社員の青年が北支で戦死した。

　金子は、「戦争中の新聞雑誌の報道や論説は、いつでも眉唾ものときまっているが、他の言説が封鎖されていると、公正な判断をもっているつもりの所謂有識者階級も、つい、信ずべからざるものを信じこむような過誤を犯すことになる。人間は、それほど強いものではない。実際の戦場の空気にふれ、この眼で見、この耳で直接きいてこなければ、新聞雑誌の割引のしかたも、よみかたもわからなくなってくる。」（『詩人』）との思いから、三千代を連れて北支へ行ってみることにした。

　詩人と小説家という身分では渡航許可は下りそうもないので、モンココの商業視察という名目で申請した。このときの金子の心中には、土方のときと同じように、この旅行で三千代と武田の仲に冷却期間をおこうという思いがあったかもしれない。

　三千代は三千代で、別れた紐先銘〔柳剣鳴〕と会う期待から中国行きに賛成した。しかしそんな偶然は万に一つもないことはわかっていた。彼女の本心は、「戦争といふ大舞台を背景にして、ロマンスの終止符がどんなふうに打たれるかに興味があるのだと思つた。新しくはじまるロマンスのそれが出発点になるかもしれない。それならばそれもおもしろいではに《ママ》〔ない〕かとも考へた。してみると、やはり彼女は、剣鳴とめぐりあふことを目算においてゐたのだらろ《ママ》〔う〕か。いちばんほんとうのことは、剣鳴との事件を心の中でむしかへして、なんとなく腰の持ち上りにくい、臆却な北支行の誘惑剤にしてゐるのだつた。」（『女弟子』）

　彼女は北支行の計画を武田に伝えた。武田は彼女の旅の目的が中国人青年将校の行方を探すことなのをすぐに察したから、機嫌が悪かった。それでも彼らは逢瀬を重ねた。この点でも、三千代の行動は土方のときと同じだった。出発の前には二人だけの送別会と称して二日間飲み歩き、うらぶれた仕舞屋《しもたや》に泊まった。

「肉体の交渉は、あの極度に高潮した精神と精神との融合を裏付け、たしかめるにすぎない。だから肉体の交渉には、馴れあいがある。肉体の交渉に酔ひか《ママ》またつゞくのは、最初のあの瞬間の宿酔にすぎないのではないだろうか。これは、あとになつて珊子が思つたこ

とだつた。」（同）
　こうして翌朝、二人は家の前で別れる。
「家の中で、二階から人の下りてくる気配がきこえた。女中の寝てゐる茶の間の前廊下を足音をしのばせて二階の部屋には上つて謙吉〔金子〕と顔を見合はせると、彼女は自分の上機嫌をかくすことができなかつた。
「二日間打つ通しの送別会をやつたのよ。昨日はとうとう友達の家で寝込んぢやつたの。夕方起きるとまたお酒よ。ゆうべは夜あかしで、今日は疲れて一眠りしなくちや、とても帰れなかつたのよ。」
　謙吉は、その嘘のまづさにおどろゐた。しかし、帰つて来たのだ。北支行きはこれで中止にもなるまいと、彼はほつとしながら、彼女がねまきに着換へるのを手伝つてやつた。〔中略〕鏡の奥から、謙吉のものほしげな目がのぞいてゐた。謙吉の欲してゐることが、珊子には手にとるやうにわかるのだつた。酔つてふらふらするからだで着物を脱がしてもらひながら、そのあとで謙吉が待ちかまへてゐることを、彼女が知らないはずはなかつた。彼女はふと、雄之助とのある場合の思出に刺激されて、謙吉の誘ひにのつてゆきさうな自分を感じた。」（同）
『女弟子』では、謙吉が自分の部屋へ引き揚げたあとには、極寒の北支へ行くために揃えた、毛糸のジャケット類、兎の毛皮のついたチョッキなどの他に、気まぐれで注文したスキー用の女性用のズボンが、箪笥や行李から出されて積まれており、あとは旅行鞄に詰めるばかりになっていたと書かれている。おそらくこれは実際にあった光景だったと思われる。

第二章　大陸の現実

北支行き

一九三七年十二月十二日前後、金子と三千代は三度目の中国旅行の途についた。これより前、三千代の「小紳士」が雑誌「文芸」の十一月特集号に載った。息子乾をモデルにしたもので、多くの読者をもつ文芸誌ははじめてで、ようやく文壇に認められた喜びは大きかった。

渡航許可は籍を置いている「モンココ」本舗の市場視察という名目で、上海、天津、北京、山海関、張家口とまわる予定だった。ただ会社からは旅費等は一銭もでず、すべては三千代が原稿で稼いだ金だった。

二人が神戸から乗船したのは軍需品の輸送船で、すし詰めの三等船室にかろうじて場所を見つけるという状態だった。この船中で南京陥落のニュースを聞いた。

天津は一八六〇年の北京条約によって開港され、二十世紀初頭にはイギリス、フランス、日本など八カ国の租界が置かれ、一九三七年当時は四カ国の租界が残っていた。日本人租界の人口は一万六千人と膨れあがっていた。

満州事変以後、日本軍は北平〔北京〕や天津に迫り、中国軍は万里の長城の南に撤退して、戦闘は一段落した状況だった。北支は対中国、対ソ連の前線基地として、日本軍の支配下にあった。

天津航路では、河幅が三〇〇メートルにもなる白河の河口に二つの投錨地があった。太沽《たいこ》は河口の南岸に位置し、塘沽《とうこ》はさらに八キロさかのぼった北岸にあった。塘沽は京山鉄道沿いにあり、通常はこちらに寄港するのだが、この年の中国北部は三十年振りという大洪水に襲われて河底が浅くなり、船はそれ以上白河をさかのぼることができなかった。そのため金子たちの船は沖合一五キロの太沽バーに繋留し、船客は小型汽船や小舟に乗りかえて塘沽の瑪頭まで行った。

北中国の十二月末の寒さは、「たたき割ったガラス罎のぎざぎざをさわるよう」だった。そのなかを駅まで歩いていく日本人の列を、血走った目をした兵士が銃剣を構えてにらんでいた。街の周辺の田や畑を氾濫した水が浸し、それがひく前に零下何十度の寒さで凍ってしまったため、いたるところが汚いシャーベット状を呈していた。

天津では同人誌「楽園」の同人だった永瀬三吾が、京津日日新聞の社長兼主筆をしていた。到着するとすぐに、彼が日本人租界にある自宅の温かい部屋を提供してくれた。街では銃剣をかまえた兵士が立って警戒にあたっていた。天津には戦争の爪痕がいたるところに残っていた。

金子は出発前に中央公論社の畑中繁雄から紀行文を頼まれていたので、天津滞在中に「没法子《メイファーズ》——天津にて」と題した文章を送り、「中央公論」一九三八年二月号に掲載された。戦中のルポルタージュとしても貴重なもので、金子は船中の様子からはじめている。


「三等船客というものは、デッキにいるとき風体がへんなのですぐわかる。感心にワイシャツを着ていてもネクタイなしで、素足に冷飯草履をはいていたり、どてら姿によごれたタオルで百姓かぶりをしていたり、婦人連中にしたところが、髪をばさばさにし、おしろい気もうせ、船酔いと疲れで揉み苦茶になった顔をちょっと出したかとおもうと、痛いような寒風とくらくらする外光に辟易して、たちまち首をすっこめ、ひょろひょろしながら船底の嘔吐用の小さな金盥《かなだらい》のおいてあるところへ降りてゆく。船に万一のことがあった場合の遭難注意掲示には、救助担任者、一等船客は事務長、二等船客は事務員、三等船客は貨物主任と書いて貼り出してあるところをみても、三等船客は人間よりも貨物の部類に属するもので、ボーイたちの扱ひも貨物同様に手荒だし、したがって、どんなに紳士らしい風采をしてみたってはじまらないので誰もなげやりになるのである。特に、今年は各等の船切符がもう売切れたというほど、猫も杓子もが北支へ志している際として、満員の上を通り越し、莫蓙《ござ》一枚の上に二人ないし三人という割あてで、あおむいて寝る等は贅沢で気がひけるくらいであった。すこしでも場席をつごうするために他人《ひと》の頭のほうへ足をふみのばし、たがいちがいになって寝ているものもあった。人熱《いき》蒸《れ》、ペンキや船底ですえたもののにおい、半病人になって寝ている母親にとりついて、起《お》き《つ》、起きとせがんでは泣く子供たち。があがあいうラジオ。つきもどす声。まずい食事。だが、平時のように苦情を言いくらすものはなかった。」

乗船していたのは、軍属、女給を監督する料理屋の女将、女工の監督、植民地ゴロ、大阪弁の商人など千差万別だったが、ほとんどが世間が動揺している間に利権をものにしてあぶく銭を掴もうという魂胆のものであった。

天津の街の真ん中を寒々とした白河が流れていて、流れよった氷がそのまま凍っていた。街の建物の多くは日本軍の爆弾で瓦礫のようになり、市政庁は牌楼と塀だけが残るといった惨状だった。それでも夜の街は日本人でごった返していた。二人は永瀬の案内でイギリス租界や南郊へ行って大洪水のあとの白河を見た。

「「日本を出るときは、まさかこんな夜なかに天津の街をほっつき歩けるとは思わなかった」

と、奇妙な気がしてならなかった。ついこの間までここは戦場ではなかったかと思うからだ。そして戦争だからこそ安全なのだという論理にはなかなか到達しにくいのであった。しかも私の目にうつっている明朗北支は、軍の力のお蔭で仮りに支えられているもので、われわれは日本人であるということで、誰も彼も、軍の威光を背なかに背負って歩いているのだということを認めないわけにはゆかない。」（同）

金子と三千代は天津で目にしたものを記述し、市庁舎の跡地についても書いている。だが苛烈をきわめた南開大学への爆撃について触れていない。

三千代は天津見物の合間に、ひそかに紐先銘の消息を求めた。紐の実家が須磨街にあると聞いていたので、幾度か電話をしてみたが要領を得なかった。そこで人力車で家を探し当てて、閉まっている鉄門を叩いたが応答はなかった。

街を歩くといたるところが宣伝ビラの洪水で、「日軍信頼」、「防共産党」などと印刷されていた。主に華北青年会がつくったものだということだった。日本租界では日本にいるのと変わりはなく、日本の通貨も一律五銭という不文律のレートが決まっていた。金子はこうした表面的な中国の人たちの追従的な態度の裏にあるものを見逃さなかった。

「彼らのこのうって変わった阿諛《あゆ》的態度には、潔癖な日本人には不愉快になるものもあろうし、軽蔑を投げたくなるものもあろう。しかし、それは、彼らがどんな大きな天災地変にも対応して生きのこっては繁栄してきた歴史を考えるとき、とほうもない彼ら民族の辛抱の強さであることがわかってくる。」これこそ中国の人たちがよく口にする「没法子」、「仕方がない」という言葉に象徴されるものである。彼らは「仕方がない」、だからまたやり直そうと考えるのだ。

　金子はこの天津の人たちの生き方のうちに、その不屈さを感じ取っていた。ルポルタージュの最後は、次のように結ばれている。

「凍氷《こおり》の底に忘れられてある鋤はいう……没法子《メイファーズ》！
　驢馬は、驢馬の目やにはいう。没法子！
　皿を持ったままの掌の骨。皿はいう没法子！
　骨もいう。没法子！
　そして支那には、没法子より強いものはないのだ。
　収税役人《とりたてやくにん》よりも、
　始皇帝よりも。」

　日本の侵略にあってもじっと堪えて時を待とうとする中国の人たちの姿を「没法子」という一言に集約した金子の慧眼はさすがだが、この含意を当時の読者がどれだけ読みとっていただろうか。

北京

　二人にとって初めての北支の旅について、三千代も詩やエッセイ、紀行文を残している。

　二人は天津に一週間ほど滞在したあと、十二月二十三日に、奉天発の満鉄の列車で北京へ向かった。

「北京正陽站《チャンシャンタン》に着いたのは、舊臘廿三日の午前十一時十五分で、時間表通りの正確な着站であつた。事變後開通してから、二三時間、時としては四五時間も豫定より後れた列車が、この頃やつと規定通りに發着するやうになつたといふことであつたが、猶、奥地への旅をひかへてゐる私には、そんなことにも行先の心強さを感じた。」(「北京晴れたり」『をんな旅』所収)

北京駅に降りたってみると、街の雰囲気は天津とはまるで違っていた。

二人は駅で拾ったタクシーで邦字紙の北京新聞社を訪ね、社長のKの紹介で王府井《ワンフーチン》にある洋風旅館のC飯店に落ち着くことが出来た。中国人が経営する旅館で、部屋にはバス、トイレがあり、場所も北京随一の繁華街で便利だった。

翌朝は、疲れと寝心地のよさから十時ころに起きて顔を洗おうとすると、湯も水も出ない。呼び鈴を鳴らすと、老人のボーイが部屋に来てしきりに何かをしゃべる。言葉がわからないので鉛筆を渡すと、卓上の新聞の端に、「今天十時、人接収」と書き、すぐにここを立ち退いてもらいたいという。この大きな旅館は接収されることになり、満員の客たちは全員立ち退き、従業員も三十分後には全員が後片づけののち引きあげるということだった。しかたなく二人は解いたばかりの荷物をまとめて、近くのホテルに行ってみたが、C飯店を追われた客で満員だった。

やむなくKに電話をして、彼の骨折りでようやく交民巷の外れの正陽門站わきのF飯店に空き部屋をみつけることができた。安っぽい旅館だったが、バスもついていて、ボーイたちも愛想がよかった。ただ一階には日本人経営のダンスホールがあり、夜眠ってからも日本の流行歌が聞こえてきた。

北京では日本人が住むところは街の東側に片寄っていて、商店は東単牌楼附近に集まり、将来このあたりに日本人街を形成するつもりのようであった。現に日本旅館や料亭の多くがこの表通りの裏路地にちらばっていた。北京に長く住み暮らして中国風に馴染んだ日本人は、近ごろ満州国や内地から入り込んできた抜け目のない連中にしてやられている様子だった。急ごしらえのカフェや飲食店が多く店を開いていた。

中国研究家で、尚賢公寓という清朝時代の大官の邸跡の貸部屋に、美しい中国人の妻と住んでいる村上知行に会ったが、彼は日本の非行を憎んでいたし、北京で中国人子弟の教育に尽くしてきた清水安三や、上海で世話になった内山完造などもそうに違いなかった。

「そういう人はまだ、ほかにもいただろう。「北京新聞」の東北弁の社長も、やはり、願わくば、北京で死にたいとおもっているような人柄であった。けっして、北京が日本の領土になってほしいとはおもわない人だ。こういう日本人の心を僕は、宝玉にもくらべがたいとおもったが、軍国日本から言えば、あきらかに非国民である。

　どこの国でもそうだが、とりわけ中国のなんでもない民衆のなかには、どうしても愛情をもたずにはいられないような、いかにも大国の民らしい人間がいる。そういう人につらい思いをさせたくないためにも、日本軍に侵略を中止してもらいたいとおもう。

　たとえば、往年上海で、田漢《でんかん》や、唐槐秋《とうかいしゅう》とあそびあるいて大世界《ダースカ》の屋上へあがったとき、僕は急に便意を催し、田漢にさがしてもらって、くらい納屋のような便所へはいった。便所の中はうすぐらく、あちらこちらに、大きな樽がおいてある。その樽に腰かけて、用をたすのだ。

　みると、僕とむかいあって、一人の老人が腰かけている。黙ったまま、二人は用をたしている。老人はやがて、唐紙をとり出し、ゆるゆると二つに折っては、折り目から裂き、またそれを折って、四枚にした。なにげなくそれをながめていると、四枚のうちの二枚を、しずかに手をのばして僕のほうにさし出す。僕も、うなずいてそれをうけとったが、僕は、まだその老人の姿と、むずかしく説明するほどの行為ではないが、知る知らぬを越えた淡々とした好意のあらわれに、中国人の心の広く大きいものを感じたのが忘れられない。田漢たちに話すと、とんだりはねたりしておもしろがって笑った。」（『絶望の精神史』）

　北京では晴天がつづき、北京へ着いて二、三日すると緊張もほぐれて、城門の出入り毎に突きつけられる銃剣の閃めきにも驚かなくなった。勧められるままに紫禁城、天壇、鼓楼、赤壁などを見学した。紫禁城の見学には三日をかけて、その大がかりなことに驚嘆したが、主権者の虚栄心と脅しに平伏するだけで、三千代はかつて訪れた蘇州や杭州の淡々とした風情ほどの親しみを覚えなかった。

彼女は紐先銘の弟が北京にいることを聞いて電話をしたが、弟は不在で、ついに紐の消息はつかめなかった。三千代は知らなかったが、南京が陥落したとき、彼は若い僧侶に変装して死地を脱出したのだった。紐は中央軍軍政治学校教導総隊工営兵営長になっていた。

少年時代から寄席に通い伝統芸能に親しんできた金子は、中国の民間芸能にも関心があり、京劇をぜひ観たいと思っていた。しかし事変後、梅蘭芳は上海へ移っており、他のよい役者も南方へ行ってしまっていた。それでも西長安街の長安大戯院で、李宣誠が演じる「玉堂春」を、前門外の慶楽戯院では「宝軍山」を観ることができた。芝居小屋は芝居好きの庶民で一杯だったが、日本人の彼らを特別気にする風はなかった。これに気をよくして、大観楼影院へ映画「生龍活虎」を観に行った。

さらに王府井にある東安市場の茶楼で京津太鼓を聴いたが、これは蛇皮線弾きの巧みな手さばきにつれて、妙齢の美人が片手に四つ竹をもち、それで銭太鼓を叩きながら、三国志演義や金瓶梅の物語を節をつけて語るもので、大変面白かった。

王府井にはさらに、数十軒の古本屋が軒を並べる通りがあった。事変後、中国の出版界は休止状態で、日本に関係する本や日本語の手引きの類が飛ぶように売れ、反対に過激な思想の書籍や排日的な論調の著者の本はきれいになくなっていた。政府側の通達によるものか、本屋が自発的に引込めたのかはわからなかった。ただその統制ぶりが不気味だった。

一見平穏な北京で、戦時を実感させるのは毎日変わる為替相場だった。二人は外出のときに、宿の帳場で小出しに円を両替したが、十円につき十銭も減ることがあり、それが三、四日続くと、なにか異常事が勃発したのではないかと不安にさせられた。その上、偽札が横行していて用心が必要だった。

八達嶺

年が明けた一九三八年（昭和十三年）元旦、金子と三千代は八達嶺の万里の長城へ行くことにした。厳冬のさなかの旅行に周囲の人たちはあきれたが、戦火が収まり大同まで列車が通じて、張家口までは軍の許可なしで出かけられるようになっていた。

早朝一番に乗り込んだ列車は、通路はもとより網棚の上にも人が乗っている有様だった。列車は途中、激しい抗日運動があった精華大学のそばを通り、ようやく青龍橋站という山間の駅についた。ここからは満鉄の従業員の世話で案内人がつき、三千代は驢馬に乗り、金子は徒歩で行くことにした。途中で山から下りてくる駱駝の隊商の一行とすれ違った。磧につくと、そこには日章旗がはためく小屋があり、兵士が驢馬の上の三千代に銃剣を突きつけて、誰何した。

八達嶺へ行くというと、「なんだ。日本人か。そんな恰好をしているからまちがえるじゃないか。」と言って笑った。三千代は偽のアストラカンの外套と帽子に、スキーズボンという異様ないでたちだった。写真を撮ってはいけないこと、山の裏側には八路軍の兵三百五十人ほどが残っているから、注意するようにと厳重に言い渡された。城壁の下で驢馬を乗り捨て、崩れた石段を登った。ちょうど正午だった。

「正月元旦、私は八達嶺の嵐を力一ぱい吸ひこんだ。自分が荒鷲になつて羽ばたくやうな音を耳にきいた。頂上の石の城櫓のなかは破片で狼藉をきはめ、周圍の石壁には墨や刀痕でいろ〳〵な字が刻みつけてあつた。洛陽人張奎文だとか、日奴國仇也とかいふ中國人の刻字のあひだに、部隊の名を連名で刻みつけた皇軍の刀の痕もあつた。激しい風の音が櫓の窓穴でひゆう〳〵と唸り、洪水の押寄せる時のやうに轟々と虚空にとゞろいてゐた。」（「八達嶺驢馬行」『をんな旅』所収）

万里の長城の上から彼方をのぞく三千代の心には、中国軍を率いて日本軍の戦っているはずの紐先銘の幻があった。

金子と三千代は八達嶺から北京へ帰ると数日を過ごし、さらに天津にもう一度戻ったあと一月十日前後に帰国した。天津を離れる前にこんなことがあった。

「いよいよ帰途につく数月まえのことである。天津の喫茶店で、若い男女が休んでいるところへ、前線からかえってきたばかりの「アモック〔狂ったように暴れる〕」

状態からさめない兵士がはいってきて、理由もなしに、いきなり銃剣で男を刺殺した事件があった。大きくなりそうな事件だとおもったが、軍は、「そういう兵士はいない。」と、取りつく島もない挨拶ばかりで、弱腰な領事館当局は、泣寝入りで引っ込んだ。大杉栄を殺した甘糟大尉が、満州で大ボスになっていたように、軍は、おのれの非行をかばって、いっさい触れさせぬ態度を、ようやく公々然とおし通すようになった。

日本に帰ってきて、神戸から東京へかえる列車の中でも、僕は同じような事件を目撃した。現地からかえってきた将校が、いきなり軍刀をひきぬいて、隣席の者に切りつけた。戦争の強烈なショックに耐えられないで、発狂したものであったが、新聞には一行も報道されなかった。」（「中国のなかの日本人」『絶望の精神史』所収）

これが金子と三千代が自分の眼で見た中国大陸の現実であった。そこでは新聞や雑誌ではもはやうかがい知れない事態が展開されていた。

「北支の旅から帰ってくると、僕は、この戦争の性格が、不幸にも僕の想像とちがっていなかったことをたしかめえて、その後の態度をはっきりきめることができた。」と、金子は『詩人』で述べている。

十二歳だった息子の乾は、帰国後の金子が、「「今度の戦争がやはり欺瞞だとはっきりわかったよ。ぼくらは自分の眼でそれをたしかめてきたんだから」

晴久〔光晴〕が訪問した友人に、気負った口調で言った声を裕〔乾〕はいまでもはっきり覚えている。」（「金鳳鳥」）と書いている。

第八部　南方の旅、再び

第一章　吉祥寺の家

世相

三千代は帰国するとすぐに、出発前に武田麟太郎が逗留するといっていた箱根底倉の宿へ電話をした。すると来てほしいという返事があり、すぐに梅屋旅館へ訪ねて行った。

その後の二人の間がどうなったかは、三千代の「女弟子」や「銀座を行く武麟」からはうかがうことができない。ただこのころ三千代が、麟太郎の麹町の家の前で矢田津世子と偶然出会ったことがあった。それが二人の鞘当として文壇仲間の噂になった。噂を流したのは武田麟太郎本人だったという。

息子の乾は両親の仲について、次のように述べている。

「実際は、おそらく、土方定一との情事を除いては、三千代に、良人と子供を犠牲にしてまで燃焼する情熱がなかったのではなかろうか？　三千代も分別盛りになっていたし、うたかたの恋よりも少女時代から憧れていた小説家としての大成の方が魅力があったのかもしれない。〔中略〕三千代の小説の語彙の豊富さは、三千代が原稿紙を前にして坐っている傍で、光晴が頭をひねり、口先でぼそぼそ言う手助けが大いに貢献していたようだ。」（「夜の果てへの旅」『父・金子光晴伝』所収）

三月になって、金子一家は北多摩郡吉祥寺町一八三一番地に転居した。これには以下のような経緯があった。以前、三千代は金子とともに乾を連れて井の頭公園へ遊びに来たことがあった。息子を電気自動車に乗せて遊んだ帰りに、近くに売地が百坪単位で並んでいるのを見つけると、地主の吉祥寺の町長の家を訪ね、その一つを購入することに決めた。一度に払う金はなかったが、美貌の三千代が気に入った町長の井野は、何年もかかる月賦で譲ってくれた。

そしてこの年、金子の実兄の知り合いで、東中野に住む横山という裁判官が大審院長になったのを機会に、手狭になった家屋を売りに出すというのを聞くと、破格の安値で購入し、それを解体して吉祥寺の土地に運んで再建した。

ただ吉祥寺のこの辺は、電気こそ通っていたが、ガスや水道は引かれておらず、水は井戸を掘ってモーターで汲み上げ、炊事には薪を焚かなければならなかった。

世相は一層緊迫してきた。四月一日には国家総動員法が公布され、さらに警視庁検閲課が出版の統制を強化することを決定した。

金子は「文藝春秋」時局月報（五月号）に、「シンガポールの裏街から――軍港街につどう諸人種気質」を発表した。これはタイトルの通り、シンガポールに滞在中に見聞した、タミール人、インド人、ベンガル人、華僑などの気質や生活ぶりを伝えたものである。

そして「中央公論」六月号には、二篇の詩、「洪水」と「落下傘」が掲載された。「洪水」では、北支での見聞が次のようにうたわれている。

「洪水」

一

まるで古新聞みたいだな。
よごれた氷ども。

まるで皮膚病みたいだな。

碼頭のロックを咬み、
みぢんにひゞいり、
しづかにまた、張りつめる。

大運河を越えて
渤海まで、
みわたすかぎりの洪水が石になつたのだ！
飢ときびしい沈黙がのしかかつたのだ！

ねむつたい眼をあげて、
どこまでつゞくのだ
氷原よ。

石鹸《しやぼん》よ。
にほふ水平線よ。

うつくしい屍《しがい》のうへを
蛾に孵つて
さまよふ月よ。

二

父よ。母よ。子よ。祖父母よ。いま、かれらをおし流した
　雲のやうにおほきな濁水は、
水の肋骨のしたに封じられたのだ！
畝や、塚の土まんぢう、家竈、井戸や、石臼などは、くら
い水の底にじつとしづんでゐるのだ！

だが、氷のしたには、なんの物音もない。
氷のうへにも、なんの物音もない。
河北を一枚で蔽ふ氷盤の、なんといふこの静謐さだ。
地をぴしぴしと縛り、天に楔《くさび》うつ、音なき銃聲にも似た
なんといふきびしい經律なのだ。

光はまだか。
五千年の秕政の
革る日はちかいか。

虹のやうな凍え。
漂流物。
鳥鼠同穴。

苦寒にいきのこつた
老人子供が
氷上に孔を穿ち、
あくた火に寄りくる魚くづを

辛抱強く待つてゐる。

この詩には以下のような前書きがつけられていた。「一九三七年、河北省一帯石家荘から白河に氾濫する三十年ぶりの大洪水が、冬季に入つて猶、水去らず、凍結して一大氷原を現出した。村家流失、生殘るもの無一物となつて丘陵に逃れる。しかも嚴寒に食なく凍死者相つぐ。歴世支那爲政者民の歎を顧みず。皇軍よく白河を治るは、治水者王たるの意に適ふものか。有所感、慨慷詩一篇。」

これは言うまでもなく痛烈な反語であり、日本軍が巨大なエネルギーを秘め、ときに氾濫す白河を治められる、「治水者たる王」であり得るはずはない。さらに詩集『落下傘』(一九四八年)に収められた改作では、詩の最後に、

およそいつになつたら
この氾濫と、
没有法子が解放されるか。

という一節が加えられた。忍従を強いられる民衆の解放、彼らのひそかな抵抗の精神「没法子」が実現するのはいつか。金子のなかでは、天津で書かれたエッセイ「没法子」よりも一層悲観的な色を濃くしていた。

金子は東南アジアを旅行中に、英国やオランダの植民地で、虐げられる現地人や、経済を牛耳る華僑の横暴を散々目にし、欧米の主張を額面通りに受けとることはなかった。だからといって、日本軍は現状を打破して中国やアジアに新たな路を切り開くという、国民一般が信じている考えには到底同意できなかった。

「僕の会う人々は、インテリにせよ、そうでない人たちにせよ、あの戦争を超個人的な、ひどく厳粛な、勿体ぶったものとして、おしつけてくるのが常だった。そのイミに於ては、学校の先生も、文士も、工場主も、芸能人も、職工も、同じ口調だった」、「戦争がすすむに従って、知人、友人達の意見のうえに、半分小馬鹿にしていた明治の国民教育が底力を見せてきだしたのに、僕は呆然とした。外来思想が全部根のない借りものので、いまふたたび、小学校で教えられた昔の単純な考えにもどって、人々が、ふるさとにでもかえりつい

たようにほっとしている顔を眺めて、僕は、戸惑わざるをえなくなった。古い酋長達の後裔に対して、対等な気持しかもてない僕、尊厳の不当なおしつけに対して、憤りをこめた反撥しかない僕は、精神的にもこの島国に居どころが殆どなくなったわけだった。」(『詩人』)

ところで、「中央公論」六月号に掲載されたもう一篇「落下傘」は次のような詩である。

「落下傘」

ながい外國放浪の旅の途次、はるかにことよせて、望郷詩一篇。

落下傘がひらく。
じゆつなげに、
旋花《ひるがほ》のやうに、しをれもつれて。

青天にひとり泛びたゞよふ
なんといふこの淋しさだ。

[中略]

二

この足のしたにあるのはどこだ。
……わたしの祖国!

さいはひなるかな。わたしはあそこで生れた。
戦捷《せんせふ》の國。
父祖のむかしから
女たちの貞淑な國。

もみ殻や、魚の骨。
ひもじいときにも微笑《ほゝゑ》む
躾《しつけ》。
さむいなりふり
有情《あはれ》な風物。

あそこには、なによりわたしの言葉がすつかり通じ、かほ

いろの底の意味までわかりあふ、
額の狭い、つきつめた眼光、肩骨のとがつた、なつかしい
朋黨達がゐる。

「もののふの
たのみあるなかの
酒宴かな。」

洪水《でみづ》のなかの電柱。
草ぶきの廂にも
ゆれる日の丸。
さくらしぐれ。
石理《きめ》あたらしい
忠魂碑。
義理人情の竝ぶ家庇。
盆栽。
おきものの冨士。

三

ゆらりゆらりとおちてゆきながら
目をつぶり、
双つの掌をすりあはせて、わたしは祈る。
「神さま。
どうぞ。まちがひなく、ふるさとの樂土につきますやう
に。
風のまにまに、海上にふきながされてゆきませんやうに。
足のしたが、刹那にかききえる夢であつたりしませんや
うに。
萬一、地球の引力にそつぽむかれて、落ちても、落ちても、
着くところがないやうな、悲しいことになりませんやう
に。」

――終――

「落下傘」は「洪水」とは違って、詩集『現代詩人集I』（一九四〇年、山雅房）や戦後の『落下傘』（一九四八年、日本未来派発行所）に収録されたテクストとの間に異同はない。ただ冒頭の、「ながい外國放浪の旅の途次、は

るかにことよせて、望郷詩一篇。」という前文と、詩を飾ったカットの作者を示す註、「深澤索一畫」は削除されている。

東南アジアや、パリ、ベルギーで苦労した金子が、ときに望郷の念にかられたのは事実だった。日本からの距離が遠くなり、時間が経つにつれて、故国は理想化されるもので、金子の場合も例外ではなかった。故国は何よりも言葉が通じ、顔色で相手の考えがわかる国。同伴する三千代とは違って「女たちの貞淑な国」であり、「額の狭い、つきつめた眼光、肩骨のとがつた、なつかしい朋党達がゐる」。金子はそこを「戦捷の国」と呼び、落下傘で降りてゆく。

ここに描かれている日本や日本人は、戦時中どこにでも見られた一般的風景であり、人びとである。しかしその「戦捷の国」が、いま途轍もない破滅に向おうとしていて、北支の旅で、「ひもじいときにも微笑む／躾」をうけたはずの人たちが、戦場で豹変するのを目撃した。そして「草ぶきの廂にも／ゆれる日の丸」が、いつしか出征する人たちを送るものとなり、残された者も、忠君愛国のスローガンのもとに一色に染まりつつあった。

金子の反戦意識は生理的な恐怖に発していた。戦争はまずは自分や家族の死をもたらす。そしてこの恐怖は、戦争によって人間性を奪われ殺人者と化す兵士への嫌悪に結びつく。戦後になって、友人の郁達夫が日本軍によって殺されたのを知ったとき、金子はこう書いた。

「戦争中、僕が周囲で見てきた軍人の凶暴な性格は、上の命令で仕方なしに歪められた性格とばかり僕は見ることができない。上から下まで区別なく、日本人は、ある低い沸点で同様に沸き出し、本来の卑屈さ、乱破《らっぱ》根性がむき出しになるのだ。兵隊たちがいずれも素朴な、好人物の人の息子とわかっていても、その性格は絶対に信用できず、その行為は、どれほど憎んでもあまりがある。」（『日本人について』）

七月、日本ペンクラブが国際ペンクラブを脱退。八月には内閣情報部の要請で、漢口攻略戦の取材を目的に、初めてペン部隊が結成され、陸軍班二十四名、海軍班八名が戦地へ派遣されることになった。

金子もこうした情況を考慮せずにはいられなかっ

た。「中央公論」七月号に掲載された「無憂の国――爪哇素描」は、ジャワ島の見聞記だが、文末には小文字の但し書きが添えられている。「猶バンドン、ガロ、トサリ、スラバヤ等に就いて天然を、人事を語りのこしたことが沢山あるが、紙数を限られてゐるのでそれを説盡すことができない。たゞ、邦商の發展のかげには、東洋の覇者としての日本に爪哇一般は好意をもつてゐて、我に頼らうとする傾向があり、自然安値と云ふ條件をおいても感情的に日本品を欣ぶためであることを一言書添へておきたい。」

現地の人たちが日本の品を買う傾向が増えているのは事実だったとしても、それが「東洋の覇者」への信頼によると、あえて書き添えた部分はいかにも不自然である。出版統制を慮る編集者畑中と金子の思惑が働いたに違いない。

十二月の「日本学芸新聞」のアンケート「長期戦下の文化国策に直言する」では、「我々としてはたゞ寛厚を庶幾するほかは仕方がないだろう。文化国策に直言するよりはむしろそれに順応する文化人一般に直言したいことの方が多い。／一例がペン部隊の事にしても、当局の意図や人選振を批判するよりも、文壇の元締根性の方が問題だ。長期戦下で元締たちとその努力範囲に一任することは文化に関する仕事の限りでは返って冗が多いことになるのではないか。」と答えている。

要するにペン部隊をつくって国に奉仕させようとする内閣情報部への批判を避けつつ、それに迎合する文化人をやり玉にあげるのだが、いかにも隔靴掻痒で、苦しげである。十二月四日には、従軍ペン部隊の第二陣として、長谷川伸、中村武羅夫など九名が南支へ向かった。

戦時下

一九三九年（昭和十四年）一月五日、近衛文麿内閣が総辞職して、同日平沼騏一内閣が成立。六日にはドイツのリッベントロップ外相が、日独伊三国同盟を正式に提案した。

戦時色が日常生活にもさまざまな影を落すように

なったが、金子の創作意欲は衰えなかった。それらの多くは後に詩集『落下傘』（一九四八年）や『女たちへのエレジー』（一九四九年）に収録されることになる。

一方の三千代は、一月に中国旅行の見聞記「声――北支所見」を「輝ク」一月号に載せ、七月には一年ほど前から話し合いをしていた同人誌「文学草紙」を創刊した。同人は彼女のほかに、古谷綱武、古谷文子、鎌原正巳、高野三郎、須賀瑞枝の六人だった。三千代はその第一号に「弱年」を発表した。この他にも、「梵鐘」（「文学者」八月号）、「猫」（「文学草紙」八月号）、「街の童女」（「文学者」十一月号）、「精霊流し」（「文学草紙」十二月号）を書いたが、いずれも短い散文であった。

なかでも目につくのは、「輝ク」の十二号に発表された「傷病戦士の慰安会」で、タイトルの通り戦争で傷ついて兵士たちを慰めるために開かれた慰安会のルポルタージュで、時代を反映した作品である。

実生活では、二人が社員として名前を連ねる「モンココ」の本社が中野へ移り、河野夫妻はその近くに転居し、大鹿卓夫妻は杉並に移転した。金子にとって痛手だったのは、詩集『鮫』の出版に尽力してくれた本庄陸男が、肺結核が悪化して七月二十三日に亡くなったことだった。享年三十四歳の若さだった。

ヨーロッパでは、八月二十三日、突如独ソ不可侵条約締結が発表され、ヨーロッパの人たちは来るべき戦争を覚悟しなければならなかった。

一九三九年九月一日、ナチス・ドイツの軍が突如ポーランドにたいする電撃作戦を開始した。イギリスとフランスは翌二日総動員令を発令して、ドイツに宣戦を布告した。こうして第二次世界大戦がはじまった。この戦乱でフランスやベルギーがどうなるのか、とりわけ世話になったルパージュ一家の運命が、金子と三千代には気がかりだった。

第二章　迫り来る開戦

「巴里の宿」

一九四〇年（昭和十五年）は政情不安のうちに明けた。一月十四日、阿部内閣は陸軍の支持を失って総辞職、二日後に米内光政内閣が成立した。

米内は第一次近衛文麿内閣で海軍大臣に就任して以来、幾度か海軍大臣を務めた良識派だった。親英米派の米内を総理大臣に推したのは昭和天皇だったという。中国大陸で戦闘を拡大する陸軍によって、政治が壟断されつつある現状を打開したい勢力の抵抗のあらわれだった。

こうした政局は、文化面にも影響せずにはいなかった。その一つがこの年に結成された「文化再出発の会」である。若手の評論家で、幾つかの雑誌の編集者をつとめてきた花田清輝は、著名なジャーナリストで、思想家中野正剛の弟の中野秀人や、岡本潤と語らい、新たな文化運動を起こす目的でこの会を立ち上げ、機関誌「文化組織」を発行した。一月に創刊号が出されてから、「文化組織」は第八号まで続き、文化の再編を提唱した。

これに対抗するように創刊されたのが「詩原」である。昭和十四年十二月、新宿にあった帝都座の地下のモナミで、青柳優、岡本潤、伊勢八郎、壺井繁治、秋山清、それに金子光晴も加わって幾度か会合がもたれ、新たな雑誌の発行と同人の選定が行われた。昭和十五年三月、赤塚書房から発行された「詩原」は、第二次大戦前最後のアナキズム系詩人たちの雑誌だった。

金子光晴はモナミの集まりに必ず顔を出し、創刊号には「詩評」を、第二号（四月号）には反体制の詩「死神」を発表した。そして両号には詩集『鮫』の広告が載った。

一方の三千代は、「早稲田文学」の一月号に、「都会文学について」と題した文章を寄せた。

二月になって、中支戦線に出兵していた弟義文が、腹部と左腕に貫通銃創を負って送還され、名古屋の病院に入院した。生憎と父の幹三郎が病気で動けないため、三千代が名古屋へ出向いて看病しなければならなかった。

そんななかでも彼女の創作意欲は旺盛で、三月には、これまで雑誌に発表した作品を集めた『巴里の宿』を、砂子屋書房から出すことができた。二百七十四頁に、表題作「巴里の宿」をはじめ、「雨季」、「小紳士」、「猫」、「梵鐘」の五篇が収められている。

「巴里の宿」は、「巴里に寄せる」、「白い金魚」、「カルチェ・ラタン」、「アイーシャ」、「血を抱く草」の短章からなり、パリの屋根裏部屋に住む女性の鯉江を主人公にして、自ら経験した苦難をフィクションをまじえて描いたものである。

前に触れたようにタイトルをつけたのは武田麟太郎だった。最初この作品集は人民文庫社から刊行されるはずだったが、人民文庫社が潰れるという曲折をへて、ようやく出版された。彼女にとっての最初の小説集で、喜びは大きかった。

短篇「雨季」の主人公は、ジョグジャで手広く商売をしてきたトーコー櫻の経営者曽根がモデルで、異国に生きる日本人が遭遇する有為転変や心理的葛藤を、南国の退廃的風景を背景に描いた作品である。

他の三篇は帰国後の日本での生活を題材にしていて、「小紳士」は息子の乾をモデルにした少年を主人公にしたもの、「猫」と「梵鐘」は、三千代も一時暮らした新宿の場末で見聞したさまざまな人間模様を描いている。

一方の金子も創作意欲は盛んだった。詩としては、「歴程」四月号に「0——鬼区」を、「中央公論」五月号には「真珠湾」を発表し、これと並行して六人の詩人の詩を集めた詩選集の編纂が進められた。『現代詩人集Ⅰ』（一九四〇年、山雅房）である。

これには小野十三郎の詩選集「今日の羊歯」、吉田一穂「海市」、高橋新吉「戯言集」、中野重治「浦島太郎」、金子光晴「落下傘」、山之口貘「結婚」が収められている。

金子光晴の「落下傘」には、「鱶沈む」、「刃物」、「痰」、「銅貨《ドンべ》」、「街」、「女たちへのいたみうた」、「新年」、「小品」、「牧野信一君の死に」、「無題」、「女たちへのエレデイ」、「無題」、「落下傘」、「天使」、「夕」、「大埠頭にて」、「古い港に」、「水の流浪」の十八篇が載った。

南方進出

これより前の六月二十二日、フランスがドイツに降伏したというニュースが新聞で大々的に報じられた。

一九三九年九月から四十年春までの間、ドイツと英仏の間では本格的な戦闘は起こらず、「奇妙な戦争」状態が続いていた。しかし四月になると、ドイツはオランダ、ベルギー、ルクセンブルクのベネルクス三国と、フランスへの攻撃を開始。フランスとイギリスの同盟軍はマジノ線に防御線を敷いたが、ドイル軍は防御が手薄なアルデンヌの森から戦車部隊を侵攻させたためフランスの防御線は崩壊し、六月十四日、ドイツ軍はパリに無血入城した。

ボルドーに撤退していたルブラン大統領は、十六日にはポール・レイノー首相に代わってペタン元帥に組閣を命じ、ペタン内閣は二十二日に屈辱的な休戦協定を受諾した。

大戦勃発以来、日本はヨーロッパの戦争への不介入を宣言し、列強の眼がアジアから逸れている間に、日中戦争で勝利することをめざした。だがそれは成功せず、戦争の手詰まり状態から、南進政策に踏みだした。

一九四〇年七月に作られた「基本国策要綱」では、「大東亜新秩序」が打ち出され、武力行使によって、フランス領インドシナやオランダ領インドシナなど南方地域を支配することをめざす方針が打ち出された。これにはドイツが勝利を得たことが大きく影響していた。

独仏の休戦協定が成立した三日後の六月二十五日、大本営はフランス領インドシナにある、蒋介石の国民党軍支援のための物資輸送網、いわゆる「蒋援ルート」を切断し、東南アジア侵略の前進基地を築くために、監視員として陸軍、海軍、外務省出身者三十名を仏領インドシナに派遣した。この間、陸軍の首脳は親英米派の米内光政内閣の倒閣に動き、七月二十二日には第二次近衛文麿内閣が成立した。

この後、陸軍主導のもとに南方進出の計画が練られ、日本はフランスに対して、国境監視、日本軍の仏印領内の通過、飛行場の使用などを要求し、両国の間で平和的進駐に関する協定が成立した。

日本の北部仏印進駐は、タイをのぞく東南アジアのほとんどの地域を領有していたイギリスやオランダ、アメリカの警戒と反撥をまねいた。依然としてドイツと戦争状態にあったイギリスは、ヴィシー政権をドイツの傀儡政権として承認しなかったし、これを承認したアメリカも、南方での日本の行動は認めなかった。

その後、中国側に駐留して日本軍が、独断で国境を越えてフランス領インドシナ〔仏印〕に侵攻して、フランス軍との間で戦闘が起った。そして日本軍はこれを制圧し、一九四一年には軍事協定を結び直して、新たな飛行場と軍港を確保した。さらに南部仏印への進駐を要求し、フランスは日本の要求をほぼ受諾、日仏印共同防衛に関する日仏議定書が交わされた。

日本がこうした一連の行動で頼りにしたのは、ヨーロッパの戦争で勝利を重ねるヒトラーのドイツだった。九月二十七日には日独伊三国同盟が締結され、調印式が東京の外相官邸とベルリンの総統官邸で行われ、ベルリンでは松岡外相が署名した。

「マレー蘭印紀行」

緊迫する世情をよそに、三千代の文学活動は波に乗った感じだった。九月には洛陽書院から短編集『はなびら』が出版され、表題作のほかに、「街の童女」、「精霊流し」、「夫婦」、「砂」、「通り雨」が収録されていた。「通り雨」は前に引用したように、上海時代の秋田義一をめぐる金子との感情のもつれを描いた作品である。さらに八月には、同人誌「文学草紙」に「あけぼの街」の連載をはじめ、これは翌年の五月まで合計十回連載された。その間、同じ「文学草紙」の十月号には、「日記から」を載せる充実ぶりだった。

世間の関心が南方へ向かうなかで、金子光晴の『マレー蘭印紀行』が、山雅房から上梓されたのは十月二十日である。厚紙の表紙のA版普及版で、定価二円五十銭〔外地二円七十五銭〕。金子光晴と森三千代の装幀で、扉には現地の写真一点、スケッチ二点と地図二点が付き、全二百七十六頁だった。内容は、昭和三年から四年にわたる海外放浪の途次、シンガポール、マレー半島、ジャワ、スマトラでの見聞をもとに、旅行中や帰国後に書き継がれたものである。金子は「跋」でこう述べている。

「南洋の旅行記を山雅房の川内〔敬五〕氏の好意で出版のはこびになつた。

この旅行記は、もつと早く出版したかつたのだが、都合が悪くて今日まで延びてしまつたので、少々今日の事情とは變わつたところが出來、一部を書直さなければならなくなつた。

この旅行記に収めたものは、馬來半島ジヨホールのゴム園と、スリメダンの石原鑛山を中心にしたもので、爪哇、スマトラの旅行記は附錄程度に量が少い。爪哇旅行については別巻をなす位のものがあるので、それは他の機會に一册にまとめて、第二巻に相當するものを出したいと思つてゐる。

旅行記の方法は、自然を中心とし、自然の描寫のなかに人事を織込むようにした。幸ひに、熱帶地の陰暗な自然の寂寞な性格が讀者諸君に迫ることができたら、この旅行記の意圖は先づ成功といふべきである。南洋案内、南洋産業地誌に類する書籍と併讀され〻ば、一層、具體的な効果をおさめえられると思ふ。たゞ行文拙劣、觀察浮薄をまぬかれず、精進の途にある一文筆人のこの一足跡に大方の批判鞭韃を待つものである。

旅行中、激勵教示をいたゞいた、シンガポール日報長尾正平氏、大木正二氏、三五公司現地員各位、爪哇日報松原晩香氏、バトパハ日本人會書記松村磯治郎氏、バトパハ芳陽館主人鎌田政勝氏、石原鑛業當時バトパハ支配人故西村氏、等に感謝を捧げる。」

『マレー蘭印紀行』には、百五十部限定のA版特装版〔署名入り〕箱入りで定価三円五十銭と、同年十二月二十日に出たB版普及版、一円六十銭がある。普及版の発売後二カ月で、さらに低価の普及版が出されたが、これによっても世間の注目が集まったことがわかる。

こうした現象の背景には、「大東亜共栄圏に仏領インドシナと蘭印東インドを含む」という構想に象徴される、南方への関心の高まりがあり、一般読者は『マレー蘭印紀行』を流行の南洋紀行の一冊と受けとめたのだった。

このことを気にしてか、金子は雑誌「婦女界」十二月号に掲載したエッセイでこう書いている。「〔ジャバ人は〕自分の国にゐながら、他国人の奴隷になつてゐる。〔中略〕ジャバ人は、光栄の過去の歴史をもつた立派な民族である。現在日本人よりも遅れた文化を持つてゐるのは、不幸にしてヨーロッパの侵略民族の争奪の槍玉にあがつて、土地を奪はれ、人民は奴隷に追ひ落とされて、ながらく、息の根を留められてしまつてゐたからである。ジャバの女性達は、どこかに日本の女性と共通性のあるけなげで、いぢらしくて、聡明さへもつた美しい女性達なのである。」

大政翼賛会

十月十二日、大政翼賛会の発会式が行われ、十九日には、大政翼賛会文化部長に劇作家の岸田國士が就任した。岸田の就任は、彼が陸軍士官学校出身であるというのが理由だったが、フランス流の教養の持ち主である彼がそのポストにあるかぎり、上からの極端な文化政策が幾分かは緩和されるだろうといった期待を多くの文化人がもったためでもあった。岸田本人もそうした役割をひそかに意識していた。しかし文化部をめぐる状況はそんなに甘いものではなく、十月二十七日には、政府と翼賛会は文化思想団体の一切の政治活動を禁止した。

岸田は二年足らずで文化部長の座を去り、代わってドイツ文学者の高橋健二がそのあとを継ぐことになる。

この年の十一月十日、宮城前広場で紀元二千六百年記念式典が挙行された。この模様はラジオを通じて全国に放送され、夜には提灯行列が行われた。

二日後の十一月十二日には、高島屋の三階にあった特別室で、翼賛会の一機関となる「日本女流文学者会」をつくる準備会が開かれた。長谷川時雨をはじめ十数名が集まり、三千代も出席した。

三千代は、十一月には小説集『南溟』（河出書房）を出版。十一月には『現代女流詩集』(山雅房)に「珊瑚礁」が収録された。これは七篇からなる詩選集で、収録作品はすべてこれまでの詩集に発表されたものであった。彼女はさらに「新潮」十二月号に、「バタビア日記」を寄稿した。

暮れも押しつまった十二月二十八日、金子光晴の『マレー蘭印紀行』の出版記念会が開かれた。思ってもみなかった売れ行きもあり、大勢の人たちが集まり盛会だった。

開戦

金子光晴は、こうして帰国九年目にして詩壇に復帰した。年が明けた一九四一年(昭和十六年)一月三十日、「日本詩人協会」の結成を記念する「詩人会」が、有楽町の三業組合中央講堂で開催され、そこで自作を朗読した。

詩人たちの集まりである「詩人協会」は、島崎藤村、河井酔茗、野口米次郎、三木露風、高村光太郎、北原白秋の六人を発起人として、一九二八年一月に発足した。だがその後二年あまりで活気を失い、自然解散の状態にあった。それを時流に合わせるように、詩の分野でも統合した協会をつくることになり、わざわざ「日本」の名を冠した「日本詩人協会」として再発足したのである。

そして六月には、日本詩人協会編の『現代詩　昭和十六年春季版』が河出書房から出版され、十一月には同協会編の『現代詩　昭和十六年秋季版』が、翌十七年には春季版(一九四二年六月)、秋季版(同年十二月)が出版される。

金子は三月になると、評論家の室伏高信が主幹をつとめる雑誌「日本評論」に、詩篇「のぞみ」を発表した。タイトルの「のぞみ」とは、中国大陸で泥沼化する戦争に加えて、南方進出によって英、米、オランダとの対立を決定的にしつつある日本の前途への望みではなく、歳を経るにつれて強くなる、南方回帰の想いをうたったものである。

神経のない人間になりたいな

詩人の名など忘れてしまひたいな。

目のふちのよごれた女たちとも
おさらばしたいな。
僕はもう四十七歳だ。
近々と太陽が欲しいのだ。
軍艦鳥が波にゆられてゐる

香料半島が流睇《ながしめ》をおくる

擱坐した船を
珊瑚礁の水が洗ふ

人間を喰ふ島の人間になりたいな。
もう一度二十歳になる所へ行きたいな

かへつてこないマストのうへで
日本のことを考えてみたいな。

詩から浮かび上がるのは、深い絶望と忘却への憧憬である。

内閣は左翼関係の出版物およそ六百六十点を一括して発禁処分にした。この出来事に象徴されるように、金子の周辺の詩人たちの発表の場がますます狭められていった。

ただ金子は四月、かつてゴムの栽培業者でのちに作家となり、ゴンクール賞を受賞したフランス人アンリ・フォコニエの『馬来《マレジー》』を、七月にはクロード・フォーコニエとポール・シニャックの共著『エムデン最期の日』を昭和書房から刊行した。二冊の翻訳は南方ブームに乗った出版で、生活費稼ぎの仕事だった。

河邨文一郎

北海道大学の医学生、河邨文一郎が詩集『鮫』に衝撃をうけて、訪ねて来たことは前に紹介したが、河邨はその後も上京する度に姿をみせ、この年の三月十三日にも上京するとすぐに顔をだした。このとき金子は、ノートに書き溜めた詩篇を見せて、それを筆写して北海道に疎開させてほしいと申し出たのである。

河邨は、金子の没後に刊行されることになった研究雑誌「こがね蟲」の第八号（一九九四年）に、この筆写ノートの全貌を公開した。それにつけられた「金子光晴『疎開詩集』について」で、この間の事情を明らかにしている。

「私がこれまで「光晴疎開詩集」と呼んで書斎に秘蔵していたノートが、五十年の年月を経て日の目を見ることになった。［中略］

サイズはやや横長の変型A5版で、厚さは一センチ、表紙はズック布のしっかりしたノートで、やや黄いばみ、薄汚れが目立つ。扉の中央には『詩集真珠湾　金子光晴』とあり、左下隅に「一九四一、三月、東京にて筆写―　文一郎」と記されている。扉をめくると十四篇の詩の目次が並び、一ページ十八行、百三十七ページだが、本文はおそらくかのGペンで、おそらくパイロットの青インクで書かれている。字体は急いだためであろう、落ちつきを欠いているが、それでもわれながら読みやすく、一語一句誤りなきを期する気くばりが傳わってくる。［中略］

写本を作って地方へ疎開することを金子さんが思い立ったのは、いのちをかけた一連の詩稿を後世に残したかったからである。金子光晴に司直の手がいつ伸びるか、あるいは住家を空襲の火災がいつ襲うか、どちらにせよこれらの詩稿が烏有に帰することはまちがいない。そこで「疎開先」として選ばれたのが、当時ほとんど唯一の弟子だった北海道の河邨文一郎（筆者）と、そのころ限定版の詩画集『水の流浪』を上梓した長崎の版画家田川憲だった。」

このとき筆写された詩集『真珠湾』は、「一九四〇年の女に　芯のくさった花に　新聞　真珠湾　天使　落下傘　風景　いなづま　洪水　大沽バーの歌　犬　短章三篇（「八達嶺にて」「北京」「弾丸」）　屍の唄　雷鬼の児誕生」だった。金子がこのころに抱いていた危機感がどれほどのものだったかがわかる逸話である。

三千代の方は活発な執筆活動を続けていた。「中央公論」四月号には、正宗白鳥などの大御所と並んで、下町を舞台にした人情話の「蔓の花」が掲載された。編集担当は畑中繁雄だった。さらに「早稲田文学」六月号に「山」、同じく「文学草紙」六月号には「蛇作家について」、そして「むらさき」の六月号から九月号にかけて「更科抄」を連載し、六月には単行本『あけぼの街』を昭和書房から上梓した。さらに「婦人画報」七月号に「若い日」、「新潮」八月号には「国違い」を載せた。これは南洋に出稼ぎに行った日本人女性を主人公にした作品で、金子から聞かされた話がもとになっている。そして九月には富士出版社からパリや南洋、中国での体験を作品にした『をんな旅』を刊行した。口絵には着物姿の三千代の近影を載せ、装幀を富永次郎が担当し、金子光晴がカットを描いた。

コスモポリタン

七月二十三日、日本軍が南部仏印に進駐すると、これに反対するアメリカは、日本を目標に、発動機の燃料や航空機用の潤滑油の輸出を禁止した。日本は戦争の危機をおかしてまで、なぜ欧米に対抗しようとするのか。金子はあらためて日本民族を動かしているものを見極めるために、風土と結びついた日本の思想を学ぼうと考えた。

「その頃までは、決して僕の方からゆずりたくない気持で、ごく自然に、戦争に反対し、戦争にまで追い込む国家機構に反対して、『鬼の児の唄』までの詩篇を書きつづけてきた僕は、一コスモポリタンの僕の考えよりもこの民族をうごかしているものが、もっともっと緊密で、底ふかい、国土とむすびついたものにちがいないということにやっと気がつき出した。その頃から、僕は、日本思想というものを勉強しようとおもい立った。

出版の統制がはじまっていて、日本主義の本ならば、手にはいりやすかった。宣長や、篤胤、佐藤信淵など、できるだけ本をあつめて、ぽつぽつよみはじめた。」（『詩人』）

十一月中旬、武田麟太郎の許へ陸軍徴用令が届いた。ジャワへ派遣される第十六軍の宣伝班として従軍するようにとの命令だった。

十一月二十日には、日本橋人形町の料亭「梅の里」で送別会が開かれて、武田の指導をうけた女流作家としては、三千代のほかに、矢田津世子、大谷藤子、円地文子、藤村千代などが顔をそろえた。武田は翌年一月、第十六軍の将兵とともに大阪港からマニラ丸に乗船して南をめざすことになる。

十二月八日、日本時間の午前二時、日本軍はマレー半島に上陸を開始し、三時十九分にはハワイ・オワフ島の真珠湾に置かれたアメリカ海軍大平洋艦隊基地に対し、航空機と潜水艦による奇襲攻撃を敢行した。

午前七時、NHKは臨時ニュースのチャイムのあと、「臨時ニュースを申し上げます。臨時ニュースを申し上げます。大本営陸海軍部午前六時発表、帝国陸海軍部隊は本八日未明、西大平洋において、アメリカ、イギリス軍と戦闘状態に入れり」と伝えた。ニュースを読み上げたのは宿直だった館野守男アナウンサーだった。

金子もこの臨時ニュースを聴いた。

「不拡大方針をうたっていた戦争は、底なし沼に足をつっこんで、十二月八日、ラジオは、真珠湾奇襲を報道した。僕の一家が、そのとき、余丁町の借家から吉祥寺一八三一番地の家へ移ってきてまもなくであった。母親も、子供も、ラジオの前で、名状できない深刻な表情をして黙っていた。

「馬鹿野郎だ！」

噛んで吐きだすように僕が叫んだ。戦争が不利だという見通しをつけたからではなく、まだ、当分この戦争がつづくというううっとうしさからであった。どうにも持ってゆきどころがない腹立たしさなので、僕は蒲団をかぶってねてしまった。「混同秘策」がはじまったのだ。丁度、その日、新劇に出ていた元左翼の女優さんだった女の人がとびこんできて、

「東条さん激励の会を私たちでつくっているのよ」

と、いかにも同意を期待するように、興奮して語った。東条英機は、女たちの人気スターになっていたのだ。僕は床のなかで、その話をききながら、眼をとじた。国土といっしょにそのまま、漂流してゆくような孤独感——無人の寂寥に似たものを心が味わっていた。」

（『詩人』）

だが息子の乾が父を回想した『金鳳鳥』によると、乾が開戦を知ったのはこの臨時ニュースではなく、この日の夜七時ごろだったという。彼はこの日、暁星学

園中等部の授業を終えたあと、フランス語の補習に通っている水道橋の「アテネ・フランセ」へ行った。着いたとき短い冬の陽はとっぷりと暮れていた。「アテネ・フランセ」は外国人教師が多く、フランスがドイツに占領されたあとも、英語とフランス語を夜間に教えていた。教室は若い男女で一杯で、入営を控えながらフランス人の女性教師の授業に出席する者もあった。

乾が真珠湾攻撃を知ったのはこのときで、控室でライエルというイギリス人教師がジャパン・タイムズを膝に置き、髪の毛をかきむしっていた。翌日「アテネ・フランセ」に行くと、彼の姿はもうなかった。逮捕され捕虜収容所に送られたという噂だった。

皆が皆、奇襲攻撃など初戦の勝利に酔っていた。文学者の多くも例外ではなかった。十二月二十四日、文学者愛国大会が開かれると、三百五十人が参加した。

第三章　南方取材旅行

仏印旅行

一九四二年（昭和十七年）は例年にない寒さで年が明けた。一月中旬、外務省の柳澤健から三千代へ、国際文化振興会嘱託の婦人文化使節として、仏印へ行ってほしいとの打診があった。

国際文化振興会は日本が国際連盟を脱退したあと、外務省が民間に呼びかけて、国際的孤立化を防ぐ目的で、一九三四年に設立された半官半民の組織であった。書物の提供、人物交流、映画制作などを通して、日本の工業力や文化を海外に伝える役割を担っていた。開戦前は欧米向けの活動が多かったが、一九四一年以降は、大東亜共栄圏の掛け声のもとで、中国や東南アジアへの日本文化の浸透に力を注ぐようになっていた。

一九三六年にジャン・コクトーが来日した際、三千代を紹介してくれたのが柳澤健だった。その後も彼女の活躍に注目していた柳澤は、軍が進駐した仏印との文化面での関係改善のために、三千代に白羽の矢を立てたのである。フランス語で日常会話ができるのが大きな理由だったが、三千代から相談をうけると、金子はすぐ賛成した。三千代も持ち前の好奇心からすぐ話に乗った。宣伝隊として南方に行っている武田麟太郎に会う機会があるかもしれないという思惑もあった。武田が南方へ出発したあとも、二人は手紙に暗号を忍ばせて連絡を取りあっていたのである。

三千代が仏印行きを応諾すると、外務省で小川仏印総領事との面接があり、各種伝染病の予防接種やビザ申請などがあわただしく行われた。

こうして三千代は、一月十五日、軍の小型機に乗って羽田空港を飛び立った。軍の進出につれて、仏印への民間人の渡航は増加していたが、船旅が普通だったから、三千代は特別待遇だった。

「彼女が羽田から発ってゆくのを僕は見送った。迷彩をほどこした、あぶなっかしい、不格好な飛行機が空にあがるのを、はてしなく心細い気持でながめた。その前の飛行機は、南支那海のうえで分解してしまった。」(『詩人』)

金子は、「死なせにやったかな」と思うと涙が浮かんだ。それから最初の連絡が来るまでの二週間、寝苦しい夜が続いた。

ハノイ

散文作家として修練をつんだ三千代は、仏印旅行の間、克明にメモを取り、それをもとにして『晴れ渡る仏印』と題した旅行記を刊行した。奥付には、昭和十七年八月十日初版印刷、同十五日発行　初版三〇〇〇部　定価壱円六拾銭　発行者　藤岡孫市、東京市新橋四丁目四十六番地に室戸書房とある。表紙にアンコール・ワットの石塔を描いた本は、縦一七・五センチ、一二センチの大きさである。

冒頭の「空路安南へ」は、次のように書き出されている。以下、新字新仮名に直して引用する。

「羽田飛行場から二晝夜の空旅で、日本時間の四時半、ハノイ時間の二時半に佛領印度支那の首都ハノイのヂアラム飛行場に、私は着いた。

子供の時、よく、這つてゐる蟲を捕へて別なところへうつし、その蟲が自分のゐる場所を見定めようとしてくるくるまはってゐるのを眺めて面白がってゐたことがあつた。私はいま、それを思ひ出した。突然私を違つた環境に運んできた何者かが、じつとどこかで眺めてたのしんでゐるのではないかといふ氣がした。

すべては異つてゐた。一昨日までの生活が、嘘のやうだつた。嚴寒の東京が二晝夜のあひだに、爽涼さとけだるさのいりまじつた、ほどけてゆくような気候に變つてゐた。

ハノイは静かな街だ。戦争の外に置き忘れられたやうな静けさに私はまづ驚いた。支那、ビルマ、馬來、ジャバと四方を戰争にとりまかれながら、そこだけ不思議な平和を保つてエア・ポケツトになつてゐた。」（「空路安南へ」『晴れ渡る仏印』）

金子と三千代は、これまでの東南アジアの旅では、日本人や現地人が経営する旅館に泊まるのが常だった。だが今回は公の役目を帯びていたから、ハノイ大使府の小川総領事の世話で、フランス人街のポール・ベール通り近くのスプランディッド・ホテルに宿泊することになった。

商業都市サイゴン〔現ホーチミン〕に対して、ハノイは仏印の政治と文化の中心で、総督官邸が置かれ、各種の学校、フランスの東洋文化の研究機関である極東学院やパストゥール研究所などがあった。極東学院は、密林に埋もれていたアンコール・ワットの大遺跡を掘り出した功績など、インドシナ文化の研究で多大な功績を誇っていた。

ハノイ到着後間もなく、総督府の文化局長シャルトンが、フランス人や安南人〔当時ヴェトナムはアンナンと呼ばれていた〕の文学関係者を集めて歓迎会を開いてくれた。三千代はその席で、日本と仏印双方が自国の文学を紹介し理解しあうことで、人間的に触れ合い、両国の親和を深めることになるだろうと話した。そして会合に出席していたフランス人のトリエール夫人や、安南の女流作家ティン・テュ・ウォンと知り合った。三千代の印象では、日本は仏印で好感を持たれているようであった。

この会合のあと、総督邸でドクー総督と会見したが、その折に総督から、「シャルトン氏から聞いたが、たいへん成功だったようですね」と言われて安堵した。

三千代は疲れることなく精力的に行動した。日仏国際処理委員会文化部長シャバスや作家のマダム・ラクロンジュたちと知り合い、幾つかの学校を訪問した。その一つであるハノイ印度支那女学校は、会合で会ったティン・テュ・ウォン夫人が校長をしていて、六歳から十四歳の女子生徒二千人ほどが、一八クラスに分かれて学んでいた。

初等の二年間が義務教育で、六カ月は安南語で授業をするが、その後はフランス語を学び、フランス語で授業がされていた。ただ義務教育が行われるのはハノイとサイゴンだけで、安南全体では四割しかないという話だった。

仏印は長らく中国の影響のもとで独特の家族制度や官僚制度を保っていたが、宗主国となったフランスは、こうした伝統をうちこわした。なかでもフランスが打ち込んだ大きな楔がフランス式教育の普及だった。

漢字のかわりにフランス語を教え、現地の言葉であるヴェトナム語をローマ字化した。これは識字率を高める役をはたしたが、それまで村落に一つはあった寺子屋が廃止され、人びとが教育をうける機会が極端に減ったのが実態だった。

三千代が訪れたハノイ市内のマッチ工場では九百人ほどが働いていたが、七百人が女性で、箱作り、軸の詰め込み、薬付け、上紙の張りつけなど、細かい仕事をみな女性がやっていた。一日の労働時間は十八時間で九時間交代、一日の労賃は三十銭から四十銭ということだった。

一方、フランス語を教える学校を出た安南のインテリ女性は、日本の役所や軍関係の事務所で、タイピストや電話交換手としてきびきびと働いていた。仏領印度支那でも、ドイツに占領されたあと、ペタン元帥が提唱する「新フランス運動」に呼応して、フランス革命以来の「自由、博愛、平等」に代わって、「勤労、家庭、祖国」のスローガンが掲げられた。その結果、ダンスなどの娯楽は禁じられ、女性の華美な姿は見られなくなっていた。

日本の仏印進駐のあと、語学力を活かして、役所や商社で働くために日本からやってきた若い女性もよく見かけた。三千代は若い世代の活躍を目にしてうれしかった。

地方への旅

二月十日、明日からサイゴンへ出張するという小川総領事から、北部にある港町ハイフォン行きの手筈について三千代は指示をうけた。

翌十一日の紀元節は、九時半に大使公邸へ行き、御真影に拝礼し、異郷の戦時下に集まった在留邦人とともに慶事を寿いだ。帰り際、芳澤謙吉大使にハイフォン行きの計画を話すと、翌日の晩餐に招かれ、その席で日本軍がシンガポールの一部を占領したというニュースを聞かされた。かつて金子とともに長く滞在したところだけに、感慨もひとしおだった。

十四日、ハイフォンに向けて、オートライ〔ガソリン・カー〕で出発した。十五日は安南の正月《テト》にあたり、停車場は故郷へ帰る人たちでごったがえしていた。

車はそのなかを出発し、東洋一長いドーメル橋を渡り、二時間かかってハイフォンに到着した。ハイフォンは中国国境に近い港町で、日本からの船はみなこの港に着く。ホテルは、能見領事が予約してくれたコンチネンタルだった。この日は港や街を見物し、翌日は一人で街を歩きまわり、次の日はもうハノイへ戻る日程だった。

ハイフォンの、富士ホテルでご馳走になっているとき、ホテルの女将が部屋をまわって、シンガポール陥落のニュースを伝えてくれた。

十八日、ハノイに戻ると、細かい雨が降っていた。数日留守にしたハノイが故郷のように思われ、三輪車のシクロを乗りまわして、雨に濡れた美しい並木の街を心ゆくまで満喫した。

正月《テト》四日目の街は、三分の一ほどの店が扉を閉じたままで、軒下にはフランスの三色旗、赤字に星の中華民国の旗、それに日の丸と、三本の国旗が出されていた。日の丸は、丸の大きさがまちまちだった。国旗掲揚はシンガポール陥落を祝うものだということだった。

三千代が南部仏印の旅行に出たのは、二月末か三月初めのことである。午後六時半に、ハノイ発サイゴン行きの列車に乗った。

汽車は速力は速いがよく揺れ、中年のフランス女性と同室だった。窓外の水田と竹藪が続くトンキン・デルタの風景は、灰色からやがて暮色に変わっていった。王宮のある古都フエ〔三千代はフランス読みで「ユエ」と表記〕には、翌日の午前十時半に到着した。

駅には、啓定《カイデイン》博物館長のソニー、理事官秘書コンバンの代理のルパージュ、それにフエ唯一の日本人で、写真館を営む中山の夫人が出迎えてくれた。

フエの城外を流れる香河〔リヴィエール・ド・パルファン〕にかかるクレマンソー橋のたもとにある、立派な「ホテル・モーラン」に投宿した。滞在は五日間の予定だったが、滞在中は博物館長のソニーが行動計画をつくってくれ厚遇をうけた。

二月二十七日には、皇室有職大臣で現皇帝バオダイ帝の叔父にあたる寶石宅《ブータク》に、ソニーや中山夫妻とともに招かれ、格式高い安南料理のもてなしを受けた。

三月初めに理事館長のダランジャンを訪問し、翌日には阮王朝十二代の当主バオダイ帝に拝謁することになった。

「阮王朝の始祖阮福映〔嘉隆・ジャロン帝〕が、フランスの司教ピニョー・ドベーヌの義勇軍の助けを得て、紛乱していた安南を統一してから百四十年。現在はフランスの保護領となっているが、王朝は昔のまゝに残存している。一八八五年にフランスと支那との間で結ばれた天津条約まで、まだ支那が安南の宗主権を主張していたもので、古来安南はほとんど支那文化の影響下にあった。支那をそのまゝ見るような宮廷の外観、大官達の礼服を見ても、それはすぐうなづけるのだ。

〔中略〕

保大帝に謁見したのは、その支那式の宮殿ではなく、宮殿のうしろにつゞいて建て増された新式な洋風の大広間であった。

皇帝はまだ二十七歳の、巴里にも留学されてフランス式な教養を身につけた、瀟洒な青年紳士であった。オール・バックに撫でつけた髪は無帽で、藍色紋織のゆったりした安南服を身につけていられていた。傍らに椅子を賜って少時雑談したが、皇帝は、別れ際に、三年に一度のユエの大祭、南郊《ナンジャオ》の祭がもうすぐだからそれまで滞在してはどうかといわれた。」(「ユエの印象」)

皇帝のせっかくの勧めだったが、南郊が行われるのは月末で、南郊の祭を見学することはできなかった。

フエは王城にふさわしい、典雅で、物静かな街だった。数日の滞在中に安南のもっとも高い心情にふれることができた。

三千代は仏印の旅の様子を、旅行記『晴れ渡る仏印』のほかに、次章で紹介するフランス語の詩集『POËSIES INDOCHINOISES〔インドシナ詩集〕』(一九四二年、明治書房)で、詩にしている。

「フエ〔Hué〕」と題した詩篇は、バオダイ陛下に捧ぐとの前書きがついている。日本語に訳してみると
——、

私は忘れない、
この平安な時のなかで
私が忘れ
そして人びとが私を忘れることを。

いつの日か
私がすべてを忘れたとしても、
私は決して忘れまい
この静謐な古の都を。

この静けさ
この心の透明さは
私がいつの日からか探してきた
幻影に似ている。

私は決して忘れまい
古びた屋根、龍の石像、
印度ケイソウが匂う
人気のない黄昏を。

…………

文人たち

別の日の小雨がそぼ降る夕暮、小説『安南の愛』の著者の阮進朗《グエンチュンラン》やヴィエアン中学校の若い校長で、『若い安南』の著者、陶登偉《ダオダンビイ》の招待で、香河に舟を浮かべて語りあった。三千代にとって香河での舟遊びはじつに感慨深いものだった。後日、文部大臣兼宮内大臣の芒瓊《ファンキン》とも会う機会があり、教養ある安南貴族の奥ゆかしさを知ることができた。

中国風の教養を身につけた文士たちとの交遊は興味深かったが、三千代は安南の若い作家や評論家たちの仕事に強い関心を抱いた。

「漢詩漢文が縁遠くなった今日、新しい安南文学の中心地は、フランス政府の政治機関、文化機関の中心地ハノイにうつっていることは、当然のこととして考えられよう。［中略］

新しい安南小説家が、どんな欲求で、どんな動機で、何を手材にして文學をやるか。言うまでもなく、それは、若い安南が持ってゐる多くの悲しみと悩みである。手材として取上げられるものは、主として、迷信深い道教、佛教と、儒教精神でつくりあげられた因習的な古い家庭内に、フランス風な新しい思想が流れこみ、古い世代と新しい世代のまじりあふ悩み、苦しみである。」（「仏印の文学」）

古都フエに滞在中、阮王朝歴代皇帝の墓を訪ねたが、とりわけ明命《ミンマン》陵の印象は強烈だった。

商都サイゴン

三千代が乗った汽車は三月一日にフエを発って、予定より四十分遅れてサイゴン駅に着いた。サイゴンのホテルはどこも満員だったが、佐藤領事がカチナ通りのホテル・コンチネンタルを予約しておいてくれた。ホテルへ行ってみると、前夜の宿泊客の荷物がまだ部屋に残っており、そこへ鞄を入れて食堂で食事をとった。三月のサイゴンは真夏の暑さだった。

滞在は四、五日の予定で、そのあとアンコール・ワットへ行く計画だった。さっそく大使府へ行き、内山公使や蓑田総領事に挨拶し、アンコール・ワット訪問について助言を頼んだ。陥落間もない昭南島〔占領後シンガポールはこう呼ばれた〕へもぜひ行きたいので、援助してほしいと伝えた。

昭南島行きを強く望んだのは、第十六軍の宣伝班員として南方に来ている武田麟太郎との再会を期待してのことだったかもしれない。二人は知るよしもなかったが、武田は二月十一日の紀元節を洋上で迎え、間もなく仏印中南部のカムラン湾に入港し、そこで時間待ちをした。これが二人が一番接近したときだった。

武田が乗船していた輸送船団は、十五日のシンガポール陥落の報を聞いたあと、十八日未明、カムラン湾を出航して南下し、月末には目的地であるジャワ島に着いた。

三千代が大使府での挨拶を終えてホテルへ戻ってくると、午後三時すぎのカチナ通りは人出が多くなっていた。熱暑のサイゴンでは、フランス人も安南人も中国人も、みな午睡《シエスタ》をとるから、午後の初めは人通りがなくなるのである。

この日の午後は、アンコール・ワットに同行する芳澤大使の息子と打ち合わせ、夕方には、ポワン・ド・ラ・ブラーグル〔おしゃべり岬〕で観光局の山口と会い、月を見ながら歓談した。ここはサイゴン川がショロン運河へ分かれていく地点にある三角州で、船の形をした酒場があった。対岸の椰子林から上った月のせいで、大小の船が川面に影を落としていた。

船の多くはショロンの精米所から米を積むサンパンで、米はショロンの華僑が一手ににぎっていた。後日、サイゴンの中心から西におよそ六キロのところにあるショロンの精米所を、三菱商事支店長の鈴木や社員の西方に案内されて見学した。

ショロンは人口からいえば仏印第一の地域で、人口は公称二百万だが、人頭税を逃れている者を含めれば三百万はいるといわれていた。

ショロンとは安南語で大市場の意味で、メコン・デルタで生産される米は、みなここに運ばれてきた。仏印全体の米の収穫高は六百万トンで、そのうち輸出されるのは百五十万トンないし百八十万トンといわれ、仏印の米は三井が、タイの米は三菱が取り扱っていた。これらは日本をはじめ東南アジア諸国に輸出されて、アジアの人たちを養っていたのである。

三千代は風物や自らの心情だけでなく、こうした現実を見逃さずに詩によんだ。彼女のうちには、かつて旅した各地で目にしたアジアの民衆の姿が浮かんでいたに違いない。

第四章　アンコール・ワットの夜

アンコール・ワット

アンコール・ワットに向けて、三千代がサイゴンを朝六時に出発したのは三月になってからである。

「近頃はガソリンの入手が非常に困難なので、サイゴンからアンコール・ワットまでの往復千三百キロの自動車旅は、よほどよい機会でもないと果されなかった。軍のトラックにお願いして便乗させていたゞくつもりでいたがフランスのツーリスト・ビュローのハイヤーをサイゴンのA商会が斡旋してくれて、同行五人で出掛ける事になったわけだった。サイゴン大使府の佐藤領事からA商会に話があつたからだった。同行者は、芳澤大使の息子さん、A商会のI社員さん、軍属の人二人、それに私、五人とは、そうした顔ぶれである。

　時節柄手荷物は出来るだけ少なくして、小鞄一個づつだった。私は、水筒の水と、ボンボンを用意して来た。ボンボンを皆にまわして分けあつたり、水筒のなまぬるい水でのどをうるおしたりして、ほこりっぽい、のどのいらいらをしずめた。」（「アンコール・ワットへの道」）

　出発して五時間、メコン川の渡しにさしかかった。雨季には氾濫する大川に橋はなく、人も車も船橋にのせて川をわたす。その船橋は発動機船が引っ張って行くのだが、燃料は薪で、両岸に薪が山と積み上げられていた。カンボジア人の労働者が薪を船に積み込むのに時間がかかり、その間、肌は太陽に焼かれ、汗が絶え間なくふきだしてきた。ようやく川を渡ると、やがてコンポン・チャムの街にはいった。

　ここは緑の芝生や美しい花壇に囲まれた、フランス風の黄色に塗られた瀟洒な家並が続く清潔で閑散とした街だった。ちょうど午睡の時刻で人通りもまれだった。

　街中のホテルに車を乗りつけて遅い昼食をとった。太ったマダムが出してくれたフランス料理は、思いがけず美味しかった。ここでガソリンを調達し、コンポン・トムを経て、サイゴンからおよそ十二時間でアンコール・ワットの遺跡の門前町シェムレアプに到着した。かつてピエール・ロチはメコン川のジャングルを遡り、サイゴンから五日かかって辿り着いた道のりを、坦々としたアスファルトの道に車を走らせて、十二時間で着くことができた。

「シエムレアプは、森の中の静かな町だ。

　まつたくフランス風なホテル・グランドで一泊した翌朝、いよいよ待望のアンコール見物をすることになつた。前の晩、ホテルのテラスから、ジャングルを越えて菫色の五つの塔を夕闇の中に望見した。金色の星さへきらめき出してそれは、なにか神秘な寶石箱が、遠くかすんだ眞盛りの花盛りのやうに思はれた。

　數年前、私は、巴里に居た頃、ヴアンサンヌ《ママ》公園で開催された植民博覧會を見に行った。植民博覧會のみものは、アンコール・ワットの原型大の一部の模型だつた。コンクリでつくった浮彫りの型が、まだ一部分出來上らずに、草のなかに投げ出されてあつた。ほこりつぽい博覧會場の空高く、その夢のやうな石の宮殿が浮上つてゐるのを見て、生涯に一度は、アン《ママ》・コールを訪ねてみたいといふ、あこがれに似た願望にかられたものだつた。［中略］

胸をときめかすアンコールの五つの塔が、朝日に染まつて、行手の空に乗り出しながら、こちらへ向つて近づいてくるやうに見える。それは、大きな牡竹筍に似た形をしてゐる。この五の塔の建物は、即ちアンコール・ワットで、このアンコールの廢距《ママ》のうちで、いちばん構成の整つた一畫である。」（「アンコールを見る」）

三千代はハノイを発つ前に、観光局長のラクロンジュからアンコール遺跡保存局長セデス宛ての紹介の名刺をもらってきていたが、早朝のことであり、彼を煩わすことなく、フランス語と英語ができるという利口そうなカンボジア少年を案内に雇って遺跡を見てまわった。

アンコール・ワットもアンコール・トムも、その他の散在する多くの石の建造物も、かつて大森林の侵蝕をうけて木々の中に埋もれていた。これを植物の下から掘り出したのはフランスの極東学院で、フランスが誇るに足る業績だった。

植物の生育する力は想像を絶していて、いまでもしばらく放置すると、堂塔伽藍はたちまち森林に埋もれてしまい、絶えず手入れをしなくてはならない。三千代は金子とともにジャワのボルブドールの石の曼荼羅を見たことがあったが、結構の雄大さにおいて、アンコール・ワットは遙かにそれをしのいでいた。

三千代は宿泊していたグランド・ホテルの主人に、プノンペンの宮廷舞踏を見たいと相談した。すると、旧暦正月の仏前供養の奉納舞踏のために、プノンペンの後宮に養われている舞姫たちがいま滞在していて、彼女たちに踊らせることができるという話だった。

三千代はさっそく手配を頼み、この日の夜、同行の四人のほかに、軍所属で南方事情調査のために史料を集めている笹原たち一行、書筆の仕事をする萩須、さらにホテル・グランドに同宿していたスイス大使館の領事夫妻も招いて、遺蹟の前の広場で、篝火の光の下、舞姫たちの踊りを見物した。この光景は三千代に忘れがたい印象を残した。

「廣場の眞中には、赤毛氈が一枚敷いてある。あたりがあまり広々してゐるので、手巾でも落してあるやうに見える。その横手に少しへだたつて、樂人たちが、樂器を前に圓座をつくつてあぐらをかいてゐる。〔中略〕

前奏の曲がはじまつて、やうやく間拍子が短かく、息がせはしくなつてゆく。アンコール・ワットの大廢墟を背景として、夜空の下の大野外劇がいまはじまらうとしてゐる。

きらきらときらめきながら落ちてくる。正面入口の石の階段を、轉ぶやうに驅け下りてくるのだとわかつた。敷かれた毛氈まで、はだしで音もなく走り出る。塔のやうに高い黄金の冠をかぶつた小さな舞姫の出場の姿だつた。きらきらきらめくのは、冠や、肩のぴんとはねた翼飾り、金の襷や胸いつぱいの刺繡、手首やくるぶしの金環であつた。一人につづいて次々に六人、三人は男すがた三人は女装で、蛇の律動を型どつたといはれる、手首や腰を極端にくねらせる幽玄神秘な踊ををどりはじめる。」（「豹」、小説集『豹』所収）

踊子

一方、フランス語詩集『インドシナ詩集』の詩篇「アンコール・ワット（Angkor Var）」では、こう描かれている。

あるときは
空から降りたったように見え
あるときは
空に登って行くように見える。

またあるときは
飛翔するかのように。

アンコール・ワット、
それは永遠の若者だ、
旺盛に成長する今年の竹、
ルビーを溶かしながら空へと昇っていくアプサラス〔廻廊に施された浮彫の女神像〕。

誰が廃墟だなどと言えようか？

これを造った民が
すでに絶滅したなどと誰が言えよう？

手が壊れ、顔が侵蝕されていても、
それが、蝙蝠の汚物で汚された
朽ち果てた石の山などと、誰が決められようか？
アンコール・ワット
私が辿り着けないところで
いまもその心臓が
力強く鼓動するお前。

尖った冠を傾け
口の端をまくりあげて
カンボジア風に微笑むお前。

たしかにそれを造った王も民もいない。
だがその祈りの中の願いは
常に生きている
アンコール・ワット！
それが正しくお前だ！

それは朽ち果てるわたしの身体の裡に棲んでいる、
私の不滅で純粋な愛のようだ。

パリで原寸大の模型を見て以来、待望久しかったアンコール・ワットを見学した感激は大きかった。五つの塔をバックにして、篝火の光のもとで、蛇の姿態をとりいれたという幽玄な踊りを見られたのも幸運だった。
『晴れ渡る仏印』の口絵写真には、アンコール・ワットの遺跡の前で、真っ白な服を着てポーズをとる三千代が写っている。
三千代たち一行は、翌日コンポン・トムを経てプノンペンへ向った。メコンデルタの平野がひらけ、床の高いカンボジアの家が散らばっている村をすぎ、やがてメコンの支流を横切って、午後にはプノンペンへ着いた。ホテルは緑陰が多い街中のル・ロワヤルだった。
到着早々、翌日の王宮見学のために、日本軍司令部へ許可をもらいに行った。そして夕食前に、ヴァー・プノンのあるペン塔を訪れ、高みからプノンペンの街を眺めた。

ハノイもサイゴンも大きな並木のある緑濃い街だが、プノンペンの並木はそれよりもずっと大きく野性的だった。

翌日は朝から王宮や銀寺などを見学し、二日間滞在したあとハノイに戻った。帰りの途中の街で売っていた豹の仔を、現地に支店をもつアダチ商会の小泉から贈られたが、二、三日で死んでしまった。

残りのハノイ滞在中では演劇をいくつか観たほかに、ほとんど毎日のように小湖《プティ・ラック》のほとりを散策した。ここには別名「翡翠の寺」と呼ばれる玉山寺があり、湖の水の青さが翡翠に似ていた。

帰国

四月、三千代はハノイからハイフォンへ行き、そこから汽船に乗って帰国の途についた。

武田麟太郎が報道班員として滞在しているはずの昭南島〔シンガポール〕行きは、果たせずじまいだった。危なっかしい飛行機をさけて帰途は船にしたのだが、台湾から瀬戸内海にかけて、日夜アメリカの潜水艦が出没し、日本の商船や客船が沈没されていた。金子は外務省に日参して三千代が乗った船の名前を教えてもらい、中学生の乾と女中を家に残して神戸へ向かった。関西勤務になっていた義弟の菊池克己が同伴してくれ、二人は神戸の「オリエンタルホテル」の一室で、船の入港をやきもきしながら待った。

アメリカの潜水艦は、このころすでに瀬戸内海に姿をみせるようになっており、三千代の乗船した船が、瀬戸内海に入ったという知らせを船舶会社から受け取ったが、安心はできなかった。事実、船はアメリカの潜水艦につけ狙われながら、ようやく四月十二日に神戸港に入港した。

埠頭では金子と菊池克己が出迎えた。はしけに乗った、元気で逞しい三千代の姿が見えると菊池がしゃくりあげて泣いた。金子にとっては丸三カ月ぶりに見る彼女の姿だった。

「おどろいた事は、ホテルの僕の宿に、身柄とともに買ってきた三つの大包みと、竹の笊に入れた土産物の物資で、すでにその頃の日本では、ざらに手に入らない布地や、珈琲豆、銀製品、砂糖、蓮の実の砂糖漬、その他、さまざまな品が床にひろげられた。〔中略〕そのうえ、うまれてまだ何ヶ月もたたない豹の児を二匹、土産にもらったりした。が、豹の児は、プノンペンの宿で飼いならした山猫に噛み殺されてしまった。それに、そんなものを日本へもってかえっても、食べさせる肉などなく、その上育って大きくなれば、飼う場所もない。などと、話してもつきない土産話に花を咲かせた。」(「来迎の富士」『鳥は巣に』)

帰国した三千代は精力的に執筆を再開した。三カ月の仏印旅行の体験で、書くべきことは沢山あった。これらをまとめて単行本としたのが『晴れ渡る仏印』(一九四二年、室戸書房)で、収録されたのは、「晴れ渡る仏印」、「仏印の黎明」、「仏印の文学」、「安南芝居」、「『金の亀物語』」、「『南郊』の祭」、「安南家庭を訪れる」、「寶石氏の食卓」、「仏印の若い女達」、「日本色の安南」、「ハノイの学校」、「仏印の子供たち」、「仏印雑話」、「仏印古蹟めぐり」、「アンコール・ワットへの道」、「アンコールを見る」、「カンボヂヤの都」であった。

第九部　戦時下のふたり

第一章　南方ブームのなかで

「インドシナ詩集」

三千代が仏印に滞在していた一九四二年（昭和十七年）二月、単行本の旅行記『新嘉坡の宿』（興亜書房）が出版された。さらに三月には小説集『国違い』（日本文林社）が刊行され、帰国後の九月末から年末の間に、フランス語の詩集を明治書房から上梓した。

「MITIYO MORI／POĒSIES INDOCHINOISES／Librairie Meiji-Shobo／Surugadai・Kanda・Tokio」と表紙にはあり、次ページには「DESSINS TSUGUJI FOUJITA」とあって、実際、藤田嗣治による線描絵が十点挿入されている。

冒頭にはレター・ヘッドつきの便箋に、仏領インドシナ総督ジャン・ドクーの手紙の複製が序文として掲げられ、そのあとにフランス語の詩二十六篇を収めている。

この仏語詩集『POĒSIES INDOCHINOISES』を最初に取り上げたのは牧羊子で、『金子光晴と森三千代――おしどりの歌に萌える』（一九九二年、マガジンハウス）のなかで、二十六篇のうちの十篇を翻訳して紹介した。ここではそれとの重複を避けつつ、幾つか詩篇を訳してみる。冒頭に掲げられたジャン・ドクーの「序文」は次の通りである。

「最近のインドシナ旅行から、マダム森三千代がこのほど、その思い出を独特の魅力を湛えた詩として私たちにもたらしてくれました。

彼女は、日本の知的エリートの主要な特徴の一つである、人間や物事に対する鋭いヴィジョンを付与されていますが、マダム森は、日本民族が持つ観察眼に加えて、女性特有の感性のすべてをそれに加えています。

フランス語を使ったり、西欧の学問に触れることから遠ざかっていたにもかかわらず、疲れを知らぬこの旅人は、インドシナのさまざまな地方の雰囲気と、同時に、彼女自身が眺めたさまざまな場所の魂を、きわめて適切な形式で表現しています。

経歴そのものが日仏文化の親和性の統合を示す藤田画伯が、その輝かしい才能をもって『インドシナ詩集』の挿画を提供しているのは、このうえもないことです。詩集を飾っている挿画は見て楽しいとともに、精神にとって心地よいものとなっています。

読者は詩のなかに、とりわけ感動的なある調子を見出さずにはいられないでしょう。最近ペタン元帥は、「時を超える作品は愛なしにはつくれない」と言いました。皆さんが以下に読まれる繊細な作品の全体には、マダム森のわが国にたいする真摯な愛が、そして藤田画伯と同様、彼女がインドシナのいたるところに浸透しているのを感じたと述べている、フランス精神に対する讃歎の念がこめられています。［後略］

仏領インドシナ総督　ジャン・ドクー」

親愛なるフランス

二十六篇の冒頭の詩を訳してみる。

「私はいたるところに親しいフランスを見た」

インドシナ総督、海軍少将、J・ドクー氏に献ず

ハノイの街の一隅から、
私は突然パリの通りに出た。
いたるところに親しいフランスが
息づいている！

大通りの樹木も、舗道の敷石さえも、
みな憶えている。
窓辺の花の鉢、あなた方の愛が染み込んだ縞模様の日除けも。

私は祖国を発って、
もう一つの祖国へやって来た。

あなた方がフランスから持ってきた
祖国の匂いのなかで生きるために。

あなた方の祖国の匂いから、
私が自分の祖国を感じるのを疑わないでほしい！
あなた方の郷愁は、私の耳にも
調和あるメロディーを響かせる。

あなた方みなと声を合せて
フランスとパリを呼ぶ、
彼の地で過ごした
私の半生を呼び戻したいと望みつつ。

ハノイの隅々で、
熱い心が鼓動している。
私たちはここで初めて出会ったのではない、
だって！　私たちはもうフランスで会ったではありません
か！

フランス語で書かれた『インドシナ詩集』には、三千代が旅した仏印各地で見聞した風景や文化風土、そこに生きる人びとの印象を主にうたった詩が、ハノイにはじまり、巡った順に並んでいる。

「美しい土地（BELLE TERRE）」

私は飛行機でやってきた。
飛行機は富士山をかすめ、
多彩な色の雲のなかに
突込み、通りすぎる。

眼下には壮麗なパノラマが展ける。
突然、私は尺蛾のように落下する、
花粉をまき散らしながら。
ここはインドシナだ！

あなたたちに何をもたらすことができよう？
フランス語も安南語も話せず、
交易の品も面白い話もない私は。
私は、何ももたない蝶だ。

微風のなかには、パゴダ
そして緑の水田。
私は降り立つ、真摯なままの心を抱いて、
それをあなた方に捧げよう。

詩集はまだ続く――

「星座（LA CONSTELLATION）」

マンゴーの大枝の上の、
長柄を下にした大熊座、
隣には北極星
バルコンの左には南十字星。

今宵はなんという夢見る夜！
なんと深い郷愁に充ちた夜！
白いバルコンの上には、主人と招待客が
夜遅くまでグラスを空にしながら語り合う。

甘美な酒、《コワントロー》のなかに
空が身を傾けている
心地よく、甘やかに、爽やかに
星々が私の舌の上ではじける。

頭上では
星座が知らぬ間に半周していた。
いや、バルコンが一晩中歩きまわったのだ
空の周囲を。

長柄を横にした大熊座、
北極星が天空を
半周して滑りこみ
南十字星は、いまバルコンの右にある。

三千代は帰国後、『晴れ渡る仏印』や詩集『インドシナ詩集』のほかに、安南の伝説を十六篇蒐集した『金色の伝説』を協力出版社から刊行した。初版は五千部で、日本での仏印ブームを象徴する出来事だった。
安南の史実をもとにした伝説に興味をもった三千代

は、関係する本を集め、悲劇の地コーロアを二度も訪ねて、帰国後これを作品にしたのである。

折からの南方ブームもあって、この物語は宝塚歌劇団の手で舞台化されることになった。歌劇は十月二十七日から十一月二十四日まで、有楽町の宝塚劇場で上演され、看板には、「森三千代作、〈大東亜共栄圏仏印の巻〉安南伝説・歌劇（雪組）「コーロア物語」（全十八景）」とあった。宇津秀男構成、内海重典演出で、出演は雪組の看板スター、春日野八千代、月丘夢路、千村克子そのほかだった。

宝塚に肩入れしていたモンココ本舗は、金子が劇場ロビーの飾りつけやデザインを担当し、一日全館を借り切って社員全員に観劇させた。舞台は好評で、翌年一月元旦から二十七日まで続演となった。

第二章　時局

文学報国会

三千代が帰国した一カ月後の一九四二年五月、日本文芸家協会を解散して、文学者の戦争協力を目的とする「日本文学報国会」が結成された。岸田國士が部長をつとめる大政翼賛会文化部が斡旋して、二月初めに作家たちが準備会をつくり、名称などを検討したものであった。その後、時流を考慮して「日本文学報国会」とすることに決め、五月二十六日に設立総会を開いた。会長は徳富蘇峰、常務理事、久米正雄と中村武羅夫という体制で、六月十八日には、東條英機首相、谷正之情報局総裁を招いて発会式を行った。日本文学報国会のなかには詩部会も設けられ、部会長に高村光太郎、理事は川路柳虹と佐藤春夫がなり、会員は三百三十九名を数えた。この国のほとんどの詩人が所属し、金子も会員になった。こうして文学者を国家に協力させる体制が確立された。

六月には中山省三郎編集のアンソロジー『国民詩』第一輯（第一書房）が刊行された。河井酔茗の「赤道祭」のほか、川路柳虹、百田宗治、田中冬二などの五十九篇が掲載された。開戦直後の勝利で、戦争の前途に疑問をもたない民衆の高揚感を代弁する作品がほとんどだった。

七月二十一日、文学報国会から金子の許に、南方の事情を知っているという理由で、「大東亜文学者大会の準備委員会」に出席しろという手紙が届いた。大会の目的は、「大東亜戦争のもと、文化の建設という共通の任務を負う共栄圏各地の文学者が一堂に会し共にその抱負を分かち互いに胸襟を開いて語ろう」というものだった。準備委員は、三浦逸雄、春山行夫、川端康成、奥野信太郎、河盛好蔵、林房雄、飯島正、一戸務、吉屋信子、細田民樹、中山省三郎、木村毅、草野心平、高橋広江、張赫宙、それに金子光晴の十六人だった。

金子はこの準備会の様子を克明に覚えていて、戦後に書いた『絶望の精神史』のなかで次のように述べている。

「その日の会議は、中国、タイ、安南、インドネシアなどのいわゆる大東亜共栄圏の文化人を日本に呼んで、文学者大会をやることについて、そのスケジュールを相談することであった。内実は、日本の軍の威力を誇示しようという、当局の意図らしかった。まわりの人の空気で、僕は、自分の来る場所ではなかったな、とおもった。文学報国会の会長である久米正雄（実際は常務）は、軍の報道部のなんとか大佐のところへ呼ばれて、遅れて来るというのだった。

やがて、会長が顔をあらわすと、会議が進行しはじめ、各国の文化人を引きつれて、日光とか、京都とかのほかに、戸山学校だとか、霞ヶ浦だとか、軍の威容を見聞させようというプランが立てられた。それは、報道部の大佐から久米会長が、いましがた注ぎこまれてきたもので、軍としては、その軍の威容を誇ることのほうが主眼らしかった。

僕には、いずれも、どうでもよいことばかりだったが、アジア諸国の文化人が到着すると、まず最初に、宮城前に連れていって遥拝させ、同時にすりものにして八紘一宇の精神の説明書を朗読させて、日本精神を徹底してたたきこむというところにきて、僕は当惑した。

「その精神は、日本人には、かえがたいものかもしれないが、他国の文化人には、なんのかかわりもないものので、おそらく理解できないであろう。その部分は削除すべきではないか。」

と、ひと言口にすると、騒然として、なかでも、そこで初対面の中山省三郎という男が、隣席からむき直り、けわしい目つきで僕をとがめ、「他国の文化人ではない。天皇の御稜威《みいつ》のもとに集まる、共栄圏の人たちだ。」

と、食ってかかるのであった。

名は知らないが、中国研究家という一人の男が、

「それは、このかたの言うとおり、中国人にも通じないことです。やめたほうがいいですね。」と、ひとりだけ僕に賛成してくれた。

中山という男は、僕がヨーロッパを放浪しているあいだの日本で売り出した、文士の一人らしく、どんな人間で、どういう仕事をしている人間かすこしも知らなかった。その態度は傲慢で、おもいあがりで、まことに肚に据えかねるものがあったが、もともと気の弱い僕のことであるから、それ以上逆らわず、退散した。帰り道、細田さんといっしょだった。

細田さんは、「僕なんか、もう老朽で、なにも口出しできませんよ。」と言った。おそらく、ばかなことに盾をついて、ばかな目をみないようにと、年長者の親切で、忠告をしてくれたつもりらしかった。僕もそれに感謝した。」(『絶望の精神史』)

大東亜文学者大会

この年十一月三日、明治節の日、「戦時の秋に捧げる文報の催し」として、第一回大東亜文学者大会が幕をあけ、満・蒙・華の代表が出席して、東京、大阪と

会場を移しながら十日まで開催された。大会の議題は「大東亜戦争の目的完遂のため共栄圏内文学者の協力方法」と「大東亜文学建設」の二つだった。

十一月一日に東京に着いた代表たちは、その日に参拝のために皇居と明治神宮に連れていかれた。翌日は、靖国神社を参拝したあと宮内庁へまわり、戦時下をたくましく生き抜く国民の見本として、明治神宮で行われている国民錬成大会を見物し、さらに朝日新聞社を訪問した。そして翌三日の午前十時から、千五百名が参加した大東亜文学者大会が帝国劇場で開かれたのである。

「大東亜戦争正に熾烈なる日、東洋全民族の文学者ここに会し団結一致永く我が東洋を蠹毒侵害せる一切の思想に戦いを宣し、新しき世界の黎明をもたらさんとす。実に史上未曽有の挙なり。我等精神の選士として深く思をここにいたし、この大事に挺身し、東洋悠久の生命を世界に顕揚せんとす。時あかたも明治節の佳日をもって門出とする吾人の光栄なり。固き決意と勇猛心を以って本大会を全うせん、右宣誓す。」

歌人土屋文明の司会のもとで、まず二・二六事件に連座した陸軍軍人で歌人の斉藤瀏がこう宣誓を述べ、島崎藤村の音頭で万歳を三唱した。この開会式で自作を朗読した川路柳虹は、「新しい朝の言葉」と題して、「ようこそ親しい隣邦の友だち……」という詩を朗読した。

会議での発言はすべて日本語で行われ、他の国語は日本語に翻訳されたが、日本語の発言はいっさい翻訳されなかった。代表の多くはこれに不満を持ったが、なかには、「いまに日本語が東亜語となり、東亜文学、就中日本文学が世界に光彩をはなつだろう」〔満州代表〕、「日本語を知ることによって、はじめて大東亜の指導原理という八紘一宇の大精神にふれることができる」〔台湾代表〕といった阿《おもね》りの発言もあった。ただ大会に参加した中国の著名な作家、郭沫若や老舎、林悟堂などは瞑目して沈黙をつらぬいた。

大会は、「東洋新生のための礎石は置かれたり、われ等が心魂固く一致せり。今や大無畏の精神をもって邁進することを一切の敵国に告げん」云々という大袈裟な宣言を採択して幕をとじた。

これからしばらくして、かつてマルセイユから帰国したとき、シンガポールまで同船した宮崎嶺雄〔船酔いに苦しみながらプルーストを読んでいた〕から、金子の許に連絡があった。宮崎は岸田國士の門下生で、報国会の幹事をしているということだった。

宮崎からは、インドネシア人向けの日本語の教科書をつくる相談会があるので、ぜひ出席してほしいという。宮崎からは帰国の途中、日本の文壇についていろいろ教えてもらった義理もあって出かけて行った。

「出かけてみると、こんどはおおぜいで、知っている顔も二、三見うけた。このときは、高見順の独壇場であった。

べつに、しゃべることもないので、黙っていると、インドネシアの事情について話してくれと、M〔宮崎〕が言った。むかしのインドネシアの話をすこし話した。それから尾崎喜八が芋の詩を朗読して、真杉静枝が感激して泣いたシーンをおぼえている。消極的であるうえに、頼みになりそうもない僕は、その後なにがあっても呼ばれず、こちらから出向くこともなく、やれ戦争賛美の詩を書けとか、ポスターを手伝えとか、なんとかかんとか言ってきたが、すっぽらかして返事も出さないので、そのまま、報国会とは縁のない存在となってしまった。

文士たちも、内心はいやいややっていたのだろうとおもうが、そういう連中は張り切った連中におされて、引きもならず、進むにも気がすすまずで、ずいぶんいやなおもいをしたろう。みそぎだとか、ことあげだとか、それまでは、なんともなかった古語が、彼らの口から飛び出すと、とても場ちがいな、押しつけがましいいやな言葉になった。下地に反対な気持をもっているせいもあろうが、僕には、感覚的にやりきれないものに響いた。日本の文士はひよわだから、暴力に弱いのはしかたがないとあきらめた。」〔同〕

積極的であったか否かは個々人によって多少の違いはあったにせよ、知識人の体制協力はいたるところで行われた。その一つの例が、占領下に置かれたシンガポール〔昭南島〕での日本語教育である。

報道班員

一九四二年に陸軍報道班員としてシンガポールに送られた詩人の神保光太郎は、同じ年に報道班員として徴用された中島健蔵たちと、現地の人に日本語を教育するための「昭南日本学園」を創設した。

中島健蔵は『昭和時代』（岩波新書）で、この徴用について、「徴用令状を受けて最初に東京都庁〔正確には東京市庁〕に出頭したとき、はじめて自分たちのなかまには三木清、清水幾太郎がいることがわかった。われわれは、当時の軍部には受けがいいはずがなかった。そこで、この徴用は、実は徴の字の下に「心」がついた「懲用」であろうといううわささえ飛んでいたし、多少の不安を抱いたまま四十人のなかまと一しょに輸送船に乗り込んだのである。」と述べている。

シンガポールでは、中島は神保と作家の井伏鱒二の三人で、ナッシムロードの大きな屋敷に住んだ。井伏は第一次徴用で、戦闘する部隊に同行してシンガポールに入り、第二次徴用の神保と中島は、戦闘が一応終息した後にシンガポールに到着した。

神保光太郎は学校設立の体験を、『昭南日本学園』（一九四三年、愛之事業社）のなかで、次のように書いている。

「私は新しき日本の占領地を、大東亜共栄圏のひとつとして更生しようとする平和建設の一翼である日本語の學校の責任者なのである。〔中略〕支配者の精神、日本の心を積極的に現地住民に識らしめんとするところにすべてが出發する。そして、これは當然、日本の植民地教育、又は、日本語學校の精神でもある。」

中島健蔵は神保よりもこの事業に積極的だったように見える。一九四二年四月二十九日の「陣中新聞」に寄稿した文章では、軍部に同調する、さらに言えば、阿《おもね》る姿勢を鮮明にしている。

「天長の佳節に方り、馬来及びスマトラ島住民の行くべき道は明らかになつた。軍司令官閣下の談話に示された通り、両地区の住民は悉く　天皇陛下の赤子に加へられたのである。

大日本帝國の有難き國體を彼等住民に理解させることは、新領土に駐屯する全皇軍將士にとつて尊き責務である。そのためには、先づ國民たるの資格として、彼等に日本語を學ばしめ、日本語を使はせなければならない。天長の佳節を期し、軍司令官閣下の談話の趣旨に基き、我等は此處に國語普及運動を起さんとするものである。」（「日本語普及運動宣言」）

占領地での日本語普及の動きに呼応するのが、宮崎嶺雄が持ってきた日本語の教科書の作成事業だった。金子は帰国する船中での義理もあって会合には出席したが、なにもすることはなかった。

金子の思いは、「日本学芸新聞」十一月一日号に書いた、「大東亜文学者大会に就いて」という記事で示されている。

「大東亜の文学者を一堂に聚めるという日本文学報国会の企ては、政治的意義をのぞいても、糧を与えるという本質的意義がのこることとなるとおもう。〔中略〕

殆ど最初の経験としての日本の文学者は、与えるべき糧について慎重に考えて欲しい。与える方法にも相当技術を必要とするようにおもう。衝にあたる日本の文学者は、先ず共栄圏の他民族を出来うる限り知ってほしい。あくまでもその客観性に基づいて、ほんとうの糧となるものを考えてほしい。いくらでも言いたいことはあるが要約すれば、これは一つの危惧に外ならない。自分に重大なものは必ずしも他人に重大ではない。以上

——大東亜文学者会第一回は、事情によって中華、満洲、蒙古方面に限られてしまった。南方各地の人達は参加出来なかったことは残念である。南方の人達が来るに就いて御手つだいしようと思った私は、そんなわけで、何の役にも立たなかったことをお詫びし、幹事会〔準備委員会〕も御辞退するわけである。」

南方の文学者たちが出席するならば手伝いたいというのは金子の本心であり、同時にこの企画自体に対しては、「自分に重大なものは必ずしも他人に重大ではない」というのが彼の真の思いだった。

逼塞

金子はこの年一九四二年（昭和十七年）の「中央公論」七月号に、詩「海」を発表したのを最後に、主要な雑誌に作品を発表できなくなった。

「新潮」の編集者と会って、どの辺までなら発表可能かを探るために新作の発表を打診すると、尻込みされ

た。他の雑誌の編集者も同じような反応だった。詩人としての金子の存在自体が、雑誌にとって危険なものになっていたのである。日本放送協会から依頼されて、十篇ほどの唄が入ったマレー案内をつくったが、放送寸前に中止になった。

作家の中河与一が多くの文学者を、共産主義者、自由主義者、国家に忠実な者の三種類に分けたリストをつくって、警視庁に提出したという噂も聞こえてきた。

翌一九四三年五月、金子の唯一の弟子を自認する河邨文一郎が、北海道大学医学部を卒業して、東京帝国大学医学部の整形外科へ入局し、上京した。赤門前の通称落第横丁に下宿した彼は、毎週のように吉祥寺の金子の家を訪問した。このころの金子の様子を以下のように語っている。

「時局を論じ、文壇を罵倒し、私の詩作品に批評を乞い、そしてなによりも嬉しいことに金子さんの書きあげたばかりの新作をしばしば見せていただいた。しかし当時の金子さんには逼塞状況が迫っていた。反語や多義句をあやつって偽装を凝らした詩を発表しつづけることにも限界が近づいたといえる。特高が金子詩の本音をいつまで見破らずにいるか、第一、金子さんの作品を出版社が引受けなくなってきた。「海」を中央公論に発表したのが昭和十七年七月で、その後はジャーナリズムから急速に遠ざけられた。挫折感、敗北感が金子さんをさいなむようになったのを私は感じた。ヒステリックに、さあ、つかまえてくれ、と叫ぶか、後退しながらギリギリの線を絞りつつ抵抗を続けるか。とにかく言いたくないことは言わない、言えと強いられることはなおさら、いや絶対に言わないぞ、となれば、もはや黙るほかはない。ある晩、金子さんが突然言い出した。

「もう、これからはね、詩の発表はやめようかと思うんだ。発表はしないで、ただ書く。書いておく」と。」(河邨文一郎「金子光晴『疎開詩集』について」「こがね蟲」第八号)

「小説和泉式部」

四十二歳になった三千代は、「どんどん火」を雑誌「むらさき」一月号に発表し、さらに「南方文化工作への協力」という座談会に出席して、仏印旅行の体験に基づいて、文化交流の面で作家が積極的に役割を果たすべきだとの持論を展開した。この座談会の内容は「文化映画」に掲載された。

彼女の創作意欲は旺盛で、前年から取りかかった和泉式部を主人公にした中編小説の執筆を続けた。

女高師在学中から和泉式部の歌に惹かれていた三千代は、前年には、製薬会社ミノファーゲンの責任者として大阪にいる義弟の菊池克己が調べてくれた和泉式部の遺跡を訪ねて歩いた。

小説は京都の盛り場、新京極にある華岳山誠心院(通称式部寺)を訪ねるところから始まり、彼女自身の行動と心の動きを通して、中年をすぎた式部の生き方を甦らせる。そこには彼女自身の波乱の半生が色濃く投影されている。

「私が和泉式部の遺跡をたづねたのは、かりそめの好奇心や、單なる好學の気持からではなかつた。それはただ、このなま身の肉體をもつて、ぢかに式部のゆかりある地、ゆかりあるものに觸れてみたいといふ切ない願望にほかならないのであつた。それといふのも、さきにも言つた通り、私がいつのまにか心のなかに、式部の肉身をわがものとしてかい抱いでゐたためであつた」、「日本の女達の誰の乳房の下にも和泉式部が持つたやうな、純粋をあくがれ、夢を夢見る心が、脈々としてほとばしり、鼓動をうつてゐるのを感じる。」(『小説和泉式部』)と執筆の動機を語っている。

構想が芽生えたの一九四二年の秋のことで、和泉式関連の資料を少しずつ読みはじめた。

そんなある日、「書物から目をはなして庭を眺めてゐるうちに私は、歡樂や愛執の季節も過ぎ落葉するものはことごとく落葉しつくして、静謐にかへつた境地を、しみじみと味はつた。

和泉式部の生涯のうちのこの季節を書いてみたらと、私は考へついた。式部の奔放な情熱時代、得意な時代のことを書くよりも、その方がいまの私には、ずつと自然にはいりこむことが出來さうであつた。」(同)

こうして狙いをさだめた三千代は、執筆を後押ししてくれる書店主の紹介で、歴史ものを得意とする作家と、平安文学に造詣の深い作家の二人に、赤坂の料亭で話を聞く機会をえた。

「小説和泉式部」は、彼女のこうした調査や執筆の過程と、主人公の和泉式部の生涯がないまぜに描かれる。これは森鷗外が『渋江抽斎』などの歴史物を書いた際に用いた形式で、三千代はこれを意識していた。それに加えて、ルポルタージュ『晴れ渡る仏印』を書いたことで、現在と過去を自在に行き来する手法を会得したのである。

「小説和泉式部」は一九四三年前半には書き終え、八月に協力出版社から出版された。三千代の和泉式部への思いは次のようなものだった。

「明日のことも、身の行末をも考へないほど人を愛し、人の心の醜さ、辛さ、冷たさをも、こころゆくまで味はひつくしたではないか。世の中の有爲轉變に身をまかせて、生きるがまゝに生きてきたこの人生に、いまさら思ひのこすことは一つもないやうに思はれてくるのだった。いづれは罪業からのがれられない人性の生き身のしるしに、からだ一つに罪業の泥を塗り、あやまちのしみをつけながら、猶、彼女の心だけは、童女の素肌のやうに純潔で、よごれを知らず、咲きに咲いて來たのだつた。彼女の身のうちも外も、なにもかも燃えて、それが彼女の歌になつたのだった。［中略］私には和泉式部の悲しみや不運が、彼女の千數百首の歌の身を以つてする装飾のやうに思はれたし、その歌がまた、彼女の肉身を飾る血と涙の装飾のやうにも思はれるのだ。」

この一節には、これまでの三千代自身の遍歴が重ねあわされている。彼女自身それを十分に意識していた。だからこそ和泉式部を主人公に小説を書こうとしたのである。

「いま和泉式部を書き上げたあとで、ふりかへつて考へると、私は、やはりほんとうの和泉式部を書かないで、自分を書いてしまつたのではないかといふ氣がされる。しかし、たとへ私の自叙傳に終つたとしても、私自身決して辿らなかつた道筋を辿つてゐる別の自叙傳なのだ。さういふ自叙傳を、誰しも、三つ四つは持つことが出來るわけだ。」（同）

彼女は、自分が辿らなかった道をどのように思い描いていたのか。愛人を次々に替えながら情熱的に生きた式部の生涯を考えれば、それはいまの金子との関係とは別のものである。だから三千代は式部の女盛りではなく、あえて彼女の晩年を取り上げたのである。

三千代はこの先で、こうも述べている。

「和泉式部を書いてしまつた時、一つの心殘りが、どうしてもあとに殘つた。和泉式部の燃えさかる業火のほとぼりの時代しか書かなかつたことだつた。若さ、奔放さ、得意さ、天馬空をゆくやうな花盛りの時代の彼女を書かずに、しずかな散華だけを書いたこの小説は、決して和泉式部の全貌ではない。〔中略〕中年過ぎの和泉式部を先へ書いてしまひましたけど、若い和泉式部は、却つてあとになつた方がよく書けるやうな氣がするのです。……和泉式部自身だつて、若い頃の帥宮との事件は、よほど晩年になつてから書いてるやうですものね。」（同）

奥付によれば、『小説和泉式部』初版は五千部印刷され、文壇でも話題となった。そして翌年には第七回新潮文芸賞を授賞した。

三千代が若いときの土方定一や中国の青年将校、紐先銘との熱烈な恋愛を赤裸々に書くのは、先に引用した通り、戦後になってのことである。この言のとおり、三千代自身も歳を重ねたあとで、自らの華やかだった体験を筆に載せることになる。

この年の八月、彼女が以前「婦人画報」に載せた「嘘みたいだ」が、文学報国会発行の『辻小説集』（八紘社杉山書店）に再掲された。この短編集には二百七名が執筆していて、三千代の作品は十行ほどで、仏印へ向かう飛行機から、香港上空で目撃した情景を伝えるものである。

「〔前略〕十年後、昭和十七年一月十五日、陥落直後の香港の空を翔びながら私は、おやと眼をこすつた。眞青な海面に檣だけ突出たり赤腹を返したりして沈んでいる。あの英國の船共だ。そつくり置換つた日章旗の船。嘘みたいだ。

私は佐藤〔英麿〕に手紙で知らせてやりたい。

――因業な家主のゐない香港は、住みいゝ所になりました。南方の港はみなさうなりますよ。ああそれには、たくさんの、たくさんの、日章旗を立てた船が必要ですよ。」

さらに十月に出された『辻詩集』には、詩「ふねをつくれ」を寄稿した。

ふねをつくれ　ふねをつくれ。
うなり出す無數の蜂をのせて海に浮く鋼鐵の巣。航空母艦。
　それは一隻でも多い方がいゝのだ。
幻の整列。たちまち海を白泡にし　聖なる憤りで空と海を
　引つ裂く。天から降りて來た艦隊。戰艦。驅逐艦。巡洋
　艦。水雷艇。それは一隻でも多い方がいゝのだ。
新鮮な果物をいつぱい盛つた果物皿のやうな滿腹の輸送船
　は、往き　かへり　擦れちがふ。それは一隻でも多い方
　がいゝのだ。
ふねをつくれ、ふねをつくれ。

これは当時世間で叫ばれたスローガン、「戦艦献納愛国運動」に乗ったもので、三千代の文章はまさに文学報国会の方針に沿うものだった。このときのアンソロジー『辻詩集』に収録されたのは二百八篇で、すべてが戦争詩だった。詩部会の会員三百三十九名のうちの三分の二が寄稿したことになる。しかし金子光晴の名前はそこにはなかった。

第二次「疎開詩集」

金子が河邨文一郎に、詩集の二度目の疎開を頼んだのはこの年の十一月である。河邨は次のように紹介している。

「昭和十八年十一月のある夜、吉祥寺で金子さんは私に、第二次の「疎開詩集」をもちかけた。その目次は次の通りである。

★詩集「熱帯詩集」

ニッパ椰子の唄　洗面器　おでこのマレイ女に　ボイテンゾルフ植物園にて　無題——シンガポールにて　月光不老旗　馬拉加《マラッカ》　——シンガポール羅衛《ラウエル》街にて——シンガポール市場にて　映照　MEMO——作詞のための　街　縁喜（改題「のぞみ」）　無題　牛乳入珈琲に献ぐ　女たちへのエレディ　混血論序詩　ボロブドール佛蹟にて　芭蕉　無題　どんげん　雷　エスプラネードの驟雨　子子の唄

★詩集「真珠湾」

第一部　真珠湾　湾　天使　落下傘　いなづま　洪水　犬　北京　八達嶺で　弾丸　屍の唄　甍　太沽バーの歌　新聞
第二部　鬼の児誕生　鬼の児放浪　ふく毒なし　疱瘡　風景（でこぼこした心のなかみが……欄外メモ）　瘤　地獄　鬼　戀（おぼろめく夕闇に……欄外メモ）　海　無題　緘　奇蹟　骸骨の歌　冥府吟　あとがき」（「体験的金子光晴抵抗詩論」「こがね蟲」第四号）

河邨によって筆写された「疎開詩集」は、一九九四年になって、そのファクシミリ版が雑誌「こがね蟲」第八号に発表されたことは先述の通りである。それによると、「真珠湾」の第二部に収められている「鬼の児放浪」は九月三日につくられたもので、その最後は次のようになっている。

鬼の児は　いま、ひんまがった、
じぶんの骨を抱きしめて泣く。
一本の角は折れ
一本の角は笛のやうに
天心を指して嘯ぶく。
「鬼の児は俺ぢやない、
おまへたちだよ。」

そして「疱瘡」は——

——十年のあひだ、えんぜるはみ下してゐた

十年のあひだ、天地は疱瘡を病んだ。
十年のあひだ、瓦礫がこげ燻るつてゐた。
十年のあひだ、鬼の児をのぞいて、心をもつてゐるものは
なかつた。
人を鬼どもからまもるその心を。

鬼の児よ。はぢけた柘榴《ざくろ》。——十年のあひだ、人は殺しあ
ふ夢しかみなかった。

最後の「冥府吟」の日付は十月二十日で、詩集の跋文として用意された「あとがき」は、次のようになっていた。

「主として戦争中に作られた詩篇をあつめたもの。この時代の困難のために、この詩集は日のめをみないだろう。詩集は朽ちるかもしれない。しかし、詩集にある魂は朽ちないだらう。それは作者の天稟のためではなくて、この魂は人間がみな抱いてゐる真実だからだ。いつかまた人は自分をふりかえる時がくるだらう。それはもはや文学だけの問題ではない。人間の名誉の問題だ。

著者」

ここには皆が戦争に引きずられていく時代への怒りと、それに一人で立ち向かう覚悟がこめられている。

金子は作品発表の場を奪われたにもかかわらず、経済的には比較的安定していた。売れっ子になった三千代の稿料を当てにしなくても、モンココの給与に加え、菊池克己の口利きで宣伝部の嘱託となったミノファーゲン製薬本舗からの収入があった。ミノファーゲンは宇都宮徳馬が一九三八年に設立した会社で、宇都宮は旧制水戸高校時代にマルクス主義に傾倒し、京都大学経済学部では河上肇に師事して、社会科学研究会に所属した。一九二九年に治安維持法違反で逮捕され、獄中で転向を表明したが、出獄後は軍需企業の株で大金を握ると、これを元手に製薬会社を設立した。

事業に成功した宇都宮は、閉塞を余儀なくされている文化人の支援を惜しまなかった。金子も援助を受けた一人で、それらの金を岡本潤など困窮している詩人にまわした。

『マライの健ちゃん』

十二月になって、大阪から上京した小野十三郎とともに、同じく作品発表の機会を奪われた、秋山清、岡本潤、壺井繁治、植村諦が吉祥寺の家を訪ねてきた。植村は本名を植村諦聞《たいもん》といい、仏教専門学校の出身で、水平社運動や朝鮮独立運動に加わった経験があった。秋山や小野と「弾道」や「詩行動」で活動したが、一九三五年に逮捕されて以降十年間も獄中にあった。皆が顔を合せるのは久しぶりで、中野重治にも電報をうったが、中野が来たのは彼らが帰った後だった。

金子は暮れになって、少年向けの絵物語『マライの健ちゃん』を中村書店から出版した。初版は三万部でよく売れた。

戦後、抵抗詩人として金子の評価が高まるなかで、この絵本や、先に触れた翻訳、『馬来』や『エムデン最後の日』をもとに、日本の東南アジア侵攻に反対した金子が、この時期に変節したとの批判がなされた。

『マライの健ちゃん』は、医師としてジョホールのゴム園から招かれた父についてマライ〔マレー〕に行った主人公の健ちゃんが、現地の少年と親しくなる様子を、その自然や風土を背景に描いたものである。

『マライの健ちゃん』には、金子の文章とともに七十八点の挿画がついている。最初は挿画も金子が描いたが、出版社の意向とあわず、神保俊子が描きなおしたものである。たとえば冒頭に近い十二頁の、健ちゃんが船着き場に着いた場面で、本文は「船つきばには、ゴム園のをぢさん達や、荷物をもつマライ人の下男たちがむかへにきてをりました。／お父さんやお母さんは、そのをじさん達と、ごあいさつをしてゐました。

「よく来たね。これからはをじさんとお友達になるんだよ。」

と、頭をなでてくださるをじさんもあります。」とあり、これに二枚の挿画が添えられている。

大きな一枚は、挨拶をかわす父母と出迎えの日本人に混って荷物を下げて、日の丸の旗を持つ現地人が描かれ、もう一枚では、日の丸を持った健ちゃんが出迎えたおじさんと言葉を交わしている。こども向けの絵本では文章以上に、神保俊子の絵が強いインパクトを持っている。

金子は絵本をつくるにあたって、なぜマレーを選んだのか。彼にはベルギーやパリで感じた疎外感から、西欧列強に収奪されるアジアの人たちへの共闘意識があり、ある種のアジア主義を抱いていたことは前にも述べた通りである。

「大東亜共栄圏」が日本の軍国主義の唱える建前であるのを承知のうえで、東南アジアの解放を夢見たともいえる。金子は戦後になって、「詩人の僕は、今日でも東南アジア民族の解放と、人種問題と、日本人の封建性の指摘と、戦争反対の四つの課題に創作目的の重点をおくことにしている」（『日本の芸術について』）と述べている。

金子のなかでは、東南アジアの諸民族の解放は、戦前戦後を通して一貫したテーマであった。ただマレーを舞台にした健ちゃんの物語が、挿画とともに子どもたちにどんな影響をあたえるか。戦争に反対する詩の発表を自ら封印した金子が、『マライの健ちゃん』では、時勢に妥協したという指摘には理由があった。

一九四三年九月以降、すべての出版書籍が日本出版会の審査を通る必要があり、不承認件数が三〇パーセントを越えていた。『マライの健ちゃん』と同じ月に出版された『大東亜戦争絵巻　マライの戦ひ』（岡本ノート株式会社出版部）の巻末には、陸軍報道部の山内大尉なる人物が書いた「監修にあたりて」が載っているが、そこでは、「未曽有の決戦下に於いての幼児や児童に対する教育は慎重に考へなければならぬ。特に国家観念の正しい認識は将来帝国の盛衰を左右する重要事項であつて日常の無邪気な生活の内にこれを正純に植付ける事が必要である」と述べられている。

『マライの健ちゃん』はこうした時勢のなかで発行された。金子の絵本も結果として、この当局の指針に沿った形で世に出されたのだった。

第十部　「寂しさの歌」

第一章　こんなインチキな戦争

編集者の逮捕

一九四四年（昭和十九年）になると、戦局は明らかに不利になった。大本営は一月七日、インパール作戦を認可し、十八日の閣議で緊急国民勤労方策要綱を決定。二月には、アメリカ軍がマーシャル群島のクエゼリンとルオットの二島に上陸し、激戦のすえ両島の日本軍守備隊六千八百人が玉砕した。

政府は二月十八日の閣議で、緊急国民勤労方策要綱を決定し、言論への締めつけが一層厳しくなった。そのあらわれの一つが、一月二十九日に起きた横浜事件だった。

これは、「東京を中心とする三十余名の言論知識人が横浜地方検事局思想検事の拘引状を携えた神奈川県の特高警察吏によって検挙投獄された事件の総称であり、被検挙者の所属は研究所員や評論家を含めた主として編集者よりなるジャーナリストであったところに特長があった。」（美作太郎「軍国主義とジャーナリズム」『現代ジャーナリズム論』所収）

このとき逮捕されたなかに、中央公論社の編集者畑中繁雄も含まれていた。畑中は一九四一年には雑誌「中央公論」の編集長に就任したが、四三年には軍部の圧力で辞任し、事件に巻き込まれたときは調査室員だった。

畑中の逮捕理由は、マルクス主義者細川嘉六の論文「世界史の動向と日本」（「改造」八・九月号）が共産主義の啓蒙を意図したもので、細川が主宰する共産党再建を話し合う会合に参加したというものだった。被疑者たちは警察で拷問され、虚偽の自白を強要された。畑中の逮捕は金子に衝撃をあたえた。弾圧が具体的な姿をとって身近に迫ってきた感じだった。

二月中旬、東京都はビヤホール、百貨店、大きな喫茶店などを利用した雑炊食堂を開設した。さらに東京と名古屋には、防空法にもとづく最初の疎開命令が出され、指定された区域内の建物を強制的に接収し、それを壊して防火のための空間をつくる作業がはじまった。

横浜事件が起こった一月には、東京の歌舞伎座や東京劇場、大阪の歌舞伎座、京都南座など全国十九の劇場に対して休場命令が出され、三月五日から実施された。

金子の身辺ではこんなことがあった。三千代が所用で丸の内に出かけたとき、東京の上空に米軍機が飛来した。これは爆撃のための試験飛行だったが、彼女が頭上を通過する米軍機を見上げていると、ハイヒールになにかがぶつかった。よろめいて傍らの並木の柵につかまり、辛うじて倒れるのを免れた。

家に戻ってハイヒールを見ると、踵に小銃の弾が一つ食い込んでいた。米軍機は爆弾こそ落とさなかったが、機関銃の掃射の小手調べをしたらしかった。この日の米軍機飛来は、動揺をおさえるために発表されなかったが、ハイヒールから取り出した弾は金子の家にずっと保存されていたという。

この出来事は、近い将来の空襲は必至という思いを人びとに抱かせた。さっそくデパートなどで、空襲の被害を知らせる展示が行われ、地方に縁者がいる人たちは、家を閉めたり他人に貸したりして疎開する者が急に増えた。

「僕たち一家も、どこかへ疎開して、当面の危険から身を外そうか、どういうことになるか、このなりゆきを逐一見聞するために、このままうごかずに吉祥寺の家に頑張っていようかということで、毎日相談したものであったが、結局、居すわることに一応こころを決めた。一家三人の他に女中さんが一人、食糧難と、その他日用物資の欠乏がじりじりと、身に食込んでくるなかで、貧乏人のことだから闇物資を買うといっても多寡がしれたものであったが、こちらから求めないのに二、三、そんなルートができて、ときたま「ブウチヤンキタ」などと、電報がきて、銀座まででかけて、豚肉五百匁ぐらいを手に入れ、親しい連中を招んで小さな饗宴をひらいた。「こんなインチキな戦争のため

に死んじゃ駄目だぞ」と、恫喝できたあの頃の僕らはまだ若かった。」（「疎開あと先」『鳥は巣に』所収）

乾の退学

息子の乾は暁星中学四年修了で中退し、家でぶらぶらしていた。乾は血液型も金子と同じで、喘息が起きやすいアレルギー体質も遺伝しており、運動はまったく不得意だった。

フランス語教育が伝統の暁星でも、語学の時間は軍事教練に割かれ、ゲートルをうまく捲けない彼は配属将校の標的になった。

訓練をサボるために、乾が「見学証明書」を書いてくれるように頼むと、金子は同じものを何枚も書いて印を押した。そして、「これ、硯箱の下に置いておくから、必要な時にぼくに言うんだよ。月日を書き入れてやるから。ぼくの字でないとまずいだろうから」と言った。（森乾「金凰鳥」『父・金子光晴伝』所収）

ある日、乾が校庭で行進の演習をやっていると、配属将校が近づいてきて、いきなり拍車の金具のついた長靴で脛をけとばした。銃の担ぎ方が教えられた通りでないとか、歩き方がだらしないとかいう理由だった。

同級生の前での仕打ちに、乾は恐怖や屈辱、さらには憤怒を感じて、ひとりでに身体がふるえた。彼は二度と教練に出ない決心をして登校をやめた。身体が悪いと嘘を言って自室にこもり、それから半年ほどは万年床にもぐって本ばかり読んでいた。

そんな一人息子を三千代は叱責した。彼女はこの戦争の善悪について態度を決めかねていた。日本が仏印進駐をはじめると、アメリカとイギリスは、A・B・Cラインと呼ばれる石油禁輸の包囲網を敷いて、日本の自滅をはかった。

百年前からアジアの国々を植民地化し、搾取している白人の大国に、同じアジア人として日本が挑戦するのは無理からぬことで、彼女が眼にしてきたイギリス領マラヤやオランダ領インドネシアから、白人たちを追放したことは痛快なことに思われた。これは当時の多くの人たちが抱いた率直な感想だった。

そう考えると、昼と夜をとり違えたような生活を送っている息子を見るのが不安で、息子を平気で放っておく金子のやり方に我慢がならなかった。

「「もともと父ちゃんが悪かったのよ。何でも裕〔乾〕の言うままに放っておくから、こんな仕様もない子に育ってしまったのよ」

「いや、あんたがいかん。そういうスパルタ教育はぼくは大きらいだ。こういういやな時代だ。ぼくが若者だったら、やはり裕のようにするね」

と晴久〔光晴〕は眉間に青筋を立てて、裕をかばった。」（同）やがて乾は学校へ行かなくなり、卒業まで一年を残した四年修了時で暁星を退学し、家で本ばかり読んでいた。

徴兵検査

四月十八日には、本土を空襲する最初の米軍機が、東京、名古屋、神戸に飛来した。その二日後の二十日、乾が徴兵検査を受けることになった。戦局の悪化で、徴兵年齢が一年繰り下げられたためであった。この日金子は、吉祥寺から本籍のある牛込区役所の検査場まで乾について行った。

不摂生な生活に精神的な煩悶が加わって、乾の健康状態は極度に悪かった。しかし、結果は第二乙種合格だった。その下の丙種も合格で、不合格は丁種だけだったが、これは身体に障害があるものか、重度の結核患者くらいだった。これで乾に、遠からず召集の赤紙が届くことが確実になった。

金子は五月五日の節句の日に、詩「さくら」を書いた。

戦争がはじまつてから男たちは、放蕩ものが生れかはつた
　やうに戻つてきた。
敷島のやまとごころへ。

あの弱々しい女たちは、軍神の母、銃後の妻。

日本はさくらのまつ盛り。

〔中略〕

さくらよ。
だまされるな。

あすのたくはえなしといふ
さくらよ。忘れても、
世の俗説にのせられて
烈女節婦となるなかれ。
ちり際よしとおだてられて、
女のほこり、女のよろこびを、
かなぐりすてることなかれ、
バケツやはし子〔梯子〕をもつなかれ。
きたないもんぺをはくなかれ。（「さくら」の第二連冒頭と最終連）

詩にうたわれているように、女たちはもんぺ姿、男は国民服にゲートル、それに座布団をほぐしてつくった防空頭巾をかぶって防空演習に参加した。働き盛りの男はみな徴兵されていたから、近隣の防空演習の団長は退役した海軍大佐で、副団長には金子が推挙された。

多くの家が雨戸を閉めて疎開していったが、東京に残った人たちは庭に防空壕を掘った。金子もご多分に漏れず、門口のコンクリートを張った下に、大きな穴を掘って防空壕にしようとしたが、いざというとき役にたつかどうか覚束なかった。

東京空襲

六月十五日、マミアナ群島のサイパンが陥落して守備隊三万人が玉砕し、住民一万人が死んだ。翌十六日には中国の成都から飛び立ったB29が飛来して、北九州の八幡製鉄所を爆撃した。中国大陸からでは航続距離は北九州が限界だった。アメリカ軍はその後占領した南洋諸島で滑走路の建設をいそぎ、ここを足場に日本全土を空爆するようになる。

六月十九日のマミアナ沖海戦で、海軍は航空母艦と航空機の大半を失った。大本営はインパール作戦の失敗を認め、作戦の中止を命令した。この作戦に参加した将兵十万人のうち三万人が戦死、戦傷病者は四万五千人にのぼったが、国民には知らされなかった。

金子がモココ本舗へ月給を受け取りに行くと、妹の捨子は留守で、亭主の河野密がいた。河野はその後衆議院議員となり、国会が閉会中のこの日は在宅していたのだった。河野は、「サイパン陥落はひどいショックで、東条首相の顔色は蒼白だった。日本はもうだめだ」と深刻な口調で打ち明けた。近衛内閣の大政翼賛会ができると、彼は軍部に受けのいい翼賛推進議員の一人として、「新体制」に意義を見出そうとした。しかしアメリカ軍の大平洋作戦が進むにつれて、戦争には批判的になっていた。

七月十八日、ついに東條内閣が総辞職した。戦局は不利になる一方だった。七月二十一日、アメリカ軍はグアム島に上陸、守備隊一万八千人玉砕。二十四日、テニアンに上陸。守備隊八千人が玉砕した。

八月になって、牛込に住んでいた山之口貘が、妻と乳飲み子の泉をつれて金子の家に引っ越してきた。山之口夫妻は二年前の七月、生後一カ月の長男の重也を亡くしていた。牛込よりも郊外の吉祥寺の方が安全だと考えてのことだった。


だが十一月二十四日、最初の東京空襲で目標となったのは、東京の中島飛行機と名古屋の三菱重工だった。中島飛行機は航空機をつくっていて、吉祥寺からは五駅ほどの立川にあった。この空襲では金子の家は地震のように揺れ、轟音が鳴り響いた。皆は防空壕に飛び込んだが、山之口の妻は幼い泉を抱いて、壕に入らなかった。そのうちに爆撃もおさまったが、あとで聞くと、彼女は恐怖で動くことができなかったのだと言った。東京空襲が吉祥寺の近くから始まるとは思ってもみないことだった。

山之口一家は、やがて妻静江の実家がある茨城県結城郡石毛へ疎開していった。はたして生きて再会できるかどうか、心もとない思いだった。

それから間もなくして、妹の捨子が疎開話をもってきた。富士山麓の山中湖畔に平野村という村があり、そこの平野屋旅館が所有している別荘二棟が借りられるという。自分たちはそのうちの一つを借りるが、金子たちも別棟に疎開してはどうかというのである。

河野の同僚の社会党の代議士、佐藤がこの地方を地盤にしており、その手蔓だった。知り合いもなく、東京に居残るつもりだった金子一家にとっては渡りに船の話だった。

病人をつくる

家族で疎開する決心をしたとき、怖れていた徴兵令状が乾に届いた。一九四四年（昭和十九年）十二月二日の午後九時に、東京駅中央ホームに集合とあった。集合完了後は直ちに博多行きの汽車に乗る予定であるところまではわかったが、その先はどこへ連れていかれるか不明だった。

これ以降の経緯については、金子の『鳥は巣へ』、息子の乾の「金鳳鳥」（『父・金子光晴伝』）、それに三千代の「日記」第五帖（「こがね蟲」第一号に公表）に詳しく書かれている。これらを参照しながら、親子三人の行動をたどってみる。

三人は悲嘆にくれながらも、出征する乾のために国民服や戦闘帽はもちろん、雑嚢、日の丸の襷、千人針を用意した。出発までは一週間あるので、金子が交通公社勤務の知人に頼んで、二人分の博多行寝台券を手に入れた。息子をそこまで送っていくつもりだった。

親子三人が泣く泣く日を送るうち、前日になった。そのとき金子がふと思いついた。乾を病人にしてしまえば、出征しなくとも済むのではないか。もともと喘息持ちの乾を本当の喘息にしてしまえばいい。このアイディアに三千代も飛びついた。

海外を旅しているあいだ、親にあずけていた乾を思う三千代の気持は、誰よりも強かった。その息子を戦地にやらずにすむならば、たとい非国民と非難されようと、何でもするつもりだった。母親にとって、戦争の大儀と息子の命は別ものだった。

彼らはさっそく実行することにした。金子は応接間の窓を全部閉めると、庭に降りて松の枝を四、五本折り、火鉢の灰の上につみあげた。松葉に火をつけ、狐つきをいぶり出す要領で部屋中を煙だらけにして、喘息をおこさせる算段だった。

乾はもうもうと煙が立ち込める応接室に一時間以上頑張ったが、効果はさっぱりなかった。

それならば風邪をこじらせて、肺炎にする以外にない。乾はパンツ一つになって我慢したが、緊張で身体は震えるものの、風邪の徴候はいっこうに現れなかった。次は風呂桶に水を張り、三十分以上そこに浸かったあと、本をいっぱい詰めたリュックサックを背負い、裸で駆け足をし、そのあとまた水風呂に入ってから、もう一度応接間の松葉いぶしを行った。一晩中こんなことを繰り返し、明け方近く、喉にやっと少し喘音が聞こえるようになった。

乾を寝床に寝かせると、明るくなるのを待って、三千代がバスで一駅離れた開業医を呼びに行った。医者が来ると、患者を看てもらう前に、二人が喘息持ちの息子の病状を大げさに訴え、なかば強制的に診断書を書いてもらった。

あとでわかったことだが、医者はクリスチャンで平和主義者だったから、疑念を持ちつつ両親の心情にほだされて、診断書を書いてくれたのかも知れなかった。

翌日の夜、金子は診断書をもって集合場所の東京駅へ向った。灯火管制下のホームは暗く、そこに召集された若者とその家族がつめかけていた。ようやく責任者を探し当てて、診断書を渡し事情を説明した。

「もう列車の発車間際で、その男もいそいでいた。話をしながら診断書を取り出し、

「もし治りましたら、後から追わせますから。本人はほんとうに残念がって……」

と晴久〔光晴〕は言った。声は緊張のせいか、悲痛に響いた。晴久はさらにつづけた。

「きょうの入営を息子はどんなにか楽しみにしていましたのに」

彼が稀代のうそつきの名人だと知るよしもない引率者は感激した。

「しかし今回はどっちみち間に合いませんよ。博多へつくとすぐ北支行きの輸送船に乗るのです。現地訓練の部隊ですから。御子息には来年あらためて召集令状が行くことになります」

男と別れると、晴久は小躍りしながら帰宅した。

「万歳だよ。全てうまく行った」

彼はいきさつを全て話し、ちょっと考えこむように首をかしげながら付け加えた。

「ただまっくらなホームで、父や母が子供のそばで名残りを惜しんでいるのは可哀そうだったなあ。みんな

裕〔乾〕と同い年の子供だからなあ」」（「金鳳鳥」『父・金子光晴伝』所収）

三千代も大勢の母親が自分と同じ苦悩を背負っていることを思うと後ろめたさを感じたが、計画の成功の喜びがそれに勝った。

湖畔の村

乾の入営を逃れたいまや、一日も早く疎開することに相談がまとまった。食料品と衣料のほかに沢山の本を、モンココ本舗が調達してくれたトラックで送り出した。富永に離縁され、家に引き取った養母は体調が悪く、辺鄙な田舎に連れて行くことはできなかった。それで養母の姪にあたる者に看護してもらうのを条件に、裏の空家を借りて一緒に住んでもらうことにした。疎開話を持ち出した捨子は、夫の河野が国会を離れられず、送る荷物も多すぎて、すぐには疎開できなかった。

金子一家の出発は十二月の初めだった。七日には東海地方を大地震と津波が襲い、死者およそ千人、倒壊した家屋は二万六千戸にのぼり、人びとの気持を一層暗くした。

金子と三千代、乾、それに北海道生まれのお手伝い山崎美代の四人は、めいめいリュックサックを背負い、持てるだけの荷物を手に持って、吉祥寺から中央線に乗った。途中、立川駅でしばらく停車すると、駅は人であふれ、皆殺気立った顔をしていた。その後大月まで行き、そこで支線に乗り換えて富士吉田駅に着いた。すると目の前に雪をかぶった富士山があらわれ、凍てつく空には粉雪が舞っていた。この日四人は富士吉田に一泊、翌日の午前中に木炭バスにゆられ、その先は一里半くらいの道を歩いて旭ケ丘まで行き、さらに半里ほど雪中を歩いてようやく平野村に着いた。半日がかりの旅だった。

旅のあいだに、こんなことがあった。お手伝いさんの美代は、雛から育てた二羽の若鳥を連れて行くといって、満員列車のなかでも両脇にかかえていた。だが平野屋についたときには、鶏は押しつぶされて死んでいた。皆の食指は動いたが、美代は埋葬するといって聞かず、金子が根雪で固まった土に穴を掘って埋めた。

　戦前の山中湖一帯は、滅多に人も訪れない寒村だった。旅館に到着すると、「早速、H荘〔平野屋〕の女主人である老婆の案内で、それから丸二年間、彼らの住居となるバンガローに出掛けた。本館から徒歩で三分くらいの、落葉松とくぬぎの林の中に建てられた木造の安普請で、屋根はスレートでふいてあった。もともと避暑客用にH荘が作った建物で、六畳と四畳半の畳の敷いてある和風建築だった。そして小さいほうの部屋は申し訳程度の台所と、大便用の小室しかない便所、小さな風呂桶のおいてある浴室につながっていた。

　六畳間には、切りごたつがこしらえてあり、煖をとるのは、このこたつに当る以外なかった。粗末かつ簡略な造りだったが、木の葉を失った林ごしに、窓から、湖水がいつでも見えるし、本館をはじめ他の外界からも一応隔絶しているらしいのが、晴久〔光晴〕たちの期待にぴったり適合していた。

　H荘の老婆は物珍しさも手伝って、晴久一家を大歓迎した。」（森乾「金鳳鳥」『父・金子光晴伝』所収）

　借りた家の間取りは、乾が書いているのとは違い、掘り炬燵が切ってある部屋は八畳で、そこが居間兼食堂。隣の六畳が三人の寝室。それに女中部屋の三部屋だった。

　迎えてくれた平野屋の女主人は、六十歳をこえているように見えたが、色艶もよく矍鑠《かくしゃく》としていた。彼女と家を借りるための契約をすませ、その際三千代は、乾がいつ突然の発作に見舞われるかもしれない状態だという説明を怠らなかった。息子は学校へも行けず、徴兵にも応じられない不治の持病もちで、国の危急存亡の非常時に祖国に貢献できないことを心苦しく思っていると強調した。それほど慎重に構えないと、辺鄙な田舎でも油断はならないと三千代は思っていた。一家の動静や挙措がどこかで監視されていて、いきなり憲兵が踏み込んでくる可能性がないとはいえなかった。

　平野村に移ってから書きはじめられた三千代の日記第五帖は、この年の大晦日から始まっている。

「大晦日の夜だ。昼間の風も落ちて、外の静まりかへった雪景色が、雨戸を閉め切った部屋の中にゐても手にとるやうにはっきりと感じとられる。月光にきらきらした青白い雪の敷物の上に樹々が薄墨色の長い影をおとしてゐる。樹の間を透かした一ところに、凍りかけた湖の水が白金のやうな光沢で月光を弾き返してゐる。ほの明るい夜靄が湖面を対岸へかけて、それよりはるか裾野の傾斜の方へかけて夢のやうに気も遠くなりさうに立ちこめてゐる。［中略］

この土地で最初の雪が降った。家をとりまいた落葉松の枯れた梢にはほこりのやうなこまかい雪の粒が走って過ぎた。そして、一株の芒の枯れ切った茎や葉におちかかってかすかな音を立てた。一日であたりの山や林や田畑の風景が変ってしまった。いよいよほんとうの意味の籠居だという気持を痛切に味った。」（「森三千代・日記」、雑誌「こがね蟲」第一号）

平野村の寒さは想像以上だった。安普請の家はあくまで夏用なので板戸はなく、障子一枚で外気と接していた。そのため家のなかの寒さは尋常ではなく、手拭に掛けにかけた手拭は昆布のように凍り、インク壺のインクも凍りつき、万年筆は息を吹きかけたくらいでは出てこない。書く前には万年筆を炬燵のなかに入れ、さらに軸をじっと握りしめて温めなくてはならなかった。

雪に閉じこめられた平野村の住人たちは、冬眠さながらに家に閉じこもっていた。金子一家の四人も、六畳間に一つしかない炬燵に入って一日暮らした。それでも炬燵に入れる炭を、床下の保存場所から出さなければならず、玉蜀黍を粉にひいて団子に丸め、炬燵の灰に入れて蒸し焼きにする仕事もあった。団子は味噌汁に入れておじやにしても食べた。この玉蜀黍の団子が、平野村では数百年前からの常食だった。

こうした玉蜀黍や炭にしても、平野屋の女主人から買わなくては手に入らなかった。三千代は執筆でためた貯金を現金にして持ってきたほか、モンココ本舗からも為替で月給を送ってきた。そのほかに着物や新品同様のシャツや股引なども運んできた。それらを代金に添えて食物や炭と交換しなくてはならなかった。

平野屋は女主人のほかに、精神薄弱の三十代の長男とその妻、孫たち、嫁入り前の二人の娘、十代の次男の家族だった。女主人は率先して働き、大家族を養っていた。そのため玉蜀黍の粒一つかみ、馬鈴薯一つにしても、彼女の承諾がなければ手に入れるのは不可能だった。炭は一俵が平均四日ほどしかもたなかった。

　女主人は三日にあけず訪ねてきては、二時間も三時間も話し込んでいった。そんなとき三千代は辛抱強く相手になった。万一へそを曲げられたら、平野村での暮らしがたちまち行きづまってしまうのは明らかだった。食物はこの他に、村の猟師から獲物の山鳩を買ったり、山中湖で釣れる鮒などもときどき手に入った。

　金子は炬燵の上の台を机代わりにして、そこに薄いノートをひろげて詩や思いついたことを書いた。三千代は日記帳に日々の出来事や作品の草稿を書き、この機会に少しでもフランス語の勉強をしようと、ポール・モーランの紀行記『ニュー・ヨーク』と、アルフォンス・ドーデの小説『タルタラン・ド・タラスコン』の原書を、辞書を引き引き翻訳しはじめた。三千代のフランス語の実力では構文がわからない個所があると、乾に質問した。

　部屋には東京から運んできた本が積まれてあり、乾は近代社の『世界戯曲全集』第十二巻に入っているシラーの『群盗』を夢中で読んだ。そんなとき訊ねられると、彼の学力では答えることが難しいこともあり、三千代の質問をうるさがった。すると滅多に怒らない金子が、「乾、黙らんか！　きょうはあんたがいかんよ」と大きな声でどなった。乾が言い返すと、父親は炬燵の上のテーブルを拳で二、三度叩いた。その拍子に、鉛筆を削るために開かれていた肥後の守のナイフで小指を切ってしまった。三千代がすぐに手当をして大事に至らなかったが、傷痕はあとまで残った。

二度目の赤紙

　雪は根雪になってバスも止まり、人の訪れも絶えた。そんななかを、年が改まった三月十日の夕方、前触れもなく岡本潤が長女一子を連れて訪ねてきた。食糧探しを兼ねて来たといい、金子を喜ばせた。

　掘り炬燵にあたりながら、空襲つづきの東京の様子を聞いた。夕食は平野屋でジャガイモの団子と豆腐の味噌汁を食べた。食後はまた金子の家に来て、手製の玉蜀黍の饅頭を馳走になりながら、乾がかけるレコードを聞いた。蓄音機は三千代が新宿時代に買った手巻きの古い携帯用で、それを持ってきていたのである。

レコードは「君恋し」や「センチメンタル・ブルース」、「パリ祭」などだった。この山中に銀座の街が出現したような感じだった。近隣に聞こえるのを心配する三千代に、金子は「ドイツ音楽だといえばいいさ」と平然としていた。岡本親子は夜十一時ごろ旅館の方へ戻り、風呂に入って寝た。

翌十一日も金子の勧めで平野村に滞在した。珍しく手に入った鶏を、金子が安全カミソリの刃でさばいて、カレーライスをつくってくれた。炬燵に入りながら話しをし、金子が平野村へ来て書いたという詩を読んだ。ザラ紙のノート三冊ほどに、日々の感慨とともに詩は、二十世紀の隠者らしい気持が、独特の言葉で書かれていたが、岡本はこれらの詩篇が世に出る日がはたして来るのかどうかと危ぶんだ。

岡本たちが帰って間もなく、怖れていた乾に宛てた二度目の赤紙が届いた。金子はこのときの思いを、「富士」という詩にしてノートに書きつけた。

「富士」

重箱のやうに
狭つくるしい日本よ。

すみからすみまで
いぬの目の光つてゐるくによ。

あの無礼な招致を
拒絶するすべがない。

人別よ。焼けてしまへ。

誰も、ボコをおぼえてゐるな。

手のひらへもみこんでしまひたい。
帽子のうらへ消してしまひたい。

父とチヤコとが一晩ぢう
裾野の宿で、そのことを話した。

裾野の枯林をぬらして、
小枝をピシピシ折るやうな音で
夜どほし雨がふりつゞける。

づぶぬれになつたボコがどこかで
重たい銃を曳きづり、あへぎつつ
およそ情ない心で歩いてゐる

どこにゐるかわからぬボコを
父とチヤコがあてどなくさがしにでる。
そんな夢ばかりのいやな一夜が
ながい夜がやつとあけはなれる

雨はやんでゐる。
ボコのゐないうつろな空に
なんだ。おもしろくもない
あらひ晒しの浴衣のやうな
冨士。

詩のなかのチャコは三千代の呼び名で、お茶の水の女高師の学生だったことに由来する。乾のボコは、幼いとき自分をボクと言えずにボコといったからだった。二十歳になった息子を子ども扱いしているが、一人息子を溺愛する金子と三千代の偽らざる心境だった。

　三人は話し合いの結果、徴兵を逃れるのに前と同じ手を使うことにした。金子は雪の戸外から杉の小枝を、両手に一抱えも折ってきた。乾はまた裸にされ、杉葉を燻した煙をたっぷり吸わされた。三千代は村外れに中山茂という医師がいるのを聞いて、土産をもって訪ねて顔見知りになっていた。

　乾の喘音が少し聞こえるようになると布団に寝かし、金子が医者を迎えに行った。半ば強引に連れてこられた白髪の痩せた老医者は、とまどいつつも診断書を書いてくれた。

　翌日、金子と乾は十キロの雪道を支線の駅まで歩き、満員列車で上京すると、牛込区役所に行った。乾は父親が届を出す間、区役所とは肴町通りの反対側にある古本屋の竹中書店で、立ち読みしながら待っていた。彼にとってこれが古本屋の見納めだった。一週間後には、この辺り一面焼夷弾の爆撃で焼野原になってしまったからである。

第二章　三人

詩集「三人」

診断書は今度も役所で受理された。この日の夜は河野の家で厄介になり、翌日平野村へ帰ることにした。前日、雪のなかを歩いた二人の靴は、靴底がはがれて履くことができなかった。金子は捨子にフエルト製の草履を借り、それを履いて支線の駅から雪のなかをまた歩いた。

ひと足ごとに雪に埋まる草履は、十分も歩かないうちに鼻緒が切れた。しかたなく股引から抜いた紐と、リュックの口の紐とで足にくくりつけた。ズボンの尻から下はずぶぬれで、脚の感覚がなくなっていた。二人はたまたまリュックに入れてあった「ハップ」の壜をとりだして、それを下半身と足に塗った。

「ハップ」は、モンココ本舗が金子の友人の医師林髞《たかし》〔のちの推理作家木々高太郎〕に頼んでつくった塗布薬で、保温効果があり、華北や満蒙の兵隊の凍傷避けに用いられていた。家を出る際に三千代が思いついてリュックに入れたものだった。それを塗りつけて雪のなかを歩き、ほうほうの体で平野村に帰り着いた。「ハップ」の効果があったのか、凍傷にもならなかった。

二〇〇七年一月二十日に放送されたNHK・ETV特集「父とチャコとボコ〜金子光晴・家族の戦中詩」は、金子の未刊詩集を扱ったものであった。詩集は、金子光晴の研究家、原満三寿が古書市で発見したもので、外箱の背と表に「詩集三人」と書かれ、B6大の厚さ二センチほどのノートに、金子作の二十四篇の他に、三千代と息子乾の作も含めた三十八篇の詩が、黒インクを用いた金子の自筆で丁寧に清書されていた。見つかった手作りの詩集は、疎開先の平野屋の貸家でつくられたものであった。

金子は戦後になって、この手作り詩集の二十四篇のなかの八篇を改作して発表したが、残りの十六篇は全集にも未収録だった。全二十四篇が『詩集「三人」』として、講談社から刊行されたのは二〇〇八年のことである。これらの詩からは、金子たち親子三人が肩を寄せて、山中湖畔で過ごした疎開当時の様子が浮かんでくる。

そうした一篇、金子の詩「雪」と題した作品——

鼠色の雪が
匍ふ。

空間を攀ぢのぼつて。
雪はそらを埋める。

きえてゆくやうな雪。
こまかい雪が、
そのふかさに
落込んだやうな静さで、
東西南北をとざす。

雪よ。
ふりこめよ。もつと。
父とチヤコとボコの三人は、
雪でつぶされさうな小屋の
薪火をかこんでぢつとしてゐる。
隣家からもへだてる
この大きな安堵のために
雪よ。もつともつとつもれ。

雪よ。虱のやうに
世界にはびこれ。
そして音信不通にせよ。

父は、戦争の報導と、
国粋党達から
母は、虫のよい
無思慮な文人達から
そして、ボコは、あの陰惨な
非人間な国の義務から。

同様の思いは、「青の唄」でもうたわれている。

レンズの青さが
湖をふちどる。

青ぞらのなかの
青い冨士。
希臘《ギリシャ》の神々のならぶ
冨士。

その清澄のなかに
僕ら三人はくらす。

つみあげた本の高さが
ボコをみおろす。

こゝろの奈落をのぞいては
父は、むなしい詩をつくる。

チヤコはひとりで、

ペネロペの糸をつむぐ。
［中略］
僕ら三人は肉体を
明るい精神に着換へる。
光で織つた糸の
玉虫いろの衣。

僕ら三人は、この世紀の
惨酷な喜劇を傍観する。

僕らはもう新聞もいらない。
それは、遠くを霞ませる
青一いろ。――おゝ、国よ。
この三人を放してくれ。

国籍から。
法律の保護から
国土から。
僕ら三人を逐つてくれ。

あの青のなかに
永遠にとけてゆくため。

もしくは三輪の小さな
をだ巻の花となるため。

次は「チャコ」こと森三千代の「臨終の章」――

（生きてゐて死に直面するやうなことがないと、どうして云へませう。そんな時をおもつて私は、この詩をつくりました。）

一枚のマントを羽織つて、雪の上をさまよふ。
まだ降りしきる
牡丹雪。
マントの下で私の乳は凍るおもひ。
こんな晩、私は、ギヨンをまねて
私の愛したものたちにのこしてゆく
遺言を書かう。
私の貧しい形見わけを。

Hさんへ。黙つてゐるダイナマイトのやうな追憶を
未来に仮想するこひびとへ。私の半分燃えた蠟燭を。
私のお母さんへ。まだ若い、私の髪の毛一握りを
私の妹ハコちゃんへ。私の蛇の皮の靴と、銀の耳かざりと
を。
私の最愛の坊やへ。
……多分、私のもつてゐるものは、なに一つ、おまへに用
はないだらふ。
おまへは、おまへの時代の先頭に立つ一人の旗手であるこ
とを。

このときでも、土方定一との激しかった恋の思い出は、三千代の胸の奥でくすぶり続けていた。そして「ボコ」こと息子、乾の詩――

○

ボコ作

かいちいやうなこはいやうな
気短かなやうな気永なやうな
丈夫なやうな弱いやうな
ぜいたくなやうなけちなやうな
なまけもののやうな勉強家のやうな
おしやべりなやうなむつつりやのやうな
かしこいやうな、ぬけたやうな
神経質なやうな、のんき坊主のやうな
活潑なやうな不精もののやうな
それはチヤコ。
そして、それは、
父にもあてはまる。

もう一つ、ボコ作の「三人の仲間」――

こんなに一致した他の何ものもない。
今ではもう、誰が先に生れたのか
恐らくは分裂したアミーバのやうに
一緒にこの世に生れ出た吾等親子三人が
細かい神経でそれぐ〵他の二人をきづかひ
離れまいと一生懸命で
この寒い夜を抱きあふ

けん〳〵がく〳〵の争ひ、この世かぎりの乱闘
だが、次の瞬間には眼を見合せての微笑。
〝もう喧嘩はしまいね。〟
だが、したつていゝのだ。
小鳥が互に背をすりあつて羽虫をとりあふやうに
三人の仲間にとつて
それは憂ひ、やるせない今を忘れる
このたまらない外界の大きな圧迫の
唯一のはけぐちをみいだしあふすべだもの。

雪に閉ざされて朝から晩まで、炬燵に入って顔をつきあわせている暮らしは、金子にとっては、これまでになく心休まるものであった。その気持が溢れているのが「三点」の一篇である。

「三点」

父とチャコとボコは
三つの点だ。
この三点を通る円で
三人は一緒にあそぶ。
三点はどんなに離れてゐても
やがてめぐりあふ。
三人はどれほどちがつてゐても
それゆえにこそ、わかりあふ

危いバランスの父とチャコを
安定させるのはボコの一点だ。
異邦のさすらひは
ボコにはなれてゐる悲しさ。

父とチャコのこゝろは
すさみはてた。
長江の夕闇ぞらの
まよひ鳥の声をきゝながら
星州坡《シンガポール》の宿で、
枕を並べて病みながら、
トラウビルのマンサルで
水ばかりのんでしのぎながら

父はチヤコをうらふと
たくらみ、
チヤコは父から逃れんと
うらはらな心でゐた。

だが、一万里へだてた
遠いボコの一点が許さなかつた。
三点をつなぐ大きな円は
地球いつぱいにひろがつた。

ニツパ椰子の葉をわたる
夜半のしぐれのなかに
父は、ボコの声をきいた。
それはバツパハの河口の泊《とまり》。

ケイ・フラマンの鎧扉の内で
チヤコは、ボコの夢をみた。
悪夢のやうな夜の船出で、
まつしぐらにチヤコはかへりついた。

三つの点はちゞまつてゆき、
ぢれぢれと待焦れつゝ
やがてしまひこまれた。
小さな一家のなかに。

父は毎日、本をよみ、
チヤコは原稿にむかひ、
ボコは脊丈がのびていつた。
三点を通ふ円は、——愛

この運命的なつながりを
世俗よ。
ふみあらすな。

戦争よ。
破砕《くだ》くな。
年月よ。
もつてゆくな。

父とチヤコとボコは
三つの点だ。
この三点を通る
三人は一緒にあそぶ。

チヤコよ。私たちはもう
も一つの点、ボコを見失ふまい。
星は軌道を失ひ、
我々はばら〳〵になるから。
三本の蠟燭の
一つも消やすまい。
からだをもつて互に
風をまもらふ。

貧困のどん底では、金をとって、三千代を知人に渡すことまで考えた放浪生活。その間は乾を三千代の両親にあずけて淋しい思いをさせた暮らしの軌跡。そして戦争勃発後は、家族三人の絆を強めて、戦争に狂奔する世間に背をむけつつ、戦争に対峙しようとする金子の姿勢が率直に吐露された詩である。

戦争もいつか終わるに違いない。だがそれはいつになるのか。金子光晴はさらにこう書いた。

「希望」

戦争がすんだら、とボコはいふ。
パリーの図書館に引こもりたい。

戦争がすんだら、と父はいふ。
どこでもいゝ国でない所へゆきたい。

戦争がすんだらとチヤコはいふ。
飛行機で世界戦蹟をめぐるのだ。

戦争がすんだらと三人はいふ。
だが戦争で取上られた十年は、
どこへいつてもどうしてもとりかへ
されないのだ。

見通せない未来

金子たちが山中湖畔に疎開してから、東京連日はB29による大空襲に見舞われていた。三月九日から十日未明にかけて、焼夷弾や高性能爆弾の爆撃で二十二万戸が焼失し、江東区は全滅した。この空襲での死傷者は十二万人にのぼった。

平野村の上空にも毎日のようにB29の編隊が飛来した。富士山を目標に飛んできて、ここで東西に別れて日本各地を空襲した。三月十四日には大阪が空襲されて十三万戸が焼失した。三千代は三月二十日の日記にこう書いた。

「三月廿日

薄曇り。屋根の雪がとけて雨だれの音を立てゝゐる。朝から警報二度鳴り、敵機が頭の上をいく。今日は相当大きいらしい。

一昨日は九州へ千機の艦載機、昨日は名古屋へ百余機。

いまも富士颪にまじって敵機の轟音が連続的に聞こえてゐる。

敵機低く影動かすや雪の青

湖べりを半日めぐる春の泥」(森三千代・日記 戦中山中湖畔時代、「こがね蟲」第一号)

三日後の二十三日の日記には、「富士の裾野ははじめ右の方が長く、それからおなじになり今年は左が長くなった。湖(河口湖)は氷がとけて青い波を立てゝゐた。〔中略〕フランスの女と会って話す。コットさんの為になんか扶けになるかもしれないと思ふ。女は立入らふとしない。淋しい気持で別れた」とあり、さらに二十六日(月)では、「主屋のおばあさんが来て、コットさんのことなど話す。」(同)と書いている。

コットとは乾が学んだアテネ・フランセの創設者で校長でもあるジョゼフ・コットで、毎年の夏を平野村の農家の一部屋で過ごす習慣だった。大柄な彼は七十一歳で、この年も夏になる前にやってきた。

金子たち三人はフランス語が通ずることもあり、出かけて行ってパリで暮らしたころの話などをすると、大いに喜んでくれた。ただ一、二カ月すると、コットは体調を崩し、河口湖畔にある河口病院に入院させることにした。そのためには入院願書を出す必要があったが、村の人たちは慎重で、保証人のなり手がなかった。そこで金子が署名、捺印し、コットは無事に入院することができ、戦争が終わるまで病院にとどまった。

四月になると、少しでも食料を確保するために、三千代が先頭にたって家の前や裏山の空き荒地の開墾をはじめた。

四月十八日。「切り倒した落葉松の横《ママ》ってゐる家の前の空地を耕作にかゝる。

一抱えほどの火山岩をのけると蟻の巣だった。蟻は露はになった土の上を逃げまどふ。［中略］蟻の引越しの大騒ぎの中へ一鍬を打ち落すといふ残酷な興味が手伝ふ。

塗りの箪笥や蝶貝の調度や長持や衣裳や大切なものをてんでにかついで逃げてゆく蟻の都のさまが手にとるやうにみえる。

戦慄しながら我々は繁栄のあとのこはれた廃趾を眺めたがるものだ。」（同）

雪に閉ざされていた山中湖畔の土地も、四月になると雪解けがはじまった。戦時下でも自然は四季の歩みをやめなかった。辺りの木々も芽吹きはじめた。

「平野村の落葉松はみんな芽を吹いた。玉レースのやうな緑色の新芽がいまは房の先のやうにひらきかゝってゐる。こぶしが白く花咲いた。こぶしの花の咲くのが種まき時のしらせだとおばあさんが語った。

昨日の畑仕事でつかれたので今日は休み、みよや〔女中さん〕と若葉積《ママ》みにゆく。三ツ葉をみつけて、夕食のおしたしにした。かほり高く珍味。昼間に二度警報鳴る。一機飛行雲をひいて上を翔んでいった。」（同）

金子も冬から春へと急速に歩みを進める湖畔の自然を、それなりに楽しんだ。ただそれで鬱屈した気持が晴れるわけではなかった。

「五月になると、山の自然はうつくしさを増した。氷はとけはじめ、終夜嵐がさわいだ。水ぬるむ湖水の岸辺に、一尺鮒《ぶな》があみですくえるほど近くただよってきた。胡桃《くるみ》の花が散って早《さ》わさびが葉をひらいた。僕らは、一年の計をはじめて、裏山の荒地一反歩を開墾することにした。火山の溶岩流を蔽うて、すすきと茨が根を張っているので、一尺の開墾にも一日二日の激しい労力を必要とした。一家は汗だらけになって仕事をつづけた。蒔く種は、とうもろこしと、馬鈴薯だったが、この土地では、とうもろこしは一茎に一つしかならず、馬鈴薯は小粒の芋が四つ位しかできなかった。それも、折角の収穫近くに、豪雨につかって、芋はおおかたくさった。収穫のあとに、ソバをまいた。ソバの実のついた頃、富士嵐がきて、一たまりもなく細茎を折ってしまった。百姓の仕事は、労多くして効少く、さんたんたる結果に終った。」(『詩人』)

三千代とみよやが中心になって開墾したのは火山性溶岩の土地で、少しの面積を畑にするにも多くの労力がいった。三千代はさらに、村の養蚕の共同作業にも動員された。こうした慣れない激しい労働が、のちに三千代の身体をむしばむ原因になった。乾は徴兵逃れのために無理して罹った気管支喘息が取れなくなり、アドレナリンとヒロポンの注射が欠かせなくなった。薬は辺鄙な町の薬屋で手に入った。

六月十四日の三千代の日記。

「旧暦の端午の節句だ。村では菖蒲の葉とよもぎの一茎を結へて屋根の上に並べる。

鳩の小母さん〔村の猟師の妻〕の家へ出掛けて行って約束の餅をわけてもらふ。石鹸と手紙を持ってゆく。裏白一名えんとりを入れた草餅を十幾切れもらふ。〔中略〕

夜、文藝の谷口といふ人の書いた大戦当初のドイツ滞在記を読む。ヒトラーがチェッコを制圧して凱旋するところがある。ドイツが無条件降伏をしてから今日でもう何十日になるだらうか。ヒトラーは敵軍にうたれながいあひだ死体もみつからなかった。ソビエットはヒトラーの死を疑ったほどだ。そしてながい日のあとたしかにヒトラーと認められる黒焦げの死体のあったことが報知された。」

新聞はこのときすでにタブロイド版四頁に縮小されていたが、四、五日遅れで平野村にも届いた。日本の新聞には報じられなかったが、ヒトラーがベルリンの地下壕で自殺したのは四月三十日。そして五月七日、ドイツ軍は連合国への無条件降伏の文書に調印した。これによって連合国側は日本への包囲網をさらに強めた。

金子たちは疎開先で生きのびるための努力をしなければならなかった。種蒔きは梅雨までに終えるのが鉄則だという平野屋の女主人の言葉にしたがって、六月十六日には、玉蜀黍、馬鈴薯、十六いんげん、かぼちゃ、大豆を蒔き終えた。

この日金子の妹の捨子からの来信があり、家が丸焼けになったと伝えてきた。彼らは隣近所の人たちと、身一つで小学校のプールに身体を浸しながら猛火をさけた。夜が明けると、家は丸焼けになり、本の堆積がくすぶり続けていて、それを見ると涙が出たとあった。

これを読んだ三千代は、「いま急に心が淋しくたまらない気持になって、最後の一本の光〔煙草〕に火をつけて飲んだ。一筋の煙の消えゆくのもなごり惜しまれる気持で眺める」と日記に書いた。

金子一家は汗だらけになって仕事をつづけたが、瘠せた土地での百姓仕事は、労多くして得るものは少なかった。

「寂しさの歌」

金子が戦後に出版される詩集『落下傘』に発表する絶唱「寂しさの歌」を書いたのは、五月五日、端午の節句の日である。

一

どつからしみ出してくるんだ。この寂しさのやつは。
夕ぐれに咲き出たやうな、あの女の肌からか。
あのおもざしからか。うしろ影からか。

糸のやうにほそぼそしたこゝろからか。
そのこゝろをいざなふ
いかにもはかなげな風物からか。

［中略］

二

寂しさに蔽はれたこの国土の、ふかい霧のなかから、
僕はうまれた。

山のいたゞき、峡間を消し、
湖のうへにとぶ霧が
五十年の僕のこしかたと、
ゆく末とをとざしてゐる。

あとから、あとから湧きあがり、閉す雲煙とともに、
この國では、
さびしさ丈けがいつも新鮮だ。

この寂しさのなかから人生のほろ甘さをしがみとり、
それをよりどころにして僕らは詩を書いたものだ。
［中略］

うつくしいものは惜しむひまなくうつりゆくと、詠歎をこめて、
いまになほ、自然の寂しさを、詩に小説に書きつゞる人人。
ほんとうに君の言ふとほり、寂しさこそこの國土着の悲しい宿命で、寂しさより他なにものこさない無一物。
だが、寂しさの後は貧困。水田から、うかばれない百姓ぐらしのながい傳統から
無知とあきらめと、卑屈から寂しさはひろがるのだ。

あゝ、しかし、僕の寂しさは、
こんな國に僕がうまれあはせたことだ。
この國で育ち、友を作り、
朝は味噌汁にふきのとう、
夕食は、筍のさんしようあえの
はげた塗膳に坐ることだ。

そして、やがて老、祖先からうけたこの寂寥を、
子らにゆづり、
樒《しきみ》の葉のかげに、眠りにゆくこと。

そして僕が死んだあと、五年、十年、百年と、
永恆の末の末までも寂しさがつゞき、
地のそこ、海のまはり、列島のはてからはてかけて、
十重に二十重に雲霧をこめ、
たちまち、しぐれ、たちまち、はれ、
うつろひやすいときのまの雲の岐れに、

いつもみづ〴〵しい山や水の傷心をおもふとき、
僕は、茫然とする。僕の力はなえしぼむ。
［中略］

小學校では、おなじ字を教はつた。僕らは互ひに日本人だつたので、
日本人であるより幸はないと教へられた。
（それは結構なことだ。が、少々僕らは正直すぎる。）
僕らのうへには同じやうに、萬世一系の天皇がゐます。

あゝ、なにからなにまで、いやになるほどこまぐ〵と、僕らは互ひに似てゐることか。
膚のいろから、眼つきから、人情から、潔癖から、
僕らの命がお互ひに僕らのものでない空無からも、なんと大きな寂しさがふきあげ、天までふきなびいてゐることか。

四

遂にこの寂しい精神のうぶすなたちが、戰爭をもつてきたんだ。
君達のせいぢやない。僕のせいでは勿論ない。みんな寂しさがなせるわざなんだ。
寂しさが銃をかつがせ、寂しさが釣出しにあつて、旗のなびく方へ、
母や妻をふりすてて出發したのだ。
かざり職人も、洗濯屋も、手代たちも、學生も、
風にそよぐ民くさになつて。
誰も彼も、區別はない。死ねばいゝと教えられたのだ。
ちんぴらで、小心で、好人物な人人は、「天皇」の名で、
目先まつくらになつて、腕白のやうによろこびさわいで
出ていつた。

だが、銃後ではびくびくもので
あすの白羽の箭を怖れ、
懐疑と不安をむりにをしのけ、

どうせ助からぬ、せめて今日一日を、
ふるまい酒で酔つてすごさうとする。
エゴイズムと、愛情の淺さ。
默々として忍び、乞食のやうに、
つながつて配給をまつ女たち。
日に日にかなしげになつてゆく人人の表情から
國をかたむけた民族の運命の
これほどさしせまつた、ふかい寂しさを僕はまだ、生れて
　からみたことはなかつたのだ。
しかし、もうどうでもいゝ。僕にとつて、そんな寂しさな
　んか、今は何でもない。

僕、僕がいま、ほんとうに寂しがつてゐる寂しさは、
この零落の方向とは反對に、
ひとりふみとゞまつて、寂しさの根元をがつきとつきとめ
やうとして、世界といつしよに歩いてゐるたつた一人の
意欲も僕のまはりに感じられない、そのことだ。そのこ
とだけなのだ。

昭和二〇・五・五　端午の日。

　金子はひと月に一度ほどの割合で上京した。体調のよくない養母須美が残っていたからである。雪がとけ、木炭バスが通るようになって、金子と乾は一度だけ名古屋まで旅行した。目的は次兄に会って、彼が社長をつとめる飛行機工場に、乾を名目だけの事務員に登録してもらうためだった。徴兵は免れたものの、いつ徴用されるかわからず、それを防ぐためだった。

第三章　生きてゆく以外ない

B29来襲

　体調が悪く東京にとどまっている須美が、六月十八日に亡くなったという知らせが届いた。

「義母が死んだと言うので、僕は、そのあと始末をするつもりで上京してみると、もはや夏にかかろうという季節で、屍体を幾日も置いておくわけにゆかないということで、となり組の秋月という、世話役の中年婦人が、どういう手蔓か、義母を焼いて骨になって、大きな骨壺に入って床の間に置いてあった。骨壺のふたをあけてみると、日頃大柄な人だったが、馬の骨のように大きな骨がいっぱい入っていた。」（『鳥は巣に』）

　幼くして養子となって以来、養母との間には紆余曲折があっただけに、感慨もひとしおだった。金子はかなり重い骨壺を抱いて平野村へ戻った。

　これ以降の平野村での生活ぶりを、三千代の日記を中心に追ってみることにする。

「七月十八日
　しばらく日記を怠けてゐるうちに、世相は慌しく移り人々の上にいろいろな変化があった。

　昨日で田舎のお盆がすんだ。

　ながいうっとうしい雨だった。雨もりになやんだ。

　十一日に捨子さん達が河口から移転して来た。

　この日の朝、村へ憲兵が米を調べに来たといふので大さわぎだった。〔中略〕

　今日七時のラヂオの報導《ママ》を捨子さんが話しにきてくれた。

　今日は戦爆連合で五〇〇機が茨城、群馬、栃木方面を空爆。二五〇機が横須賀を襲った。昨夜十一時から一時間水戸市が艦砲の射撃をうけた。

　毎夜の蚤さわぎ。〔中略〕

昨夜ははじめはドロドロといふ爆音が聞え、障子や建具が振動した。そのあとドーンドーンといふ大砲らしい音が地ひびきして聞えた。それだったのだ。関東海域に機動部隊が来てゐるさうだ。この前北海道方面へ行ってゐたのがこっちへやって来たのだ。

今日は朝から東海地区の海岸方面は空襲警報で、あとで聞くと昨夜は国府津、平塚が時限爆弾でやられたともいふ。」

東京を離れて河口湖畔に疎開していた河野密、捨子夫妻が、最初の予定通り平野屋のもう一つの貸家にやってきた。河野は古株の議員だったし、議会は戦時でも開かれていたから、その度に上京しなければならなかった。

金子は河野に、命がけで終戦を提案してみるように勧めた。すると隣の家から捨子が飛んできて、「兄さんは、うちの主人を殺すつもりか」と凄い剣幕で文句をいった。戦局は一段と厳しくなっていたが、空襲のない平野村では、毎年のような日常が続いていた。

「七月二十三日

村祭。

ゆうべは宵宮で天満宮では今年おかぐらをかつぐのを若い衆が躍気となって主張してゐることをその朝聞いてゐたので、出掛けて景気をみようと思ひ立って外へ出たが、空にはおぼろ月があるのに時雨がやってきた。一寸考へて止めにした。[中略]

本日十一時頃、警戒警報のサイレン聞える。一度消した電灯を光晴はすぐつけた。その途端に爆音らしい音が聞えてまた消した。爆音はつづけて鳴ったがそのあとは静かになった。へんに近い爆音だった。電灯をつけるつけないで言い争ふ。

灯火がもれないか光晴が外へ出て見まはりにいってさかんに大丈夫だといふ。

私も外へ出てみた。富士の方に稲光りがして雷鳴がとゞろいてゐるのだ。捨子さんが寝巻のまゝでやって来た。甲府の時丁度こんなだった。稲光りのやうだったのは焼夷弾だった。でも若しさうなら空が赤い筈だといふ。しばらく暗やみの草の中で三人で様子をうかゞったが、やはりかみなりらしいといふことになった。

寝つかうとすると今度は鼡がどこかをかぢり出し

た。米の箱らしい。一騒動の後、やっとほんとうに眠る。」

この夜の騒動のことだろうか、乾が「金鳳鳥」のなかで、こんな逸話を披露している。

「夜中に例によってコタツで裕〔乾〕が読書していると、上空に編隊の轟音がきこえた。

「敵の飛行機よ。電燈に風呂敷ぐらいかぶせなさいよ。敵の目標になるわ」

と初美〔三千代〕が声をあげた。すると晴久〔光晴〕は、癇癪玉を破裂させてどなった。

「そんなことどうでもいいじゃないか!」

「そうだよ。どうせ死ぬんだもの、アメリカの飛行機に爆撃されて死んだほうがはるかに気持が助かる」

と裕は父親の肩をもった。

「いやよ、あたしそんな考えかた。それじゃ何のために疎開して、こんな苦労しているのかわからないじゃないの」

初美にも晴久父子の言うことが理解できないわけではなかった。しかし感傷にふけってばかりはいられなかった。ともかく一日一日何とか生きてゆく以外ないし、そのためのこの苦労なのだからと思った。」(「金鳳鳥」)

八月になった。山中湖畔でもようやく夏らしい暑さが感じられるようになった。三千代の日記。

「八月三日

起きて六畳の部屋掃除。光晴と乾の洋服類を出して縁先の綱に虫干する。食事。四個の防空頭巾をほどいて洗濯。

畑を見まはる。風呂の水汲を手伝ひ、漬物桶の蓋をつくる。木片を集めてのこでひき、八角形の蓋をつくり上げた。少々読書。

そば畑の木を切りにゆく。稍々完成。

四時頃の日暮時前をめがけてかぼちゃに追肥をする。食事。

先日つくったこたつ蒲団の裏布(火のあたるところ)をつけ、白シーツのボロボロを繕って、二つを一つにして役立てる。

夜中三時就寝。」

三千代はもともと身体が丈夫で活力にあふれていた。疎開先では、やがて書こうとする小説の構想を練るほかは、家事や農作業を精力的にこなした。乾が書いているとおり、三人はいまは息のあったチームだった。

「八月八日　晴

胸掛式のズボンのミシン掛けをしてくる。捨子さんのところで。

光晴とみよやとでそばかきをほゞ了へる。うちにゐて風呂を焚きつける。

三時半頃空襲警報で編隊が空を翔ぶ。こんな時間に空襲はめずらしいことだ。いままでにあまりないことだった。〔中略〕」

もう一つの新聞の記事。

「B29少数機広島へ来襲、新爆弾を投下して、相当の被害を生じたと。新型爆弾とはどんなものだらう。〔中略〕

夜、平野屋一家を湯によぶ。明日の義勇隊の式にゆく胸の標章の字をたのまれて書く。」

翌九日は朝七時に、戦闘義勇隊の発会式が天満宮の境内であり、みよやが出かけて行った。お三時に芋粥を食べていると、隣の捨子が来て、ソビエトが宣戦布告し、満州の北方と東方に機動部隊を動かし、主要都市を空爆したとラジオが報じたと知らせてくれた。

「八月九日

胃痛と肩凝と腕のいたみで昨夜は眠れず。眠れないので蚤で悩んだ。

八畳はもう一週間も掃除をしないのでほこりがかたまりになってゐる。蚤がゐるのもそのためだ。掃除をと言ひ出すと光晴と坊やが反対した。言ひ争ひになる。

隠者のやうに暮してゐる坊やは部屋を千年でもそのまゝにそっとしてゐたいのだ。その気持がわからないのではないがこっちもそれでは困るので、なにしろ狭い家だから坊やの言分ばかりも通してゐられない。光晴は坊やの肩を持ち、二人が敵で型の如き喧嘩だ。みなの気分がうっくつしてゐるので一寸きっかけがあるとたちまち火花が散る。その火花はあらぬ方へまでいってはぢく。

このやうな生活では絶対の忍耐が必要なのだ。いたはること、許すこと、慰めてやること、これを持って暮してゆくことが出来るやうに自分にかたく言ひきかせる。」

「八月十日
ソビエットの今度の宣戦布告については一般への打撃が大きかった。どんなに我国の人達がソビエットに期待してゐたかゞ今更わかったやうな有様だ。

もううまいものをなんでも食っておくのだと言ふ人達。

百姓したってつまらないといふ百姓達。

新型爆弾に対する恐怖が大きい。

爆風が横だけでなく垂直圧力を持ってゐて爆発力がひどく強い。高熱度で皮膚などふらんしてしまふと新聞で報じてゐる。

以上の二つの話題が人々の語り草になってゐる。」

八月十一日、モンココから為替と家屋税の通知が届いた。この日は少量のいかの塩辛と、主食として米二キロ、玉蜀黍八キロが四人の九日分として配給があった。

敗戦の日

四日後、敗戦が突然やってきた。金子光晴はこの日の記憶を幾つかの著作で書き残しているが、戦後もっとも早く出版された『詩人』では、次のように簡単に書かれている。

「富士吉田まで行った女連中がかえってくると、吉田の町が粛然《ひっそり》として、ふだんと様子がちがうので、きいてみると終戦とわかった。天皇のかなしげな声がラジオできこえたといった。河野の家からもそのことを知らせにきた。

僕らは、蓄音機でセントルイス・ブルースをかけて、狂喜のあまり踊りまわった。なにごとかと、宿屋の人達がのぞきにきた。

村人たちは頑迷で、なかなか敗戦の事実が信じられない様子だった。」(『詩人』)

この日、女たちが富士吉田まで行ったというのは、三千代と美代が日用品の調達に行ったのである。三千代のもう一つの目的は、前年十月から富士吉田に学童疎開に来ていた武田麟太郎の二人の子どもに会うことだった。三千代自身のこの日の記憶は次のとおりである。

「八月十五日　晴
五時起き。吉田へ出る。七時空襲警報のためバスが早く出て間に合はず、十一時頃やっと二番に乗る。駅で遺骨の迎に出会はす。町の様子が変ってゐて人通りがなく各家の中で人々はお通夜のやうに静かにかたまってゐる。

ラヂオが悲しげな曲を送ってゐる。立ち止まってラヂオに耳を傾け、共同宣言受諾、聖旨による戦争中止を知った。時局の激変に茫然となる。方途のつかない気持だ。

みよやを相手にむやみに喋りながら目的の松風荘をたづねた。武田氏の坊っちゃんはもう御両親のもとへ縁故疎開されたときいた。疎開先を教はり持ってきた牡丹杏を先生にといっておいて出る。

もう空襲は来ない。さう思ふらくな気持で町を歩いてゐる。人の通ってゐない町。家々ではどの家でもラヂオに集ってゐる人の姿だ。

塩野屋へ寄る。——くやしいぢゃありませんかと、小母さんは慨嘆する。お茶をもらってもろこしだんごのべんとうを使ふ。この間の大月の空襲で息子が手首をやけどしてきた話を聞く。八月のお盆で奥に仏壇をまつってあるのがみえる。いゝ花もないし、まんだらも飾ったが焼けるといけないのでよそへ預けたといふ。バスの故障で帰のバスの切符を買ひそこねる。

運転手、女車掌、切符買いの若い娘等が今日の出来事にさまざまな感想をもらしてゐる。

「日本人ってこんなだらしのないものか」

「最後までがんばりゃよかった」

大衆はいつでも無責任なことしきゃ言はない。

「——日本が印度になることですよ。」

と壮士風な青年が話しかける。

梨ケ原をさして帰途につく。自転車の武ちゃんに会って手の荷物をつけてもらふ。山中へ帰る百姓のおかみさんと道づれになる。

長池の道は長かった。四日位の月が出たり入ったりする。朝鮮人の酔払ひの群とあちこちで出会ふ。

吉田では警備についてゐた兵隊はもう毛布をまいて鍋釜をはこんでどこかの本隊へ帰っていってしまったといふ。闇の湖上で兵隊が舟を出して釣をしてゐる。

十時に帰宅。

食事、入浴の後、捨子さんの家でかんてんをごちさうになる。」

三千代の日記の記述では、彼女たちが平野村に戻ったのは夜になってからで、家に残っていた金子と乾は、正午に放送された玉音放送を河野の家のラジオで聞いた。山間の平野村では電波の状態はよくなかったが、詔勅の内容はだいたい理解できた。

その後

金子は一九六五年（昭和四十年）に出版した『絶望の精神史』では、「いじめつけられていた時間があまり長すぎたので、「よかった。よかった。」と家人と手をとって、はしゃいでみせたわりに、そのとき湧いてくる格別の感動はなかった。」と述べている。ただ三千代が、帰宅した時間が夜十時だったとしているのに、金子は午後四時には戻ってきて、富士吉田や帰り道での様子を聞いたとしている。

金子の記憶にあいまいな点はあるが、彼はその後しばらくして、一人で湖畔へ携帯式の蓄音機を持って行き、レコードをかけたという。かつて北京で手に入れた程艶秋《ていえんしゅう》の「紅払伝《こうふつでん》」で、「すこしざらざらしたかすれ音が、とぎれようとしては続き、絶えることのない哀傷にみちた独特のかん高い歌い声をあげていた。はじめて、はりつめどおしていた心のゆるみから、甘さからは遠い、きしむような悲しみが流れだしてきはしたが、そんなとき手放しで心ゆくばかり嗚咽をかみしめることなど、すでに忘れてしまっている僕なのであった。」（『絶望の精神史』）という。

三千代はその後も変わらずに日記をつけた。

「八月十六日
十二時にラヂオを聞きにゆく。
宮城前へ人が集ってゐる。
米英軍は空軍、地上軍へ停戦を命じた。新型爆弾の恐しさを知らせた。
朝敵機が空を通った。千葉で警報が報じられた。
ラヂオで敵機が空をとぶが、それは監視のためだと知らせた。
ラヂオでは国民が聖旨を無にして軽挙妄動しないや

うにとしきりにいましめてゐる。［中略］
新型爆弾（原子爆弾）が遂に戦争の帰趨を支配した。
投爆の状況についていふ。
投爆後たちまち六千メートルの高空に強度な熱光がみなぎった。地上いちめんに火災が起った。発明に成功したのはウィスラー・グローブ。

村の一つの流言。

米兵が上陸して婦女子を羞めるといって戦々競々としてゐる。（そんなことはあり得ないと説いて開《ママ》かせる）」

戦争が終わり、空襲の恐怖から解放されたいまは、一日も早く吉祥寺の自宅に帰りたかった。だが交通を初めとしてすべてが混乱していて、列車の切符も手に入らず、しばらくは平野村に留まることにした。

八月十七日に鈴木貫太郎内閣が総辞職し、十七日には東久邇内閣が成立した。二十八日には連合軍の先遣部隊が到着し、三十日には最高司令官マッカーサーが厚木飛行場に降りたった。そして九月二日、アメリカ戦艦ミズーリ号の艦上で降伏文書の調印が行われた。

金子は知る由もなかったが、九月四日、いわゆる横浜事件で逮捕されていた畑中繁雄に対して、懲役二年執行猶予三年の判決が言い渡され、即日釈放された。敗戦のどさくさのなかで下された異常な判決だった。横浜事件に関しては、その後も再審請求が幾度もなされ、二〇〇八年になって免訴が確定する。

九月二十一日、金子と乾がようやく上京した。吉祥寺の家は幸い類焼をまぬがれたが、家を失った四家族の人たちが住みついていた。しかも東京の治安は極端に悪く、すぐに帰京することはできないと判断した。ただ隣の河野密一家は、間もなく平野村を引き上げて東京へ帰っていった。

平野村での生活を続けるためには、何よりも食料を確保する必要があり、十月には、育ててきた玉蜀黍を収穫した。二斗ほどの玉蜀黍がとれた。

十一月十七日、今度は三千代が乾を伴って上京した。このとき本郷森川町の徳田秋声の息子徳田一穂の家で行われた秋声の年忌の席で、疎開先の山梨県富河村からたまたま上京してきた武田麟太郎と再会した。武田は坊主頭で、古びた国民服を着ていて元気そうだった。仏壇を前に秋声をしのんだあと、武田と二人で焼け跡の街を歩いた。

「瓦礫が積重なり、夏中生ひ茂った雑草が、末枯れて赤くなった焼原に、ぶつ切れてねじまがつた水道管の口から流れ出すままになつた水が、秋陽にきらきら光つてゐた。ぽつんと焼残つた土蔵の、のれんにした荒筵の隙間から、住んでる人のすさんだ目がぎょろりとのぞゐた。」（森三千代「最後に会った日のこと」）

これが三千代が武田と会った最後だった。武田麟太郎が亡くなったのは、四カ月余りのちの翌一九四六年（昭和二十一年）三月三十一日で、肝硬変だった。

金子、三千代、乾の三人は、この直前の三月十五日に上京する決心をした。乾の進学のための受験が迫っているのが主な理由だが、金子は一月に上京した際、若いときの未発表詩集『香爐』の出版を稲葉健吉に一任して、代金五百円を受け取っていた。詩集は五月十五日に、故園草舎から定価三円五十銭で発売されることになる。

手許にはこのほかに、河邨文一郎にあずけた「疎開詩集」や平野村でノートに書き溜めた詩があった。平野村を訪ねて来た岡本潤は、これらの詩篇がはたして出版される日が来るのだろうかと案じたが、そのときが意外に早く来たのである。金子はこれらの苦労して書き溜めた詩篇を世に問うためにも、上京する必要があった。

帰京するのに先ず問題なのは膨大な本だった。その上、東京の暖房事情を考えれば、平野村でできるだけ多くの燃料を調達しておくのが得策だった。これらを運ぶのは容易ではなかったが、幸いにもモンココが運搬用にトラックを一台手配してくれた。

平野村を離れる日は、やってきたトラックに、本、炭二十俵、それに調達できた食料品を積み込んだ。

乾がトラックの助手席に座り、金子は山のような荷物とともに荷台に乗り込んだ。三千代と美代は、翌日の汽車で帰京することにした。こうして足かけ二年におよんだ平野村の疎開生活に終止符をうった。乾は四月に早稲田大学に入学することができた。

短いエピローグ

金子が書き溜めた詩は戦争が終わるのを待っていたように、詩集『落下傘』（日本未来派発行所（北海道）、昭和二十三年四月一日）、『蛾』（北斗書院、昭和二十三年九月一日）、『女たちへのエレジー』（創元社、昭和二十四年五月十五日）、『鬼の児の唄』（十字屋書店、昭和二十四年十二月十五日）として立て続けに出版された。

収録された作品は、戦時中に雑誌に発表されたもの、発表を拒否されたもの、草稿「疎開詩集」所収のもの、平野村で書かれたものが主で、戦後執筆されたものは少なかった。終戦前に書かれた作品の多くも、疎開先の平野村や吉祥寺の家に戻ってから添削を加えられた。

金子は詩集『落下傘』の跋で、「すべて発表の目的をもつて書かれ、殆んど、半分近くは、困難な情勢の下に危険を冒して発表した。／発表に就ては、中央公論の畑中繁雄氏の理解によつて、殆ど共謀で発表を推行した。犬等四五篇は、雑誌社から返された。」と述べており、『鬼の児の唄』の「あとがき」では、「はじめの部分は戦争中発表したものもあり、雑誌社からつつ返されたものもあるが、あとの方は全く、発表の機会がなくもちぐされの覚悟でゐたものが多い。／今日、これらの詩は、喧嘩すんでの棒ちぎれの感なきにしもあらずだが、この情勢だと、まだまだ、これからの方が役割が大きいのではないかと恐れてゐる次第だ。／晦渋な詩風は、全くあの時期に、発表の目的で作つたためだから、あしからず。」と書いている。

戦争中も信念を変えずに、取り締まり当局の圧力にも屈しなかった文学者は、作家の永井荷風や宮本百合子、詩人では金子光晴やアナキストの秋山清などごくわずかだった。そして金子の詩が出版されると、日本の詩には珍しい批判精神にみちた叙事詩であり、どれも高い完成度を示していたから、金子はフランスのルイ・アラゴンやポール・エリュアールのような、抵抗詩人としてにわかに称讃されることになった。

だが金子自身は、こうしたジャーナリズムや世間の豹変ぶりにきわめて冷ややかだった。「戦争に協力しなかったということを僕の名誉のように押しつけるのは少々困りものだ。それが不名誉だった日々の長さの無限をしか考えられなかったことを誰もが忘れているわけではないと思うと、白々しさしか感じられない。僕らが英雄になることも望むことではない。僕が反戦詩を街頭に立って読みあげなかったことで、僕は戦争に協力していないと同じだったのだ。戦争に加担しなければ生きていられなかったのだ」(「戦争に就いて」「コスモス」)と考えていた。

自分の詩を「喧嘩すんでの棒きれ」と形容しながら、それは「この情勢だとまだ役割が大きいかもしれない」というのが金子の率直な思いだった。「この情勢」とは、戦後すぐに頭をもたげつつある保守勢力であると同時に、戦中は「鬼畜米英」、「国家総動員」と叫びながら、占領軍の統治がはじまると、掌を返すように占領軍総司令官を祭り上げる節操のない大衆、付和雷同する「おっとせいたち」に対しても、警鐘の役割を果たすと考えていたのである。金子の詩は状況詩の色を薄めつつ、人間存在そのものの解明の色彩を深めていく。

三千代は東京へ戻った敗戦の翌年八月には、小説集『街の童女』(飛鳥書房)、十月には中編小説『おしろい花』(九州書房)を出版し、さらに雑誌「文明」に短編「天狗」を発表して作家活動を再スタートさせた。

「天狗」は彼女が平野村で書いたもので、晩年は狂人として生きた辻潤を描いたものである。金子が愛読したマックス・シュティルナーの『唯一者とその所有』の訳者である辻は、教え子だった伊藤野枝と結婚し長男一《まこと》を得たが、野枝はその後アナキスト大杉栄を追って出奔してしまう。辻は読売新聞の文芸特派員としてパリに滞在し、国全体が戦争へひた走る日本へ帰国すると、「俺は天狗だぞ」と叫びながら二階から飛び降りたり、パーティ会場で、「クワッ。クワッ」と言いながらテーブルの上を駆け回るなど精神異常の兆候があらわれ、精神病院への入院、虚無僧姿での放浪、警察での保護を繰り返した。金子は辻の家に古本を買いに行って米を買わされた経験があり、このエピソードを聞いて小説にしたものだった。

三千代はこのころ疎開先の寒いなかでの慣れない農作業の疲れと、敗戦直後に自宅近くの医師に打ってもらった砒素の注射のせいで、体調に異変をきたした。彼女はもともと健康な女性だったが、四十代には一種の皮膚疾患に悩むようになった。首や両腕に水泡状の痂《かさぶた》が生じ、夏でも長袖を着なければならなかった。東京へ戻るとこれがぶり返したのである。

自分の容姿に気を使う彼女は、近所の医者に二、三回砒素の注射を打ってもらったのだが、それが原因で高熱を発し、全身に痛みが生じた。これが彼女を苦しめる原因となる。

それでも翌一九四七年六月には、パリ時代の生活を赤裸々に語った『巴里アポロ座』を発表し、旺盛な筆力は健在だった。

この年は思いがけないことがあった。日中の終戦処理に携わっていた知人の元軍人から、満州事変のときに東京で出会ったあの中国人の青年将校鈕先銘が台湾軍の少将になっていることを知らされたのである。

やがて日本にやってきた彼は三千代のことを忘れられていず、夏のある日、元軍人が手紙を託されて三千代に届けにきた。そこにはぜひ会いたいと書かれていた。

再会を果たした三千代は鈕先銘を自宅に招き、彼は返礼に三千代と息子の乾を中華料理屋に招いて交流がふたたび始まる。この再会の二年後に書かれたのが「新宿に雨降る」で、鈕先銘が台湾に帰るという最後の夜、思い出の新宿で二人だけで逢う。

彼は「長恨歌」の、「天長く地久しけれど尽くる時あり／この恨み綿々として尽くることなし」という末句を引用して、「これが、僕の心を代弁してくれている。八年間も日本と中国が戦争したことが、二人の恋愛を台なしにしてしまった。流れ去った年月は、もはや取り戻すすべがない」と嘆く。

この夜、新宿には細かい雨が降っていた。鈕先銘はこうもり傘を開いてさしかけながら、片腕を三千代を抱くように、背中にまわしている。二人は伊勢丹デパートの交差点で立ちどまる。

三千代は、「ほんとうは、小さな旅行でもしてみたかったわね」と切り出す。すると、「これから、熱海へ行こう。時間なら、充分まだ間に合う」と言う彼に、「……だって、いまから行くんだと、あっちへ着くのは夜中でしょう。たいへんだわ。それより東京で、どこか休むところ……」と答える。二人は道を渡って歩き続ける。白い大きな船のような建物が、雨中でHOTELの赤いネオンを明滅させている。二人は部屋へ入る。

「周囲へのこだわりから自由になった二人が、そこに向いあって坐っていた。

ひっぱったゴム紐の手を放したように、二人は、一つになる。

死にいそぐ人のように心忙しく、相手ににじぶんを与えることをいそいでいる。相手を自分にとり戻すことに心忙しい。互いにおろそかにし過ぎ、忘れ過ぎていた肉体である。ただ一夜を、永遠にまで運びつづけられるさだめと意識した愛撫。それは、二十年前の、今夜とおなじように目の前に別離をひかえたそれと、まったく似ていた。そっくり繰り返しだといってもよかった。」

二人は歳月をどこかに追いやって、若やぎ、自分をだまし、青年の男女になりすましたような気持だった。

「「女の子を生んでくれ」

立上がった彼は、部屋の中で見上げると、ばかに背が高くみえた。

「君は、昔は子供をほしがらないで、僕とよく言い争いをした。夏みかんの汁なんかつかって、わるい人だった」」（「新宿に雨降る」）

かつて避妊のために夏みかんを用いた三千代は、この年五十歳になっていた。そしてこの恋はまたしても突然に終わる。彼女は過労と風邪のため急性関節リューマチを発症し、やがて全身の関節が冒されて、寝たきりの生活を余儀なくされることになる。

新しい恋愛は金子の方にもあった。一九四八年三月、金子のもとを詩人志望の大川内令子が訪ねてきた。二十五歳の令子は海軍中将の家で育った世間知らずのお嬢さんだったが、敗戦で帝国海軍が解体したとき、両親は出身地の佐賀に帰り、令子は東京に残ったのである。

二度目に新宿の喫茶店で会ったとき、金子はテーブルの下で令子の指を一本ずつ撫でながら、三千代とは海外で離婚しているので、令子とは自由に付きあえると言って聞かせる。令子の方も厳格な父親とはまるで違う金子に強く惹かれ、二十三歳の年の差はなんなく乗りこえられた。このときから金子は、吉祥寺の家と大岡山に住む令子のもとを行き来するようになる。

こうした状況が三千代に一種の決断を促したのだろうか。これ以後、これまで度々引用してきた数々の恋愛遍歴をテーマにした小説を書きはじめることになる。それらが一九五一年十月、十一月に発表した「青春の放浪」(「新潮」)、一九五三年一月の「新宿に雨降る」(「新潮」)、一九五九年五月の「去年の雪」(「群像」)であった。

三千代は「小説和泉式部」を書いたとき、若く花盛りの時代の式部を書かず、散華だけを取り上げたのが心残りだったが、奔放でひたむきだった若い時代の自分を赤裸々に描くことで、その埋め合わせをしたともいえるのだ。

「去年の雪」では、彼女は長年連れ添ってきた相棒が、病に伏せる自分をおいて女遊びをしている現在をベースにして、過去の恋愛とともに金子と経験したパリやアントワープでの出来事を回想する。

「若い女の子が、ひどく年のちがう男を慕うおじさま趣味というものが、そのころ一つの流行になりはじめていたとはいえ、そのような対象として小谷〔金子〕は、およそ場ちがいな存在のように、十三子〔三千代〕の目には映っていたからだ。戦後はすっかり見かけなくなった、古色蒼然のことばがそのままあてはまる、肩がほこり色にすり切れた二重回しに背中までどろはねをあげて、冬じゅう、彼は街をほっつき歩いていた。白髪まじりの頭髪が、うしろ首にかぶさりかかっていても、彼は床屋へ行きたがらなかった。歌人としては年寄株で、かなり名も知られているのに、性格のどこかに意怙地なところがあって世間と相容れず、当然加わるべき仲間からもはずれがちで、したがって、金もとれなかった。生計をまかなっているのは十三子だった。外国小説の翻訳で彼女は、くらしのほかに、じぶんの医療費用まで稼ぎ出さねばならなかった。ペンをもてなくなってからは、彼女は口述筆記に頼った。うすっぺらになった十三子の紙入れから、電車賃かりてゆくよと、小谷が百円札一枚か二枚ひきぬいて、出かけてゆくことも常のことだった。たまさか、歌の添削料か選料が手に入ると、酒をたしなまない彼は、名舗の菓子折りなどさげて帰ってくる。そんな彼に、若い恋人があるなどと考えるさえおかしなことに、十三子にはおもえた。」

だが三千代の思い込みとは違って、金子は知り合ってから四年後の一九五二年五月、佐賀の大川内家を訪ね、父親から令子との結婚許可を得て、それ以後、三千代と離婚と入籍を繰り返す。

金子は三千代の自伝的小説に刺激されたのであろう、自分の側から見た過去を、虚実織りまぜて、『どくろ杯』、『ねむれ巴里』、『西ひがし』の三部作に書く。

早稲田大学に入学した乾はフランス文学を専攻し、一九五二年には大学院の修士課程に進学し、その後ヨーロッパに留学して母校の教師となった。一九六三年には秋田出身の井上登子と結婚して、翌年二人にとって初孫の若葉が誕生する。このこともあって、翌一九六五年十月、七十歳になった金子は、三月に令子と協議離婚し、二十日には三千代と三度目の婚姻届を出して、森家に入籍した。

金子光晴の喜寿のお祝いが催された席上、三千代は皆を前に、「苦労もしたが、光晴と一緒になったことは後悔していない。また本当に面白かった。お礼を言う」と挨拶した。

詩集『若葉のうた　孫娘・その名は若葉』は一九六七年四月に刊行されたものだが、そのなかには、「おばあちゃん」という、こんな詩が入っている。

『若葉』のおばあちゃんは
もう二十年近くもねてゐる。
辷り台のやうな傾斜のベッドに
首にギブスをして上むいたまま。

はじめはふしぎさうだったが
いまでは、おばあちゃんときくと
すぐねんねとこたへる『若葉』。

なんにもできないおばあちゃんを
どうやら赤ん坊と思ってゐるらしく

サブレや飴玉を口にさしこみにゆく。
むかしは、蝶々のやうに翩々《へんぺん》と
香水の匂ふそらをとびまはった
おばあちゃんの追憶は涯《はて》なく、ひろがる。

そして、おばあちゃんは考へる。
おもひのこりのない花の人生を
『若葉』の手をとって教へてやりたいと。

ダンディズムのおばあちゃんは
若い日身につけた宝石や毛皮を
みんな、『若葉』にのこしたいと。

できるならば、老の醜さや、
病みほけたみじめなおばあちゃんを
『若葉』のおもひでにのこすまいと。

おばあちゃんのねむってる眼頭に
じんわりと涙がわき　枕にころがる。

願ひがみなむりとわかってゐるからだ。

金子光晴が気管支喘息による急性心不全で亡くなったのは一九七五年（昭和五十年）六月三十日。三千代は二年後の六月二十九日に永眠した。日付けは一日違いだった。

あとがき

高校生のときにフランス語を学びはじめ、大学ではフランスの象徴派詩人ステファヌ・マラルメを研究対象に選んだ私は、かならずしも日本の詩のよい読者ではなかった。そんななかの数少ない例外が安東次男の詩だった。

第二詩集『蘭』（一九五一年、月曜書房）を、神保町の古書店で見つけたのは高校二年のときで、小遣いの二、三カ月分はしたと思う。その後も小遣いをためては、第一詩集『六月のみどりの夜わ』（一九五〇年、コスモス社）、第三詩集『死者の書』（一九五五年、ユリイカ）を手に入れた。安東の詩は言葉の意想外の組み合わせで、近代の抒情詩につらなる魅力を生み出していた。

その安東が推奨してやまないのが金子光晴だった。安東は、フランスの詩人ルイ・アラゴンやエリュアールが、対独レジスタンスのなかで書いた詩を中心に論じた『抵抗詩論――詩の創作と実践のために』（青木文庫）を一九五三年に出版し、その翌年には金子光晴との共著で、『現代詩入門――詩をつくる人に』（青木新書）を出した。これが私が金子の文章に触れた最初だった。このときから、金子光晴の状況を鋭く突いた詩に魅せられることになった。

敗戦の年の四月、小学校（当時は国民学校）に入学する直前に東京大空襲があり、地方の親類や知人を頼って疎開したあと八月に終戦。戦後は教科書に墨を塗らされる体験をもつ世代、それが私たちだった。そんな世代にとって、金子が戦時中につくり、戦後次々に発表した詩篇は、どれもが共感をもって読めるものだった。

金子の本質は時代を色濃く反映した叙事詩で、この傾向は当然ながら、『詩人』（一九五七年、平凡社）、『日本人について』（一九五九年、春秋社）などの散文で一層顕著だった。

困難な時代を、批判的姿勢を崩すことなく生き抜いた金子光晴とはいかなる人物か。これに応えてくれたのが、一九七〇年代になって立て続けに刊行された自伝的三部作『どくろ杯』、『ねむれ巴里』、『西ひがし』だった。そして関心は、自ずとそこに登場する連れ合いの森三千代へ及ぶことになった。

だが彼女の作品を読むことは、金子の場合ほど容易ではなかった。めぼしい作品を集めた『森三千代　鈔』（一九七七年、濤書房）こそ古書市場ですぐ見つかったが、金子の自伝三部作に見合う『巴里の宿』、『をんな旅』、『巴里アポロ座』をはじめ、戦中から戦後にかけて刊行された自伝的要素の濃い小説集、『南溟』、『新嘉坡の宿』、『豹』、さらには四冊の詩集、『ムヰシュキン侯爵と雀』、『Par les chemins du monde』、『東方の詩』、『Poésies indochinoises』を探し出すのは大変だった。それでも森三千代は、良くも悪くも自らの体験をもとに作品をつくる作家だったから、そこから多くの事実を拾うことができ、虚実をないまぜにした金子光晴の記述の裏づけをすることができた。

日本を脱出して、上海をかわきりに、東南アジア、ヨーロッパのフランス、ベルギーと三年六カ月におよんだ海外の放浪では、二人は終始現地の日本人コミュニティのなかで過ごしている。例外はベルギーのルパージュ一家との触れあいだが、そんななかで生活費を稼ぐ必要から、三千代の方が現地の人たちと生で接触する機会が多く、その分現地の風物や社会、人情をよく知ることができた。金子がヨーロッパや東南アジアにおける西欧列強の行動にたいして、強い反撥を持ち続けたのにくらべて、三千代の方が素直で、寛容だったのはそのせいでもある。

放浪生活を含めて、二人は「相棒」と呼ぶ以外にない微妙な関係を保った。自分たちの二人三脚ぶりを「相棒」と称したのは金子光晴である。二人のエッセイを集めた『相棒　金子光晴・森三千代自選エッセイ集』（蝸牛社）は、金子が気管支喘息による急性心不全で亡くなった一カ月後の、一九七五年七月に刊行されたが、金子は死の直前に「跋」を書き、そこで森三千代のことを、「なにはさて五十年というながい人生をつきあってきたよき相棒」と書いている。

タイトルをどうするか。最初はあえて「相棒」とすることも考えたが、今回も編集を担当してくださった左右社の東辻浩太郎氏の案で、「今宵はなんという夢見る夜」とした。これは森三千代の『インドシナ詩集』の一篇「星座（Constellation）」の一行で、二人の道行を終戦まで追った本書に相応しいと考えたからである。

このことも含めて本書の刊行に尽してくださった東辻浩太郎氏、渡邊康治氏、筒井菜央氏に心からお礼を申し上げる。そして素敵な表紙を描いてくださった林哲夫さんにも。

平成三十年二月

柏倉康夫

参考にした主な著作は以下のとおりである。金子や森三千代を論じた著作を数多く参照したが、それらはすべて省くことにする。なお金子光晴の詩に関しては、原則として初出の形で引用することにした。

『金子光晴全集』全五巻（書肆ユリイカ、昭森社、一九六〇―七一年）
『金子光晴全集』全十五巻（中央公論社、一九七五―七七年）
金子光晴『フランドル遊記・ヴェルレーヌ詩集』（平凡社、一九九四年）
同　『衆妙の門』（講談社、一九七四年）
同　『鳥は巣に　未完詩篇六道』（角川書店、一九七五年）
同　『人非人伝』（ペップ出版、一九七五年）
同　『金子光晴下駄ばき対談』（現代書館、一九七五年）
河邨文一郎編『金子光晴画帖』（三樹書房、一九八一年）
河邨文一郎編「金子光晴『疎開詩集』復刻」（雑誌「こがね蟲」第八号、一九九四年）
森三千代『ムヰシュキン侯爵と雀』（上海、一九二九年）
同　フランス語詩集『Par les chemins du monde』（Léon Libbrecht、一九三一年）
同　『東方の詩』（図書研究社、一九三四年）
同　フランス語詩集『Poésies indochinoises』（明治書房、一九四二年）
同　「柳剣鳴」（「婦人文芸」、一九三四年七月）
同　『巴里の宿』（砂子屋書房、一九四〇年）

同　『南溟』（河出書房、一九四〇年）
同　『あけぼの街』（昭和書房、一九四一年）
同　『をんな旅』（富士出版社、一九四一年）
同　『新嘉坡の宿』（興亜書房、一九四二年）
同　『晴れ渡る仏印』（室戸書房、一九四二年）
同　『金色の伝説』（協力出版社、一九四二年）
同　『小説和泉式部』（協力出版社、一九四三年）
同　『巴里アポロ座』（隅田書房、一九四七年）
同　『豹』（杜陵書院、一九四九年）
同　『森三千代　鈔』（濤書房、一九七七年）
同　「金子光晴の周辺」（中央公論社「金子光晴全集」月報に十五回連載）
同　「森三千代の日記　パリ篇」（雑誌「面白半分」、一九八〇年）
同　「森三千代・日記　戦中山中湖時代」（雑誌「こがね蟲」第一号、一九八七年）
同　「森三千代9冊目の「日記」公開」（雑誌「アリーナ」、二〇〇五年）
金子光晴・森三千代・森乾　『詩集「三人」』（講談社、二〇〇八年）
森乾　『父・金子光晴伝——夜の果てへの旅』（書肆山田、二〇〇二年）

柏倉康夫（かしわくらやすお）

一九三九年東京生まれ。東京大学文学部フランス文学科卒業。NHK解説主幹、京都大学大学院文学研究科教授を経て、放送大学教授・副学長・附属図書館長。現在同大学名誉教授。京都大学文学博士。フランス共和国国家功労勲章シュヴァリエを叙勲。

主な著書に『マラルメ探し』『生成するマラルメ』『アンリ・カルティエ=ブレッソン伝』（以上青土社）、『パリの詩・マネとマラルメ』（筑摩書房）、『指導者はこうして育つ　フランスの高等教育グラン・ゼコール』『石坂洋次郎「若い人」をよむ　妖しの娘・江波恵子』『ノーベル文学賞』（以上吉田書店）。『評伝梶井基次郎　視ること、それはもうなにかなのだ』『敗れし國の秋のはて　評伝堀口九萬一』『私たちはメディアとどう向き合ってきたか』『思い出しておくれ、幸せだった日々を　評伝ジャック・プレヴェール』（以上左右社）、訳書にS・マラルメ『賽の一振りは断じて偶然を廃することはないだろう』（行路社）、J・L・ステンメッツ『マラルメ伝』（筑摩書房、共訳）などがある。

今宵はなんという夢見る夜
金子光晴と森三千代

二〇一八年六月三十日第一刷発行

著者――柏倉康夫

発行者――小柳学

発行所――左右社
〒一五〇―〇〇〇二
東京都渋谷区渋谷二―七―六―五〇二
Tel. 03-3486-6583　Fax. 03-3486-6584

装幀・カバー装画――林哲夫

印刷・製本――創栄図書印刷株式会社

柏倉康夫の本

思い出しておくれ、幸せだった日々を

評伝ジャック・プレヴェール

七二〇〇円＋税

パリに生きるフランス庶民のエスプリと哀感を、心に残る幾多のことばで紡ぎ出した詩人プレヴェール。迫りくるファシズムの脅威、ナチスドイツのパリ侵攻、そして冷戦。自由と抵抗をうたい続けて二〇世紀を生き抜いたその生涯を、交錯した幾多の芸術家たちとともにたどる。数々の新資料をもとにおくる本邦初の評伝。

敗れし國の秋のはて

評伝堀口九萬一

一八〇〇円＋税

堀口大學の父にして、日本最初の外交官——。学力だけで明治新政府の外交官となりアジア、ヨーロッパ、南米の各地に赴任した九萬一は、ブラジルでは日露戦争の奇跡的勝利の影の立役者となり、メキシコでは革命と遭遇する。戦争と革命の世界史の表舞台から近代日本の運命を見届けた男、忘れられた日本人の初の本格評伝。

私たちはメディアとどう向き合ってきたか

情報歴史学の新たなこころみ

一五二四円＋税

幕末の開国は本格的な新聞の時代の幕開けだった。そして今、圧倒的なスピードで展開する情報のデジタル化は世界をどう変えてゆくのか。新聞の誕生から写真技術、映画、そして電子テキストの時代へと世界史を動かし、私たちの生活様式を変革せしめてきた記録と記憶のメカニズム。その光彩を描く六つの物語。